सोन मछली

(उपन्यास)

यू.के. हिन्दी समिति, लन्दन द्वारा सम्मानित

सोन मछली

भारतेन्दु 'विमल'

वाणी प्रकाशन

प्रकाशन के उत्कृष्टतम 61 वर्ष

पेपरबैक पहला संस्करण : 2024

vaniprakashan.com

वाणी प्रकाशन

4695, 21-ए, दरियागंज, नयी दिल्ली-110 002

फ़ोन : +91 11 23273167, 23275710

शाखाएँ

अशोक राजपथ, पटना-800 004, बिहार

कॉफ़ी हाउस कैम्पस, महात्मा गांधी मार्ग, प्रयागराज-211 001, उत्तर प्रदेश

महात्मा गांधी अन्तरराष्ट्रीय हिन्दी विश्वविद्यालय, वर्धा-442 001, महाराष्ट्र

36/ए, शेक्सपियर सरणी, रानी बिरला गर्ल्स कॉलेज के पास, कोलकाता-700 017, प. बंगाल

sales@vaniprakashan.in
vaniprakashan@gmail.com

Son Machhli
by Bhartendu 'Vimal'

ISBN : 978-93-5775-637-2
Novel

मूल्य : ₹ 400

आर. टेक ऑफ़सेट प्रिंटर्स, दिल्ली-110 032 में मुद्रित

वाणी प्रकाशन का लोगो मक़बूल फ़िदा हुसेन की कूची से

नलिनी को

'सोन मछली' का सच

कभी आपने सोचा है कि किसी महानगर को यदि उलट दिया जाए तो जो भूगोल दिखाई देगा, वह कैसा होगा ? ...कितना सड़ांध भरा, जुगुप्साकारक, दिल को दहला देने वाला, साँसों को रोक देने वाला गटर-सभ्यता का यह नज़ारा! उसी गटरगंगा का सच 'सोन मछली' का दारुण, भयावह और संज्ञाशून्य कर देने वाला सच है!

भारतेन्दु विमल का यह एक भागीरथी साहित्यिक प्रयास है कि उन्होंने सभ्यता और संस्कृति के गटर-संसार की इस सतत् प्रवाहित गटर गंगा को जनमानस की छाती पर उतारा है! वैसे तो विश्व साहित्य में गणिका या वेश्या का उल्लेख तो करीब-करीब तभी से मिलने लगता है, जब से लिपिबद्ध साहित्य प्रचलन में आया, लेकिन कथा साहित्य में पात्र के रूप में आती गणिका बहुत बाद में दिखाई देती है। गणिका, वेश्या या नगर वधुओं के अर्ध-पौराणिक और अर्ध-ऐतिहासिक प्रसंगों, आख्यानों और वृतांतों को यदि छोड़ भी दिया जाए, तो संसार की औद्योगिक-क्रान्ति के बाद गद्य और उपन्यास के विकास के साथ ही फ्रेंच उपन्यासकार ज़ोला का अप्रतिम उपन्यास 'नाना' आता है। वेश्याओं की जिन्दगी को लेकर लिखी गई यह शायद आज तक कि सर्वश्रेष्ठ रचना है। इसके बाद कुप्रिन के उपन्यास 'यामा' पर आँख टिकती है। फिर चेख़व 'पाशा' लिखते हैं, बाल्ज़क 'ड्रॉल स्टोरीज' लेकर आते हैं। गोर्की की कहानी 'नीली आँखें' लिखी जाती है। रिचर्ड बर्टन अपनी भारत यात्राओं में इन और ऐसे यातनाग्रस्त पात्रों पर लगभग एक पूरा शोधग्रंथ रच डालते हैं। अमेरिका के स्टीफेन क्रेन का उपन्यास 'मैगी' पहले दोस्तों में वितरित होता है, फिर छपता है। हेनरी मिलर को वेश्या विषय पर लेखन के लिए अश्लील घोषित कर दिया जाता है। बहुत बड़े नाम हैं इस लिस्ट में। अल्बर्तो मोराविया, विलियम सरोयां, इर्विंग स्टोन, सआदत हसन मंटो से लेकर गुलाम अब्बास तक, पर 'सोन मछली' में जो कुछ भारतेन्दु विमल ने लिखा है वह भारत में उपजती-उपजी बाजारवादी संस्कृति में यातना सहती औरत-वेश्या के त्रासद यथार्थ की एक बेहद उदास कर देनेवाली क्लांत कथा है। इसे पढ़ते-पढ़ते, जगह-जगह सोचने के लिए रुकना पड़ता है। संवेदना की साँसों को

थामना पड़ता है। जो यथार्थ सतही तौर पर पता है, उसके दारुण सच को गटरगंगा में उतर कर फिर से पहचानना पड़ता है। इस उपन्यास की रचनात्मकता की शक्ति यही है कि यह पढ़े जाने की ज़िद नहीं करता, बल्कि पढ़े जाने के लिए मजबूर करता है।

'सोन मछली' में सत्ता, षडयंत्र और दलाली के केंद्र में स्थित भ्रष्ट पूँजीतंत्र की शिकार और लाचार लड़कियों की करुण गाथा साँस ले रही है। यह मुंबई के रेड लाइट एरिया फ़ारस रोड की उन वेश्याओं की कहानी है जो देह व्यापार के बाज़ार में रोज बिकती हैं और एक ही दिन में कई-कई बार बिकती हैं। इनमें भी एक नंबरवाली हैं और दो नंबरवाली हैं। यहाँ की सारी संस्कृति ही अलग है। यह उन वेश्याओं के यथार्थ की दूसरी दुनिया है जिसके महापाश में सिर्फ़ वेश्यायें ही नहीं हैं बल्कि बॉलीवुड, तस्कर, हत्यारे, अंडरवर्ल्ड और घटिया दलाल भी सक्रिय हैं। यह एक चीखती, कराहती, सिसकती, नाचती-गाती, बेबस वजूद और बेरहम सच्चाइयों की दुनिया है, जिसका सामना इस उपन्यास का नायक चन्दर करता है। फारस रोड की ये यातनाग्रस्त बार-वधुएं मात्र देह-व्यापार के लिए ही नहीं हैं बल्कि वे पुलिस, राजनीतिज्ञ, नौकरशाहों आदि की फाइलों के फैसलों और उनकी कमाई के काम भी आती हैं।

और इस नृशंस, सड़ांधभरी अमानवीय दुनिया में जब इसका नायक चन्दर पहली बार पहुँचता है तो चाँदनी और रेहाना को पान की दूकान पर देखकर, पुलिसवाला पूछता है, 'यहाँ रंडियों के बाज़ार में इतनी रात गए क्या कर रही है रे?' तो उत्तर मिलता है :

'किसी भडुए की तलाश कर रही हूँ, तू करेगा मेरी दलाली?' चाँदनी ने कहा तो रेहाना खिलखिला कर हँस दी। पुलिसवाले ने अपनी अथॉरिटी कायम रखने के लिए धीरे से डंडी चाँदनी की कमर पर जमाई और बोला, 'चल थाने...'

बीच में बात काटकर चाँदनी ने पूछा, 'नोट हैं!'

अब तक पुलिसवाला खीसें निपोरने लगा था। सामने की जेब से नोट निकाला, पाँच रुपये का था, बोला, 'ये ले...'

चाँदनी ने पाँच का नोट देखा तो जोर से हँसी।

—'जेब में नोट छोटे और पतलून में औज़ार मोटे!' चाँदनी की बात पर रेहाना को भी हँसी आ गई और चन्दर को भी।

सही पूछा जाए तो यह नागर भाषा नहीं है, लेकिन भारतेन्दु विमल की यह वही भाषा है जिसका अन्वेषण और प्रयोग राजकमल चौधरी ने कभी किया था। विमल की यह भाषा चौंकाती नहीं बल्कि परिवेश के रेशे-रेशे को दुबारा धुनकती और बुनती है। यह आज की हिंदी को भाषा का वह नया आस्वाद देती है, जो कुलीनतावादी-साहित्यवादी हिंदी के कथन और मुहावरे को बदल देने की क्षमता रखती है! इसकी भाषा में आज की पत्रकारिता की प्रखर ओजस्विता भी सामने आती है!

इस उपन्यास का एक पक्ष और भी है जिसे हिंदी में, सुविधा के लिए सुधारवादी शब्द से पहचाना जाता है, या कि जैसे प्रेमचंद के आधारभूत यथार्थ को 'आदर्शोन्मुख यथार्थवाद' का नाम दे दिया गया। मैं भारतेन्दु विमल के नैतिक निर्णयों से भरपूर इस कथा-वृतांत को सुधारवादी नहीं, मानवतावादी कहना अधिक उचित समझता हूँ, क्योंकि चन्दर का चरित्र पवित्रता का मुकम्मल अहसास है। वह पहली रात में भी वेश्या की बदली हुई चादर मैली नहीं होने देता और जब अगली बार वह रेहाणा के कमरे में होता है तो रेहाणा का दलाल 'शाट टाइम' के दो सौ रुपये और रूम सर्विस के दस रुपये लेकर चन्दर को कण्डोम थमाता हुआ कहता है, 'इंपोर्टेड है, मैं तो आज आपके लिए पूरा पैकेट लेकर आया था...'

और जब चन्दर देहाचार के कार्यक्रम को नकार कर रेहाणा को अछूता छोड़कर चलता है तो रेहाणा सिरहाने रखे कण्डोम को उसकी ओर बढ़ाते हुए कहती है, 'ये लेते जाओ...इसके पैसे चुकाए हैं, कभी काम आएगा...' और जब चन्दर उसे वापस नहीं लेता तो कण्डोम को फ़र्श पर पटक कर जिस तरह रेहाणा उसे चप्पल से कुचलती है, वह एक अनकहा प्रतीक-प्रसंग है जो देह-संस्कृति के वेश्या प्रकरण से ही नहीं, समूचे नारी प्रकरण के मानसिक आक्रोश और क्षोभ को प्रतिलक्षित करता है। इस तरह के प्रकरणों से यह रचना लगातार आहत करती चलती है और हालात के यथार्थ में पैबस्त प्रश्नों को उठाती रहती है। यह प्रश्नाकुलता सुधार की नहीं बल्कि परिवर्तन की जरूरत को रेखांकित करती है और देह-संस्कृति के गटर संसार को सभ्य और सम्मानजनक बनाने के मसले को शिद्दत से पेश करती है। सोनम, रीमा, अंजू इत्यादि लड़कियाँ चन्दर के सहारे सभ्य संसार की नागरिक बन सकने का अवसर पाती हैं।

दरअसल 'सोन मछली' घटनाओं-परिघटनाओं से गुजरता हुआ एक सोचता-विचारता उपन्यास है, जिसमें कुछ पात्र पहचाने भी जाते हैं और वे इसके यथार्थ को और प्रगाढ़ करते हैं।

अंत में सोनम जो पत्र चन्दर की पत्नी सोनिया को थमाती है और एक बेटी को जन्म देने की जो प्रतीकात्मक पेशकश करती है, वही 'सोन मछली' का अभीप्सित सच है।

यू. के. की हिंदी समिति को धन्यवाद कि उसने इतनी महत्वपूर्ण रचना को तलाशा और प्रवासी हिंदी साहित्य को रचना की मुख्यधारा से जोड़ने का आवश्यक कार्य संपन्न किया है।

एक बार फिर भारतेन्दु विमल को 'सोन मछली' जैसी कृति के लिए मुबारकबाद देते हुए...

कमलेश्वर

दिल्ली : 20.3.02

साहित्य जगत् को यू. के. हिंदी समिति का उपहार 'सोन मछली'

प्रकाशित कृतियों को और उनके लेखकों को सम्मान एवं पुरस्कार तो आज विश्व की कितनी ही संस्थाएँ दे रही हैं परंतु प्रश्न यह है कि अप्रकाशित रचनाओं या उन लेखकों की ओर ध्यान कितने लोग दे रहे हैं जिनकी पहुँच प्रकाशन जगत तक नहीं है। विशेष रूप से हिंदी के वे लेखक एवं साहित्यकार जो भारत से बाहर विदेशों में या यू. के. जैसे देशों में साहित्य का सृजन कर रहे हैं।

विचार श्रेष्ठ था और कुछ मित्रों ने विशेष रूप से डॉ. गौतम सचदेव ने विचार विमर्श या लगभग निर्देश ही दे डाला कि इस उत्तम कार्य को अंजाम देने का बीड़ा यू. के. हिन्दी समिति की ओर से किया जाये।

मित्रों का यह सुझाव और निर्देश मेरे मन में उतर गया और यह निर्णय लिया कि प्रति वर्ष हम यू. के. से किसी एक चयनित पांडुलिपि का प्रकाशन करवाने की जिम्मेदारी लेंगे और संभवतः इससे बड़ा पुरस्कार एवं सम्मान किसी लेखक के लिए और क्या होगा कि उसकी अप्रकाशित पांडुलिपि का चयन किया जाए और उस कृति को सम्मानपूर्वक प्रकाशित किया जाए।

कार्य आरंभ हुआ, इंग्लैंड के अनेक साहित्यकारों ने न केवल हमारे इस निर्णय के लिए हमें बधाई दी अपितु अपनी अप्रकाशित रचनाओं को बड़े उत्साह के साथ हिंदी समिति के चयन हेतु प्रेषित किया। हम एक ऐसा मंच स्थापित करने में एवं एक ऐसा अभूतपूर्व सेतु बनाने में सफल हुए जो इस देश के हिंदी लेखकों के लेखन को प्रकाश में लाए और पाठकों तक पहुँचाए।

किसी भी लेखक की रचना में केवल उसकी पीड़ा, लगन, अनुराग अथवा विचार ही नहीं होता, उसमें रचनाकार की तपस्या एवं साधना के साथ-साथ समाज का प्रतिबिंब भी होता है। वह लेखक सिर्फ समाज की समस्याओं तथा उसके संघर्ष को प्रकाश में ही नहीं लाते अपितु समाज का मार्गदर्शन एवं उन समस्याओं से जूझते लोगों को शक्ति भी देते हैं। एक अच्छा लेखक अपने पाठक का सही मित्र और

शुभचिंतक होता है।

इन्हीं भावनाओं एवं विचारों के साथ वरिष्ठ साहित्यकार डॉ. गौतम सचदेव एवं भारतीय उच्चायोग के हिंदी एवं सांस्कृतिक अधिकारी श्री अनिल शर्मा जी के हाथों में हमने यहाँ के लेखकों की पांडुलिपियाँ चयन हेतु प्रस्तुत की।

मुझे हार्दिक प्रसन्नता हुई कि उन्होंने श्री भारतेन्दु विमल का उपन्यास 'सोन मछली' का चयन किया। यह उपन्यास मुंबई के ऐसे समाज के दर्शन कराता है जिसमें नारियाँ अपने परिवार के लिए हर रात शहीद होती हैं एवं अपने आत्मसम्मान को नीलाम करती हैं।

उपन्यास पढ़कर ऐसा प्रतीत होता है कि लेखक अपने उपन्यास के समस्त पात्रों को चित्रित करते-करते जैसे उनके जीवन का एक हिस्सा बन जाता है। विमल जी की लेखनी में खूबी यह है कि वे घटती हुई घटनाओं को संस्कृत के पुराने श्लोकों से, महाकवि कालिदास की रचनाओं से, इस प्रकार जोड़ते हैं जो प्रत्येक चरित्र की सच्चाई एवं उसकी पवित्रता को प्रतिबिंबित करने लगता है। उनकी यही शैली उन्हें सामान्य से विशिष्ट में ला खड़ी करती है। भाषा के प्रवाह में हम कहानी के साथ-साथ पात्रों का हिस्सा बन कर पूरे उपन्यास में उनके संग-संग बहते हैं।

अंग्रेज़ साहित्यकार श्री डब्ल्यू. एम. थैकरे का वह कथन सीधे-सीधे इस उपन्यास पर लागू होता दिखता है कि "उपन्यास मिठाइयाँ है। साहित्य के भूखे स्त्री-पुरुष इनकी चाह में रहते हैं।"

हम लेखक और चयनकर्ताओं के साथ-साथ श्री अरुण माहेश्वरी जी (*वाणी* प्रकाशन) के विशेष रूप से आभारी हैं जिन्होंने हमारी इस योजना को साकार किया और भविष्य में इस योजना की चयनित पाण्डुलिपि को प्रकाशित करते रहेगें।

अंत में यही कहूँगा कि जिस कृति को वरिष्ठ साहित्यकार तथा उपन्यासकार आदरणीय कमलेश्वर जी का आशीर्वाद मिल गया हो वह तो बाध्य हो गई है सफलता के लिए। साहित्य जगत् को समर्पित है—यू. के. हिंदी समिति का यह उपहार 'सोन मछली'।

—पद्मेश गुप्त
अध्यक्ष
यू. के. हिंदी समिति, लंदन

लेखक की ओर से...

आज से लगभग पैंतीस साल पहले, पहली बार मैंने मुंबई की धरती पर पाँव रखे थे। तब से लेकर आज तक मैं मुंबई से जुड़ा रहा हूँ। कई साल तक मैं वहाँ के जन-जीवन का हिस्सा भी रह चुका हूँ, लेकिन बीयर बारों की संस्कृति ने कब जन्म लिया, कब पनपी और सारी मुंबई में कब फैल गई, पता ही नहीं लगा।

सन् 1997 की एक शाम, कुछ भूखा-प्यासा एक 'बार एंड रेस्टोरेंट' की सीढ़ियाँ उतर गया था जहाँ बीयर-बार संस्कृति की पहली झलक देखी। उसके बाद कुछ संयोग ऐसे बने कि बार बालाओं के जीवन को नज़दीक से देखने का अवसर मिला। मैं उनकी खिलखिलाती हँसी में भी शामिल हुआ हूँ और कभी उनकी विवशता भरी परिस्थितियों पर तो आँसू भी बहा चुका हूँ। सोन मछली, इन्हीं बार बालाओं की जिंदगी के भीतर झाँक कर लिखी गई एक कहानी है जिसे मैंने तथ्य से बहुत दूर नहीं भटकने दिया है।

आभार यू. के. हिंदी समिति के अध्यक्ष पद्मेश गुप्त का और वाणी प्रकाशन का, जिन्होंने इसे आप तक पहुँचाया है। आभार, डॉ. गौतम सचदेव का और लंदन स्थित भारतीय उच्चायोग के हिंदी एवं संस्कृति अधिकारी अनिल शर्मा का भी, जिन्होंने प्रकाशन के लिए 'सोन मछली' का चयन किया। आपकी प्रतिक्रिया की प्रतीक्षा रहेगी।

–भारतेन्दु विमल

परदेसी-परदेसी जाना नहींऽऽऽ मुझे छोड़ के।

फिर वही गीत फिर वही दिल को छू लेने वाली धुन।

मन की शांति को झकझोर कर सतह तक पहुँचने की कोशिश करती वही आवाज़।...और चन्दर को लगता जैसे स्मृतियों के सागर में डूबता उतराता वह कहीं भी जाए, बेचैनी उसका दामन पकड़े पीछे-पीछे दौड़ती रहती थी।

दिन होता तो मुंबई की चिल्ल-पों में उनींदी आँखें भी चौड़ी ही रहतीं। रात कितने तारे निकले—कौन कहाँ चमका, कौन कब टूटकर कहाँ गिरा—सारा हिसाब भूल जाता।

बस, फैक्टरियों में मशीनों का काम शुरू होता—

मछुआरों के गाँव से कोलियों की गाड़ियाँ शहर की ओर रवाना होतीं तो चन्दर थका मांदा बदन लिए समुन्दर किनारे रेती पर लोटपोट कर थोड़ी बहुत ठंडक बटोरने की कोशिश करने पहुँच जाता...और फिर सारे ख़्यालों को परे धकेल, उठ खड़ा होता—बयार के झोंकों के साथ दौड़ने के लिए। वह दौड़ रहा था। तन से...मन से।

दिन...रात।

इसी दौड़ में, उस रात,

अंधियारे की काली चादर की ओट में, अकेला चन्दर, सन लाइट बीयर बार के दरवाज़े तक पहुँच गया था।—दरबान ने सलाम ठोका, दरवाज़ा खोला तो फिर वही आवाज़—पर-देसी पर-देसीऽऽऽ।

वह मुस्कराया—सीढ़ियाँ उतर गया—आवाज़ तेज़ होती गई—

वह बीच वाले डिस्को हॉल में ख़ाली पड़ी एक सीट पर जम गया।

चोली घाघरा पहने वेट्रैस की कमर पर निगाह टिकी तो नाभि में भंवर की कल्पना करते, चेहरे की मुस्कान देखी ही नहीं। लाल जैकेट, सफेद कमीज़ और काली पैन्ट पहने वेटर ने एक हाथ से अपनी टाई ठीक करते हुए दूसरा हाथ चन्दर से मिलाया तो झटका लगा। पूछने से पहले ही आर्डर प्लेस कर दिया—

"किंग फिशर-चिल्ड।"

इस टेबल तक पहुँचने से पहले चन्दर ने एक हॉल पार किया था। वेटरों की टोली ने आगे-पीछे से घेर कर वहीं बैठाने की कोशिश की थी, और ऐंठी हुई मूछें सोहराते हुए सिक्योरिटी वाले ने भी। लेकिन संगीत की धुन का पीछा करते चन्दर के पाँव उस छोटे वाले हॉल को लांघ कर बीच वाले बड़े हॉल की ओर बढ़ गए थे। शराब की गंध से भरे इस हॉल में आसन जमाकर बीयर का आर्डर देने के बाद तिरछी नज़रों से स्टेज की ओर देखा तो लगभग पच्चीस जोड़ी आँखें एक अजनबी की आँखों से एक बार टकराने की कोशिश में लगी थी। पर वहाँ बैठे चन्दर के कान और आगे से रिसरिस कर आने वाले संगीत की ओर लग गए थे। सभी नज़रों का निरादर कर, चन्दर ने दूर दायीं ओर के दरवाज़े की ओर देखा। एक वेटर हाथ में ट्रे लिए अंदर आने लगा। दरवाज़ा खुला—और ''पर-देसी पर-देसी'' तेज़ हो गया। चन्दर के पाँव बरबस उसी ओर बढ़ गए। वह वी. आइ. पी. लाउन्ज था। दोनों कमरों से छोटा लेकिन बीयर के भाव में पचास रुपए मोटा। दुकान से तीस चालीस रुपए में मिलने वाली बीयर की बोतल, बाहर वाले और बीच वाले हॉल में अस्सी रुपये की थी तो वी. आई. पी. में उसकी कीमत एक सौ तीस रुपए। फ़र्क सोफ़े का था। दूसरा ये भी कि दूसरे हाल में नाचने वाली लड़कियाँ दस बीस फुट की दूरी पर थीं और वी. आइ. पी. में फलों से लदी डाली सी कोई कमर ठुमकों के झोंके पर आपकी नाक तक आ जाए। चन्दर ने वहीं एक कोने में बैठने का फैसला किया और वेटर ने डिस्को हॉल में मंगाई गई बीयर की बोतल वहीं लाकर रख दी। उसके मालिक को पचास रुपए का फ़ायदा जो था।

वी. आइ. पी. लाउन्ज में सिर्फ़ आठ दस लड़कियों के डान्स करने की जगह थी। लेकिन वह भी एक दूसरे से टकराए बिना संभव नहीं था। इस नये कस्टमर का नाम अपने खाते में लिखने की कोशिश शुरू हुई तो लड़कियों की आँखों में पूरी की पूरी किताबें लिखी दिखाई देने लगीं। जिनके स्थायी ग्राहक मौजूद थे, उन्हें तो उनकी जेबों का वज़न हलका करने में ही पहली दिलचस्पी थी वर्ना उनकी नज़र किसी और पर टिक गई तो कलैक्शन की झोली हलकी रह जाएगी। बाकी दो-चार चन्दर पर नज़रें फेंकने की कोशिश में लग गई थीं। बीयर बार के रीति-रिवाज से अनजान, चन्दर की नज़रें—किसी के होंठों की लाली से रंगकर—सीने के उभार पर जा टिकतीं और फिर पल भर में अध खुली कमर की भंवर से बचकर फ़र्श पर गिर जातीं, पाँव ज़मीन कुरेदने लगते। तभी शकीला का पाँव चन्दर के पाँव पर पड़ा और दोनों के मुँह से आह निकल गई। चन्दर का पाँव दुखा था—तकलीफ़ वाली आह थी। शकीला ने चोट पहुँचाई थी—अफ़सोस वाली आह थी। चन्दर ने नज़र उठाकर देखा तब तक शकीला ने झुक कर उसका पाँव छू अपने हाथ सीने से लगा लिए थे। माफ़ी माँगने का मुंबई वालों का तरीका था।

''सॉरी'' शकीला ने कहा तो चन्दर ने नज़र उठाकर उसकी ओर देखा और

बिना कुछ कहे उसे माफ़ कर दिया। शकीला शालिनी की ओर मुड़ी और हड़बड़ाहट में ज़रा ज़ोर से बोल गई–"ज़रा देखकर डान्स कर न। बार-बार टक्कर क्यों मारती है।"

"चल फूट इधर से–इतनी नाज़ुक कमर है तो घर जाके मम्मी से सिकाई करा। स्टेज पर डान्स करना है तो ये झटके झेलने पड़ेंगे।" शालिनी का गोली-सा जवाब आया और उसकी कमर के लटके-झटके और तेज़ हो गए।

शकीला ने एक बार शालिनी की ओर देखा। शालिनी ने रुख़साना की ओर देखकर आँख मारी और दोनों खिलखिलाकर हँस पड़ीं। शकीला किनारे हो गई। शालिनी और रुख़साना ने चन्दर के सामने की ज़मीन पर अपने पाँव जमा लिए । चन्दर रोकता तो भी उसकी निगाहें दोनों के झिरझिरे लिबास को भेदकर उनके बदन से टकराने से न बच पातीं। शालिनी की आँखों में अपनी जीत का गीत था–जो उस समय वी. आई. पी. लाउन्ज में चल रहे रेकॉर्ड से बिल्कुल मेल नहीं खा रहा था। उनसे मिली नज़र तो मेरे होश उड़ गए–ऐसा हुआ असर कि मेरे होश उड़ गए।

चन्दर, शालिनी की नज़रों का इस गीत के साथ मेल बैठाने की कोशिश कर रहा था कि शकीला ने अपने हाथ के नोट, पास में रखी नौ नंबर की अपनी पेटी में डाले और हारे हुए सूमो पहलवान की तरह मुस्कराती हुई उस अखाड़े से बाहर चली गई। जाते-जाते उसकी शर्मिन्दगी भरी नज़र, चन्दर की नज़र से टकरा कर झुक गई थी। रुख़साना ज़ोर-ज़ोर से हँस रही थी। उसकी सहेली ने सन लाइट में अपनी दादागीरी का एक और नमूना पेश कर दिया था। चन्दर आज से बीस साल पहले मुंबई में रहा करता था। तब किसी आन्टी के कमरे पर जाकर नौ टांक ठर्रा पीने के अलावा शराब पीने के और ठिकाने नहीं थे। धीरे-धीरे शराब की दुकानों को लाइसैन्स मिला और फिर पिछले कुछ सालों में बीयर बारों का जो सिलसिला शुरू हुआ तो ये सारी महानगरी में मशरूम की तरह फैल गए। चन्दर लन्दन से जब कभी मुंबई आता, सारा समय परिवार और यार दोस्तों के साथ निकल जाता। कभी ज़रूरत ही महसूस नहीं हुई थी कि मन बहलाने के लिए कोई ठिकाना खोजे। लेकिन इस बार हालात कुछ और थे। हिंदुस्तान की मिट्टी से दूर रहकर भी मन में एक चाह थी, अपनी ज़मीन पर कोई ठौर बनाने की। बस, बीबी-बच्चों से दूर, इसीलिए, मुंबई में महीनों का डेरा लग जाया करता था।

यूँ तो चन्दर के लिए विकल्प कई थे। लेकिन मुंबई में कोई भी द्वार खोल पाना आसान नहीं था। वह मन से तैयार था–कई जोड़ी जूते घिसने के लिए। फिर भी कभी-कभी बड़ी अकुलाहट होती कि बीसवीं सदी वाले कम्प्यूटरों के युग में हिंदुस्तान की फ़ाइलों को एक मेज़ से दूसरी मेज़ तक खिसकाने के लिए छप्पन लोगों के सामने हाथ क्यों जोड़ने पड़ते हैं। वह सुबह उठता और अपनी आदत के हिसाब से एक लिस्ट बनाता कि दिन में क्या-क्या करना है। एक शाम अमर से मुलाकात हुई तो

झुंझला कर चन्दर ने कहा था—"यहाँ कुछ काम नहीं होता, आज ज़ी टी.वी. के चेयरमैन से मिलना था—दस बार फ़ोन करने पर भी बार-बार यही जवाब मिलता रहा कि वो मीटिंग में बिज़ी हैं। वैरायटी प्रोग्राम के लिए हॉल बुक कराना था तो डिपॉज़िट जमा नहीं हो सका क्योंकि कैशियर नहीं आया था। शो के लिए सैन्सर का लायसैन्स लेना था तो सारे आइटमों की लिस्ट पर किसी के दस्तख़त करवाने बाक़ी रह गए थे। ले देकर बस लाइटिंग वाले को फाइनल कर पाया।"

चन्दर की बात पर अमर हँसा। उसने राहत की साँस ली। बोला—"लाइटिंग वाले को फ़ाइनल कर दिया?"

"हाँ, बस और कोई काम नहीं हुआ।" चन्दर ने निराशा जताई। लेकिन अमर के चेहरे पर संतोष था। कहने लगा—"देखो चन्दर, हिंदुस्तान में अगर एक दिन में हमारा एक काम हो जाए तो हम अपना दिन सफल मानते हैं। तुम हो कि लाइटिंग वाला फ़ाइनल हो गया और शिकायत कर रहे हो कि कोई काम नहीं बना।"

अमर की हँसी के साथ, ज़बर्दस्ती अपनी मुस्कान मिलाने के अलावा चन्दर के पास और कोई चारा नहीं था।

लेकिन आज का दिन ज़रा और मुश्किल से गुज़रा था। मुंबई में चन्दर को जिस मंज़िल की खोज थी, उसके रास्तों पर कोहरा-सा छाया हुआ दिखाई देने लगा था उसे। सोचा, आख़िर बीबी-बच्चों को परदेस में छोड़, हज़ारों मील दूर वह क्या हासिल करने के लिए अजनबियों के दरवाज़ों पर दस्तक दे रहा है। अगर पाँव टिकाने के लिए ज़रा सी ज़मीन मिल भी गई तो कौन आएगा लौटकर हिंदुस्तान। दो बच्चे, जिनकी पैदाइश पराई मिट्टी पर हुई है, जो महारानी एलिज़ाबैथ की प्रजा हैं या वो बीबी जो हिंदुस्तान में तभी रह सकती है जब सारे मच्छरों को काला पानी की सज़ा दे दी जाए। तो क्या वह लौट जाए। हार मान ले। हथियार डाल दे। चुनौतियों को हँस लेने दे अपने ऊपर।

इसी सोच में तनहाई ने और कचोटा था उसे—और वह सन लाइट के दरवाज़े पर दस्तक दे बैठा था।

चन्द पलों में ये सारी बातें उसके दिमाग़ में बिजली की तरह कौंध गई थीं। सामने शालिनी का डान्स और तेज़ हो गया था। उसके लचीले बदन पर पड़ती हुई फ़्लूरौसैन्ट डिस्को लाइट, उसकी पोशाक में आड़ी तिरछी सफेद लाइनों पर पड़ती तो चन्दर के सामने भी कई बिजलियाँ रह-रह कर कौंधने लगतीं। लेकिन मायूसी में बाहर निकली शकीला का मुरझाया चेहरा, मानो उस रौशनी में अपनी अदृश्य परछाईं छोड़ गया था।

शालिनी और रुख़साना ने बड़ी कोशिश की चन्दर को रिझाने की। इसी कोशिश में उनके बदन कभी दो कमानों की तरह मुड़ ज़मीन छूने लगते तो कभी बीच दरिया में नाचती हुई मछलियों की तरह वातावरण को चीरते, चन्दर के सामने से गुज़र

जाते। लेकिन चन्दर की नज़रें वहाँ टिक नहीं रही थीं। शालिनी चन्दर पर नज़रें गड़ाए मानो उलाहना देने की कोशिश कर रही थी कि वी. आई. पी. लाउन्ज में एक सौ तीस रुपए की बीयर के घूँट मारने वाले—तेरी जेब से दस रुपए भी हौसला अफ़ज़ाई के लिए नहीं निकले।

नज़रें टकराते ही चन्दर को अपराधबोध ज़रूर हुआ। पर उसने शालिनी के बिन बोले उलाहने का बिनबोला जवाब भी अपने आपको ही दे दिया। शायद ये कि ज़रूर निकलते—दस के क्या बीस, पचास और सौ के नोट भी निकलते, अगर शकीला के मायूस चेहरे ने मेरे हाथ न रोके होते।

ये जवाब न शब्दों में था, न शालिनी और रुख़साना ने सुना था। लेकिन अचानक एक झटके के साथ चन्दर के वहाँ से उठकर चले जाने से, उन्हें जवाब मिल गया था।

वह फिर डिस्को लाउन्ज में—स्टेज से दूर, एक कोने में ख़ाली पड़े टेबल पर जा बैठा। वेटर को बीस रुपए का एक नोट थमा कर, वी. आई. पी. लाउन्ज में पड़ी अपनी बीयर लाने भेज दिया। शकीला की आँखों ने चन्दर के डिस्को हॉल में घुसते ही उसका पीछा किया था। वेटर ने बीयर लाकर रखी ही थी कि शकीला उसके पीछे आ खड़ी हुई थी।

''आइ एम सॉरी।'' शकीला ने दबी ज़बान से कहा। ''मैं बहुत शर्मिन्दा हूँ।''

''शर्मिन्दा तुम क्यों हो''—चन्दर बोला—''जिन्हें होना चाहिए वो तो नाच-गा कर मस्त हैं।''

''पहले तो आपका पाँव दबा दिया और फिर आपका मन बहलाने की बजाय आपसी बखेड़ा खड़ा कर दिया।''

''चलो अच्छा हुआ, मालूम पड़ गया कि तुम सब भी इंसान हो। मेरी तरह।''—चन्दर ने शकीला की झेंप मिटाने की कोशिश में कहा—''हम भी यार-दोस्तों के साथ उठते-बैठते हैं तो नोंकझोंक चलती रहती है।''

''लेकिन वो मेरा यार-दोस्त नहीं''—शकीला झुंझला गई थी—

''मेरी जान की दुश्मन बनी हुई है, एक अर्से से। बस, इसीलिए मैं वहाँ से हटकर बाहर आ गई।''

''कोई बात नहीं, मैं तुम्हें खोजता यहाँ चला आया।'' चन्दर ने कहा तो शकीला कुछ शरमाई और स्टेज की ओर दौड़ गई।

छोटी-सी स्टेज पर लगभग पच्चीस लड़कियाँ खड़ी डान्स कर रही थीं। डिस्को हॉल लगभग भरा हुआ था। ज़्यादा तो नहीं पर सवा सौ-डेढ़ सौ आदमी ज़रूर होंगे। दो मेज़ों पर कॉलिज के लड़के-से बैठे दीख रहे थे। सबको पूरी तरह दाढ़ी-मूँछ भी नहीं आई थी। एक मेज़ पर सफ़ेद बालों वाले दो बूढ़े ह्विस्की के घूँट भर रहे थे। एक बेडौल मोटा दस रुपए के नोट निकाल, बारी-बारी हर ख़ूबसूरत लड़की को अपने

पास बुला रहा था। दो-चार दोस्तों के साथ एक लुंगीवाला सिगरेट के कश भरता हुआ स्टेज की ओर सचमुच अपनी जीभ लपलपा रहा था। कई मेज़ों के पास लड़कियाँ—लोगों के पास खड़ी थीं। चन्दर ने ध्यान से देखा तो लड़कियों और 'कस्टमरों' के बीच हाथों में हाथ वाला संबंध नहीं बल्कि नोटों पर उँगलियों वाला रिश्ता दिखाई पड़ा था।

चन्दर के गिलास में ज़रा सी जगह बनी कि एक मोटी बेडौल वेट्रैस ने फटाफट आगे बढ़कर, बोतल से और बीयर उंडेल दी। शायद सेठ की ओर से निर्देश होगा—गिलास भरे रखो—ताकि पहली बोतल ख़ाली होते ही दूसरी का आर्डर मिले। और मिला भी। इस बार जब वेट्रैस गिलास भरने आगे आई तो चन्दर की नज़रों के, स्टेज पर नाच रही लड़कियों से जुड़े तार अचानक टूट गए। उसने वेट्रैस की ओर उलाहने भरी निगाह से देखा तो असली एक सौ बीस की गंध वाली लंबी साँस छोड़ते और चूने-कत्थे की लाली वाले दाँत निपोरते हुए वह बोली—

"बारह बज गए—हमारा टाइम हो गया"—लड़कियों की ओर इशारा करते हुए कहने लगी—"उसका क्या, वो तो रात भर आपके सामने नाचती रहेंगी।" वे पल कुछ ऐसे थे कि चन्दर को उस वैट्रैस की बातों में कोई दिलचस्पी नहीं थी। वह तो स्टेज पर खड़ी लड़कियों की ओर टकटकी लगाए—संगीत की धुन पर कंधे मटका रहा था। चन्दर देख रहा था, एक नहीं, दो नहीं, तीन नहीं—सभी लड़कियाँ उसकी नज़रों में नज़रे डाले मुस्करा रही थीं। लेकिन ये क्या, अभी उससे नज़रें मिली हुई थीं। और दूसरे पल वही लड़की—दूसरे कोने वाली सीट पर बैठे मोटे से दस रुपए का नोट थामने चली गई। दूसरी कहीं और, तीसरी कहीं और, चौथी... चन्दर के पास कोई नहीं आई। सिर्फ़ देखने का खेल...शकीला के अलावा।

"मेरा टाइम हो गया।" फिर वेट्रैस ने कहा तो चन्दर का ध्यान स्टेज से हटा।

"ठीक है। गुड नाइट। फिर मुलाक़ात होगी। आपसे मिल कर बड़ी ख़ुशी हुई।" चन्दर ने हाथ मिलाते हुए कहा।

वेट्रैस ने तेज़ी से हाथ छुड़ाया और बोली—

"लेकिन मुझे तो अभी तक किसी से मिलकर ख़ुशी नहीं हुई। आज बोहनी तक नहीं हुई।"

चन्दर अपनी नासमझी पर झेंपा। जेब में हाथ डाला। पचास रुपए का नोट हाथ लगा तो वही देते हुए बोला—

"सॉरी, मैं समझा नहीं था। माफ़ी चाहता हूँ।"

वेट्रैस ने नोट थामा। अपनी ब्रा वाले बैंक में रखा, मुस्कराई और गुड नाइट कह कर चलती बनी।

वेट्रैस के रवाना होते ही चन्दर की नज़रें फिर स्टेज पर जा टिकीं। भीड़ भी कुछ छंट गई थी। बारह बजे के बाद सामने का छोटा वाला हॉल बंद हो गया था।

वहाँ मैनेजरों और पुलिसवालों की पार्टी शुरू हो गई थी। कई वेटर और सिक्योरिटी वाले उनकी सेवा में लग गए थे। शालिनी व रुख़साना और मैनेजर की कुछ अन्य चहेती लड़कियाँ, उनके इर्द-गिर्द बैठी कबाब चख रही थीं। डिस्को हॉल की स्टेज पर लड़कियों की गिनती और बढ़ गई थी। इनमें शकीला के साथ डॉली भी थी, रज्जो भी, सायरा भी और गीता भी।

डान्स करते-करते, डॉली की नीली साड़ी का पल्लू सरक कर फ़र्श छू गया तो चन्दर को कालिदास याद आ गए।

नदी के किनारे सरकन्डों के पेड़। तेज़ धारा ने किनारे की ज़मीन काटी। सरकन्डों की जड़ें उधड़ आईं। डॉली नीचे झुकी और नदी की धार को छूने लगी। कोई अल्हड़ नवयौवना साड़ी के खिसके हुए पल्लू को ज़मीन तक झुक कर उठाने की कोशिश कर रही थी। वह नदी का किनारा रहा होगा—यह बीसवीं सदी के बीयर बार के फ़र्श पर लगा नीले रंग का कालीन था।

डॉली से निगाह हटाई तो रज्जो, सायरा की पीठ पर उसकी चोली के फीते कस रही थी। चन्दर को याद आया। दुष्यंत वाली शकुन्तला ने सहेलियों से शिकायत की थी। साजसिंगार करते हुए चोली कसे दे रहीं थीं। सहेलियाँ खिलखिलाकर बोली थीं। चोली को क्या कोस रही है। जवानी में उभरती हुई छाती को सम्हाल। रज्जो बेचारी ने कालिदास कहाँ पढ़ा होगा। वर्ना सायरा से कहती कि शकुन्तला वाली चक्की से आटा न पिसाया करे।

चन्दर को याद आया था। वह मुस्कराया। गिलास उठाया। लंबा घूँट भरा और फिर स्टेज पर नज़र गड़ा दी। इस बार गीता की फैलती सिकुड़ती जांघें, आधुनिक गीत-संगीत की तरह बिखरी जा रही थीं। फिर चन्दर के दिमाग़ में एक पंक्ति कौंधी।

'ज्ञातास्वादो विवृत जघनां को विहातुं समर्थः। जिसने स्वाद लिया हो, खुली हुई जाँघें देखने के बाद कैसे छोड़ सकता है।' 'जय कालिदास', वह बुदबुदाया—"आपके ज़माने में सैन्सर बोर्ड नहीं था शायद। वर्ना आम को चूत कहते और साहित्य के धुरंधर बने रहते तब हम मानते—भारत के शेक्सपीयर।"

मन ही मन पढ़ने लगा—कषाय कंठः।

शकीला की निगाहें चन्दर का पीछा कर रही थीं। उसे ख़ुद से बातें करता और फिर हँसता देख शकीला एक बार फिर उसके पास दौड़ी चली आई। चन्दर को भला शराब झेलना कहाँ आता था। अभी दूसरी बोतल ख़ाली नहीं हुई थी कि बीयर का पीला रंग आँखों की लाली बनने लगा था। संकोच और हिचकिचाहट की रस्सी टूट चुकी थी। सीधा मुँहफट सवाल कर बैठा—

"कितने लोगी?"

...काटो तो ख़ून नहीं। लेकिन शकीला को ऐसा कुछ नहीं हुआ। बीयर बार में कई साल से काम करते हुए, उसे ऐसी परिस्थितियों के कीचड़ से दामन बचा

कर निकलना आ चुका था।

"मुझे मालूम है।" शकीला ने मुस्कराते हुए चन्दर का हाथ थाम लिया और कान के पास मुँह ले जाकर बोली—"आज तुम्हारी जेब में मेरी क़ीमत लगाने के पैसे नहीं। कल आना—तब इस सवाल का जवाब दूँगी। जाओ, अब घर जाकर सो जाओ। हम तो मजबूर हैं। एक पाँव पर भी सारी रात काटने के आदी हैं। तुम क्यों रतजगा करते हो?" —और वह स्टेज पर वापस चली गई। सहेलियों के बीच। गाना ख़त्म हुआ। पल भर की शांति में दोनों ने एक दूसरे को देखा। शकीला की आँखों में एक अजीब-सी चमक देखकर, चन्दर ने नज़रें झुका ली थीं। तभी अगले गाने के संगीत के साथ चन्दर की गरदन सीधी होने लगी थी।

चन्दर के हाथों ने कब जेब टटोली, बैरे को पाँच सौ का नोट कब दिया, कब हार मंगाए, कब बिल चुकाया—मालूम ही नहीं पड़ा क्योंकि टकटकी शकीला पर लगी थी।—उसी दौरान इशारा कर शकीला को बुलाया तो वह सहमती हुई फिर चली आई।

"एक बार तुमने माफ़ी माँगी थी न" चन्दर ने सवाल किया।

"हाँ, आपका पाँव दुखाया था न, इसलिए"

"तो इस बार मुझे माफ़ कर दो, तुम्हारा दिल दुखाया है न, इसलिए।"

और शकीला मुस्करा दी, तभी बैरे ने सौ-सौ के पाँच हार लाकर चन्दर को दिए। गाना तेज़ हुआ—

हमें याद रखना कहीं भूल न जाना—पर-देसी पर-देसी।

और चन्दर ने खड़े होकर अपने हाथों से सौ-सौ के पाँचों हार शकीला के गले में डाल दिए। "चाहो तो फ़ोन कर लेना...या पेजर।" चन्दर ने एक पर्ची दी और गरदन झुकाकर कहा—"गुड नाइट।"

"ख़ुदा हाफ़िज़" पर्ची रखते हुए मुस्करा कर शकीला ने जवाब दिया।

सन लाइट की रोप लाइट एक सिरे से दूसरे सिरे तक दौड़ लगा रही थी। प्लास्टिक ट्यूब के अंदर बंद नन्हें-नन्हें बल्ब बिजली के करंट से गति पाकर दौड़ रहे थे। अंदर किस्मत की लकीरों के घेरे में, भारत के कोने-कोने से आई सुंदरियों के पाँव, संगीत की धुन पर थिरक रहे थे। इन पावों ने कितनी टेढ़ी-मेढ़ी राहें नापी थीं, कितने काँटे बर्दाश्त किए थे, कितने पत्थरों से ठोकरें खाई थीं, ये हिसाब कौन दे। लेकिन चन्दर के दिमाग़ की स्लेट पर यह सवाल उतरा था। पर उस रात इसे हल करने की कोशिश चन्दर ने नहीं की। सवाल को सवाल ही रहने दिया। जवाब खोजने के लिए अंकगणित के आंकड़े जुटाने पड़ते, रेखागणित की लकीरें मिलानी पड़तीं और बीजगणित के फॉर्मूले लगाने पड़ते...और समस्या का हल सिर्फ़ गणित से नहीं होता। ग्वालियर और मुंबई के तार कैसे जुड़े, डकैतों के लिए दुनिया भर में मशहूर मुरैना और भिन्ड की कन्या ने मुंबई आकर पांवों में घुंघरू क्यों बांधे और

कानपुर का स्कूल छुड़ाकर मम्मी-पापा ने अपनी लाड़ली बेटी को मुंबई के फ़ारस रोड पर रहने वाली मौसी के पास क्यों भेजा। इन और ऐसे और कई सवालों का जवाब पाने के लिए भूगोल, इतिहास और अर्थशास्त्र के भी कई पाठ पढ़ने की ज़रूरत थी। आज नहीं—फिर कभी।

उस रात चन्दर का दिमाग़ हलका था। हलके दिमाग़ से भारी-भरकम सवालों का जवाब माँगना ज़्यादती थी। बस, इसीलिए उसने कंधे झाड़े और कालिदास की—''ज्ञातास्वादो विवृत जघनां को विहातुं समर्थः''—पंक्ति गुनगुनाता सन लाइट के सामने वाले चौराहे पर आ खड़ा हुआ।

सामने सिनेमा हॉल था। नौ से बारह वाला शो अभी-अभी छूटा था। चाँदनी और रेहाणा पान लगवा रही थीं। चन्दर की सिगरेट ख़त्म हो गई थी। नया पैकेट लेना था। दो पान लगने के बाद उसका नंबर था। पुलिस वाला मूँछे मरोड़ते—माणिकचंद थूकते और दाएँ हाथ की छोटी-सी डन्डी अपने ही बाएँ हाथ पर बजाते चाँदनी के पास आ खड़ा हुआ था।

''यहाँ रन्डियों के बाज़ार में इतनी रात गए क्या कर रही है रे।'' पुलिसवाले की बात सुनकर चन्दर का नशा रफूचक्कर होने लगा था।

''किसी भडुए की तलाश कर रही हूँ। तू करेगा मेरी दलाली?''

चाँदनी ने कहा तो रेहाणा खिलखिलाकर हँस दी।

पुलिसवाले ने अपनी अथौरिटी क़ायम रखने के लिए धीरे से डन्डी चाँदनी की कमर पर जमाई और बोला—

''चल थाने—''

बीच में बात काट कर चाँदनी ने पूछा—

''नोट हैं?'' अब तक पुलिसवाला खीसें निपोरने लगा था। सामने की जेब से नोट निकाला—पाँच रुपए का था—बोला—''ये ले''

चाँदनी ने पाँच का पुराना नोट देखा तो ज़ोर से हँसी।

''जेब में नोट छोटे और पतलून में औज़ार मोटे।''—चाँदनी की बात पर रेहाणा को भी हँसी आ गई और पीछे खड़े चन्दर को भी।

रेहाणा ने शर्मिन्दा हुए पुलिसवाले से कहा—''क्यों अभी तेरे साहब ने हफ़्ते का हिस्सा नहीं दिया क्या? या अपनी बीवी के लिए नई चड्ढियाँ ख़रीदने में पैसे ख़र्च कर दिए?

ऐ सकाराम! अगर हम न हों तो ग्रांट रोड की पुलिसवालों के बच्चों को हर हफ़्ते चॉकलेट कहाँ से मिलेगा। जब हमारी दीदी से हफ़्ता वसूलने अपने साहब के साथ आते हो तब नीचे दुम दबा के ''मैडम-मैडम'' करते हो और अब हम यहाँ सिनेमा देख के निकले हैं।''—इस बीच चाँदनी और चन्दर एक दूसरे को भरी निगाहों से कई बार देख चुके थे। चाँदनी ने रेहाणा की बात आगे बढ़ाई और चन्दर का

हाथ पकड़ते हुए कहा—"हाँ, सिनेमा देख कर निकले हैं अपने दोस्त के साथ—ये मुलुक से आया है न—और शराफ़त से पान खा रहे हैं तो हमें डन्डे दिखा रहा है। अरे जा भड़ुए! तुम लोग तो रन्डीख़ाने के दलालों से भी गए गुज़रे हो।"

"पांच का नोट दिखा के थाने ले जाएगा।" रेहाणा ने उलाहना दिया और साथ ही चाँदनी ने चन्दर को खींचते हुए कहा—"चल चन्दा, अपन इसके मुँह नहीं लगते।"

चन्दर ने एक बार चाँदनी की ओर देखा। वह हाथ पकड़ उसे खींचे लिए जा रही थी। मुड़कर पुलिसवाले की ओर देखा तो वह मूँछ पर ताव देकर सड़क पर तमाकू की पीक मार रहा था। चन्दर खिंचा चला गया—पास वाली अंधेरी गली में। इसी अंधेरे में उसे फिर कालिदास याद आए—"ज्ञातास्वादो।" शकीला याद आई—"कितने लोगी।" गीता याद आई—"विवृत जघनां।"

गली में अंधेरा था। संकेत दे रहा था। शर्मिन्दगी के चेहरों पर पड़े काले पर्दे का। गली और भी संकरी होती गई और फिर दाएँ-बाएँ नालियाँ। सैकड़ों कुकर्म धुले पानी की सड़ांध। आख़िर में छत पर मद्धिम सी रौशनी दिखाई दी थी। चाँदनी और रेहाणा पांव पटकती सीढ़ियाँ चढ़ गईं। चन्दर पीछे-पीछे खिंचा चला गया। चाँदनी ने दरवाज़े पर दस्तक दी। मेहरी ने दरवाज़ा खोला। हाथ में पानी की बाल्टी थी।

सामने वाले कमरे की मोरी पर रखने के लिए।

हॉल में दीदी पाल्थी मार कर बैठी थी। पानदान में सुपारी थी, कत्था था, तम्बाकू थी और लाल से चीथड़े में लिपटे हुए पान के दो चार पत्ते।

"बैठो चन्दा"—चाँदनी ने दीदी के पास सोफ़े पर बैठने का इशारा किया—"मैं अभी आई"—कह कर चाँदनी अंदर जाने लगी तो चन्दर ने बैठते हुए कहा—

"हाँ, बैठता हूँ लेकिन ये बताओ कि तुम्हें मेरा नाम कैसे मालूम हुआ।"

"तुम्हारा नाम? क्या है तुम्हारा नाम?"

"वही जो तुमने दो बार पुकारा। एक बार पानवाले की दुकान पर और दूसरी बार अभी...चन्दर।"

चाँदनी हँसी—"अरे चन्दर नहीं मैंने तो चंदा कहा था चन्दा। चाँदनी का दोस्त चंदा नहीं तो क्या सूरज होगा। बैठो, अभी आती हूँ।"

चाँदनी अंदर चली गई। रेहाणा भी। गलियारे से उनके खिलखिलाने की आवाज़ आई थी।—किसी सहेली की भी।

कह रही थी—"पिक्चर देखते-देखते मुर्ग़ा फँसा लिया?"

"पहली बार आए हो?"

"जी नहीं, मैं तो आता रहता हूँ।" चन्दर ने सवाल समझे बिना जवाब दे दिया था।

"लेकिन मैंने तो तुम्हें पहले कभी नहीं देखा।"

''मुंबई में?'' बहुत बड़ी है मुंबई।''

''बहुत ख़ूब।–मैं सारी मुंबई में पहरा नहीं लगाती। अपने दरवाज़े की बात कर रही हूँ।''

''माफ कीजिए, मैं समझा नहीं था। जी...आप ठीक कह रही हैं। पहली बार इस दरवाज़े के भीतर पाँव रखे हैं। ये घर आपका है? ये दोनों लड़कियाँ आपकी क्या हैं?...''

चन्दर को एक अजीब सी घबराहट होने लगी थी। उसकी नज़रें उस कमरे की एक-एक चीज़ को परख लेना चाहती थीं। और वो अपनी साँसों की तेज़ी के साथ ही तेज़ी से कई सारे सवाल उंडेल देना चाहता था।

दीदी को पता लग गया था। परिन्दा नया है। भटक कर इस डाल पर आ बैठा है लेकिन उसके साथ आई लक्ष्मी घर से वापस नहीं लौटनी चाहिए, वर्ना अपशकुन हो जाएगा और फिर चाँदनी का मुर्ग़ा है। हलाल किए बिना थोड़े ही छोड़ेगी। पान का बीड़ा मुँह में दबाते हुए दीदी ने चन्दर को ऊपर से नीचे तक निहारा था। जहाँ-जहाँ जेब थी–निगाहें अटक गईं थीं–ये ताड़ने के लिए कि नोटों की गड्डी कहाँ है–पतली है या मोटी। अब चन्दर को कुछ-कुछ समझ आने लगा था।

उसे कुछ घबराहट सी होने लगी थी। वह उठकर खड़ा हुआ। लेकिन कुछ कह कर दरवाज़े की ओर पाँव बढ़ाता कि उससे पहले चाँदनी ने रास्ता रोक कर उसका हाथ पकड़ लिया। हलके से खींचते हुए बोली–

''चलो अंदर। बिनधास। घबराओ नहीं। सकाराम का भूत भी इधर नहीं आता।''

दीदी हँसती रही। चाँदनी चन्दर को खींचकर अंदर ले गई। उसके पाँव रुक रहे थे–उत्सुकता अंदर खींचे लिए जा रही थी। चार-पाँच छोटे-छोटे कमरों की पूरी लाइन पार करने के बाद कोने वाला कमरा चाँदनी का था। एक छोटे से पलंग भर की जगह। एक मोरी। पलंग पर बिछी हुई मैली सी चादर। बीच-बीच में पाप के चकत्ते। लिज़लिज़े। चन्दर के लिए उबकाई रोकने का अकेला सहारा था, चाँदनी का खिला हुआ चेहरा। जिस पर मासूमियत थी, शरारत का पुट था, मजबूरी के निशान थे और न जाने क्यों, चन्दर के लिए सद्भाव से भीगा आमंत्रण था।

''बैठो'' चाँदनी की आवाज़ सहम सी गई थी। शायद पहली बार उसके मन में संदेह कौंधा था कि चन्दर को इस तरह वहाँ लाकर उसने कुछ ग़लत कर दिया था क्या?

''ये किसका कमरा है?'' चन्दर ने चाँदनी का आग्रह टालते हुए खड़े-खड़े सवाल किया और दीवारों पर टंगे कपड़ों, खिड़की में रखे मेकप के सामान, नीचे रखे बक्से और कोने में टंगे टेपरिकार्डर पर निगाह दौड़ाई।

''मेरा और रेहाणा का'' नज़रें नीचे झुकाकर चाँदनी ने जवाब दिया तो चन्दर

की ओर से अगला सवाल तैयार था–

"तुम इसी पलंग पर सोती हो?"

"हाँ–और रेहाणा भी"

"चादर मैली है"

चन्दर की बात पर चाँदनी फीका सा मुस्कराई।

"अपनी ज़िंदगी ही मैली हो गई तो मैली चादर की परवाह कौन करता है।" चाँदनी ने कहा, चन्दर की कमर पर दोनों हाथ रखे, एक ओर होने का इशारा किया, बक्सा खोला और साफ़ सुथरी नई चादर निकाल कर बिछाते हुए बोली–

"लो अब तुम मैले नहीं होंगे।"

चन्दर बैठ गया। उसे चाँदनी के मिले-जुले व्यक्तित्व ने कुछ नज़दीक खींच लिया था। एक नई उत्सुकता सी पैदा हो गई थी। उसे जानने की। धीरे से चाँदनी की उँगलियाँ पकड़ीं। बोला–

"हम तो अब इतने मैले हो चुके हैं–क्या नाम बताया तुमने?–हाँ...चन्दर बाबू कि तुम जनम-जनम घिसकर हमें धोते रहो तो भी साफ़ नहीं होंगे। छोड़ो मेरी बातें। बोलने लगी तो तुम भूलभुलैया में खो जाओगे। चलो, निकालो दो सौ रुपए।... अगर एक घंटा रुकना है तो चार सौ। और बीस रुपए रूम सर्विस के–मेहरी को।

मुकेश भैयाऽऽऽ "चाँदनी के आवाज़ लगाने की देर थी कि दीदी की इस लुटी हुई जागीर का मैनेजर अंदर आया, नोट गिने और बाहर निकलते हुए पीछे से दरवाज़ा बंद कर दिया। चाँदनी ने कुंडी लगा ली थी। टेपरिकॉर्डर चला दिया। यहाँ भी वही। पर-देसी पर-देसी, जाना नहीं–मुझे छोड़ के... दिल तोड़ के...मुँह मोड़ के...वगैरह।

चन्दर मुस्कराया और धुली चादर की इज्ज़त में औंधा लेट गया। चाँदनी ने बत्ती बुझा दी थी। लाल रंग का एक बल्ब जल रहा था। हल्की सी रोशनी बिखराता हुआ। चन्दर ने कनखियों से देखा था–चाँदनी का घाघरा, कमर से सरक कर हौले-हौले फ़र्श पर गिरते हुए। और तभी, तंग से पलंग पर बैठती हुई चाँदनी के कूल्हे की गर्मी ने चन्दर की कमर को हलके से धकियाते हुए अपनी जगह बनाने की कोशिश की थी। चाँदनी के हाथ चोली के फीते की गाँठ ढूँढ़ते हुए पीठ पर पहुँचे थे कि करवट बदले चन्दर के हाथों का स्पर्श पाकर वह सहम गई थी।

चारों हाथ कुछ पल के लिए वहीं रुके। वक्त ठहर गया और चन्दर को एक बार फिर कालिदास याद आ गए। उसे लगा जैसे चाँदनी ने शकुन्तला की चोली पहन रखी थी। उसे लगा मानो कालिदास की अनाम "विवृत जघनां" आज उसके सामने थी।...को विहातुं समर्थः? कौन छोड़ सकता है? चुनौती थी।

घड़ी की सूइयों ने फिर अपना सफ़र शुरू किया तो चन्दर ने अपने हाथ हटाकर चाँदनी के दोनों कंधों पर रखे और हलके से अपनी ओर खींच लिया। जाने-अनजाने चन्दर की बांह उसके सिर के नीचे थी। तकिया पुराना था। नई चादर से ढका हुआ।

"कहाँ की हो?" चन्दर ने चुप्पी को कुरेदा।

"कोलकता की।"

"हिंदी तो बंगालियों जैसी नहीं।"

"बिहार से कोलकता में बसे हैं।"

"मुंबई में कब से हो?"

"छः महीने हो गए।"

"घर पर कौन-कौन है?"

"माँ है–बीमार रहती है। छोटा भाई है–स्कूल जाता है।"

"और बाप?"

"मर गया।"

"सॉरी–लेकिन क्या हुआ था?"

"ट्रक ड्राईवर था। शराब पीकर गाड़ी चला रहा था। ऐक्सीडेन्ट हो गया।"

"इन्श्योरेन्स के पैसे नहीं मिले?"

"शराब पीकर गाड़ी चला रहा था।"

"तुम पढ़ी नहीं?"

"नर्सिंग की ट्रेनिंग कर रही थी–माँ की देखरेख और पैसों की कमी के कारण छोड़नी पड़ी।"

"नौकरी नहीं मिली?"

"नौकरी के लिए ही तो यहाँ आई थी। रिश्ते में मौसी लगती थी वो, जो मुझे नौकरी का वादा करके यहाँ लाई थी। बेच दिया उसने मुझे–पच्चीस हज़ार रुपए में। बाहर जो दीदी बैठी है न, उसी का आदमी यहाँ का सेठ है। कहता है–धन्धा करके पच्चीस हज़ार चुका दे और वापस चली जा। अभी और छः महीने उसके पच्चीस हज़ार चुकाने में लगेंगे। उसके बाद छः आठ महीने की मेहनत से चालीस हज़ार जमा करूँगी ताकि कोलकता में डिपॉज़िट भर के किराए की कोई दुकान ले सकूँ। फिर यहाँ लौट कर कभी नहीं आऊँगी।" इतना कहते-कहते चाँदनी एक झटके से उठ बैठी। बोली–

"सिर्फ बातें करने के पैसे दिए हैं?"

"यही समझ लो" चन्दर ने चाँदनी से कहा और ख़ुद से बुदबुदाया–"और अपना इम्तिहान लेने के। वो कालिदास ने कहा है न...कौन छोड़ सकता है।"

"किसने कहा है...क्या कहा है...क्या बुदबुदा रहे हो...क्या मैं तुम्हें पसंद नहीं।

अपनी सहेली को बुला दूँ? रेहाणा को?"

"अरे नहीं नहीं–तुम बहुत अच्छी हो–वो बात ये है कि आज मेरी कमर में दर्द है।"

"अच्छा तो फिर औंधे हो जाओ। चलो मैं तुम्हारी मसाज कर देती हूँ...बोला

न, एक साल तक नर्सिंग की ट्रेनिंग की है...उसमें थोड़ी सी फ़िज़ियोथैरैपी भी थी।"

चन्दर कुछ कह पाता कि उससे पहले ही चाँदनी के हाथों ने उसे औंधा पलट दिया। चन्दर की कमर के दोनों ओर अपने घुटने टिका वह ऊपर बैठ गई। उसके नर्म हाथों ने चन्दर की गरदन से सरकते हुए कंधों की मसाज शुरू कर दी थी। चन्दर की आँखों में अब भी हलकी सी ख़ुमारी थी। कब आँखें झपक गईं–पता ही न लगा। चाँदनी ने हलकी-हलकी मसाज करते हुए चन्दर को बुदबुदाते सुना था–

...विवृत जघनां...चुनौती–हा...हा...हा...

मैंने छोड़ दिया।

और बस, एकदम चुप्पी छा गई। चन्दर सो गया। चाँदनी ने कपड़े पहने छः सौ रुपए निकाले और जाकर दीदी के हाथ में रख दिए।

चन्दर के रात भर रुकने के।

गलियारे के दूसरे छोर पर मछली का मसाला भुन रहा था। तीन बजे खाना खाकर वह भी सो जाएगी। आज सोने से पहले चाँदनी को नहाने की ज़रूरत नहीं थी। आज चादर मैली नहीं थी और उस पर रेहाणा की जगह चन्दर चाँदनी का हम बिस्तर था।

चन्दर का मुंबई के साथ पुराना नाता था। लंदन जाने से पहले वह पाँच साल मुंबई में रहा था। लंदन जा बसने के बाद के बीस सालों में भी कम से कम बीस बार तो वह मुंबई जरूर आया होगा। चप्पा-चप्पा जानता था वह। लेकिन आज पहली बार उसे महसूस हो रहा था कि वह कितना अनजान था। शहर के कोने-कोने में बिछा बीयर बारों का जाल उसने अभी तक नहीं देखा था। कल पहली बार एक नमूना भर सामने आया था–सन लाइट रैस्टॉरेन्ट एन्ड बार। ऐसे कई "रैस्टॉरेन्ट एन्ड बार" के सामने से गुज़रा था वह। लेकिन नाम पढ़ते ही खाने की ख़ुशबू और शराब का नशा उसके दिमाग़ में आते। बस, कोई नई बात नहीं थी। लेकिन कल रात सन लाइट में जाकर उसे लगा जैसे उसने मुंबई की एक दिलचस्प तस्वीर पहली बार देखी है। दिलचस्प...इन्टरैस्टिंग। लंदन में रहकर अंग्रेज़ों का प्रिय और चतुराई भरा यह शब्द उसने भी सीख लिया था। किसी की अच्छाई या बुराई करने से बचने के लिए अंग्रेजी में कह दो–इन्टरैस्टिंग। सामने वाला सोचता रहे। अच्छा या बुरा। पसंद या नापसन्द। इन्टरैस्टिंग तो मोर भी होता है–सावन में नाचता है। इन्टरैस्टिंग, गंदी नाली का कीड़ा भी होता है–काले बदबूदार कीचड़ में सफ़ेद-सफ़ेद रेंगता है।

जब पहली बार चन्दर अपनी बीवी सोनिया के साथ मुंबई आया था–लोग सड़कों पर टट्टी कर रहे थे। आलीशान इमारतों और नए-नए नमूनों वाले बंगलों का कचरा, उन्हीं के सामने सड़क पर पड़ा था। मुंबई में रोज़ी-रोटी का सपना लेकर आए कलुए और उनके बीवी-बच्चे अपने नंगे हाथों से प्लास्टिक की थैलियाँ-चीथड़े-बोतलें-कागज़ पीठ पर लदे बोरे में भर रहे थे। इसके लिए कूड़े की

जमा ढेरी को कुरेदना और फैलाना ज़रूरी था। कार में बैठी मेम साहब का ''टौमी''—झबरा कुत्ता—उनकी गोद में था। अपने ही घर का कचरा उन्होंने नहीं पहचाना था। नाक बंद कर ली थी। आवारा कुत्तों और बिल्लियों की जान था वो...वर्ना भूखे मर जाते। कई मरते भी होंगे। कई ज़िन्दा रहने के लिए सड़े झींगे खाते हैं और खुजली लिए घूमते हैं।

चन्दर ने शर्मिन्दा होकर कहा था—''यह मुंबई की खुजली है—

हिंदुस्तान के सभी शहरों की खुजली है।''

चन्दर अपनी बीवी की हामी चाहता था। वह गालियाँ दे लेती तो शायद चन्दर को तसल्ली हो जाती। लेकिन नहीं। बीवी ने मुस्करा कर अपना मुँह दूसरी ओर घुमा लिया था। कहा था—''खुजली दिलचस्प कैसे?''

लेकिन कई साल तक अंग्रेज़ी मिट्टी के नाते ने उसे भी ''इन्टरैस्टिंग''—सिखा दिया था। ''सन लाइट इन्टरैस्टिंग था। कहने में भी और सोचने में भी। दूसरों की भाषा बोली जाती है—अपनी भाषा में सोचा जाता है। चन्दर की विचारधारा ''इन्टरैस्टिंग'' तक की सीढ़ियाँ चढ़ गई थी। लेकिन सन लाइट सिर्फ़ एक नमूना था। कुल मिलाकर यह ''इन्टरैस्टिंग'' बहुत बड़ा था। पूरी मुंबई में फैला हुआ।

इन्टरैस्टिंग तो वो भी था जो कल रात सन लाइट से निकलने के बाद हुआ था। पुलिस वाले की जेब से निकला पाँच रुपए का नोट...चल थाने...फिर चाँदनी का बिनधास डायलॉग 'नोट छोटे, पतलून में औज़ार मोटे'—फिर संकरी अंधेरी गली—और मैली चादर।

सब कुछ ''इन्टरैस्टिंग'' था लेकिन सबसे ज़्यादा ये कि—

''विवृत जघनां'' थी—नई चादर थी—दिल था—लेकिन उसकी कमर में दर्द था। चुनौती जीतने के लिए। चन्दर की विजय की लालसा ने, चाँदनी का सोने से पहले वाला नहाना बचा दिया था। रात बाहर बरसात के छींटे आए तो क्या मुंबई में पानी की कमी तो अक्सर होती ही है। ''हाउ इन्टरैस्टिंग।'' मुंबई के दो पहलू जो उसके लिए नए थे।

चन्दर ने फ़ैसला कर लिया था—या फ़ैसला खुद हो गया था कि वह इन पहलुओं को और नज़दीक से देखने में इन्टरैस्ट लेगा। इस ख़्याल पर उसके दिमाग़ में ख़तरे की घंटियाँ भी बजी थीं पर उसने घबराहट से सने अपने ख़्यालों को मंदिर की ओर मोड़ दिया था, जहाँ घंटियाँ देवी-देवताओं के आवाहन में बजाई जाती हैं। चन्दर के दिमाग़ में घंटियों की गूँज थी। लेकिन इस बार सिर्फ़ सपने में। चाँदनी के बिस्तर से कब उठा, कब टैक्सी पकड़ कर घर पहुँचा—जैसे कुछ याद ही नहीं था। घर आकर भी सारे दिन बिस्तर में पड़ा रहा था। एक रात में शायद इतना अंधेरा देख लिया था कि दिन के उजाले में शर्म आ रही थी। बीच-बीच में आँखें खुलीं भी तो जबरन उन्हें मीच लिया। खिड़की से होकर रौशनी अंदर आने लगी तो मोटा पर्दा खींच दिया।

रात में पी हुई बीयर के हैंग-होवर की झनझनाहट महसूस करता हुआ सोता रहा था तो घंटियों ने आँखें खोल दीं थीं। सपनों की घंटियाँ ख़तरे की थीं या मंदिर की। पर नींद भगाने वाली घंटी टेलीफ़ोन की थी। तब तक बजती रही जब तक सपना टूट न गया। शकीला का फ़ोन था।

"हैलो"

"हाँ" आँखें मलते हुए चन्दर ने जवाब दिया।

"चन्दर?"

"हाँ"

"शकीला"

"हाँ"—लेकिन अब शकीला के नाम और उसकी आवाज़ ने चन्दर को ज़रा और जगा दिया—"अरे, शकीला सॉरी।"

"क्या सोते से जगा दिया...बाद में कर लूँगी...तबियत तो ठीक है न?"

"नहीं नहीं, बाद में नहीं, मैं जगा हूँ, तबियत बिल्कुल ठीक है—तुम कैसी हो।"

"सुबह आठ बजे घर आई थी—तभी फ़ोन किया था—घंटी बजती रही—किसी ने उठाया नहीं।"

"आठ बजे?...अरे हाँ...घर पर मैं अकेला ही रहता हूँ...

भाई का फ्लैट है न—वो सब कैनेडा चले गए हैं।"

"तो तुमने क्यों जवाब नहीं दिया। क्या इतनी गहरी नींद सो रहे थे?"

"नहीं, मैं घर पर नहीं था...मेरा मतलब है शायद बाथरूम में था...तुम सुबह आठ बजे घर आईं?"

"हाँ, बाद में मेरे एकाध कस्टमर आ गए थे—जब तक वो नोट फेंकते रहें, हमें नाचना पड़ता है।"

"आठ-आठ बजे तक?"

"कभी नौ-दस भी बज जाते हैं।"

"यानि बारह, चौदह घण्टे?"

"कई बार ऐसा होता है—क्या करें, मजबूरी है। थककर बदन टूटने लगता है लेकिन ये काम ही ऐसा है।...

आज चिंता नहीं क्योंकि आज मेरी छुट्टी है। होटल नहीं जाना है।"

"होटल में क्या करने जाती हो?"

"अरे हम लोग उसी को होटल कहते है।—जहाँ तुम आए थे।

रेस्टॉरेन्ट एन्ड बार...बीयर बार...लेडीज बार या हम लोगों की ज़बान में होटल...सब एक ही है।"

"समझा...लेकिन तुमने तो मुझे आज बुलाया था" चन्दर को याद आया—उसने

शकीला से पूछा था—"कितने लोगी"... शकीला ने जवाब दिया था—"कल आना तब इस सवाल का जवाब दूँगी।"

"हाँ, हाँ बुलाया था—इसीलिए तो फ़ोन कर रही हूँ।"

"छुट्टी का बहाना करके मेरे सवाल के जवाब से बचने के लिए।"

"बचना होता तो फ़ोन क्यों करती?"

"तो फिर?..."

"तो फिर...तो फिर ये कि कल भी न्यौता दिया था। आज भी न्यौता देने के लिए फ़ोन किया है। सिर्फ़ जगह का फ़र्क होगा।"

"यानि होटल में नहीं?"

"नहीं।...मेरे घर पे" शकीला ने कहा तो चन्दर को अपने कानों पर विश्वास नहीं हो रहा था। "लो पता नोट करो, रात दस-ग्यारह बजे आ जाना।"

शकीला ने पता लिखा दिया था।

चन्दर के दिमाग़ में कई सवाल आए और उन सवालों का उसने ख़ुद ही जवाब भी दे लिया। जवाब वो जो वह चाहता था—या समझता था कि चाहता था।

उसे याद आया शकीला ने कहा था, "आज तुम्हारी जेब में मेरी क़ीमत लगाने के पैसे नहीं हैं, कल आना।" सवाल था—"कितने पैसे? कितनी क़ीमत?"

जवाब था—"क़ीमत तो सौ-दो सौ भी हो सकती है। चाँदनी के एक घंटे की चार सौ थी। जेब में दस हज़ार ले जाऊँगा, देखूँगा, कितने के काबिल है। जैसा काम वैसा दाम।"

उसे याद आया। शकीला ने पाँव पर पाँव रख दिया था।

सवाल था—ग़लती से या जानबूझकर।

जवाब था—जानबूझकर। नज़दीक आने का मासूम तरीका रहा होगा।

उसे ख़्याल आया—होटल...घर।

सवाल था—घर पर क्यों?

जवाब था—होटल की भीड़ में कैसे होता।

घर पर प्राइवेसी रहेगी।

बस, ऐसे ख़याली पुलाव पकाए और खाए। तभी समुन्दर में सूरज डूब गया। शायद कहीं से अपनी झोली में नई लाली भर कर कल वापस लौटने के लिए। शायद नई राह पर चलने में, चन्दर को होने वाली किसी भी झिझक पर काला पर्दा डालने के लिए।

रात का काला परदा गहराया तो चन्दर अपनी "ब्लाइन्ड डेट" पर निकल पड़ा। अंधेरे में तीर चलाया था उसने। निशाना लग भी सकता था, चूक भी सकता था। लगने के अवसर ज़्यादा थे। आख़िर शकीला ने सामने से फ़ोन करके बुलाया था। घर...अकेली रहती होगी? साथ कोई हुआ तो कौन होगा? सहेली भी हो सकती

है। पति भी। पति...

तवायफ़ का? छी, बिना जाने ये कैसे सोच लिया कि वो तवायफ़ होगी। लेकिन फ़ारस रोड पर और कौन रहेगा? वह तो मुंबई की बदनाम बस्ती है। लेकिन नब्बे बदनामों के साथ दस अच्छे भी हो सकते हैं। ऐसा भला कौन-सा मोहल्ला होगा जहाँ सौ के सौ एक तरह के लोग रहते होंगे। फिरोज़ाबाद में चूड़ियों के कारख़ाने हैं तो कपड़े नहीं मिलते क्या? मथुरा में पेड़ों की दुकानें ज़्यादा हैं तो वहाँ समोसे नहीं होते? या देहरादून में बासमती चावल है तो गेहूँ नहीं उगता?

''फ़ारस रोड आ गया बाबूजी'' टैक्सी वाले ने कहा तो चन्दर की दिमाग़ी उधेड़ बुन बंद हुई। ''कहाँ जाना है?''

''शामिया होटल''—चन्दर ने दायें बायें निगाहें दौड़ाते हुए कहा।

''वो तो मालूम नहीं कहाँ है''—टैक्सी वाले ने मजबूरी जताई—

''किसी से पूछना पड़ेगा। मेरी गाड़ी बान्द्रा की है।''

चन्दर ने देखा—सड़क के दोनों ओर खड़ी सैकड़ों लड़कियाँ, और शायद उनसे भावताव करते ग्राहक। एक बड़ा सा कैफ़े जिसकी मेज़ों पर खाने-पीने का दौर चल रहा था। पान वाले की दुकान पर रेडियो लगा था। वही गाना—पर-देसी-पर-देसी। कई टैक्सियाँ आधा मीटर डाउन किए खड़ी थीं। एक दुकान पर कबाब ख़रीद कर खड़े-खड़े खाने वालों की लाइन लगी थी। साथ वाली दुकान मिठाई की थी। बीच में कोई गली सी थी, लेकिन वहाँ खड़ा कोई पेशाब कर रहा था। नाली के छोर पर कूड़े का ढेर था। पीछे की ओर छोटे-छोटे कमरों की कतारें। पर्दे आधे खिंचे हुए, जिनसे अंदर पड़ी चारपाई नज़र आ रही थी। इन कमरों में जलती ज़्यादातर बत्तियों का रंग लाल था। अंदर बाहर बैठी लड़कियों के रंग कई थे। बचपन के, किशोरावस्था के, जवानी के और बुढ़ापे के भी। आगे कुछ इमारतें दो मंज़िली थीं। किसी-किसी इमारत की सीढ़ियाँ नज़र आ जाती थीं। सामने लिखा था—वैलकम, कहीं सिर्फ़ नंबर...49...78...81...95 और कहीं...डीलक्स...सुपर डीलक्स... एयरकंडीशन्ड...। वहाँ क्या होगा, चन्दर सिर्फ़ कल्पना कर सकता था। क्योंकि फ़ारस रोड का नाम सुना हुआ होने के बावजूद वह पहली बार वहाँ ख़ुद मौजूद था।

शामिया होटल का पता पूछने की हिम्मत नहीं हुई। सोचा एक सिरे से दूसरे सिरे तक पैदल चलके फ़ारस रोड का मुआयना करेगा, शामिया होटल खुद नज़र आ जाएगा। फ़ारस रोड के बीचो-बीच थी वो जगह। साथ ही सीढ़ियाँ ऊपर जाती थीं।

शकीला ने फ़ोन पर समझा दिया था। लखनऊ की चाल...कमरा नंबर सात। चन्दर सीढ़ियाँ चढ़ रहा था। गाने-बजाने की आवाज़ तेज़ होती जा रही थी।

शकीला दरवाज़े पर खड़ी थी। चन्दर को देखा तो चेहरे पर मुस्कुराहट बिखर गई।

"आओ, चन्दर, मैं तुम्हारी राह देख रही थी।"—शकीला ने चन्दर को अंदर जाने की जगह छोड़ते हुए पूछा—"जगह खोजने में कोई परेशानी तो नहीं हुई?"

"पहली बार इस गली में आया हूँ, पूछना पड़ा।" चन्दर ने जवाब दिया, दरवाज़े के बाहर जूते उतारे और शकीला के पीछे-पीछे अंदर जाने लगा तो राह में बैठी सोनम के पाँव पर चन्दर का पाँव पड़ गया। सोनम ने सहम कर अपना पाँव हटाया और चन्दर की ओर देखकर मुस्करा दी।

"माफ कीजिएगा" चन्दर ने दीवार के सहारे पड़े गद्दे पर बैठते हुए कहा तो सोनम बोली—

"जाइए माफ़ कर दिया, लेकिन हम जैसी लड़कियों को ऐसी ठोकरें खाने की आदत है।...फ़िक्र मत कीजिए।"

"मेरी निगाह में हम जैसी...तुम जैसी या उन जैसी का कोई अंतर नहीं। लड़कियाँ लड़कियाँ हैं...सब एक जैसी..."

चन्दर की बात आधी ही थी कि सोनम ने अपना होंठ काटते हुए और चन्दर को तीखी नज़र से देखते हुए आगे कहा—

"...सो तो ठीक है लेकिन यहाँ आने वाले ज़्यादातर लोग तो ये तक भूल जाते हैं कि हम भी इंसान हैं—हमारे सीने में भी दिल है।"

"बस तो ये समझ लीजिए कि आपको ही खोजता हुआ यहाँ तक पहुँचा हूँ मैं।"

"मतलब?" सोनम के माथे पर बल थे।

"मतलब ये कि ऐसे सीने आजकल म्यूज़ियम में ही मिलते हैं जिनमें दिल हो। आप कहीं म्यूज़ियम से भाग कर तो बाहर नहीं निकलीं।" चन्दर के जवाब पर सभी हँस दिए और सोनम अपने पाँव की उँगलियों से फ़र्श कुरेदने लगी।

सभी? हाँ, सभी। शकीला का कमरा ज़रूर था। लेकिन वहाँ उसकी बड़ी बहन, जीजा, तीन बच्चे और छोटा भाई—सभी रहते थे। शकीला ने सबसे मिलाया और आख़िर में अपनी बेटी से भी। लैला, आठ साल की थी वह, स्कूल जाती थी, बहन के बच्चों के साथ।

कितने लोगी वाले सवाल के सिलसिले में, चन्दर के दिमाग़ में ख़्यालों का जो तानाबाना बुना था—उसका हर तार एक-एक करके टूट रहा था। वह कोका-कोला के घूँट ले रहा था और शकीला वहाँ बैठी दूसरी लड़कियों का परिचय करा रही थी। कुछ चेहरे जाने पहचाने थे। रज्जो, सायरा, और डॉली के। सीने में दिलवाली सोनम थी, जो चन्दर की ओर देखे जा रही थी लेकिन जब उससे नज़रें मिलतीं तो माथे पर बल आ जाते और पावों से फ़र्श कुरेदना शुरू हो जाता। बाक़ी नसीम, सिम्मी, शमो और गुड़िया। आज होटल से इन सबकी छुट्टी थी। शकीला ने बताया था—"फ़ारस रोड पर रहने वाली सभी लड़कियों को एक दिन अपने-अपने होटल से छुट्टी लेकर

कहीं न कहीं मुजरे में हाज़िरी देनी पड़ती है।''

''सभी लड़कियों को?'' चन्दर ने जानना चाहा।

''एक नंबर वालियों को नहीं।''

''एक नंबर... ।'' अभी चन्दर का सवाल आधा था कि सिम्मी ने जवाब दिया—

''वो जो सड़क पर खड़ी देखी होंगी आपने। जो जिस्म का धन्धा करती हैं। वो एक नंबर वाली हैं और हम लोग दो नंबर वाली। हमारी तो फैमिली हैं। हम होटल जाते हैं...डान्स करते हैं और छुट्टी के दिन ''टैम'' पर आकर गाने बजाने से लोगों का दिल बहलाते हैं। कभी-कभी पाँवों में घुंघरू बाँधकर भी नाचते हैं। ये परंपरा सैकड़ों साल पुरानी है। हमारी दादी करती थीं, फिर माँ ने किया और अब हम। लेकिन पहले होटल नहीं थे, सब लोग मुजरे में ही आते थे।''

चन्दर सिम्मी की बात सुन रहा था। वहाँ बैठे सभी उसकी निगाह में थे। शंकर भी, जो गले में मोटी सी सोने की चेन पहने, बाईं कलाई में राडो घड़ी लगाए और दाईं कलाई को ऊपर नीचे कर उसमें पड़े मोटे सोने के कड़े की ओर चन्दर का ध्यान खींच रहा था। शंकर ने तबले पर थाप दी तो संकेत मिला कि उसकी उंगलियाँ दादरा या कहरवा बजाने के लिए बेचैन हो रही थीं। शंकर की थाप का जवाब, वहीं चिपके बैठे उस्मान भाई ने हारमोनियम पर सरसराती सरगम से दिया। लड़कियाँ सध कर बैठ गईं। सिम्मी के गले से हमिंग की आवाज़ आई। शकीला ने दरवाज़े पर लगा परदा खींच दिया और लड़कियों की कतार के पीछे रखे जूते सरकाकर अपने बैठने की जगह बना ली। वह मुस्कराई। चन्दर की ओर देखा। वही पल था जब चन्दर और सोनम की नज़रों की फिर टक्कर हो रही थी। इस टकराहट का सिलसिला सोनम पर पहली नज़र पड़ते ही शुरू हो गया था।

चन्दर था कि हर टक्कर के बाद, टकराने वाली नज़र को पल-दो पल के लिए क़ैद कर्रने की कोशिश में लगा था। सोनम थी कि टकराते ही अलग हो जाती थी। नज़र घुमा लेती थी। घायल होने का डर रहा होगा। जगह छोटी थी। भीड़ ज़्यादा थी। सबकी नज़रों का ट्रैफ़िक था। हर टैक्सी ख़ाली थी। ''भाड़े'' का इंतजार था। ''भाड़ा'' आया था। सिर्फ़ एक। चन्दर। सभी की निगाहें उस पर थीं। वह भाड़ा किसे मिले? किसकी बोहनी पहले हो? एडवान्स बुकिंग तो शकीला की थी। पर सोनम एयरकन्डीशन्ड थी। बहुत कम हैं एयरकन्डीशन्ड टैक्सियाँ मुंबई में। पर वह थी। टैक्सी का वही मतलब, जो होता है। वह नहीं जो समझा जाता है। चन्दर को गर्मी लग रही थी। प्यास भी। एयरकन्डीशन से कम से कम गर्मी तो नहीं लगेगी। प्यास न बुझे तो न सही।

चन्दर की एक परेशानी थी। वह त्रिकोण के एक छोर पर था ''अ'' पर। दूसरे पर सोनम ''ब'' पर। तीसरे पर शकीला। अ और ब के बीच रज्जो और डॉली अड़ रही थीं।

शकीला ने ताड़ लिया था। सोनम को उसके कोने से उठाया और चन्दर वाली रेखा के बीच एक नया बिंदु बनाकर वहाँ रख दिया। रेखागणित के किसी सिद्धांत का ख़ून होने की चिंता शकीला को नहीं थी। उस समय चन्दर के सफ़र में आराम के साधन जुटाना उसकी प्राथमिकता थी। अपनी टैक्सी ख़ाली खड़ी रहे तो कोई बात नहीं। वैसे सोनम में भी उसकी भागीदारी थी।

भागीदारी सहेलीपन की। दोनों की एक दूसरे से चलती रही चुहल ने चन्दर को इसका आभास दे दिया था। जिस भागीदारी को आज पहले दिन चन्दर नहीं ताड़ सका था वो ये कि ''भाड़े'' का एक मोटा हिस्सा 'रूमवाली' को जाता था। ''उस्तादों'' के ''चौधरी'' ने ये क़ानून बनाया था कि फ़ारस रोड की हर लड़की को एक दिन होटल से छुट्टी लेकर ''टैम'' लगाना पड़ेगा। टाइम का अपभ्रंश-टैम। यहाँ के संदर्भ में मुजरे के लिए रूढ़ि हो गया था। ''टैम'' का टाइम अक्सर ग्यारह बजे से शुरू होता था। सुबह तीन बजे तक। तीन से पाँच तक बंद रखने की पाबंदी थी।

उन दो घंटों के अलावा जब भी कस्टमर आ जाए, गाना सुन सकता था। नहीं तो तीन बजे के बाद सभी लड़कियाँ अपने-अपने घर चली जाती थीं। पाँच बजे पानी भर कर खाने का समय था और फिर सो जाने का। एक बजा। शंकर ने एक बार फिर तबले पर थाप दी। उस्मान भाई ने हारमोनियम पर उंगलियाँ चलाई और सिम्मी ने गुनगुनाना शुरू किया। सायरा और जूही ने गला साफ़ किया और सोनम ने फ़र्श कुरेदना।

''बोलो क्या सुनोगे'' शकीला ने चन्दर से पूछा। ''मैं अकेला—कोई तो और नहीं है। आने दो किसी को'' चन्दर ने कहा ही था कि दरवाज़े का पर्दा हटा और दो कस्टमर अंदर आ गए। अपनी बोतल साथ लाए थे। जाने पहचाने थे शायद। बैठे तो शकीला ने फ्रिज खोलकर ठंडे पानी की बोतल उनके सामने रख दी। रज्जो ने अंदर से दो गिलास। दोनों ने चन्दर से हाथ मिलाया। सलीम भाई ने और अहमद ने।

''एक गिलास कम है'' अहमद ने शकीला से कहा।

''वो नहीं पीते।'' चन्दर के लिए शकीला ने ख़ुद फ़ैसला कर लिया था।

''लेकिन हमारी पहली मुलाक़ात है—आज पिएँगे।'' सलीम भाई ने अपनापन जताया।

चन्दर को इशारा मिल गया था कि शकीला नहीं चाहती थी वो व्हिस्की पिए। बोला—

''मैं दवाई ले रहा हूँ।—डॉक्टर ने मना किया है।''

''मत पियो—बस ज़रा सी चख लो—हमारी इज्ज़त रखने की लिए ।''

''ठीक है—आपके लिए '' चन्दर ने कहा और गिलास उठाकर ''चीयर्स'' कर दिया।

"अब बोलो क्या सुनोगे" शकीला ने फिर पूछा।

"इनकी जो पसंद" चन्दर ने दोनों कस्टमरों की ओर इशारा किया।

"हमारा क्या, हमारी तो आधी ज़िंदगी यहीं निकल गई। सब कुछ सुन चुके हैं। फिर भी चले आते हैं, इस दर पर सज़्दा करने के लिए।"

शकीला ये तो ताड़ ही चुकी थी कि सोनम ने पहली ही नज़र में चन्दर को ख़रीद लिया था। अब "कितने लोगी" वाला सवाल स्लेट से मिट गया था। अब तो उसे ये सोचना था कि क्या उसके पास कुछ ऐसा था जो देकर वह चन्दर को वापस ला सकती थी। इसके बारे में फ़ैसला बाद में होगा लेकिन फ़िलहाल सोनम की भागीदारी से ही वह अपना काम चलायेगी।

"उठ सोनम, उनके सामने बैठ।" शकीला ने कहा तो सोनम हिचकचाई। बोली—"सामने ही तो बैठी हूँ, अब और कहाँ जाऊँ?"

"अच्छा ज़रा और आगे सरककर बैठ"—शकीला को याद आया कि वह पहले ही सोनम को पीछे से उठा कर रज्जो और डॉली के आगे बैठा चुकी थी। सोनम आगे सरक गई। चन्दर और उसके बीच छः अंगुल का फासला और पट गया था। चन्दर को अच्छा लगा। बहुत। लेकिन कल रात उसने शकीला के साथ जो कमिटमैन्ट किया था उसका क्या? एक नया चेहरा देखा और तोड़ दिया। उसके विचारों में बैठ कर कोई ये सवाल पूछ रहा था। चन्दर जवाब दे रहा था—"सिर्फ़ पूछा था, भाव। सौदा हुआ नहीं। कॉन्ट्रैक्ट पर साइन नहीं किए थे। फिर अनुबंध तोड़ने की तोहमत कैसी? और ये दुकान शकीला की थी। वह खुद एक आइटम थी। सोनम दूसरा। डॉली तीसरा और बाकी।" नज़रों ने सोनम को दिल में उतारा था। किसी और को नहीं। दशहरी आम की खुशबू थी वह। कलमी कहीं खट्टा निकल गया तो बाद में दुकान वाली को वापस करने से अच्छा तो पहले ही दशहरी चुन ले। बाद में माल वापस करने में दोनों को ज़्यादा तकलीफ़ होती। शकीला को भी और चन्दर को भी।

"चल सोनम, तू पूछ इनसे, क्या सुनेंगे ये" शकीला ने सोनम के पीछे आकर बैठते हुए कहा और अपनी बाहों का हार बनाकर सोनम के गले में डाल दिया। चन्दर सोनम की ओर देखकर मुस्कराया। उसकी मुस्कान का मतलब था—"काश! ये बाहें मेरी होतीं।"

"कुछ कहा आपने"—सोनम ने चन्दर की मुस्कान का मतलब जान लिया था। मुस्कान से निकले बिन बोले शब्द सुन लिए थे।—या पढ़ लिए थे।

"हाँ, कहा—" चन्दर ने बात को मोड़ दिया।

"क्या?...अच्छा बोलिए क्या सुनेंगे आप?"

नज़रें झुकाए हुए सोनम ने पूछा था।

"उनसे नज़र मिली..."

"जी?" सोनम ने नज़रें ऊपर उठाकर पूछा और नज़रें मिल गईं।

"उनसे नज़र मिली तो मेरे होश उड़ गए" चन्दर तेज़ी से कह गया।

"ऐसा हुआ असर कि मेरे होश उड़ गए" सोनम ने शायद बिन सोचे-समझे दूसरी लाइन बोल दी थी।

"किसके? मेरे या आपके?" चन्दर ने चुटकी ली।

सोनम शरमाई, माथे पर बल आए, दाँतों के बीच नीचे वाला पतला सा होंठ दबा और पाँव की नेल-पॉलिश से चमकती उँगलियाँ एक बार फिर फ़र्श कुरदेने लगीं।

शंकर और उस्मान भाई के साज और शकीला, सोनम व उनकी सहेलियों की आवाज़ से कमरा भर गया। सलीम भाई और अहमद भाई ह्विस्की की तेज़ी भरी दाद देने लगे और चन्दर सोनम की नज़र को एक और टक्कर देने का मौका तलाशने लगा। उसे और घायल करने का।

तीन बजते ही चौधरी के आदमी ने सीटी बजाई। धीरे-धीरे साज और आवाज़ अंधेरे में डूबने लगे। बारी-बारी कमरों की बत्तियाँ बुझने लगीं। शकीला ने भी अपने कमरे की बड़ी बत्ती बुझा दी। एक छोटी वाली जलती रही। शंकर और शकीला ने कोने में बैठ कर सबके नोट गिने। सबके अपने-अपने डब्बे थे। जिसे जो मिला अपने डब्बे में डालता जाता था। सोनम को और शकीला को सबसे ज़्यादा पैसे मिले थे। अहमद भाई ने शकीला पर नोट बरसाये थे। चन्दर ने मोड़-मोड़ कर धीरे से सोनम को पाँच-पाँच सौ के नोट थमाये थे। कस्टमर से पैसे लेने का भी एक अंदाज था। बाया हाथ दाहिने हाथ की कोहनी के पास लगा कर, दाहिने हाथ को अदब के साथ आगे बढ़ाना। चन्दर ने सोनम के बाद सबसे ज़्यादा पैसे शकीला को दिए थे। शकीला ने चन्दर की निगाहों में नंबर दो होना स्वीकार कर लिया था। वह समझ गई थी, दिल का मामला था। उसे जो भा गया सो भा गया। सोनम भा गई थी। शकीला और सोनम के बीच कोई कड़ुआहट दिखाई नहीं दी थी। होती तो चन्दर महसूस कर लेता—क्योंकि गुड़िया का उतरा हुआ चेहरा उसने पढ़ लिया था। सोनम और शकीला के बाद बाक़ी सभी लड़कियों को जितने पैसे मिले थे, गुड़िया को भी उतने ही मिले होंगे। शिकायत इस बात की नहीं थी। जो शिकायत थी—चन्दर नहीं जानता था। अहमद भाई गुड़िया के कस्टमर थे। धीरे-धीरे शकीला की नज़रों ने उन्हें खींच लिया था। जो पैसे वो गुड़िया पर लुटाया करते थे, अब शकीला को भेंट चढ़ाने लगे थे। वो भी बा-अदब।

शंकर और शकीला ने सबका हिसाब कर दिया। सबके पैसे धीरे से थमा दिए। एक-एक करके सब खिसक गए। गुड़िया बैठी रही क्योंकि अहमद भाई बैठे थे। सिम्मी वहीं रहती थी। गुड़िया बाज़ी हार चुकी थी फिर भी जुआरी दाँव लगाता रहता है। जीतने की उम्मीद में...पर और हारता जाता है। सोनम भी उठ कर चल दी। शकीला ने रोक लिया।

“बैठ सोनम”—शकीला ने कहा और चन्दर से बोली—

“रोको न इसको।”

“कौन किसके रोकने से रुकता है” चन्दर ने लंबी साँस लेकर कहा।

“सोनम ने चन्दर की ओर देखा और बिना कुछ कहे चुपचाप बैठ गई।

“कुछ खा ले” शकीला बोली तो बिना हिचकिचाए सोनम ने वारिस को आवाज़ लगा दी।

“एक दाल फ्राई—एक चिकन मसाला और चार रोटी ला दे” सोनम ने आर्डर दिया।

शंकर और उस्मान उठकर बाहर टहलने निकल गए। अहमद भाई का दिल वहाँ और बैठने का रहा होगा लेकिन सलीम भाई को सुबह उदयपुर की फ्लाइट पकड़नी थी। वो उठकर खड़े हो गए तो अहमद भाई को भी जाना पड़ा। जाते हुए उन्होंने दरवाज़े पर शकीला को बुलाकर बात की थी—गुडिया से नहीं। गुड़िया का चेहरा मुस्कान से ज़बर्दस्ती करता रहा। वो गद्दे पर आकर चन्दर के पास बैठ गई। सिम्मी, जूही और सोनम फ़र्श से उठकर गद्दों पर आ गईं। शकीला फ़र्श पर।

“कुछ पी लो।” शकीला ने चन्दर को ऑफर दिया।

“नहीं—दिल नहीं कर रहा” चन्दर ने जवाब दिया और साथ ही ये पूछ भी लिया था कि “मेरे यहाँ बैठे रहने से तुम लोगों को कोई परेशानी तो नहीं।”

“बिल्कुल नहीं—हम तो पाँच बजे पानी भरने के बाद ही सोते हैं।”

“और सोनम तुम?” चन्दर ने बात करनी चाही तो जवाब मिला—

“मेरे यहाँ तो मम्मी पानी भर लेती है—मैं तो जाते ही खाना खाके और दूध पी के सो जाती हूँ।”

“इसे तो वैसे भी बाल्टी-वाल्टी उठाने की इजाज़त नहीं है।”

गुड़िया ने कहा तो जूही और शकीला मुस्कराने लगीं।

चन्दर का माथा ठनका उसे उत्सुकता थी कारण जानने की। पूछ लिया—“क्यों इजाज़त नहीं है?”

सोनम ने बात टालनी चाही। बोली—

“कमर में दर्द रहता है न इसलिए।”

सोनम के जवाब पर सभी खिलखिलाकर हँस दीं। लेकिन गुड़िया नहीं। बोली—

“इतना भी नहीं समझते।”

“नहीं, मैं नहीं समझता” चन्दर पक्का करना चाहता था।

“डबल है” गुड़िया ने एक और पहेली सामने रख दी। लेकिन जिस तरह उसने चन्दर की ओर शरारत भरी नज़रों से देखने के बाद सोनम के पेट की ओर देखा था और जिस तरह सोनम ने शरम से अपनी नज़रें नीचे झुकाते हुए साड़ी के पल्लू से अपने पेट को ढका था—चन्दर ने पहेली बूझ ली थी। सोनम से बोला—

"अरे इसमें शरमाने की क्या बात है, इस पर तो फ़क्र होना चाहिए।"

एक बार सोनम की नज़र उठी, चन्दर की नज़र से टकराई फिर और घायल होकर नीचे गिर गई।

खाना आ गया था। वैसे तो पहले गुड़िया ने कहा था "आप भी खाइये न।"

अदा के साथ। सभी उसकी स्टाइल पर मुस्कराए थे। चन्दर भी। लेकिन उसने सोनम की प्लेट से एक ग्रास खाया था। उसी के गिलास से एक घूँट पानी भी पिया था। "तवायफ़" का जूठा। न जाने क्यों, चन्दर को लगा कि इसमें तृप्ति की क्षमता अधिक थी।

इस बीच सोनम के रुख़ का पांसा तेज़ी से पलट गया था। पहले चन्दर सोनम की ओर टकटकी बाँधे उसके चेहरे पर नज़रें गड़ाए रहता तो सोनम की निगाहें किनारा काटने में लगीं थीं। अब सोनम चन्दर के चेहरे की किताब का हर अक्षर पढ़ने में लगी थी तो चन्दर किताब बंद कर रहा था। सोनम सोच रही थी–कौन है यह? मेरे पेट में पलते हुए बच्चे पर गर्व करने का पाठ पढ़ा रहा है। इसे क्या पता कि मेरी कोख़ में किसी का प्यार है, मजबूरी है या कोई पाप का पौधा है। कैसा "कस्टमर" है ये, जो पहली मुलाकात में तवायफ़ का जूठा खा-पी गया और उलटे शुक्रिया अदा करके। कौन है ये, जिसने मुझसे पहली नज़र मिलते ही अपने होश उड़ने की डुगडुगी सबके सामने बजवा दी। कौन है ये चन्दर, जिससे मेरा कोई तार जुड़ा सा लग रहा है।

ये सब कुछ सोनम ने अपने मन में कहा था लेकिन खड़े होते हुए ये सबके सामने कि–

"अच्छा अब मैं चलती हूँ वर्ना मम्मी चिंता करेंगी–नमस्ते।"

सोनम के दोनों जुड़े हुए हाथ एक बार बाक़ी सबके लिए थे और दूसरी बार सिर्फ़ चन्दर के लिए। भीगी हुई नज़रों के साथ।

...और सोनम चली गई। चन्दर और सोनम की पहली मुलाक़ात ख़त्म हो गई। शकीला के सामने चन्दर ने नज़रें झुका लीं थीं। वह शकीला से किए–"कितने लोगी"–सवाल को वापस लौटाने की भीख माँग रहा था–सिर्फ झुकी हुई नज़रों से। शकीला अपनी चुन्नी से माथे का पसीना पोंछते हुए मुस्करा रही थी।

पांच बज गए थे। अंदर से नलके की साँय-साँय पानी आने की पूर्व सूचना दे रही थी। बाहर हवा की साँय-साँय, चन्दर को अपने घर जाने से डरा रही थी। लेकिन उसे जाना तो था ही।

× × × ×

आज रविवार था। पिछली सारी रात मुजरे में गुज़ारना, चन्दर बर्दाश्त कर सकता था। घर आकर सोया लेकिन बीच-बीच में नींद टूटती रही। आँखें बंद भी होतीं। तो कभी सन लाइट की स्टेज पर डॉली की चुन्नी कमर से सरकती दिखाई देती, कभी चाँदनी उसके ऊपर बैठी मसाज करती और कभी शकीला के कमरे में सोनम अपने पाँवों से फ़र्श कुरेदती।

सारे दिन दिखाई देने वाले एक लंबे सपने के छोटे-छोटे टुकड़ों में यह सब कुछ बहुत सुखद दिखाई देता लेकिन आँखें खुलतीं तो चन्दर ये फ़ैसला नहीं कर पा रहा था कि इन सपनों के लिए अपने द्वार खुले रखे या बंद कर दे। खुले रखने के नतीजों की वह कल्पना कर सकता था। ये सपने और बढ़ते और उनके साथ आने वाली तस्वीरें भी। ज़्यादातर अवांछित। उसकी जिंदगी की बैठक में नई दीवारें बनाने की जगह नहीं थी। पुरानी दीवारों पर सभी खूँटियाँ भरी थीं। मुश्किल से एकाध की गुंजाइश हो सकती थी।... तभी उसके दिमाग में कौंधी थी–सोनम की तस्वीर चन्दर की नज़रों से टकरा कर घायल हुई सी। सोनम के लिए जगह बनाने का दिल होने लगा। वह सचमुच अपने दिल पर हाथ रखकर टटोलने लगा कि ये ''दिल होना'' क्या चीज़ है।

तभी उसे हलका सा ''वाइब्रेशन'' महसूस हुआ। जैसा हल्का सा भूकम्प आने पर किसी मेज़ के ऊपर रखी चीज़ों का होता है। पल भर के लिए वह ये मान बैठा कि सोनम की याद के भूकम्प से दिल में ''वाइब्रेशन'' हुआ है। वह हड़बड़ा कर उठ बैठा अचानक उसका हाथ अपनी पीठ के नीचे आए ''पेजर'' पर पड़ा। उसने अपने ''रेडियो पेजर'' की सैटिंग वाइब्रेटर पर कर रखी थी। वह सिरहाने के पास रखा था लेकिन सोते समय चन्दर की पीठ के नीचे आ गया था। पल भर में नींद उड़ गई और समझ में आ गया कि रेडियो पेजर पर किसी का मैसेज आया है। बटन दबाकर देखा–लिखा था–

''सोनम को फ़ोन करो–1234567 पर।''

वह तेज़ी से उठा, ठन्डे पानी से आँखें धोईं और नंबर घुमाया।

''हैलो!...कौन?'' चन्दर ने फ़ोन किया तो शकीला के हाथ फ़ोन का रिसीवर उठाने के लिए तैयार थे। उसने जवाब दिया–

''चन्दर, मैं शकीला बोल रही हूँ।''

''ओह...'' वह आगे कुछ कहता इससे पहले ही शकीला बोली

''माफ़ करना, मैंने सोनम के नाम से फ़ोन किया पर मुझे मालूम था कि सोनम के नाम पर तुम तुरंत वापस फ़ोन करोगे।''

''इसका मतलब ये कि तुम्हें मुझ पर नहीं, खुद पर अविश्वास है।''

''शायद तुम ठीक ही कह रहे हो''–शकीला ने लंबी सांस लेते हुए कहा–''जब कोई चीज़ बार-बार टूटे तो उसे टुकड़े-टुकड़े जोड़ कर कब तक सलामत रखा जा

सकता है। देखो न, अभी आज ही कितनी ज़ोर से टूटा है मेरा विश्वास...''

चन्दर को लगा जैसे शकीला उसे ही उलाहना दे रही थी—सोनम को ''एक नंबर'' की जगह देने के कारण। झुंझलाहट से बोला—

''तो यही उलाहना देने के लिए फ़ोन करने को कहा है।''

''नहीं-नहीं, ये उलाहना तुम्हें नहीं''

चन्दर ने बीच में बात काट कर कहा—

''झूठ मत बोलो''

''चन्दर मैं झूठ नहीं बोल रही''

''मैं कैसे मानूँ?''

''ऐसे...कि तुमने ''आज'' थोड़े ही तोड़ा है मेरा विश्वास। तुमने तो ''कल'' तोड़ा था।'' शकीला मुस्करा रही थी। चन्दर देख तो नहीं सकता था लेकिन फ़ोन पर अगर कोई मुस्करा कर बोले तो पता लग ही जाता है।

''सुनो,''— शकीला ने कहा—''तुमसे क्या झगड़ा करूँ। तुम्हें तो दोस्त मान लिया है। फ़ोन इसलिए करने को कहा है कि आज मैं होटल नहीं जा रही। घर पर ही रहूँगी। अगर मूड हो तो आ जाना। एक बजे तक सोनम भी आ जाएगी। उसका फ़ोन आया था।''

''वादा नहीं करता पर कोशिश करूँगा।'' चन्दर ने कह तो दिया लेकिन उसने पल भर में फ़ैसला कर लिया था कि वह ज़रूर जाएगा।

मुजरा अक्सर ग्यारह बजे रात को शुरू हो जाता था लेकिन शकीला ने बता दिया था कि सोनम एक बजे तक आने वाली थी। इसलिए चन्दर को लखनऊ की चाल तक पहुँचने की कोई जल्दी तो थी नहीं। रास्ते में ही चाँदनी की गली आती थी। उसे याद आया कि चाँदनी को एक घंटे के चार सौ रुपये देकर वह सारी रात उसके कमरे में सो गया था।

उस रात जब भी नींद खुली थी, चाँदनी के बदन की गर्मी ने उसे दीवार से सटकर ठंडक बटोरने के लिए मजबूर किया था। ज़ाहिर था कि चाँदनी ने उस रात ''शॉट टाइम'' या ''घंटा'' किसी और के साथ नहीं लगाया था।...दीदी के मुँह पर नोट तो मारने ही पड़े होंगे उसे। लेकिन सुबह उठ कर उसने चन्दर से इसका कोई ज़िक्र नहीं किया था। बदन बेचकर इकट्ठा की गई पसीने की कमाई में उसे किसी तरह का हिस्सा मंजूर नहीं था। और फिर, चाँदनी को दीदी के जाल से निकल कर खुली हवा में साँस लेने के लिए जो पैसे चाहिए थे, उसमें कुछ और कमी का मतलब होता कि चाँदनी को वो पैसे पूरे करने के लिए अपना बदन शायद दो चार बार और किसी के हवाले करना पड़ता।

ऐसा ''पन्टर'' कोई भी हो सकता था। गोरखपुर से आकर मुंबई में हाथगाड़ी चलाने वाला छिद्दू भी, जो महीने भर की कमाई से दो सौ रुपए बचाकर ''शॉट टाइम''

के लिए चाँदनी के पास आता होगा। बीवी की साड़ी के पैसे अगले महीने के मनीआर्डर में जोड़ देगा। उसका मन उसे धिक्कारता भी होगा लेकिन बीवी से दूर मुंबई में वह किसके लिए रह रहा था। उसी के लिए तो, और उसके बच्चों के लिए। गाँव की बारह बीघा खेती अब तीन भाइयों में बँट गई थी। उससे क्या ख़ाक गुज़ारा होता। उसकी शन्नो भी तो ग्यारह साल की हो गई थी। दो एक साल में उसकी शादी भी करनी थी। वो कौन सा शहर का था कि लड़की कॉलेज जाती। गाँव में लड़कियाँ बारह तेरह साल की उम्र में ससुराल का रहन-सहन सीखने लगती हैं। तो, अगर ये सारी ज़िम्मेदारियाँ पूरी करने के लिए ही उसे मुंबई में चने बेचने पड़ रहे थे तो चाँदनी के पास जाने की ज़िम्मेदारी भी, वह, छिट्टू, अपने बीवी-बच्चों पर ही डालकर अपने पाप धो लेता था।

चाँदनी के ऐसे और भी ‘‘पन्टर’’ हो सकते थे। घंटे के पैसे न जुटा पानेवाले—सिर्फ़ ‘‘शॉट टाइम’’ वाले। विजयवाड़ा से आया कोई पापैया। मीरा-भायन्दर की किसी इमारत की नींव में अपना पसीना, मिट्टी-कांकरीट भरनेवाला। वह भी इन्सान था। उसकी ‘खोली- में ‘सन्डास’ और पानी का इंतज़ाम नहीं था तो क्या यह उसकी ग़लती थी। उसे सब सुविधाएँ एक प्लेट में रख कर देनी चाहिए थी। उजाले से पहले मुंबई की कोई भी सड़क सन्डास के काम आ सकती थी। बाद में उसी रास्ते से कारों में निकलनेवाले बाबुजीओं या मेमसाहबों को क्या फ़र्क पड़ता।

उनके पास...खुशबूदार सैन्ट खरीदने के पैसे थे। बदबू को दबाने का इंतज़ाम कर लेंगे। बाकी बचे पैदल चलने वाले। उन्हें पतलून ऊँची करके बचते हुए निकलने की आदत पड़ चुकी थी। कहीं कहीं तो गन्दगी से उन्हें फ़ायदा भी था। जहाँ गन्दगी हो वहाँ पेशाब करने से कोई रोकता न था। पैदल चलते कहीं हल्का होना ही पड़ता है।

ऐसा नहीं कि सरकार को मुंबई की गंदगी की चिंता नहीं थी। सारे शहर में ‘‘स्वच्छ मुंबई-हरित मुंबई’’ के बड़े-बड़े बोर्ड लगवाये थे। नेताओं ने सफ़ाई के भाषण भी दिए थे। ‘‘मुन्सीपाल्टी’’ के अफ़सरों को फ़टकारा भी था। लेकिन समस्या ये थी कि जब ये अफ़सर सफ़ाईवालों के पीछे डन्डा लेकर पड़ने का टाइम अपनी डायरी में नोट करते, उसी समय उन्हें मिनिस्टरों, विधायकों या पार्टी लीडरों के साथ मीटिंग के लिए बुला लिया जाता। टी पार्टी या बीयर पार्टी पर मीटिंग की बोरियत महसूस नहीं होती थी। ठेकेदारों को ज़रा सी राहत मिलती तो वे अपना ‘‘पेमेंट’’ वसूल करने के लिए ‘‘मुन्सीपाल्टी’’ के दफ़्तर में फ़ाइल को एक ‘‘बाबू’’ की मेज़ से दूसरे बाबू की मेज़ तक खिसकवाने के लिए पहुँच जाते। पेमेंट ही न मिले तो सफ़ाई क्यों करें। लेकिन सफ़ाई हो न हो, ‘‘बाबू’’ को क्या फ़र्क पड़ता। किसी ने बताया था कि ‘‘बाबू’’ नाम किसी अंग्रेज़ ने सबसे पहले एक बंगाली को दिया था। वह लहसुन बहुत खाता था। उसके बदन से ‘‘बू’’ आती थी। अंग्रेज़ अफ़सर उर्दू का अभ्यास

कर रहा था। बा-अदब–अदब के साथ। बा-ख़बर-ख़बर रखनेवाला। बा-बू-बदबू वाला। इन मुन्सीपाल्टियों के बाबुओं को तो वैसे भी पतलून उठाकर कचरा रौंदते हुए बच के निकल जाने की आदत थी। जूते गन्दे हुए तो दफ़्तर में बड़े साहब के एयरकन्डीशन कमरे में बिछे कालीन के टुकड़े पर रगड़ देंगे। कालीन का क्या बिगड़ता–वह तो वैसे भी पुराना है। नये की इनवॉइस चुकाकर लिया पुराना कालीन। जल्दी ख़त्म हुआ तो जल्द दूसरा खरीदने का मौक़ा मिलेगा। बड़े साहब नये की इनवॉइस पर दस्तख़त करके पुराना ले लेंगे। बेलेन्स आधा-आधा। आधा सप्लायर का–आधा बड़े साहब का।

चन्दर को लगा कि वो फ़ालतू बातें सोच रहा था। लेकिन क्या करता। ग्रांट रोड स्टेशन से चाँदनी वाली गली तक चलने में पाँच सात मिनट तो लगते ही। दिमाग़ को काम तो करना ही था...और फिर चाँदनी के बारे में सोचते हुए ही तो वह बाबुओं तक पहुँचा था। कोई बाबू भी तो जाते होंगे चाँदनी के पास।...और छिद्दुओं, पापैयों और बाबुओं की बू उसके बदन पर रगड़ी जाती होगी।...और फिर उसे खाना खाने और सोने से पहले नहाना पड़ता होगा। बू से छुटकारा पाने के लिए। वह सोचती होगी कि दागों वाले चाँद की होकर भी वह खुद तो बेदाग़ थी। धरती पर उसकी चादर ही लिज़लिज़े चकत्तों से गंदी नहीं हुई, बल्कि वो खुद भी बदबूदार हो गई। लेकिन चन्दर वाली रात उसने नई चादर निकाली थी। बचाकर रखी होगी किसी चन्दर के लिए जो उसे मैला न करता। चन्दर ने भी "विवृत जघनां" की चुनौती जीतने की खुशी पाने के लिए उसे मैला नहीं किया था। कमर में दर्द पैदा करके चाह को लगाम लगा दी थी उसने।

हाँ, चाँदनी क़ो नर्सिंग की ट्रेनिंग के दौरान सीखी गई भूली बिसरी फ़िज़ियोथैरेपी की फिर से प्रैक्टिस करने का मौक़ा ज़रूर दिया था। अगर आज भी चाँदनी प्रैक्टिस करना चाहेगी तो वो कर लेने देगा। जब मुंबई छोड़कर घर बैठेगी तो शायद काम आ जाए। दूसरी जो प्रैक्टिस उसे रोज़ करनी पड़ती है, उसकी ज़रूरत न पड़े। उसमें दाँत भींच कर आँखें बंद करनी पड़ती होंगी और फिर अगर कोलकता में भी पानी की कमी हुई तो वो सोने से पहले नहाएगी कैसे।

बस, इससे, ज़्यादा सोचने का समय उसके पास नहीं था। वह चाँदनी के दरवाज़े पर दस्तक दे चुका था। सबसे पहले रेहाणा सामने आई थी–फिर दीदी। उसी तरह पाल्थी मारे सरौते से सुपारी कतर रही थी। चन्दर उसी के पास जाकर बैठ गया और स्वागत के दो शब्दों की अपेक्षा से दीदी की ओर नज़र उठाकर देखा तो दीदी ने पहले से ही मुँह में पड़े कलकत्ती पान को घुमाते हुए कत्थे-चूने से लाल-पीले हुए दाँत दिखा दिए।

"चाँदनी नहीं है–रेहाणा को ले जाओ" दीदी ने कहा तो वह चौंक गया। उसने दबी ज़बान से पूछ लिया–

"कहाँ गई है"

"तुम यहाँ सबका भूगोल-इतिहास जानने आए हो कि "बैठने" के लिए । चाँदनी हो या रेहाणा हो, क्या फ़र्क पड़ता है—तुम्हें घर बसाना है?"

"हाँ क्या फ़र्क पड़ता है—सही बात है, घर थोड़े ही बसाना है" चन्दर ने गरदन हिलाते हुए कहा।

"रेहाणा चलेगी या बुलाऊँ सब लड़कियों को"—चन्दर को जवाब देने का मौक़ा न देकर दीदी ने मुकेश को आवाज़ लगाई।

"मुकेश, घंटी बजा रे...सब लड़कियों को बुला। चाँदनी का उस दिन वाला गिराहक आया है—जो घंटे के पैसे देकर सारी रात सो गया था। छः सौ रुपए बेचारी ने अपनी जेब से भरे।" मुकेश का हाथ "बैल" के बटन पर जाता कि उससे पहले ही चन्दर ने उसे रोक दिया।

"नहीं, नहीं—सबको बुलाने की कोई ज़रूरत नहीं।"—उसने दरवाज़े के पास वाले कोने से चन्दर की ओर देखती हुई रेहाणा की ओर इशारा करके कहा—

"वो-वो चलेगी।...कोई घर थोड़े ही बसाना है।"

चन्दर रेहाणा के पीछे-पीछे गरदन झुकाये अंदर चला गया। उसी कमरे में, उसी तंग पलंग पर। रेहाणा ने बक्से से वही नई चादर निकाल कर बिछा दी थी। चन्दर की निगाह से ही उठे सवाल का रेहाणा ने जवाब दे दिया था—

"मुझे चाँदनी ने सारी बात बता दी थी।"

ये सिर्फ एक "स्टेटमैंट" था—बयान! इस एक छोटे से वाक्य में कई सवालों के जवाब छिपे थे। लेकिन जिस सवाल का जवाब वह खोज रहा था वह अभी तक नहीं मिला था। उसे पूछना ही पड़ा—

"कहाँ गई है चाँदनी"

"होटल में—एक गिराहक के साथ—अरबी है।"

"कब आएगी—मुझे उसके छः सौ रुपए देने हैं।"

"एक हफ़्ते के लिए ले गया है—अरबी लोग बहुत पैसे वाले होते हैं। एक हफ़्ते के पन्द्रह हज़ार रुपए दिए हैं—मेरे सामने, गिन के। पाँच-पाँच सौ के नोट थे।"

"आएगी तो फ़ोन करवा देना—तुम्हें नंबर देता हूँ" चन्दर ने कहा और एक वेश्या को अपने घर का टेलीफ़ोन नंबर देने में उसने ज़रा भी झिझक महसूस नहीं की।

"मौका मिला तो ज़रूर उसे फ़ोन करने को कह दूँगी। वो भी तुम्हें याद कर रही थी—बेचारी"

"बेचारी...क्यों ऐसा कह रही हो।"

"रेहाणा कुछ हिचकिचाई तो चन्दर ने उसके दोनों कंधों पर अपने हाथ रख

कर दोस्ती का सा आभास देते हुआ पूछा—"बताओ रेहाणा—तुमने उदास चेहरे से चाँदनी को बेचारी क्यों कहा।"

तभी मुकेश ने अंदर पाँव रखे और मुस्कराते हुए पूछा—"आज भी रात रुकेंगे साहब?"

चन्दर ने घड़ी देखी और कहा—"नहीं, आज सिर्फ़ शॉट टाइम।" चन्दर ने कहा और दो सौ रुपए मुकेश को थमा दिए। दस रुपए रूम सर्विस के भी।

"तब तो एक ही चाहिए आपको—ये लीजिये"—

मुकेश ने एक कॉन्डोम चन्दर की ओर बढ़ाया—"इम्पोर्टेड है। मैं तो आज आपके लिए पूरा पैकेट लेकर आया था।"

"रख दो।"

मुकेश ने कॉन्डोम वहीं पलंग के सिरहाने रखा और बाहर निकल गया। चन्दर दरवाज़ा बंद करने लगा तो रेहाणा ने अपना ब्लाउज़ दोनों हाथों से ऊपर उठा लिया था। गुलाबी कलर की ब्रा से चन्दर की ओर झाँकती हुई, लुटी जवानी की दो निशानियाँ सामने थीं। ब्लाउज का छोर थामे, रेहाणा के दोनों हाथ ऊपर और चेहरा ब्लाउज में छिपा हुआ। चन्दर ने झपट कर उसके हाथ थाम लिए । धीरे-धीरे उसके हाथों के साथ ही रेहाणा के हाथ वापस कमर तक आ गए और रेहाणा ने चन्दर की आँखों से पढ़ा कि उसका शरीक़ होने का कोई इरादा नहीं था।

चन्दर ने रेहाणा का हाथ पकड़कर उसे पलंग पर अपने बाज़ू में बैठाते हुए फिर पूछा..."बताओ न,...बेचारी क्यों?"

"मैंने उस अरबी के साथ आए दलाल को दीदी के साथ बात करते हुए सुना था। अगर उसे चाँदनी अच्छी लगी तो वह उसकी क़ीमत देकर उसे अपने "मुलुक" में ले जाएगा—नौकरानी बनाकर। लेकिन भान्डे घिसने के लिए नहीं।"

"बस, बस मैं समझ गया। पर चाँदनी तो कह रही थी कि घर पर उसकी बीमार माँ है और छोटा भाई है।"

"सो तो सच है लेकिन इन कसाइयों को इससे क्या लेना देना। उनके पच्चीस हज़ार तो एक झटके में वसूल हो जाएँगे, और दस बीस हज़ार ऊपर से झाड़ लेंगे।"

"चाँदनी को क्या मिलेगा?"

"उम्र क़ैद—और क्या"—

"और पासपोर्ट"

"पैसे देकर एक हफ़्ते में बनवा लेते हैं—उसके भी दलाल हैं—

पहले भी एक दो लड़कियाँ बेची हैं इन्होंने।"

"उन लड़कियों के अचानक ग़ायब हो जाने पर पुलिस कुछ नहीं करतीं?

"पुलिस क्या करेगी? कोई अपना सही नाम पता थोड़े ही देता है—कोठे पर। घरवाले जिंदगी भर सोचते रहेंगे लड़की मुंबई में काम कर रही है। खोजने भी आएँ

तो हज़ारों रुपये चाहिए और हज़ारों रुपए हों तो फिर हम मुंबई क्यों आते।''

''कोई बात नहीं...रेहाणा मेरी बात ध्यान से सुनो''—चन्दर ने रेहाणा के दोनों गालों पर अपने हाथ रखते हुए कहा—''आज चाँदनी को बेचने की तैयारी है। कल तुम्हारा नंबर आ सकता है। इसलिए ये ज़रूरी है कि बहुत देर हो जाने से पहले मेरी उससे बात हो जाए।''

''अगर फ़ोन आया तो—मैं तुम्हें फ़ोन करने या चाँदनी से करवाने की कोशिश ज़रूर करूँगी।'' तभी रेहाणा को याद आया—''अरे हाँ इतना मुझे याद है कि उस अरबी ने मुकेश को कह कर कोलाबा की टैक्सी मंगाई थी।''

''ठीक है—आज तो मैं चलता हूँ—जल्दी वापस लौटूँगा—तुम अपना ध्यान रखना।''

''और तुम भी''—रेहाणा ने कुछ शरमाते और कुछ मुस्कराते हुए चन्दर से कहा—''बाबू!...'' रेहाणा आगे कुछ कहती उससे पहले ही चन्दर ने उसे रोक दिया।

''बाबू मत कहो?''

''क्यों, क्या हुआ?''

''मुझसे तुम्हें बू आती है—क्या?'' रेहाणा उसका मतलब नहीं समझी। चन्दर के पास और कुछ समझाने का समय नहीं था। उसे एक बजे से काफी पहले शकीला के कमरे पर पहुँचना था, ये दिखावा करने के लिए कि वह सिर्फ़ सोनम के नाम पर वहाँ नहीं आया था। उसकी उपस्थिति के क्षणों में शकीला की भी भागीदारी थी।

''पता नहीं तुम क्या कहना चाहते हो''—रेहाणा ने चकराते हुए कहा—''मैं तो सिर्फ़ ये कहना चाहती थी कि तुम बहुत अच्छे हो—तुम जैसा ''गिराहक'' मैंने आज तक नहीं देखा। हम दो-सौ वालियों के पास तो सिर्फ दो टके के ग्राहक ही आते हैं।''

''मैं चलूँ?'' चन्दर ने इजाज़त माँगी।

रेहाणा ने सिरहाने रखा कॉन्डोम उठाया और चन्दर की ओर बढ़ाकर बोली—''ये लेते जाओ—इसके पैसे चुकाए हैं काम आएगा।''

''तुम्हारे और तुम्हारी सहेली के साथ तो काम नहीं आया''—चन्दर के चेहरे पर शरारत थी—''तुम्हीं रखो।''

रेहाणा ने होंठ काटे और कॉन्डोम को फ़र्श पर पटक कर अपनी चप्पल से कुचल दिया। न जाने किस-किस का गुस्सा निकालने की कोशिश रही होगी।

रेहाणा ने जैसे पैर कॉन्डोम पर पटके थे, चन्दर वैसे ही पाँव पटकते रेहाणा की सीढ़ियाँ उतर गया था। शकीला की सीढ़ियाँ चढ़ते हुए भी उसके पाँव अपने नीचे की ज़मीन कुचलने की कोशिश कर रहे थे। उसने अपनी कलाई पर नज़र डाली। अभी साढ़े बारह ही बजे थे। लेकिन सोनम बिलकुल दरवाज़े के सामने वाली पीछे

की दीवार से सटी बैठी बाहर की ओर देख रही थी। बिल्कुल अकेली।

"शकीला नहीं है?" चन्दर ने पूछा। मानो अकेली बैठी सोनम के पास जा बैठने से घबरा रहा हो।

"सिम्मी के पास गई है—कोनेवाले कमरे पर।"

"तुम जल्दी आ गई?"

"वापस चली जाऊँ।" सोनम की बात पर चन्दर अपना सिर खुजला कर जवाब खोज रहा था कि पीछे से आवाज़ आई।

"जा चली जा...इतना इतराती काहे को है...बड़ी आई वापस जाने की धौंस देने वाली।"

ये कहते-कहते शकीला अंदर आ गई थी। सोनम ने चन्दर की ओर भीगी नज़रों से देखा और माफ़ी का सवाल जवाब ख़त्म हो गया।

"वारिस, एक कोका-कोला ले के आ ना रे।"

शकीला ने अपनी ब्रा से दस का नोट निकाला और वारिस को दिया...फिर उस दिन की तरह सोनम के गले में अपनी बाहें डालकर बैठते हुए उसने चन्दर से पूछा—

"और...कैसे हो।"

चन्दर ने उसी लहज़े में मुस्करा कर जवाब दिया—

"...औरऽऽऽ अच्छा हूँ...और तुम?"

"अगर कहूँ कि अच्छी नहीं हूँ तो तुम क्या करोगे?"

"मैं क्या कर लूँगा...जानना चाहती हो?"

"ऊँ हूँ" सोनम बारी-बारी चन्दर और शकीला को देख रही थी पर चुपचाप, सिर्फ मुस्करा कर उनकी बातों में शामिल रहने की कोशिश करते हुए।

"—तो अपने पैर आगे करो।"

और शकीला ने झिझकते हुए अपने पाँव आगे बढ़ा दिए।

"अब बोलो।"—चन्दर ने कहा—"उसका सिर कहाँ है?"

"किसका"

"जिसे काटके तुम्हारे कदमों पर रखूँ...जिसकी वजह से तुम अच्छी नहीं हो।" चन्दर ने कहते ही शकीला ने शरमाते-मुस्काते अपने पाँव पीछे कर साड़ी से ढक लिए थे।

"मेरे लिए तुम किसी का सिर काटोगे?" शकीला ने चन्दर को परखना चाहा।

"दोस्त बोला है तो करना पड़ेगा।" चन्दर ने जवाब दिया।

"और मेरे लिए "—सोनम ने भी उनकी बातचीत में शामिल होने की कोशिश की।

"तुमने मुझे दोस्त कब बोला..."

"शकीला के दोस्त...मेरे दोस्त" सोनम ने बीच में ही बात काट कर कह दिया।

"तो तुम्हारे लिए सिर्फ़ सर नहीं...तुम्हारे दुश्मन के तो पूरे बदन के टुकड़ों की बोरी आएगी तुम्हारे क़दमों पर।"

"हर बात का जवाब तैयार रहता है इनके पास।"—सोनम ने शकीला को बातचीत में शामिल रखने की कोशिश की।

"तुम्हारी समझ में आ जाते हैं—मेरे ज़वाब?"

"समझ में तो ज़रा मुश्किल से आते हैं।" —कान के पास स्क्रूड्रायवर की तरह एक उंगली घुमाते हुए सोनम बोली—"मैं ज़रा बुद्धू हूँ न, इसलिए ।"

"अरी ओ बुद्धू"—पीछे से कड़कती हुई आवाज़ आई सायरा की...भिन्ड का पानी पिए उसके बदन से मेल खाती हुई..." मुझे अकेला छोड़ कर चली आई। ऐसी भी क्या बेचैनी थी यहाँ जल्दी आने की। दस मिनट और रुक नहीं सकती थी मेरे लिए ।"

सोनम ज़रा शर्मिन्दा हुई। जल्दी आने की जो भी वजह रही हो, सायरा को क्यों बताती। बोली "तू वर्मा जी के दफ्तर में भाषण दे रही थी। मुझे क्या पता कितना लंबा होता..."

"बहुत ज़रूरी था..., शकीला एक चाय पिला...लड़ के आई हूँ तेरे लिए ...सालों ने सारे मूड का कचरा कर दिया..." —सायरा का ग़ुस्सा साबित हो चुका था...फिर भी कहती गई। हरामज़ादियों ने समझ क्या रखा है अपने आपको। इनके बाप का राज है कि मनमानी करेंगी।...वर्मा साला...बुड्ढा...मैनेजर है या उनका भडुआ...दुम हिला के उनकी बात पर विश्वास कर लेता है—कान का कच्चा, अक्ल का अंधा...शालिनी ने...साली छक्के ने कान भर दिए तो शकीला का हिसाब करवा दिया।"

सायरा का ग़ुस्सा तेज़ होता जा रहा था लेकिन भिन्डवाली फूलन न जाने क्यों, इस ग़ुस्से में अच्छी लग रही थी। सोनम ने सायरा पर पड़ती चन्दर की मुस्कान भरी निगाहें पढ़ीं तो उसे ठंडा करने की नाकाम कोशिश की—

"बस ठन्डी हो जा, ये भी क्या सोचेंगे कि कहाँ फँस गए..."

"नहीं, नहीं, मैं कुछ बुरा नहीं सोचूँगा" —चन्दर ने सोनम को चुप किया—"भिन्ड के बारे में बहुत कुछ सुना था। आज नमूना पहली बार देखा है। अच्छा लग रहा है।"

सायरा ने ग़ुस्से को पल भर के लिए विराम देकर, मुस्कराते हुए चन्दर की ओर देखा और सोनम को जवाब दिया—

"ये फँसे हैं या तू फँसी है"...शकीला ने चाय का कप पकड़ाया। सायरा ने तेज़ी से पहला घूँट भरा। गरम-गरम चाय की गर्मी से ज़बान में और गर्मी आ गई...फिर शुरू हो गई—"और वो साली गुड़िया उस दिन दाना डाल रही थी 'आप

भी खाइए न'—कोई मूतने जाए तो मैनेजर को ख़बर कर देती है...दाना फेंकना था तो अहमद भाई पर फेंकती...

बाँध के रखने की ताक़त होती तो उसका 'गिराहक' दूसरी के पास कैसे जाए...मेरा कोई जा के दिखाये...टुकड़े टुकड़े कर दूँ साले के—अफ़सोस करेगा कि दुनिया में आया क्यों...इसमें शकीला का क्या कसूर...कोई हम पर नोट फेंकेगा तो हम ना कर देंगे क्या...फिर भी शकीला का बड़प्पन है कि इज्ज़त से बैठाती है...शरम नहीं आई साली को...नमकहराम ...आप भी खाइये न...''—बोलती ही जा रही थी। चन्दर ने कहा—''ज़रा ठंडी हो जाओ।'' लेकिन अब वो चन्दर की ओर देखकर बरसने लगी—

''नहीं, इसमें ठन्डे गरम की कोई बात नहीं...तुम्हीं बताओ, तुमने परसों की रात उसको भी नोट दिए थे। शकीला ने तुम्हारा हाथ पकड़ा था क्या...सोनम ने तुम्हें रोका था क्या...साली हलकट...खुद जैसी है, वैसा सबको समझती है...वर्मा...बुड्ढा...सारे औज़ार ढीले हो गए हैं फिर भी किसी लौंडिया की टांगें पसरी देखता है तो लार टपकने लगती है।''

सायरा की बातें सुनकर सोनम को लगा जैसे भिन्ड का सारा शब्दकोश वहीं उंडेलने पर तुल गई थी। वह सायरा की भाषा पर शर्मिन्दगी महसूस करने लगी क्योंकि बीना वाली थी—भिन्ड की पड़ोसन। चन्दर कहीं ये न—सोचने लगे कि उसे भी ये सब कुछ बोलना आता होगा।

''देख सायरा, अगर तू ठंडी नहीं हुई न, तो मैं चली यहाँ से'' सोनम ने उठने का नाटक किया।'' शकीला ने उसका हाथ पकड़ लिया।

''जाने दे...नाटक करती है''—अब सायरा की सोनम पर बरसने की बारी थी—''बड़ी आई जाने वाली।''—और फिर चन्दर की ओर इशारा करके मुस्कराते हुए बोली—''हमने इतनी बड़ी चुम्बक फ़ालतू में मंगा के रखी है। वापस खींच लेंगे तुझे''...तब तक ठंडी होकर सायरा ने भी सोनम का दूसरा हाथ पकड़ लिया था—''लेकिन एक बात कहनी पड़ेगी''—वह शकीला से कहने लगी—''सोनम ने भी आकर बुड्ढे से कह दिया था कि शकीला का हिसाब किया तो हमारा भी हिसाब कर दो। बुड्ढा सकपका गया। सोनम को तो मानता है। मुझसे तो उसकी सिट्टी-पिट्टी गुम रहती है।''

''मुझे तो दो हफ़्ते बाद वैसे भी मुलुक जाना है...अभी से छुट्टी कर दूँगी।'' सोनम की बात सुनकर चन्दर चकरा गया।

''मुलुक जाना है...क्यों'' चन्दर ने पूछा तो फिर सायरा ने मुँहफट जवाब दिया—

''मुलुक नहीं जाएगी तो क्या मुंबई में बच्चा पैदा करेगी। ना बाबा...बच्चे के पैदा होते ही मुंबई का पानी...तौबा-तौबा'' और उसने दोनों कानों को हाथ लगा दिए। इस बार फिर सोनम की नज़र चन्दर से टकराई और घायल होकर नीचे गिर

गई। चन्दर उसकी ओर टकटकी लगाए देख रहा था। सोनम ने सबकी निगाहों से बचकर एक बार चन्दर की ओर देखा और फुसफुसाई –"वापस आ जाऊँगी...मेरी खाला है न घर पर...और नानी भी...सबीना भी तो उन्हीं के पास रहती है"–इस बीच सायरा और शकीला अपनी बातों में लगी थीं।

सबीना? चन्दर ने नाम दुहराया।

"मेरी बेटी...नवम्बर में पाँच साल की होगी।"

धीरे-धीरे सोनम की किताब के पन्ने चन्दर के सामने खुलते जा रहे थे। लेकिन शकीला की कुश्ती में वर्मा द्वारा शकीला को अखाड़े से बाहर निकालने की पूरी कहानी वह अभी तक पूरी नहीं पढ़ पाया था। टुकड़े...टुकड़े तो काफी कुछ पता लग गया था लेकिन बीच के छूटे हुए कुछ पन्ने शकीला को ही पढ़कर सुनाने पड़े।

दो-तीन दिन पहले एक रात अचानक कच्छ वाले चार-पाँच कस्टमर शकीला के कमरे पर मुजरा सुनने के लिए आ गए थे। ये सोचकर कि नवरात्रों में होटल साढ़े ग्यारह बजे बंद होता था। सेठ ने बाहर के दरवाज़े बंद करके, बत्तियाँ बुझा के पीछे का एक दरवाज़ा खुला रखा था। दरबान, टॉर्च लेकर कस्टमरों को पीछे वाली गंदी गली से सन लाइट के अंदर जाने का रास्ता दिखा रहे थे। सिर्फ बीचवाले–डिस्को हॉल में डान्स चल रहा था। छोटा वाला हॉल बंद था। वहाँ "वर्मा"..."बुड्ढा" कुछ पुलिसवालों के साथ बोतल खोले बैठा था। उनकी छत्रछाया में क़ानून का कागज़ टुकड़े-टुकड़े पड़ा रहे तो कोई डर नहीं था। दस हज़ार पुलिस वालों की जेब में डाल कर पचास हज़ार कमा लेना कोई घाटे का सौदा नहीं था।

कच्छ वालों ने लंबी रूबी, से सन लाइट फ़ोन करवाया था। बेचारी नई थी। आपरेटर ने फ़ोन उठाया तो उसने अपने भोलेपन में कह दिया कि शकीला, सोनम, रज्जो और सायरा को कहो "पैक-अप" करके मुजरे पर आ जाएँ। उसका मतलब था कि होटल बंद होने के बाद...उसके ख़याल से साढ़े बारह बजे। लेकिन आपरेटर चमचे ने "वर्मा-बुड्ढे" को जाकर कह दिया। वर्मा ने उस दिन भी गुड़िया को अपने ऑफिस में बुला लिया था। वैसे अक्सर गुड़िया भी "टैम" लगाने शकीला के ही कमरे पर जाती थी। लेकिन आज ही उसने शकीला के बाजूवाले कमरे के कॉन्ट्रैक्ट पर साइन किए थे। अब उसका अपना कमरा होगा जहाँ वो और दूसरी लड़कियाँ "टैम" लगाने आया करेंगी। अब उसकी लड़ाई सिर्फ अहमद भाई तक ही सीमित नहीं थी। उसे कस्टमर अपनी ओर तोड़ने थे। शकीला से तो ठननी ही थी, सो चिंता किस बात की। कल हो सो आज हो। बस, अहमद भाई को खोने का बदला लेना चालू हो गया। मैनेजर से चुगली शुरू हो गई। उसके सामने एक और बयान दे डाला–

"सन लाइट के कस्टमरों को अपने कमरे पर बुलाती है–तीन-तीन सौ रुपए में लड़कियों को कस्टमरों के साथ ऊपर "माले" पर भेज देती है...शकीला।"

मैनेजर ने कच्छ वालों का बुलावा भी नोट कर रखा था और गुड़िया की आज की शिकायत भी।

इतवार को शकीला की छुट्टी रहती थी। शनिवार की रात होटल बंद होने के बाद मैनेजर ने शकीला को दफ़्तर में बुलाया। बातों-बातों में गरमागरमी हुई और शकीला का हिसाब करके उसे घर भेजने की धमकी दी। आठ साल पुरानी डान्सर को होटल से निकालने की।

"तुम्हारा सन लाइट मेरी जूती पर"—शकीला ने कहा और अपना "कार्ड" "वर्मा-बुड्ढे" के मुँह पर मार कर घर चली आई।

"मेरी पगार सायरा को दे देना।" शकीला ने दरवाज़े से बाहर होने से पहले कहा था।

अब चन्दर को सारी बात समझ में आ गई थी। सायरा की बातों से, और रही सही शकीला के बयान से। उसने शकीला को दिलासा देने के लिए कहा—"सन लाइट के अलावा और भी होटल है मुंबई में..."

"व्हाइट हाउस वाला तो कब से बुला रहा है मुझे। "दिलवर" वाले ने भी कितनी बार फ़ोन किया है—हिना ज़रा दूर पड़ता है वर्ना वहाँ का सेठ तो लड़कियों को इतनी इज्ज़त से रखता है।" शकीला एक साँस में बोल गई—वो तो अपनी लैन्डरोवर भेजता था हम लोगों को लाने ले जाने के लिए।"

"तू कहीं और नहीं जाएगी, सन लाइट में तुझे वापस न लेके गई तो मेरा भी नाम सायरा नहीं।" सायरा पूरे ज़ोश में थी।

"वर्ना हम सब भी सन लाइट छोड़ देंगे।" सोनम ने सायरा का साथ दिया।

"और मैं भी..." चन्दर ने नैतिक समर्थन।

"तुम यहाँ आ जाया करना" —शकीला ने चन्दर के साथ अपनापन जताया—"सोनम भी नवरात्रों में बारह बजे पैक-अप करवा कर यहाँ आ जाया करेगी।"

"मैंने कहा न," सायरा ने याद दिलाया—"तुम्हें वापस सन लाइट में लेकर जाऊँगी। बस, मुझे दो दिन का समय दे दो।"

"नहीं, अब बुड्ढा भी ज़िद पकड़ गया है। मुझे वापस नहीं लेगा।"

सोनम हँसी। बोली—"तुमने भी तो उसके सन लाइट को जूती पे रख दिया। तुम्हें भी ग़ुस्सा कोई कम आता है क्या।"

"तो क्या करती। गुड़िया ने कहा कि तीन-तीन सौ रुपए में लड़कियों को कस्टमरों के साथ माले पर भेजती है।"—शकीला बोली और फिर।

चन्दर की ओर मुड़कर पूछने लगी—"तुम्हीं बोलो, तुम्हारे सामने भेजा है क्या किसी को।"

"नहीं..." चन्दर ने मज़ाक किया..."यही तो अफ़सोस है। कब से तीन सौ के नोट सम्हाल के बैठा हूँ।" शकीला जानती थी कि चन्दर मज़ाक कर रहा था।

मुस्कराकर सोनम की ओर देखा तो सोनम ने बात का रुख़ मोड़ा।

"हम इज़्ज़तवाले हैं। फैमिली के साथ रहते हैं।

वो जो खुद करती है...समझती है सब करते हैं।"

"माले पे जाती है?"—चन्दर ने चुटकी ली—"मैं चला बाजूवाले कमरे में...कितने बजे आएगी गुड़िया?... आप भी जाइये न"

"मैं मज़ाक नहीं कर रही। वारिस ने खुद अपनी आँखों से देखा था। हम तो चलो झूठ भी बोलें वो बेचारा हिजड़ा है। वो झूठ बोलेगा क्या?"

शकीला ने गंभीर होते हुए कहा—"कोई कुछ भी करे, हमें क्या। लेकिन हमारे ऊपर झूठा इल्ज़ाम लगाए तो हम बर्दाश्त नहीं कर सकते। बिरादरी की पंचायत में सब पता लग जाएगा...कोई पूछता नहीं...दरवाज़े के बाहर खड़ी रहती है। हमारी बिरादरी की थोड़े ही है...

सोनम ने भी बातचीत में हिस्सा लिया। कहने लगी—

"मेरी मम्मी बताती हैं कि उनकी नानी के सामने ग्वालियर की महारानी के दादा जी चड्ढी में घूमते थे। एक सौ पैंतीस साल की हो के मरी। मेरी नानी अब भी ज़िन्दा हैं। आँखों में चश्मा नहीं लगातीं।"

शकीला ने उसकी बात बीच में काटी—"और अपनी आँखें देख...जब देखो तब आई रहती हैं। बीना में चैक करा लेना वर्ना रोज़ सिर दुखता रहेगा।"

"डॉक्टर के जाने से डर लगता है...चश्मा लगा देगा।"

"कान्टैक्ट लैन्स लगवा लेना।" चन्दर बोला।

"बड़े महंगे आते हैं—पता किया था...पन्द्रह हज़ार के।"

सोनम ने ग़रीबी का बहाना किया तो शकीला बोली—

"चन्दर ला देंगे...लंदन से...सुना है वहाँ तो रंगबिरंगे मिलते हैं।"

"जिस रंग में किसी को देखना हो उसी रंग का "कान्टैक्ट लैन्स" लगा लेना"

चन्दर बोला तो सोनम ने अपने जवाब से उसे खुश कर दिया।

"तुम फैसला कर लेना कि मुझे कौन से रंग में देखना चाहते हो...बस उसी रंग का ले आना।"

"नहीं, तुम्हारी मर्ज़ी, जिस रंग में भी तुम हमें देखना चाहो, हम खुश रहेंगे। हम तो पानी की तरह हैं—चाहो जिस रंग का बना लो।" डेढ़ बज चुका था। शंकर और उस्मान भाई ने तबला-हारमोनियम सम्हाला और चन्दर की पसंद पूछी गई। पाँच-छः लड़कियों के बीच, गाना सुनने वाला वह अकेला था। एक गाना हुआ, चन्दर ने सबको नोट दिए। सोनम को नहीं। दूसरा हुआ...फिर वही। फिर तीसरा भी हो गया पर चन्दर ने सोनम को अपनी नज़रों में भर कर कुछ दिया था, पैसे नहीं। वो तो दूसरी लड़कियों के लिए निकल रहे थे।

शकीला को ये पहेली समझ में नहीं आई। उसने चन्दर की ओर देखकर

इशारे-इशारे में इसकी वजह जाननी चाही। चन्दर ने जवाब अपने तरीक़े से दिया—

बोला—"सोनम, जब तुम पर निगाह पड़ती है, हलके से होंठ हिला देती हो। ये बेईमानी है। तुम्हारी आवाज़ तो सुनाई ही नहीं पड़ती।"

"मुझे गाना नहीं आता"—सोनम शर्मिन्दा थी।

"मैं मानने के लिए तैयार ही नहीं।"...चन्दर ने उसी के हथियार से उस पर वार किया—"ग्वालियर की महारानी के दादाजी तुम्हारी मम्मी की नानी के सामने चड्ढी में घूमते थे। तब से तुम्हारी फैमिली में गाने-बजाने की परम्परा चली आई है। कहती हो—गाना नहीं आता—कैसे मानूँ...चलो कल की तरह आगे आकर बैठो।"

सोनम सकुचाई। शकीला ने चन्दर को समर्थन दिया।

"चल, आगे जा के बैठ। देख कितनी इज़्ज़त से कह रहे हैं।...चल जल्दी उठ...साली...बेशरम...कोई प्यार से कहे तो उसकी कोई क़दर ही नहीं।"

"तुम्हें कैसे मालूम कि मैंने प्याऽऽऽर से कहा है।" चन्दर ने पूछा शकीला से मगर देखा सोनम की ओर।

सोनम उठी...चन्दर के सामने बैठती हुई बोली—

"तुम दुतकाऽऽऽर के भी कहो—हम मान लेंगे। लो आ गई तुम्हारे सामने भी और पास भी...अब बोलो क्या हुकुम है।"

"गाना सुनाओ, अपनी पसन्द का।"

"कहा न, नहीं आता"

"मैं नहीं मानता"

"मेरी आवाज़ अच्छी नहीं है।"

"ये हुआ बहाना नंबर दो..."

"अच्छा चलो सुना देती हूँ...सब लोग साथ देना।"

हमिंग शुरू हो गई थी। शंकर और उस्मान भाई समझ गए थे। सोनम ने सारी लड़कियों से कहा—

"ये कह रहे थे न कि पानी की तरह हैं।"

उसने चन्दर की आँखों में आँखें डालकर देखा और गाने के बोल उसकी ज़बान पर आ गए।

"पानी रे पानी तेरा रंग कैसा..."

सभी हँसे, चन्दर मुस्कराया और कमरे के बाहर तक साज और आवाज़ गूँजने लगे। इस गाने के दौरान भी चन्दर ने बारी-बारी सभी लड़कियों को पैसे दिए...दो दो, तीन...तीन बार, शंकर और उस्मानभाई को भी लेकिन सोनम को नहीं। आधा गाना हो जाने के बाद चन्दर ने दीवार के पीछे रखी अंगीठी से एक कोयला उठाया और सबके सामने सोनम के गाल पर हलके से रगड़ कर एक काला निशान कर दिया।

शकीला ने उसकी भावना को शब्द दिए—“किसी की नज़र न लगे।” सचमुच, बसन्ती रंग की साड़ी में सोनम उस दिन सोने सी चमक रही थी। लेकिन कोयले का टीका लगने के बाद उसके गालों का रंग बदलने लगा था...लाली सा...उसने अपना हाथ, साथ ही बैठी सायरा की जाँघ पर रख लिया था। शायद कंपकंपी से बचने के लिए...और सायरा ने अपना हाथ, सोनम के हाथ पर।

चन्दर ने जेब से एक डब्बी निकाली, सायरा को दी और इशारा किया कि वह डब्बी के अंदर रखी चीज़ सोनम के उस हाथ में पहना दे जो सायरा के हाथ में था। सायरा ने जवाब में चन्दर को इशारे में ही पूछा कि—

“तुम खुद क्यों नहीं पहनाते।” चन्दर ने सिर हिला दिया। सायरा ने डब्बी खोली तो सोने का प्यारा सा ब्रेसलैट था। चन्दर की ओर से, सोनम को, पहली भेंट। उसकी सहेलियों को खुशी थी या जलन...चन्दर के लिए उनके चेहरे पढ़ पाना मुश्किल था।

इस गाने के ख़त्म होते ही चन्दर ने शंकर और उस्मान भाई को इशारा कर दिया था...“बस करो”। वे फिर नीचे टहलने निकल गए। लड़कियाँ बातों में लग गईं। सोनम चन्दर के नज़दीक गद्दे पर आकर बैठ गई लेकिन उसकी ओर पीठ करके। बेरूखी थी या संकोच... चन्दर सोच ही रहा था कि दरवाज़े से अंदर आते हुए किसी ने कहा—“अस्सलामालेकुम”।

सोनम उसे देखकर चौंकी और उठते हुए उसके मुँह से निकला “लो, मेरा अरबी आ गया।” यह बात चन्दर को दिल पर हथौड़े की तरह लगी। दूसरी बात ये कि उसी रात घर वापस लौटने से पहले जब मौका पाकर चन्दर ने उसका टेलीफ़ोन नंबर माँगा था तो जवाब मिला था कि उसके घर पर फ़ोन नहीं और पड़ोसी किसी को फ़ोन पर बुलाते नहीं। चन्दर को लगा कि कहीं टालमटोल तो नहीं। वह सोचता रहा...क्या सोनम कोई ऐसी हुस्न की परी है कि उसके लिए दीवानगी की हद तक पहुँचा जाए। लड़कियाँ तो दो-दो सौ रुपए में मिलती हैं...अच्छी-अच्छी। लेकिन “विवृत जघनाओं” को छोड़कर उसे जो गर्व हुआ था, वह भी तो कुछ मायने रखता था...फिर क्यों मन करता है सोनम की नज़दीकी पाने के लिए?...एक बच्ची की माँ—दूसरा कोख में पल रहा है...कोई तुक है? उसने देखा नहीं कि “होटल” और “टैम” वाली सभी लड़कियाँ...सोनम भी, हर “कस्टमर” की तरफ़ कैसे नज़रें फेंकती हैं।

...उस दिन कोई नशे में कह रहा था...हज़ारों रुपए लुटाओ और इंतज़ार करते रहो।

...करीम ने रज्जो के पीछे लाख से ज़्यादा लुटाया फिर भी वो पीठ पीछे उसका मज़ाक उड़ाती है।...फिर क्या सारी मुंबई पागल हो गई है इन लड़कियों के पीछे। मुंबई ही क्या, हिंदुस्तान के कोने-कोने से आने वाले व्यापारी कई-कई दिन मुंबई में बिस्तरा जमाए पड़े रहते हैं।

...दो नंबर का पैसा, दो नंबरवालियों को देते रहते हैं। आस लगाए बैठे रहते हैं। ...लड़कियाँ सिर्फ कूल्हे मटकाकर और नज़रें मिला कर जेब ख़ाली करवाती रहती हैं। ...एक हिसाब से तो हज़ारों लड़कियों का फ़ायदा हो गया है होटलों से। ...मजबूरी में देह का व्यापार तो नहीं करना पड़ता, चांदनी की तरह। वो होटल क्यों नहीं चली जाती। होटल वाली किसी के साथ जाती भी होंगी तो दिल आने पर या सचमुच मोटी रक़म मिलने पर।...'फ्री सर्विस' वाले 'होटल' तो सुना है बंद हो गए। ...वहाँ तो डांसर को पसंद करके काउंटर पर पैसे चुका कर कस्टमर लड़की को कमरे में ले जाता था। 'फ्री सर्विस' वाले होटलों ने दूसरे होटलों का धंधा ठंडा कर दिया था। ...और फिर कस्टमर की एक बार किसी लड़की से पहचान हो गई तो वह सीधे उसके पास नहीं पहुँच जाएगा? लड़की को भी होटल के सेठ को हिस्सा नहीं देना पड़ेगा...लेकिन फिर सीधे वेश्याओं के पास क्यों न जाएँ।

'फ्री सर्विस' होटलों से, सच मानें तो पुलिस को भी नुकसान होने लगा था।...हर इलाके में तो 'फ्री सर्विस' वाले होटल चल नहीं सकते थे। इन इलाकों के कस्टमर 'फ्री सर्विस' वाले इलाकों में जाने शुरू हो गए थे...यानि दूसरे होटलों का धंधा कम होने लगा था...यानि पुलिस के हफ़्ते पर असर पड़ने लगा था।

...लेकिन सन लाइट जैसे होटलों में लोगों की भीड़ क्यों रहती है...लोग सुबह से सात-आठ बजे तक भी बैठे रहते हैं। लड़कियों को तो स्टेज पर तब तक खड़े रहना पड़ता है जब तक उनके कस्टमर बैठे हैं। इसी बात की उन्हें पगार मिलती है। दस हज़ार महीना आम बात है...ममता जैसी को तीस हज़ार महीना भी मिल जाता है।...क्या नाची थी वो, रज्जो की भानजी के 'हक़ीक़े' में। ...लगा था जैसे फिल्म की टॉप क्लास की डांसर हो।...माधुरी जैसे कूल्हे मटकाए थे और लात फटकारी थी...सुना है, एक-एक दिन में दस हज़ार तक का कलैक्शन कर लेती है—लोपाज़ में...मुंबई का सबसे टॉप का 'होटल' है। एक रात में कोई दीवाना तो पचास-पचास हज़ार तक लुटा देता है तभी तो होटल का सेठ तीस-तीस हज़ार तक की पगार दे देता है...

उसे ही देता होगा जिसके कलैक्शन से सेठ के तीस हज़ार से ज़्यादा ही वापस आएं। अक्सर, लड़की को मिले पैसों में से आधा सेठ का होता है यानि पगार के तीस हज़ार और फिर टिप्स की भागीदारी के तीस हज़ार। साठ हज़ार महीने के। जहाँ पगार नहीं होती वहाँ अक्सर सौ में से सत्तर डांसर के और तीस 'होटल' वाले के। जिसको 'टिप्स' नहीं होती उसके सेठ डेढ़-दो सौ 'भरता' है। ऐसे भी होटल हैं।

पता नहीं...हमारे प्रधानमंत्री को आजकल कितने मिलते हैं। ऊपर की आमदनी की बात नहीं, जो मेहता जी अटैची में भर के पहुंचा दें। असल पगार की बात है। ज़रूर, ममता की प्रधानमंत्री से ज़्यादा होगी।

फिर भी...दाद देनी पड़ेगी कि होटल वालियाँ दस रुपए का नोट भी कितने अदब के साथ लेती हैं। तभी तो सूरत के हीरे तराशने वाले और मकराना के 'व्हाइट मार्बल' वाले लौट-लौट के मुंबई में डेरा जमाते हैं और दिल्ली से लेकर बंगलौर तक के एक्सपोट-इम्पोर्ट वाले भी।

...और सोनम के 'मेरे अरबी' भी।

चन्दर के विचारों की यह लंबी यात्रा सोनम और उसके 'मेरे अरबी' से शुरू हुई थी और वापस लौट कर वहीं आ गई। उसने सोचा–कहीं ऐसा तो नहीं कि दुर्लभता वांछनीयता बढ़ा रही हो...मानव स्वभाव है। चाह में जो मज़ा है वह पा लेने में कहाँ। पर चाह एक चरण है, आरंभिक, और प्राप्ति दूसरा...अंतिम। अगर मंज़िल न हो तो राह पर कौन चलेगा।

यही सब सोचते आज भी वह तेज़ी से उठा और कपड़े बदल कर जुहू की ओर निकलने की तैयारी करने लगा। रेडियो पेजर अपनी बैल्ट में लगाया ही था कि पीं-पीं की आवाज आई। वही मैसेज था, उस दिन जैसा...सोनम को फ़ोन करो...1234567 पर। शकीला होगी...बड़ी चालाक है...सोनम के नाम पर फ़ोन करती है...पागल है...अपना नाम देगी तो क्या मैं वापस फ़ोन नहीं करूँगा।...चलो निकलने से पहले फ़ोन कर ही लेता हूँ...कह दूँगा...नहीं जाना मुझे...बुरा मान जाएगी...कुछ बहाना बना दूँगा।

शेख चिल्ली...चन्दर। फ़ोन किया तो दूसरे छोर पर रिसीवर उठाने के लिए कोई तैयार था। एक ही घंटी बजी और जवाब मिला–

"हैलो..."

"शकीला?"

"शकीला से बात करनी है? बुला दूँ? मुझसे क्या नाराज़गी है?"

"..." अप्रत्याशित रूप से सोनम की आवाज सुनकर चन्दर समझ नहीं पा रहा था क्या कहे।

"लो तुम्हीं आकर बात करो शकीला, ये मुझसे तो बात ही नहीं..." सोनम ने शकीला को आवाज़ लगाई लेकिन उसकी बात बीच में ही काटकर चन्दर ने मौन तोड़ा–"नहीं सोनम, मुझे तुम्हीं से बात करनी है।"

"तो फिर बोले क्यों नहीं मेरा नाम सुनकर?"

"अचानक मिली खुशी से गला रुँध गया था।"

"अच्छा जी...तो फिर ये खुशी तो पहले भी हासिल कर सकते थे। दो दिन से न आए और न ही फ़ोन किया।"

"तुम्हीं ने तो अपना नंबर देने से इनकार कर दिया था।"

"जब है ही नहीं फ़ोन, मेरे घर तो...शकीला के यहाँ कर लेते।"

"चलो जाने दो...बोलो कैसे याद आई तुम्हें मेरी।"

"दो दिन से पड़ोसी का टेलीफ़ोन नंबर लेकर घूम रही हूँ कि मिलो तो दूँ लेकिन..."

"लेकिन तुम्हारे पड़ोसी तो किसी को फ़ोन पर बुलाते नहीं।"

"इसीलिए एक किलो मस्का लगाया था, पड़ोसिन को।"

"क्या कहा, ...कस्टमर है?"

"नहीं"

"दोस्त...?"

"ऊँ-हूँ..."

"तो फिर?"

"बस कह दिया, कोई परदेसी है...दोस्त से ज़्यादा लगने लगा है।"

"दोस्त से ज़्यादा क्या होता है...बताना पड़ेगा।"

"पता नहीं...नंबर नोट करो...3456789...याद आए तो फ़ोन कर लेना।"

"अगर दिन में दस बार याद आए तो?"

"दस बार कर लेना।"

"और लगातार आती रहे तो।"

"तो हाथ में ले के सो जाना। टेलीफ़ोन। ये लो शकीला से बात करो, उन्हें कुछ ख़ास काम है तुमसे...मना मत करना।"

और सोनम ने फ़ोन का रिसीवर शकीला के हाथ में दे दिया।

"बोल शकीला, क्या काम आ गया ऐसा जो करना ही पड़ेगा।"

"नमस्ते...नहीं कोई जबर्दस्ती नहीं है। दिल न करे तो मत करना लेकिन आज 'वर्मा...बुड्ढे' का फ़ोन आया था। उसने वापस सन लाइट बुलाया है। इसीलिए सोनम यहाँ आई है। सायरा भी आती होगी। हम लोग यहीं से साथ जाएँगे। जिन्हें अपना समझते हैं, उन्हें कह दिया है आने के लिए...अहमद भाई, कच्छ वाले, तुम...और हाँ...उस दिन वाला अरबी भी आएगा। कह रहा था चन्दर आएगा तो मैं आऊँगा...क्या जादू कर दिया तुमने उस पर कि उस दिन तुम्हारे जाने के बाद तुम्हारी तारीफ़ के पुल बांध रहा था।"

"मेरे जाने के बाद...वो वहीं बैठा रहा था?"

"बस, यही कोई आधे घंटे...अपनी बीयर ख़त्म करके चला गया।"

"और सोनम?"

"तुम्हारे पीछे-पीछे वो भी सीढ़ियाँ उतर गई थी। तुम्हें पान वाले की दुकान पर खड़े देखा था।"

चन्दर को राहत मिली।

शकीला ने अगर पानवाली बात न कही होती तो सोचना पड़ता कि विश्वास करे या न करे लेकिन पानवाले के यहाँ वह मुश्किल से दो मिनट के लिए रुका

था, इसी बीच सोनम घर चली गई थी।

''यानी 'अरबी' के लिए रुकी नहीं?''

''लो पूछो''

''...''

''अरे बोलो न, चुप क्यों हो?''

''उस दिन,...उस दिन सोनम ने कहा था...'मेरा अरबी'...''

''बुद्धू है...''

''ये तो वो खुद भी कहती है।''

''अरे इसका मतलब सिर्फ़ इतना सा है कि ये साल छः महीने में जब कभी दुबई से दो-चार दिन के लिए मुंबई आता है तो सन लाईट चला आता है और सोनम को ख़ूब अच्छी टिप्स देता है। कभी-कभी 'टैम' पर भी आ जाता है। उसे मुज़रे का बहुत शौक़ है इसलिए 'नाऊ की चाल', 'बच्चू भाई की बाड़ी' और 'कांग्रेस हाऊस' में भी जाता है। कभी-कभी शराब पीकर पागलों की तरह खुद ही नाचने लगता है। सोनम उसकी बहुत मज़ाक करती है,...लेकिन नोट मिलते हैं तो सामने-सामने तो इज्ज़त करनी ही पड़ती है।''

''कहीं मेरी इज्ज़त भी...'सामने-सामने' वाली तो नहीं।''

''जी नहीं, वर्ना चार दिन की पहचान में वो तुमको टेलीफ़ोन नंबर देने के लिए अपनी पड़ोसिन को 'एक किलो मस्का न लगाती और तुमको 'दोस्त से ज़्यादा' वाली जगह न देती।''

''यानि कि तुम वहीं खड़ी सब कुछ सुन रही थीं?''

''जी नहीं, यहीं खड़ी रहती तो 'बुद्धू' ये सब कुछ कहती ही नहीं, इसलिए छिपके...''

''यानि कि जासूसी...''

''क्यों नहीं,...तुम पहले तो हमारे 'कस्टमर' थे...अब उसके हो गए तो क्या...हमारा तो फ़र्ज है न ये देखना कि वो सम्हाल कर...''

''शकीला...तुम्हारे सामने आकर मुझे एक शर्मिंदगी झेलनी पड़ती है...मेरा मतलब है, तुम्हें देखकर मैं सोचने लगता हूँ कि तुम सोचती होगी कि मैंने कितनी जल्दी पाला बदल दिया।''

''होता है...होता है...मैं तुम्हारे बारे में कुछ भी बुरा नहीं सोचती। ...और फिर मैंने तो तुम्हें सिर्फ़ दोस्त कहा था...सोनम ने 'दोस्त से ज़्यादा' वाला दर्जा दे दिया तो फिर मैं तुम्हें कसूरवार कैसे ठहराऊँ। ...और फिर, वो भी मेरी सहेली है...सबसे ज़्यादा जिगरी।...तुम किसी और के चक्कर में पड़ते तो हम देखते लेकिन...सोनम...वो 'बुद्धू' तो अपनी ही है।...अच्छा छोड़ो...तुम्हारा फ़ोन का बिल चढ़ रहा है और हमें देर हो रही है...होटल आओगे न?...हम इंतज़ार करेंगे।''

''हाँ-हाँ—आता हूँ, लेकिन सोनम से कह देना कि 'हम' इसलिए आ रहे हैं कि 'उसका अरबी' 'हमारे' बिना कहीं उदास होकर वापस न लौट जाए।''

शकीला 'मैं' से 'हम' तक चढ़ गई थी तो चन्दर भी उसकी नक़ल करते हुए शाही अन्दाज़ वाले 'हम' पर आ गया था।

शकीला हँसी, ख़ुदा हाफ़िज़ कहा और एक लंबी टेलीफ़ोन वार्ता को विराम मिला।

चन्दर ने उस रात के कार्यक्रम की पूरी रूपरेखा तैयार कर ली थी। सोच रहा था—सन लाइट में जाऊँगा—और साढ़े बारह के बाद शकीला के कमरे पर—सोनम से फिर कहूँगा कि वही गाना एक बार फिर सुना दे

''पानी रे पानी। ...ठीक-ठाक गा लेती है...आवाज़ भी कोई ख़राब नहीं...बस ज़रा-सा किसी से सीख लिया होता तो ये भी आ जाता कि तबले की किस थाप पर अंतरा शुरू करना चाहिए और कहाँ सांस लेकर सिर्फ़ साज बजने देने चाहिए।...

ख़ैर कोई बात नहीं...कहाँ उसको नूरजहां या लता मंगेशकर बनना है...शायद कभी दिल में आया भी हो...दिल मार दिया हो...महत्त्वाकांक्षाएँ सबके मन में तो नहीं होतीं—सबकी पूरी भी नहीं होतीं...कुछ लोग जानबूझकर उनका ख़ून भी कर देते होंगे...या उतना ऊँचा सोच ही नहीं पाते होंगे...पानी और हरियाली देखे हों तो पेड़ लगाने की सोचें...जिसने रेगिस्तान में ही जिंदगी खपाई हो वो पहाड़ से निकलते झरनों की तसवीर कैसे बनाएगा? जो गढ़वाल के पहाड़ से उतर कर कभी देहरादून नहीं गया वो लंदन के पिकाडिली सर्कस की तसवीर क्या पहचानेगा। ...सोनम की मम्मी की दादी के सामने 'ग्वालियर' की महारानी के दादा चड्डी में घूमते थे। ...एक सौ पैंतीस साल की हो कर मरी थीं...उसमें से कितने साल खुद पर ख़र्चे होंगे...कितने मुजरे के शौकीन पुराने रईसों के सामने बा-अदब माथे पर हाथ लगाकर सलाम करने में।...सोनम भी सलाम करती है तो कहर ढाती है...मुझ पर भी असर हो गया...आज उसकी आवाज़ को चुपके-चुपके टेप कर लूँगा...अपना पॉकेट वाला टेपरिकार्डर चुपके से जेब में रख लेता हूँ...सिगरेट की डिब्बी जितना तो है...जब वो गाएगी, प्ले एंड रिकार्ड वाला बटन दबा दूँगा...उसे पता ही नहीं चलेगा...पता चल गया तो शरमा जाएगी...सिर हिलाकर ना कर देगी।'' चन्दर ने सोचा और खुद 'ना' वाला सिर हिलाने लगा...शेख़चिल्ली।

चन्दर को खुद पर हँसी आई। घड़ी देखी, किचन में जाकर फ्रिज में से पानी की बोतल निकाली, गिलास में उंडेला और गिलास मुँह से लगाया तो उसमें सोनम की तसवीर नज़र आने लगी। गा रही थी—''पानी रे पानी''...हँस रही थी...कह रही थी...'शेख़चिल्ली'।

टैक्सी के सफ़र में भी शेख़चिल्ली ने चन्दर का पीछा नहीं छोड़ा। जब सोनम सामने आती, शेख़चिल्ली साथ आता। ''...वो अरबी शेख़चिल्ली जैसा लगता है...बकरे-सी

दाढ़ी रही होगी शेख़चिल्ली की...जैसी अरबी की है...मैं शेख़चिल्ली हो ही नहीं सकता...'' और सोचते-सोचते ज़ोर से बोल पड़ा—''मैं शेख़चिल्ली नहीं हूँ।''

''कुछ कहा आपने बाबू जी'' टैक्सी वाला चौंक गया था।

''नहीं...नहीं...सॉरी, हाँ...हाँ ये कहा कि मैं 'बाबू' नहीं हूँ।'' और फिर चन्दर ने टैक्सी वाले को 'बाबू' का मतलब समझा दिया। बा-बू...बदबू वाला।

टैक्सी वाला हँसने लगा और चन्दर फिर सोचने लगा।

''शेख़चिल्ली। घी का घड़ा सिर पर रख कर ले जा रहा था। सोच रहा था...बाजार में जाकर घी बेचूँगा। जो पैसे मिलेंगे उनसे दो शादियाँ करूँगा। एक का नाम प्यारी होगा...दूसरी का नाम बे-प्यारी। प्यारी के बच्चों को प्यार से गोद में बिठाऊँगा...बे-प्यारी के बच्चों को मना कर दूँगा सोचते-सोचते मना करने वाला सिर ज़ोर से हिला दिया। घड़ा गिर गया, घी मिट्टी में मिल गया...सपना भी।''

इस बार चन्दर ने एक-एक शब्द जमा-जमा कर कहा—

''मेरा सपना...मिट्टी में...नहीं...मिल सकता...क्योंकि मैं शेख़चिल्ली...नहीं हूँ।''

इस बार टैक्सी वाले ने शीशे में से चन्दर को देखते हुए आख़िरी हिस्सा सुन लिया था। उसने पीछे वाली सीट पर बैठे हुए चन्दर की ओर गरदन घुमाई और मुस्कराते हुए बोला—

''आप...शेख़चिल्ली ...नहीं हैं'' उसका लहज़ा भी चन्दर के जैसा था।

''शेख़चिल्ली की तो बक़रे जैसी दाढ़ी थी।...अरबियों जैसी।''

''ऐं...क्या मैं ये सब भी ज़ोर-ज़ोर से बोला?''

''आप बोले ही कहाँ जो धीरे या ज़ोर का सवाल पैदा हो।

फ़ारस रोड के कोने से ही दो बार आपसे पूछ चुका हूँ कि फ़ारस रोड पर कहाँ जाइएगा। आपने कोई जवाब ही नहीं दिया।''

''फ़ारस रोड? अरे मुझे तो सन लाइट जाना था...ग्रांट रोड।''

''पहले ही बता देते तो बाहर-बाहर निकल लेते। अब यहाँ फंस गए तो बाहर निकलना भी मुश्किल है, सात बजे तो फ़ारस रोड पर आना ही गुनाह है। एक तो सड़क पर रंडियों की परेड चालू हो जाती है और दूसरे मुंबई के कोने-कोने से टैक्सियां 'नचनियों' को लेने आती हैं। ग्रांट रोड से थाना तक होटलों का जाल बिछा है, लेकिन फ़ारस रोड न हो तो आधे होटलों में ताले लग जाएँ।''

''क्यों'' चन्दर ने जानने की इच्छा जताई।

''क्यों?...इसलिए कि फ़ारस रोड से दो हज़ार से ऊपर लड़कियाँ होटलों में डांस करने जाती हैं। दूसरी जगह तो बिल्डिंग का वॉचमैन भी डंडे मार कर इनसे बात करता है। पुलिसवाले वैसे ही मुँह बाए खड़े रहते हैं। बेइज्ज़ती तो करते ही हैं, नोट छापते हैं सो अलग। सारे दिन कोई बकरा न मिले तो अकेली घूमती लड़कियों को पकड़ लेते हैं।''

चन्दर पहले भी आ चुका था यहाँ, लेकिन सात-साढ़े सात के बीच पहली बार। शकीला का कमरा यहीं तो है...सोनम भी यहीं कहीं रहती है। सोनम का ध्यान आते ही वह समझ गया कि जब उसने टैक्सी वाले को ग्रांट रोड की जगह फ़ारस रोड कहा होगा, वही दिमाग़ में घुसी होगी। "अब तो वह सायरा और शकीला के साथ निकल गई होगी।...जिस पानवाले की दुकान पर उसने मुझे देखा था, यहीं तो है।...यानि यहीं से होकर गुज़री थी अपने घर जाने के लिए।...पास में ही रहती होगी। चलो, एक सिगरेट का पैकेट ही पकड़ लूँ। होटल में सिगरेट मंगाई थी तो पच्चीस रुपए बिल में जोड़ दिए थे। यहाँ पचास में मिलती है...डनहिल इंटरनेशनल। पैंतीस रुपए क्यों बरबाद करूँ। ...वो भी सोनम की टिप्स में जोड़ दूँगा। पैंतीस रुपए में होटल में साढ़े तीन बार किसी लड़की को कोने में बुलाकर उसका हाथ पकड़ा...कम से कम छुआ जा सकता था।...या साढ़े तीन लड़कियों को एक-एक बार। चन्दर ने सोचा। टैक्सी को आगे बढ़ने का रास्ता नहीं मिल रहा था। "एक मिनट", उसने टैक्सी वाले से कहा—"ज़रा सिगरेट ले लूं"...और वह टैक्सी का दरवाज़ा खोल तेज़ी से पान वाले की दुकान की ओर दौड़ गया।

उसके आगे सिर्फ़ एक ग्राहक था...पान लगवा रहा था। किवाम और असली एक सौ बीस वाला। ...मुँह से बास आती होगी...

"किसी 'छमिया' के पास जाना होगा...मजनू...नीली कमीज़ और लाल पतलून...बालों का तेल माथे पर चू रहा है...लेकिन वेश्याएँ तो किस करने नहीं देतीं...वो भडुआ कह रहा था, 'प्राइवेट में' है...'फ्रैंच' वाली...कोई मुँह में पेशाब कर दे तो...छी-छी...। ...पर 'किस' नहीं।

पेशाब से प्यार की तोहमत थोड़े ही लगती है...'किस' से लगती है...चुंबन...चुंबक का सहोदर...कोई चिपक गया तो?...चिपकने-चिपकाने का काम कोठेवालियों को शोभा नहीं देता...शॉट टाइम, घंटा या सारी रात...जो भी हो 'चिपक' नहीं चाहिए...चिपक में बास का डर है...प्यार की बास...इस मजनू में भी होगी...तभी कश्मीरी किवाम और 'प्योर' एक सौ बीस लगवा रहा है। साला बाबू होगा...बा-अदब...बा-बू।"

"पचास रुपए साहब" दुकान वाले ने सिगरेट का पैकेट आगे करते हुए कहा तो चन्दर का ख्याल टूटा। सौ का नोट देकर छुट्टे के इंतजार में उसकी निगाहों ने सारी दिशाओं की परिक्रमा कर डाली। "दिशाएँ चार नहीं थीं, उनके चार कोने भी थे।...'ध्रुवा' और 'उर्ध्वा' भी थीं...नीचे, ऊपर दस जगह निगाह दौड़ने भर से वहाँ सोनम थोड़े ही आकर खड़ी हो सकती थी। वह तो सन लाइट के डिस्को हॉल की स्टेज पर खड़ी दसों दिशाओं में नज़रें फेंक रही होगी।...बाहर-बाहर निकल गए होते तो अब तक सन लाइट पहुँच गए होते लेकिन...जिस गली में तेरा घर न हो बालमा...बाहर-बाहर जाते ही कैसे?"

इस बीच टैक्सी वाला किसी लड़की से बात कर रहा था। चन्दर लपक कर पास आया।

"कहा न, इंगेज है...इन बाबूजी को ग्रांट रोड छोड़ना है।" टैक्सी वाले ने चन्दर की ओर इशारा करके कहा तो लगभग सोलह साल की एक 'छुटकी' चन्दर की ओर मुड़ी...परी की बेटी...होठों की पंखुरियाँ खुल ही रहीं थीं अभी...कली और फूल के बीच की रही होगी वो। कानों में 'इयर-रिंग्स' की लाइन...ऊपर से 'सुई धागा' ...कान में पहने जाने वाले गहने का नया नाम...नया गहना...। साथ में तीन लड़कियाँ और थीं।

"हम लोग इतनी देर से खड़े हैं, टैक्सी नहीं मिल रही। हमारा रोज़ का टैक्सी वाला मुर्ग़ा खाके सो गया लगता है।"...

वह चन्दर से कह रही थी और चन्दर उसकी ओर टकटकी लगाए देखे जा रहा था–"आप दूसरी टैक्सी ले लेना न, हमें जाने दो..."

बीच में अपनी सहेलियों की ओर मुड़ी–

"आज देर में पहुँचे तो 'टकला' हिसाब करके घर वापस भेज देगा।"

"कल कितना इतरा रहा था...ज़रा सी देरी हो जाए तो जान खाने लगता है" दूसरी ने कहा।

"कमरे में हाज़िरी लगानेवालियों को सौ खून माफ़...हमारे पीछे पड़ा रहता है" तीसरी बोली।

"हमें जाने दो न", छुटकी ने चन्दर से कहा–"आप तो पैदल भी जाओगे तो टैक्सी से पहले पहुँचोगे।"

चन्दर अब भी टकटकी लगाए उसकी ओर देखे जा रहा था।

"जाएँ हम...बोलते क्यों नहीं...ऐसे घूर-घूर कर क्या देख रहे हो।"

"तुझे देख रहा हूँ और सोच रहा हूँ ये चाँद का टुकड़ा टूट कर यहाँ कहाँ आ गिरा घूरे में।

चन्दर की बात पर वह शरमाई, दूसरी लड़कियाँ खिलखिलाकर हँसीं।

उसने रुख बदला, गुस्से वाला मुँह बनाया और चन्दर की ओर हाथ उठाकर बोली–"जे देखा है...बड़ा आया चाँद के टुकड़े" वाला।

" 'जे'...तूने 'जे' कहा...ये नहीं 'जे'?..."

"हाँ कहा, और जे भी कहा कि जेऽऽऽपड़ गया तो इज्जत खराब हो जाएगी...जाओ, नहीं चाहिए तुम्हारी टैक्सी।"...

"अरे नहीं, नहीं...बैठो, तुम ले लो टैक्सी...ले जाओ भाई इन लड़कियों को...मैं पैदल ही निकल जाता हूँ...कितना बिल हुआ...?" लड़कियाँ फटाफट दरवाज़े खोलकर टैक्सी में बैठ गई। टैक्सी वाले ने मीटर ऊपर किया, फिर नीचे। जेब से नोट निकालते हुए चन्दर की निगाह 'छुटकी' की कलाई पर पड़ी, जो खिड़की के अधखुले शीशे

पर रखा था। वह चौंक गया–

" 'जे' किसका है..." चंदन ने कलाई में पड़े सोने के ब्रेसलैट की ओर इशारा करके पूछा।

छुटकी ने सहम के हाथ अन्दर कर लिया और उलाहना देते हुए बोली–"क्यों नीयत खराब हो गई सोने की चीज़ देख कर?...मेरी बड़ी जीजी का है...मेरे जीजा जी ने दिया है...लंदन से लाए थे वो।"

एक जैसे ब्रेसलैट तो कई हो सकते हैं लेकिन इस पर एक ख़ास तरीके से अंग्रेजी का "S" लिखा हुआ था–सोनम के नाम का पहला अक्षर। इसीलिए चन्दर की निगाहों को अपनी ओर खींच लिया था उसने। उसके दिमाग़ में सोनम का ये को 'जे' कहना और इस पर लड़कियों का उसे टोकना और खिलखिलाना याद आ रहा था। आँखों में सोनम का चेहरा, जिसका छोटा-सा एक टुकड़ा उसके सामने था और फिर कलाई में वही ब्रेसलैट जो उसने दो दिन पहले सोनम को दिया था।

टैक्सी वाले को पैसे देते-देते उसने अपना सिर खुली हुई खिड़की तक झुकाया और प्यार से छुटकी की आँखों में आँखें डाले हुए कहा–"सुन रीमा अपनी सोनम 'बाजी' से कह देना, हम उनसे नाराज़ हैं"। चन्दर के मुँह से अपना और अपनी 'बाजी' का नाम सुनकर रीमा की खुशी और आश्चर्य की चीख़ निकल गई–

"ओ मम्मी, ये तो चन्दर हैं...सोनम 'बाजी' ने बताया था इनके बारे में" इतने में टैक्सी आगे खिसकने लगी थी...कुर्ला की ओर। सोनम ने कहा था–मेरी सबसे छोटी बहन रीमा, कुर्ला के चम्पक होटल में जाती है। बीच वाली अंजु द्वारका में। वो घाटकोपर में है। कितना सच कहा था...बिल्कुल छोटी सोनम लगती है वो।

'जे', ब्रेसलैट और हूबहू मिलती शक्ल...ये पक्का करने के लिए काफ़ी थे कि उसने अपनी टैक्सी रीमा के लिए ही छोड़ी थी। रीमा, टैक्सी के पीछे वाले शीशे में से मुड़कर चन्दर को देखती रही और चन्दर शरमाती, मुस्कराती, खुश होती, और चन्दर को अपनी 'बाजी' के 'उन' के रूप में 'पास' करने के हाव-भाव छलकाती रीमा को।

फ़ारस रोड की छिटपुट रौशनी में टैक्सी को आगे बढ़ने की जगह मिल गई थी। रीमा मुड़कर अपनी सीट पर सधकर बैठी और शरम से झुक गई–

मेरी बड़ी जीजी का है...मेरे जीजा जी ने दिया है...लंदन से लाए थे वो...उसे क्या मालूम कि ये 'वो' वही था, जिससे उसकी नोकझोंक चल रही थी। 'जीजा जी'...पगली कहीं की...।

चन्दर धीरे-धीरे ग्रांट रोड की दिशा में पैदल चल दिया। 'घूरे' से होता हुआ। ...शायद उसने अच्छा नहीं किया...रीमा...चाँद का टुकड़ा तो ठीक, पर फ़ारस रोड घूरा?...बहस का विषय है।

वैसे भी घूरे की बुराई क्या है? जिनके पास घर को गरम करने का साधन

न हो...घर ही न हो, वो घूरा ताप के सर्दियाँ काट सकते हैं। ऊनी कोट और कश्मीरी शॉल ख़रीद कर बदन को गर्मी पहुँचाने की सबकी हैसियत कहाँ। उनके लिए घूरा कितने काम का है। जब से दुनिया बनी है, सर्दी से ठिठुरते लोग घूरा तापते रहे हैं। बदन के लिये गर्मी ज़रूरी है। घूरा गर्मी पहुँचाता है। ...सिर्फ़ माचिस की एक तीली पर। ...फ़ारस रोड़ भी। ...यहाँ सोनम भी है, रीमा भी। हीरा और चाँद का टुकड़ा। घूरे में। इससे हीरा और चाँद थोड़े ही मैले होंगें। पड़े हैं जब तक कोई पारखी नहीं आता। ...जौहरी...और...और चकोर। ...होंगे तो आएँगे भी। उनके आने से कितना फ़र्क पड़ सकता है। हीरा महाराजा के हार में दिल पर लटक सकता है। चाँद का टुकड़ा—आसमान की गोद में, तारों के बीच। बाकी घूरा जलता रहता है। ज़रूरतमंदों की सर्दी मिटाने के लिए।

सन लाइट आ गया था। मुच्छड़ ने दरवाज़ा खोला।

''आइए साहब'' कहकर हाथ मिलाया और मिनट भर पकड़े खीसें निपोरता रहा। उसे चाहिए था कि चन्दर नज़रों ही नज़रों में वादा कर दे कि निकलते समय उसे दस रुपए का नोट देना नहीं भूलेगा। जैसे-तैसे हाथ छुड़ाकर वह नीचे की ओर सीढ़ियाँ उतरने लगा तो उसने मुच्छड़ को नाक से गाते हुए सुना था—जिस गली में तेरा घर न हो बालमा...चन्दर मुस्कराया और नीचे उतर गया। छोटा वाला हॉल बंद था। बीच वाले हॉल में रौशनी थी...रौशनी में सोनम। संगीत में लय थी...पावों में थिरकन। चन्दर के ख़यालों में 'अरबी' था...और दिल में तेज़ धड़कन। अरबी हॉल में नहीं था। चन्दर कोने वाली खाली टेबल पर बैठ गया। सोनम ने उसे देख लिया। धीरे-धीरे उसके पास आई। बोली—

''शकीला और सायरा अंदर हैं...वी. आइ. पी. में। तुम भी वहीं चलकर बैठो...मैं भी अगले गाने पर वहीं 'इंटरी' लूँगी।

''और तुम्हारा अरबी...?''

''उसे भून के खा गया कोई...अंदर पुलिस वाले बैठे हैं, सादी वर्दी में...बीच वाले सोफ़े पर।''

''तो मुझे पुलिस वालों के पास क्यों भेज रही हो?''

''जब तक वो हैं...शकीला और सायरा को वहीं रहना पड़ेगा...डॉली को भी। नाम ले लेकर अंदर बुलवाया है।''

''तुम्हें बख़्श दिया?...क्या तुम पसन्द नहीं?''

''मुझे बुलवाया तो नहीं पर बुड्ढे ने कहा है कि आज मैं शकीला के साथ रहूँ। कई दिन के बाद आज पहली बार होटल आई है न, इसलिए।''

''ठीक है...चलता हूँ''—चन्दर ने कहा और वी. आई. पी. की ओर बढ़

गया–"तुम्हारा इंतजार करूँगा" कहता गया।

बीच वाले सोफ़े पर चार आदमी बैठे थे। सामने वाली टेबल पर उनके गिलास भी थे और नोटों की मोटी-मोटी गड्डी। एक ही गड्डी में से चारों नोट उठा-उठाकर लड़कियों को दे रहे थे। डॉली, और सायरा पर उनकी खास निगाह थी। शकीला का नंबर भी बीच-बीच में आ जाता था। ...कभी-कभी दूसरी लड़कियों का। उनकी ज़्यादातर बातचीत आपस में थी लेकिन कभी-कभी लड़कियों से भी मज़ाक-मस्ती चल रही थी। चन्दर उन्हीं के नज़दीक वाले सोफ़े पर जा बैठा।

"ऐ इधर आ रे।" मोटे वाले ने स्टुअर्ट को बुलाते हुए कहा–"जा मैनेजर से पाँच हज़ार के नोट ले के आ। बोलना साहब ने मंगाए हैं। आज अपना दिल आ गया है तुम्हारी लौंडियों पर।"

न जाने चन्दर को क्या सूझी कि जो पॉकेट टेपरिकॉर्डर वह सोनम का गाना टेप करने के लिए लेकर आया था, चुपके से ऑन कर दिया। उसे कुछ आभास था कि पुलिसवालों की मिर्च-मसालेदार बातें होंगी।

"सर, क्या इन रंडियों पर पाँच हज़ार और लुटाओगे? पहले ही जेब के दो हज़ार निकाल चुके हो।"

"अरे टिंगू---मोटे ने दूसरे के सिर पर हाथ रखते हुए कहा–"ये जो कानपुर वाली है न डॉली।–इसे तो एक दिन मैं हथकड़ी पहना के थाने ले जाऊँगा साली को।

"आए-हाए! क्या टखने फटकारती है। बाई गॉड, मज़ा आ जाएगा ज़िंदगी का।" दूसरे ने कहा।

तीसरा बोला–"सर, आपने कहीं ज़्यादा तो नहीं ले ली।"

"अरे लंबू–अभी कहाँ ली है...अभी तो लेनी है।...ला रे"–उसने वेटर की ओर इशारा किया–एक डबल व्हिस्की ले के आ।–कह देना मैनेजर से कि लौंडियों की कमाई में से हम पुलिसवालों को खुश रखेगा तो धंधा ज़ोर में चलता रहेगा वर्ना सबको हथकड़ी लगवा दूँगा।"

वेटर व्हिस्की लाने गया तो स्टुअर्ट पाँच हज़ार की पचास-पचास के नोटों की गड्डी लेकर आ गया।

"ले टिंगू बाँट अपने हाथ से...जो तुझे पसंद आए, उसे दे। सालों का हराम का माल है। –हम लोगों को हफ़्ता देने में सालों की छाती फटती है। ...कहते हैं धंधा नहीं है। यहाँ आकर बैठो, फिर देखो कि लौंडियाँ कैसे नोट बटोरती हैं पब्लिक से। ...इसमें से आधा तो सीधे सेठ की जेब में जाता होगा।"

लंबू ने अपने सीनियर की चापलूसी करते हुए बात में बात जोड़ी–"और सर, बीच में मैनेजर भी तो हाथ साफ़ करता होगा।"

मोटू...पचास-पचास के नोट धड़ा-धड़ बाँटता रहा–व्हिस्की पीता रहा और साथ

वाले भी। कुल मिलाकर बारह हज़ार रुपए मँगवा लिए थे उसने मैनेजर से।—चारों की शराब का तो कोई हिसाब ही नहीं था।

सोनम अन्दर आई तो टिंगू ने उसे देख कर सीटी मारी। वो बेचारी सहमकर एक ओर हो गई। लेकिन मोटू की भी निगाह उस पर पड़ चुकी थी।

"इधर आ रे छमिया"—मोटू ने सोनम को इशारे से बुलाया। उसे आना पड़ा।

"कहाँ की है?"

"फ़ारस रोड की"—सोनम ने जवाब दिया।

मोटू हँसा तो बाकी तीनों भी हँसने लगे। चापलूस।

"अरे ऊँ तो हम भी जानते हैं कि होटलों में नाचने वाली ज़्यादातर नचनियाँ फ़ारस रोड की हैं"—कहते-कहते मोटू ने सोनम का हाथ पकड़ लिया—"हम पूछ रहे थे कि तेरा मुलुक कहाँ है।...क्या नचनिया है साली..."

सोनम सहमी हुई थी। वेटर खड़े एक दूसरे का मुँह देख रहे थे। लड़कियों ने डांस करना बंद कर दिया था।

सोनम ने इस बीच एक बार पास बैठे चन्दर की ओर देखा तो चन्दर ने हाथ आधा उठाकर शांत रहने का इशारा कर दिया था। लेकिन मोटू था कि हाथ पकड़े बैठा था।

"हम पूछा"—वह आँखें खोलते बंद करते बोला—

"तेरा मुलुक कहाँ है।"

"बीना" सोनम ने दबी ज़बान में ज़वाब दिया।

"बहुत डाकू मारे है हमने तेरे इलाके में...वहाँ भी पोस्टिंग रह चुकी है हमारी। तब हम पर भी जवानी थी।...लेकिन सच कहूँ न छमियाँ, कि तुझे देख कर तो हमारी जवानी वापस लौट आई है।"

सब लड़कियाँ सहमी हुई थीं। सायरा भी...लेकिन वो आगे बढ़ी, झटके से सोनम का हाथ छुड़ाया और मोटू के सामने चट्टान-सी खड़ी हो गई।

"बीना-मुरैना में मारे होंगे...भिंड वालों से पाला नहीं पड़ा होगा तुम्हारा"—मोटू और उसके साथी सायरा की दिलेरी पर हक्का-बक्का थे—"लो एक नमूना तुम्हारे सामने है, मेरा हाथ पकड़ कर दिखाओ।"

सायरा ने इतने रौब से उसे डांटा था और इतने साहस से पुलिसवालों के सामने जाकर खड़ी हुई थी कि उनकी बोलती बंद हो गई। अब तक सब लड़कियाँ सायरा के पीछे आकर खड़ी हो गईं थीं। चन्दर वैसे ही चुपचाप बैठा रहा, मुस्कराता हुआ, सायरा की बहादुरी पर।

मोटू ने ह्विस्की का एक लंबा घूंट भरा और खड़े होते हुए सारे नोट लड़कियों के ऊपर उड़ाते हुए अपने साथियों से कहा—"चलो रे, इन लौंडियों का दिमाग़ खराब हो गया है—इन्हें सबक सिखाना पड़ेगा।"

चारों उठे और 'बड़े बेआबरू होकर कूचे से' निकल गए। लेकिन जो धमकी देकर गए थे उस पर अमल करने में देरी नहीं लगाई। मोटू, पुलिस सुपरिटेंडेंट, बनवारी लाल गुप्ता, ग्रांट रोड पुलिस थाने का इन्चार्ज अपने चमचों को लेकर सीधा अपने दफ़्तर में गया। पुलिस की दो गाड़ियाँ तैयार करवाईं और सन लाइट को बंद करवाने के लिए भेज दिया।

सन लाइट में रेड पड़ी। सभी लड़कियों को एक ओर भेड़-बकरियों की तरह घेरकर खड़ा कर दिया गया। कस्टमरों को खाली पड़े छोटे हॉल में। 'वर्मा बुड्ढा' अपना सिर झुकाए खड़ा रहा। वेटर पीछे की ओर इकट्ठा हो गए थे।

पुलिस के मुखिया ने अपनी डंडी दाएँ से बाएँ हाथ में फटकारते हुए पूछा--''तुममें से भिंड वाली कौन है?''

किसी ने कोई जवाब नहीं दिया।

''भिंड वाली कौन है? बताओ वर्ना सबको हवालात में रात गुज़ारनी पड़ेगी।''

सायरा खुद आगे बढ़ी, बोली–''मैं हूँ–मेरा नाम सायरा है।''

''अच्छा तो तू है सन लाइट की सायरा...बड़ी चर्बी चढ़ गई है तुझ पर'' सायरा के भरे हुए बदन को ऊपर से नीचे तक देखते हुए पुलिसवाले ने कहा–''हमारे साहब पर हाथ उठाने चली थी...डाल रे साली को हथकड़ी...थाने में ले चलके इसकी चर्बी झाड़ते हैं।''

सोनम के लिए सायरा ने यह बला अपने सिर मोल ली थी। स्वभाव से संकोची थी लेकिन इतना भी न निभाती तो कैसे चलता। आगे बढ़ी–''ऐ साहब, झूठा इल्ज़ाम मत लगाओ इस पर''–सोनम ने सायरा के कंधे पर हाथ रखते हुए कहा–''आपके साहब ने शराब पीकर मेरा हाथ पकड़ा और बदतमीज़ी की थी। इस बेचारी ने तो सिर्फ़ मेरा हाथ छुड़ाकर मुझे आपके साहब से बचाया था।''

''तुझे भी चलना है क्या?...थाने। ...चलना है तो चल, तेरी भी ख़ातिर होगी।''

कुछ कस्टमर बीच वाले दरवाज़े पर खड़े सब कुछ देख रहे थे। चन्दर उनमें सबसे आगे था। सोनम के हाथों में हथकड़ी का ख़याल बर्दाश्त नहीं कर सका और आगे बढ़ते हुए बोला–

''ये लड़की ठीक कह रही है...मैं वहीं बैठा था...आपके साहब ने बदतमीज़ी की थी इसके साथ। अगर ज़रा भी इंसानियत होती तो 'सॉरी' बोल देते और मज़े में बैठे रहते। अब देखिए, उनकी ग़लती से सबका नुकसान हुआ। होटल का धंधा बंद, लड़कियों की आज की कमाई चूल्हे में और कस्टमरों को आज जल्दी घर लौटना पड़ेगा। ...बीवियों से लड़ाई का सामान। उनके सोने के बाद तो चुपके से जाकर चादर में घुस जाते।'' सभी लड़कियाँ हँस दीं और कुछ कस्टमर भी। लेकिन पुलिसवालों के मुखिया को लगा जैसे किसी ने उसका कचरा कर दिया था। फिर भी खून का घूँट पीते हुए सायरा से बोला–''इज्ज़त से चलती है या...''

उसकी बात बीच में ही थी कि चन्दर तेज़ी से आगे आया और सायरा की ओर आँख मारते हुए बोला–

"सायरा, जो मैं कह रहा हूँ, ध्यान से सुन। तुझे सोनम की कसम, जा इनके साथ"–और पुलिस वालों की ओर देखकर उसने कहा–"मैं इन सबकी मिठाई लेकर तेरे पीछे-पीछे आता हूँ।"

पुलिसवाले सायरा को लेकर चले गए। दो महिला-पुलिस भी थीं।

सोनम और शकीला चन्दर के साथ बाहर निकलीं तो अरबी दरवाज़े पर खड़ा मुच्छड़ से बात कर रहा था।

"हम तुम लोगों से मिलने को आता है"–उसे हिंदी आती थी। कुछ हिंदुस्तान में रहा था, आता जाता था और कुछ हिंदी गानों और फिल्मों का शौक़ था–"तुम लोग होटल को ताला लगा के घर को जाता है।" वह चन्दर से बोला।

"पुलिस वाले सायरा को पकड़कर थाने ले गए हैं।" घबराई हुई सोनम ने कहा।

"हम भी वहीं जा रहे हैं...चन्दर के साथ" शकीला बोली।

चन्दर ने आगे बढ़कर टैक्सी रोकी। "यहीं जाना है–थाने में।"

"हम तुम्हारे लिए इधर आया–तुम जिधर जाएगा, हम भी जाएगा।–पैसा देना हो तो है हमारे पास।"

"हाँ, पैसे लगेंगे"–चन्दर उसकी बकबक बंद करवाना चाहता था।

"बोलो, पाँच हज़ार...दस हज़ार..."

"नहीं, नहीं"...चन्दर ने बात काटी–" सिर्फ दो सौ एक रुपए। ...दो सौ मिठाई के और एक रुपया फ़ोन के लिए।

"चन्दर साहब, तुम भी क्या मज़ाक करता है।"

"नहीं, मज़ाक नहीं–चन्दर ने शकीला से कहा–

"तुम लोग कोने वाली दुकान से दो सौ रुपए की मिठाई लो, इतने में मैं एक फ़ोन कर लूँ...लाओ एक रुपए का सिक्का मुझे दो। टैक्सी वाले भाई, पाँच मिनट रुकना ज़रा। वेटिंग के दे देंगे।"

चारों पुलिस थाने के गेट से अंदर घुसे तो मिठाई का डब्बा चन्दर के हाथ में था। गेट पर खड़े सिपाही ने पूछा "किससे मिलना है।"

"तुम्हारे बड़े साहब से।"

"क्या काम है?"

"उनके लिए मिठाई लेकर आए हैं।"

"यहीं रुकिए, मैं अभी पूछकर आता हूँ" सिपाही ने कहा और गुप्ता के दफ़्तर

की ओर चला गया। चन्दर चुपचाप खड़ा उसे देखता रहा कि वह किस कमरे में जाता हैं जैसे ही वह सिपाही के गलियारे के आख़िर में, एक कमरे में घुसा, चन्दर दौड़कर उसके पीछे उसी कमरे में पहुँच गया। शकीला, सोनम और अरबी भी। सायरा मेज़ से एक ओर सिर झुकाए बैठी थी—कुछ सहमी हुई सी। अभी तक एक महिला पुलिसवाली भी वहीं खड़ी थी। मेज़ की दूसरी ओर सुपरिन्टेन्डैन्ट गुप्ता। सामने नेम-प्लेट रखी थी। आँखें लाल थीं, लड़खड़ाती आवाज़...

"तुम लोग यहाँ क्यों आए हो?"

"आपके लिए मिठाई लेकर।"

"मिठाई तो मैं खिलाऊँगा इसे, रात भर हवालात में रखकर। तुम्हें भी शौक़ हो तो सबका इंतजाम कर दूँ?"

"देखिए गुप्ताजी—आप भी उत्तर वाले हैं और हम भी उत्तर वाले हैं। हमारी आपसे कोई लड़ाई नहीं। आप अपना काम करते हैं, ये लड़कियाँ अपना काम करती हैं। ये होटलों में नाचती हैं, इनका पेट भरता है। आपको मलाई मिलती है—हफ़्ता वसूल के। आपके कई सकाराम सवेरे ड्यूटी पर निकलते हैं तो गुटखा मुँह में दबा के ये सोचना शुरू कर देते हैं, कि दिन भर में ऊपर की आमदनी का ज़रिया कैसे खोजें। ये बेचारी उजाले से मुँह छिपाके सोती रहती हैं। क्या करें, मजबूर हैं। हफ़्ते वाले ज़्यादातर धंधे रात की काली चादर ओढ़ के किए जाते हैं। अब आप ही बताइए न, क्या आपने दिन में किसी होटल में शराब पी के कभी किसी लड़की का हाथ पकड़ा था?...बदतमीज़ी की थी?..."

"तुम मुझे लैक्चर देने आए हो या..."

"नहीं, नहीं-मैं आपको क्या लैक्चर दूँगा भला। कानून के रखवाले तो आप हैं। आपने भी तो हज़ारों रुपए चढ़ा के ग्रांट रोड में पोस्टिंग करवाई होगी अपनी...जहाँ ऊपर की कमाई अच्छी हो...जहाँ हफ़्ते ज़्यादा आते हों उस इलाके के पुलिस थाने में पोस्टिंग करवाने के भी तो लाख-लाख रुपए लग जाते हैं। लेकिन आप ही सोचिए, जिनकी वजह से आपको हफ़्ता मिलता है अगर उनको एक-एक करके आप बंद करने लगेंगे तो आपका कितना नुक़सान होगा।"

"और अगर ये छोकरियाँ हमें आँखें दिखाने लगेंगी तो..."

"रुकिए ज़रा"...चन्दर ने गुप्ता को बोलने का मौक़ा ही नहीं दिया। उसने अपनी जेब से टेपरिकॉर्डर निकाला, थोड़ा सा रिवाइन्ड किया और बजाने लगा। सभी चौंक गए थे। गुप्ता खुद हक्का-बक्का था। टेप में गाने की आवाज़ थी। फिर बंद हो गई। उसके बाद गुप्ता कह रहा था—

"क्या रन्डी है साली..." चन्दर ने फ़ास्ट फॉरवर्ड दबाया।...गुप्ता की ही आवाज़ थी—"सच कहूँ न छमियाँ, तुझे देख करके तो हमारी जवानी वापस लौट आई है"...

गुप्ता की आँखें तो शराब के नशे से लाल थीं, इस अप्रत्याशित घटना से उसका

चेहरा भी तमतमाने लगा। वह तेज़ी से उठा और हाथ बढ़ाकर चन्दर के हाथ से टेपरिकार्डर छीनने के लिए लपका।

इतने में वापस गाना बजने लगा था। ''दरोगा बाबू बोलो, ज़रा दरवज्जा तो खोलो, खड़ी हूँ मैं दरवज्जे पे बड़ी देर से''।

दरवज्जे वाला गाना बजा कि आफ़िस का दरवाज़ा खुला। गुप्ता का जो हाथ चन्दर का टेपरिकॉर्डर लपकने के लिए आगे बढ़ा था...वही माथे पर चला गया-सैल्यूट करने के लिए।

''गुडईवनिंग सर'' गुप्ता ने कहा तो सभी मुड़कर अभी-अभी दरवाज़ा खोलकर अंदर आए व्यक्ति की ओर देखने लगे। चन्दर ने उसे पहचान लिया था। वह अपने इलाक़े के एम.एल.ए. एकनाथ सावंत के घर पर एक पार्टी में उसे मिल चुका था। यह डिप्टी पुलिस कमिश्नर विजय भोगले थे। सादी वर्दी में। चन्दर ने सबके सामने, और सबको आश्चर्य चकित करते हुए, आगे बढ़कर उनसे हाथ मिलाया।

''मिस्टर गुप्ता, क्या आप इस समय ड्यूटी पर हैं?'' डी.सी.पी. भोगले ने पूछा। तब तक गुप्ता अपनी कुर्सी छोड़कर मेज़ के किनारे आकर खड़ा हो चुका था, अपनी आँखें खोल-बंद करके अपने नशे को दूर करने की कोशिश करता हुआ।

''नहीं सर'',–गुप्ता ने दबी ज़बान में जवाब दिया। मैं दिन की ड्यूटी पर था लेकिन एक स्पेशल केस आ गया है, इसलिए मुझे आना पड़ा।''

''अगर आप माइन्ड न करें तो''–डी.सी.पी. भोगले ने उसकी इज्ज़त रखने के लिए शिष्टता के साथ कहा–

थोड़ी देर मैं आपकी कुर्सी पर बैठ सकता हूँ।''

''अरे सर, आप ये कैसी बात कर रहे हैं। मैं क्यों माइन्ड''...उसकी बात बीच में ही थी कि डी.सी.पी. भोगले बोले–

''आप थोड़ी देर के लिए मुझे यहाँ अकेला छोड़ दीजिए। मैं आपको अभी बुलाता हूँ''।

''ठीक है सर''–गुप्ता सैल्यूट करके चन्दर आदि की ओर मुड़ा और कहा–

''तुम लोग आओ मेरे साथ।''

''नहीं, नहीं''–भोगले ने बीच में बात काटी–

''इन सबको यहीं बैठा रहने दीजिए। और हाँ...

कितने जने हैं आप लोग?...एक-दो-तीन...

पांच...और एक मैं,...छः चाय भिजवा दीजिएगा।''

''यस सर'' कह कर हक्का-बक्का गुप्ता चन्दर वगैरह की ओर देखता हुआ कमरे से बाहर चला गया।

''सावन्त साहब ने फ़ोन किया था, संयोगवश मैं घर पर ही था।'' भोगले ने चन्दर से कहा तो उसने नम्रतापूर्वक जवाब दिया–''मैंने ही सावंत साहब को फ़ोन

किया था। इतनी रात घर पर आपको तकलीफ़ देने की माफ़ी चाहता हूँ।''

''मज़े की बात ये है कि उन्होंने तुम्हारा नाम लेकर मुझे याद दिलाया कि वो ''लंदन वाला दोस्त...चन्दर,...पार्टी में मिला था''—तो मुझे तुरंत तुम्हारा चेहरा याद आ गया। यूँ तो न जाने कितने लोगों से मुलाकात होती रहती है लेकिन उस दिन तुमने हमारे डिपार्टमेन्ट के बारे में मेरे साथ जो बहस की थी, वो याद रही और उसी की वजह से तुम भी। इसीलिए जब सावंत साहब का फ़ोन आया तो मैंने उनसे कह दिया कि मैं खुद ही जाकर मामला निपटा देता हूँ। यूँ तो फ़ोन करने से भी काम चल जाता लेकिन फिर तुमसे मुलाकात नहीं हो पाती। मुझे एक छोटा सा काम भी है, तुम लंदन में रहते हो, शायद मेरी मदद कर सको।... लेकिन वो फिर बताऊँगा, अभी कितने दिन हो मुंबई में?''

''भोगले साहब, आप तो जानते हैं कि सावंत मेरे बीस साल पुराने दोस्त हैं। कई बार लंदन आ चुके हैं...मेरे घर पर ही ठहरते हैं। आप उनके दोस्त हैं तो आप भी मुझे अपना मान कर कोई काम सौंप सकते हैं।''

''थैंक यू...भई, सावंत साहब का बड़ा अहसान है मुझ पर।''...तभी भोगले को ध्यान आया कि वहाँ पर और भी लोग थे इसलिए उन्होंने चन्दर की ओर झुक कर धीरे से कहा—''आज मैं इस एरिया के लिए जिम्मेदार डी.सी.पी. हूँ तो ये उनकी ही कोशिश का नतीजा है।''

''जी, मुझे नहीं पता था कि आप यहाँ होंगे। मैंने तो वैसे ही फ़ोन कर दिया, ये सोचकर कि वो कोई न कोई रास्ता निकाल ही लेंगे।''

बात दरअसल ये थी कि चन्दर जानता था कि होममिनिस्टर, सावंत के दोस्त हैं और पुलिस डिपार्टमेंट होममिनिस्ट्री के अंडर आता है। भोगले का वहाँ होना तो चन्दर के लिए बोनस था। भोगले पहले एयरपोर्ट पर था। उसने सावंत से मिन्नतें कीं तो सावंत ने होममिनिस्टर से कह कर ग्रांट रोड वाले इलाक़े में उसका ट्रांसफर कराया था। किसने क्या दिया-लिया, चन्दर को जानने की ज़रूरत नहीं थी। चाय आ चुकी थी। एक पुलिस कान्स्टेबल ने सबको दी और भोगले को भी।

''लीजिए चाय पीजिए।''—भोगले ने कहा—''और अब बताइए कि आपकी प्रॉबलैम क्या है।''

चन्दर ने सोनम, शकीला, अरबी और सायरा का नाम भर बता कर उनका परिचय कराया, भोगले ने सब पर निग़ाह डाली और हैलो-हैलो कहा, और फिर चन्दर ने उस रात की सारी कहानी भोगले को सुना दी। ये नहीं बताया कि उसने पुलिसवालों की, ख़ासकर गुप्ता की, बातें टेप भी की हैं। उसके बाद मुस्कराते हुए चन्दर ने कहा—

''गुप्ता जी से या उनके साथियों से मेरा कोई झगड़ा नहीं।

भोगले साहब, मेरी तो आपसे इतनी दरख़ास्त है कि ये लोग मेरे दोस्त हैं,

वो इन्हें और परेशान न करें–

और हाँ...आगे भी ज़रा इनका ध्यान रखें।

होटल को ताला लगाना है तो पुलिस की मर्ज़ी, लेकिन सच मानिए, ये मेरी क़रीब की दोस्त हैं–अच्छी लड़कियाँ हैं, मजबूरी में इन्हें होटल में डान्स करना पड़ रहा है।''

''तुम कहते हो तो मानना पड़ेगा लेकिन अपनी इन दोस्तों को ज़रा समझा दो कि इज्ज़त की ज़िंदगी जीनी है तो रास्ता बदल लें...और फिर सावंत साहब जैसे लोग तुम्हारे दोस्त हैं, तुम कहोगे तो वो इनकी ज़रूर मदद करेंगे...नया रास्ता बनाने में।'' सोनम वगैरह चुपचाप बैठी दोनों की बातें सुनती रहीं।

''अरे भाई, ज़रा गुप्ता जी को बुलाना''–भोगले ने कॉन्स्टेबल से कहा और लड़कियों से बोले–''तुम लोग भी ज़रा ध्यान रखा करो। पुलिसवालों से क्यों उलझती हो।...लेकिन कभी कोई परेशानी हो तो मेरे पास सीधे आ जाना। चन्दर की दोस्त हो तो अब मुझे तुम्हारा ध्यान रखना ही पड़ेगा।''

''हाँ गुप्ताजी''–भोगले ने अंदर प्रवेश करते ही गुप्ता से कहा–''इन लोगों को जाने दीजिए। ये अपने ही लोग हैं।

...और ये देखिए, चन्दर आपके लिए पंजाबी घसीटा हलवाई की मिठाई लाए हैं।''

गुप्ता सिर झुकाकर कनखियों से चन्दर की ओर देख रहा था। लड़कियाँ, भोगले से हाथ मिलाने लगीं तो मौका पाकर चन्दर ने जेब से टेपरिकार्डर निकाल कर गुप्ता को दिखाया और फिर जेब में रख कर हाथ हिला दिया जिसका मतलब था–''मैंने टेप वाली बात भोगले साहब को नहीं बताई है।''

उस रात ग्रांट रोड पुलिस स्टेशन से निकल कर सभी ने अपनी-अपनी राह चले जाने का फ़ैसला किया था। शकीला और सोनम ने फ़ोन करने का आग्रह किया था लेकिन चन्दर ने कह दिया था कि वह एक दो दिन के लिए पूना जा रहा है, रविवार को ''टैम'' पर आएगा, उससे पहले न होटल में और न शकीला के घर।

आज रविवार था चन्दर को पूरा भरोसा था कि अगले दिन से होटल फिर चालू हो गया होगा। होटल से लौट कर सभी लड़कियाँ शाम पाँच-छः बजे तक तो सोती रहती हैं। रविवार को सोनम, शकीला और सायरा की छुट्टी रहती है इसलिए उन्हें उसी दिन ''टैम'' लगाना पड़ता था। सो, चन्दर ने छः बजे तक इंतजार करने के बाद सोनम को पहली बार फ़ोन किया–

''हैलो,...मेरा नाम चन्दर है ज़रा सोनम को बुला दीजिए''

''कौन सी सोनम से बात करनी है आपको।''

''जी, मुझे उसका सरनेम वगैरह तो कुछ पता नहीं बस सिर्फ़ इतना जानता हूँ। कि वह सोनम है और बीना की रहने वाली है।''

''अच्छा, वो जो सन लाइट में डान्स करने जाती है।''

''जी हाँ, वही...सन लाइट वाली सोनम'' चन्दर ने कहा और राहत की सांस ली। फ़ोन नम्बर सही था।

''हैलो'' सोनम की भर्राई हुई आवाज़ थी।

''सोनम, मैं चन्दर बोल रहा हूँ...सोते तो नहीं जगाया।''

''हाँ, आज ज़रा तबीयत ख़राब थी...उठने में देर हो गई।''

''मैं कल आ गया था लेकिन...''

''तो कल क्यों फ़ोन नहीं किया? उस दिन हम सब पर अहसान का बोझ लाद कर चले गए...और...हमें ठीक से शुक्रिया अदा करने का मौक़ा तक नहीं दिया।''

''शुक्रिया अदा कर देना जब मिलोगी। आज तो छुट्टी है न?''

''हाँ, है और मैं टैम पर भी नहीं जाऊँगी।''

''तो फिर कैसे मौका दूँ, तुम्हें, मेरा शुक्रिया अदा करने का।''

''घर बुला लेती लेकिन मुझे शर्म आती है...ऐसी जगह में तुम्हें कैसे बुलाऊँ। मेरे यहाँ तो बैठने का भी सही इंतज़ाम नहीं। वो किराए का कमरा है न।''

''सुनो सोनम, तुम मुझे अपने घर बुलाओ या मत बुलाओ, तुम्हारी मर्ज़ी। लेकिन मैं इतना बता दूँ कि अगर मैं आया तो तुम्हें देखने-मिलने आऊँगा, तुम्हारा घर देखने नहीं।...और फिर घर तो घर होता है। छोटा-बड़ा या अच्छा-बुरा क्या।...तुम तो वहाँ होगी न?''

''तो फिर आ जाना—जानकी बाई की चाल-कमरा नंबर उन्तीस।''

''सच? चन्दर बहुत खुश था ''कितने बजे तक आऊँ?''

''जितने बजे तुम्हारा दिल करे...चलो मैं फ़ोन रखती हूँ।''

उधर सोनम ने फ़ोन रखा और इधर चन्दर ने दोनों हाथ ऊपर उठाए, मुट्ठियाँ बंधी और ज़ोर से निकला...''वाओ।''

नहा धोकर तैयार होने के लिए बाथरूम में घुसा और नलके की धार के सामने हाथ जोड़ कर पागलों की तरह मुस्कराता हुआ गुनगुनाने लगा—ओ गंगा मैया तोहे पीयरी चढ़ैबों...सैयां से कई दे मिलनवा हाय राम...नाना, न नाना, ननना हो राम।

घर के नज़दीक वाले चौराहे पर खड़ी टैक्सी वाले से चन्दर ने पूछा था—''भाई, फ़ारस रोड चलोगे?''

टैक्सी वाले ने मुड़कर चन्दर की ओर देखा और मुस्काराता हुआ बोला—''आप शेखचिल्ली तो नहीं हैं न?''

अब चन्दर ने भी उस टैक्सी वाले को पहचान लिया था। सोच रहा था—इत्तिफ़ाक होते हैं। शकीला...सोनम...सायरा...अरबी...टैक्सीवाला सब इत्तिफ़ाक थे। कमिश्नर ऑफ़ पुलिस विजय भोगले की ग्रांट रोड वाले इलाके में पोस्टिंग भी इत्तिफ़ाक था।

फ़ारस रोड पहुँचते-पहुँचते आठ बजने लगे थे। वही माहौल जो सूरज डूबने के बाद रोज़ रहता है। भंगार वालों की पूरी लाइन लाँघने के बाद एक बांस बल्ली वाला था। उसी की बाजू वाली गली के अंदर जाकर जानकी बाई की चाल थी। रूम नंबर उन्तीस। सोनम का घर। कोने पर दो चार लड़के खड़े थे। एक के हाथ में डन्डा था। गली में घुसने से पहले पूछ लेना अच्छा था। उस इलाके में घर सारे मिले जुले हैं। वहीं बीच में धन्धे वालियाँ भी रहती हैं होटलों में डान्स करने वालियाँ भी और भंगार वाले भी ...बांसबल्ली वाले भी। अंदर दुकान भी और घर भी। बाहर चारपाई पर बच्चा सो रहा है—शायद नानी पंखा झल रही है। पास में बच्चे की माँ सड़क के किनारे अंगीठी जला कर दाल पका रही है और दो चार आदमी बैठे ताश भी खेल रहे हैं। ये सब कुछ फ़ारस रोड की संस्कृति का हिस्सा था। झिझकते-झेंपते चन्दर ने उन्हीं लड़कों से पूछ लिया—

"भाई साहब, जानकी बाई की चाल?

"किससे मिलना है?"

"हमारे दोस्त रहते हैं।"

"नाम क्या है?"

"...घर में लड़की का नाम सोनम है।"

"अंदर जाकर दाहिनी ओर मुड़ जाना, फिर सीढ़ियाँ चढ़के पहले माले पर कमरा नंबर उन्तीस।"

"शुक्रिया" चन्दर ने कहा और गली के अंदर चला गया। सीढ़ियाँ चढ़ा तो तीसरे कमरे के सामने "चाँद का टुकड़ा" खड़ा था...सोनम का छोटा टुकड़ा...रीमा। चन्दर को दीवार के ऊपर लिखा नंबर देखे बिना सोनम के कमरे का पता लग गया था। वह कमरे के सामने बाहर ही खड़ा था कि रीमा ने शरमाते हुए अंदर बैठी अपनी मम्मी से कहा—

"मम्मी-मम्मी, सोनम 'बाजी' के वो आए हैं।"

मम्मी उठकर खड़ी हो गई।

"आओ, अंदर आ जाओ"—वह फ़र्श पर इधर-उधर पड़े बरतन समेटने लगीं। रीमा ने यहाँ वहाँ अस्त व्यस्त पड़े कपड़े उठाने शुरू कर दिए। सोनम सो रही थी।

"सोनम उठ"—मम्मी ने उसे हिलाया—"देख तेरा मेहमान आया है।"

सोनम आँखें मलती हुई उठकर पीछे सरकी और दीवार से पीठ लगाकर बैठ गई—या बैठकर सोने लगी।"

"तबियत ठीक है?" चन्दर ने पूछा।

"नमस्ते"—आँखें खोलने की कोशिश करते हुए

सोनम ने वो कहा जो सबसे पहले कहना चाहिए। "हाँ, बस ज़रा सिर दुख रहा था—आँखें लग गई।—कैसे हो।"

''एक कप चाय मिल जाए तो बिल्कुल ठीक हूँ।'' सोनम मुस्कराई। चन्दर की ओर अपनापन फेंका...नज़र से, और बोली–

''चल रीमा, चाय बना...मैं भी पीऊँगी।'' और चली गई हाथ मुँह धोने।

अंदर से आवाज़ आई, सोनम की–''उस दिन क्या हुआ था?''

''किस दिन?'' चन्दर नहीं समझा।

''रीमा के साथ।''

''ओह! तुम्हारी बहिन है न, एक तो मेरी टैक्सी छीन के ले गई और ऊपर से मुझे तमाचा दिखा रही थी''–चन्दर ने रीमा की ओर देखकर रीमा की नकल उतारी ''जे देखा है।'' रीमा शर्म के मारे गड़ी जा रही थी और चन्दर की नज़रों में रीमा के लिए प्यार पढ़कर उसकी मम्मी मुस्करा रही थी। सोनम तौलिए से चेहरा पोंछती हुई बाहर आई और फ़र्श पर पड़े इकलौते गद्‌दे पर चन्दर के पास बैठ भरी नज़रों से देखते हुए बोली–

''बड़ी तमन्ना थी न मेरा घर देखने की...देख लिया...हो गई तसल्ली।''

''रहने दो, तुम नहीं समझोगी।'' चन्दर ने धीरे से कहा और दरवाज़े के पास गैस के चूल्हे पर चाय का पानी चढ़ाती रीमा को देखकर बोला–

''तुम्हारी बहन को ले जाऊँगा मैं अपने साथ...लंदन।''

सोनम चौंकी, उसकी मम्मी भी–क्या कह रहा है...''मेरी कोई बेटी नहीं है।...राजकुमारी बनाकर रखूँगा इसे...'' चन्दर ने अपना वाक्य पूरा किया तो शायद उन सबकी जान में जान आई।

''क्यों रीमा, चलेगी''–सीधे रीमा से चन्दर का सवाल था। ये जानते हुए भी कि बेचारी अबोध बाला,...छोटा सा चाँद का टुकड़ा...अपनी ज़िंदगी के बारे में अपने आप फ़ैसला करने की स्थिति में कहाँ थी।

सोनम की उस 'छुटकी' को तो ये भी नहीं समझाया जा सकता था कि किसी का सीधे उससे जवाब माँगना ही ये सिखाने की शुरूआत थी कि उन्हें एक दिन अपने बारे में फैसला करने के क़ाबिल बनना चाहिए...ये उसका हक़ है। रीमा के उस दिन वाले गुलाब की पंखुरियों जैसे होंठों पर उसके मोती से एक क़तार में खड़े दाँतों ने हमला शुरू कर दिया था। फ़र्क इतना था कि होठों पर आज लिपस्टिक की नकली लाली नहीं थी, पंखुरियों का अपना गुलाबी रंग था।

रीमा ने सोनम और चन्दर को चाय दी और बाजू वाले कमरे में अपनी सहेली के पास जा बैठी। मम्मी ने भी बाहर गलियारे में, दो छोटे-छोटे ड्रमों के ऊपर बिछे एक लंबे लकड़ी के पट्‌टे पर बैठकर किसी पड़ोसिन से बातें शुरू कर दीं। और चन्दर और सोनम को अकेला छोड़ दिया। जहाँ रहने की जगह छोटी है वहाँ बड़े दिल और दिमाग़ काम आते हैं वर्ना मुंबई के एक-एक कमरे की खोलियों में रहने वाले परिवार...कैसे फलते-फूलते।

''कहीं मेरी वजह से तो तुम्हारी मम्मी को बाहर नहीं बैठना पड़ रहा?'' चन्दर ने सवाल किया।

''नहीं, ऐसी कोई बात नहीं लेकिन''...

''लेकिन?''...

''मम्मी जानती है कि तुम पहली बार मुझसे मिलने आए हो। वो बैठी रहेगी तो तुम शायद बात करने में शरमाओ''...

''ऐसी कौन सी बात करनी है मुझे जिससे शरम आए?''

सोनम ने कंधे हिलाए और कहा—''मुझे क्या पता...अच्छा तुम्हें मैं अपने घर वालों की फोटुएँ दिखाती हूँ।'' दीवार पर लकड़ी के दो पट्टे लगाकर बनाई गई एक छोटी सी शैल्फ से एल्बम उठाकर, सोनम ने चन्दर के सामने रख दी। उस पर धूल जमी थी। चन्दर ने अपनी जेब से रूमाल निकाला और एल्बम के कवर्स को पोंछ कर पहला पेज पलटा तो सोनम के बचपन की तस्वीर थी। फिर जैसे-जैसे सोनम बड़ी होती गई थी, उसकी फोटुएँ इसी एल्बम में जुड़ती गई थीं। आगे चलकर अंजु साथ में थी और रीमा भी। मम्मी, नानी और नानी की मम्मी भी। वही, एक सौ पैंतीस बसंत देखकर अल्लाह को प्यारी होने वाली, जिसके सामने 'ग्वालियर' की महारानी के दादा जी चढ्ढी में घूमते थे। मौसी भी थी और मौसा भी। दो, तीन मामे भी लेकिन जब एल्बम के अंतिम पेज आने लगे तो चन्दर की आँखें सोनम के पिता और पति को देखने के लिए उत्सुक थीं। लेकिन दोनों में से किसी के फोटो नहीं थे। हाँ आख़िरी कुछ पेज, सोनम की बेटी सबीना की फोटुओं से सजे हुए थे।...बड़ी प्यारी सी लेकिन शक्ल सोनम से ज़रा नहीं मिलती थी।

''बुरा न मानो तो एक बात पूछूँ?'' चन्दर ने फोटो देखते-देखते मन में उपजा सवाल सामने रखना चाहा।

''बुरा मानूँगी तो तुम्हारा क्या बिगाड़ लूँगी।...पूछो जो पूछना है। जवाब दूँ या न दूँ, ये मेरी मर्ज़ी।''

''सबीना के पापा कहाँ हैं?''

सोनम ने एक बार चन्दर की ओर देखा और फिर नज़रें झुका कर सिर्फ़ इतना कहा—''दुबई में रहते हैं''...और बात बदल दी—''अब मेरा सिर ठीक हो गया...अरे ग्यारह बज गए ...

पता ही नहीं चला...तुम शकीला के यहाँ जाओगे?''

''तुम चलोगी?''

''चलूँ?''

''अगर तबीयत ठीक है तो।''

''तुम 'हमारी' तबीयत का इतना ख़्याल रखने लगोगे तो 'हमारी' आदत खराब हो जाएगी।''

‘‘तब तो ‘हम’ तुम्हारी आदत ज़रूर बिगाड़ेंगे...बार-बार पूछेंगे तुम्हारी तबीयत के बारे में।...चलो तैयार हो जाओ।’’

चन्दर ने कहा तो सोनम उठी, शीशे में देखकर अपने बाल ठीक किए, लिप्स्टिक लगाई और गालों पर ज़रा सा पाउडर हथेलियों से ही मल लिया।

तभी बाहर से आवाज़ आई—‘‘सोनम कहां है?’’

‘‘अंदर है, तबीयत ख़राब है।’’

मम्मी ने जवाब देकर टालना चाहा लेकिन गामा भाई के यह ‘लौन्डे’ फ़ारस रोड पर रहने वाली लड़कियों के साथ बड़ी बेरुखी से पेश आते थे।

‘‘गामा भाई का कोई पालतू कुत्ता आया है, मुझे पूछने’’...
सोनम ने फुसफुसाकर चन्दर से कहा और उसके बेशर्मी के साथ अंदर आने से पहले खुद तेज़ी से बाहर निकल कर बोली—

‘‘ऐ अब्दुल, मेरी तबीयत बराबर नहीं लेकिन देख फिर भी ‘टैम’ लगाने जा रही हूँ।’’

‘‘साढ़े दस का टाइम है’’—अब्दुल ने दरवाज़े से अंदर की ओर झाँकते हुए कहा—‘‘ग्यारह से ऊपर हो गया’’—और तभी अब्दुल की निगाह कमरे में गद्दे पर बैठे चन्दर पर पड़ी तो वह आगे बोला—‘‘और तू घर में यार ले के बैठी है।’’

‘‘देख अब्दुल, ज़बान सम्हाल के बात कर—ये हमारे मेहमान हैं...फैमिली के ही है।’’

‘‘चल, चल—किसी और को बनाना’’—अब्दुल ऐसे बोला जैसे किसी नौकरानी से बात कर रहा हो—

‘‘फैमिली के हैं—अभी मालूम पड़ जाएगा क्या रिश्तेदारी है इनसे तेरी। चल, गामा भाई ने बुलाया है।’’

‘‘जा सोनम’’,—सोनम की मम्मी ने खड़े होते हुए कहा—‘‘शकीला के यहाँ जाने से पहले दो मिनट उनसे मिलती जाना। अपनी पर्ची और दवाई ले जा और दिखा दे उन्हें कि तीन दिन से तबीयत ख़राब चल रही है लेकिन...’’

‘‘चलो, मैं भी चलता हूँ तुम्हारे साथ’’—चन्दर भी खड़ा हो गया था।

‘‘देखो भाई, ये हमारा बिरादरी का मामला है, तुमसे इसका कोई मतलब नहीं’’—अब्दुल ने चन्दर को फिर एक बार ऊपर से नीचे तक देखते हुए दादागीरी के अंदाज़ में कहा—‘‘तुम अपना रास्ता देखो और हमें अपना काम करने दो।’’

चन्दर ने भी अब्दुल के ही अंदाज़ में, और उसी लहज़े में जवाब दिया—‘‘देखो भाई, ये हमारा फैमिली का मामला है, तुमसे हमारी कोई शिकायत नहीं, तुम अपना काम करो लेकिन हमें भी उसी तरफ़ जाना है।’’

सोनम हंस दी। चन्दर ने इतनी दृढ़ता के साथ, लगभग अब्दुल की नाक से नाक मिलाकर जवाब दिया था कि अब्दुल की और कुछ कहने या करने की हिम्मत

ही नहीं पड़ी।

'सोनम',—अब्दुल ने सोनम को धमकी भरे लहज़े में कहा—"चलती है या..."

"चल, चल, फाँसी लगवा देगा क्या?" सोनम बोली और उसके पीछे हो ली। चन्दर उससे दो हाथ पीछे।

गामा भाई बिरादरी के मुखिया थे। फ़ारस रोड में पुलिस का कम, उनका क़ानून ज़्यादा चलता था। पुलिस वालों के साथ फ़ारस रोड की समस्याओं के बारे में वो बैठकर मीटिंग करते थे और पुलिस ने भी रोज़मर्रा की समस्याओं का सिर दर्द अपने कंधों से उतार कर उनके कंधों पर रख दिया था। सात बजे, फ़ारस रोड की दो हज़ार लड़कियों को मुंबई के कोने-कोने के होटलों तक पहुँचाने वाली टैक्सियों का नियंत्रण और रोड पर ट्रैफ़िक का चलते रहना गामा भाई के 'लौन्डे' सम्हालते थे। धन्धे वालियाँ, हिंदुस्तान के कोने-कोने से फ़ारस रोड पर आने वाले किसी 'कस्टमर' को लूट न लें, इसका ध्यान वो रखते थे। बिरादरी से बाहर के छोकरे होटलों में जाने वाली लड़कियों को रोड पर सीटियाँ न मारें ये ज़िम्मेदारी भी उनकी थी और टैम पर पहुँचने वाली लड़कियों की हाज़िरी भरना और गैर हाज़िर लड़कियों की ख़बर गामा भाई तक पहुँचाने का काम भी उनका ही था।

'होटलों' में डान्स गाना शुरू होने के बाद, मुजरे पर बुरा असर पड़ा था। हारमोनियम तबला बजानें वाले सैकड़ों 'उस्ताद' बेरोज़गार हो गए थे। जवानी जिसके साथ थी, उन लड़कियों की तो होटलों से चाँदी थी लेकिन जिनके बदन का डीलडौल 'कस्टमरों' की आँखों को न भाए या जो ढलती जवानी के दिन काटने लगीं थीं, मुजरे की उन नर्तकियों के सामने रोज़ी-रोटी की समस्या मुँह बाएँ खड़ी रहती थी। दस-दस, बीस-बीस साल से उनके दरवाज़ों पर दस्तक देते चले आए कुछ मजनुओं का आना जाना जारी रहता भी था लेकिन उनकी हालत भी मुजरे में पैसा लुटा-लुटा कर ऐसी हो गई थी कि कई को तो मुजरेवालियाँ उनके बीते दिनों की वफ़ादारी का ख़्याल रख के अपनी जेब से ही चाय पिला दिया करती थीं। एक-एक करके ज़ेवर बेचने पड़ रहे थे। ऐसी हालत में बिरादरी ने ही गामा भाई को अपना मुखिया बनाया था और उम्मीद थी कि वे हालात सम्हालें।

अपनी ओर से उन्होंने, जैसी हो सकी कोशिश की भी थी। महीनों-महीनों बंद पड़े घरों में फिर हारमोनियम तबले निकल आए थे, फिर फ़ारस रोड के वातावरण में पुरानी परंपरा का मुजरा होने लगा था और फिर से घुंघरूओं की आवाज़ कानों में घुलने लगी थी। लेकिन जहाँ इससे सैकड़ों का फ़ायदा हुआ, एक नई ज़िंदगी मिली, वहीं नई संस्कृति की पैदाइश, होटलवालियों को मजबूरी में 'टैम' लगाना पड़ता था। अगर मुजरे में मिले पैसों का बड़ा हिस्सा उन्हें मिल जाता तो शायद शिकायत न होती लेकिन सौ में सिर्फ़ तीस रुपए गाने वाली के। यह लड़कियों को मंजूर नहीं था। अगर एक कमरे में बैठी दस लड़कियों को, मुजरा सुनने आए लोगों से कुल

मिलाकर दस हज़ार रुपए मिलते तो तीन हज़ार दस लड़कियों में बंटते और सात हज़ार 'डेरेदार' और उस्तादों में। ऊपर से हाज़िरी देने का कठोर अनुशासन और ज़रा सी ढील होने पर गामा भाई के छोकरों से बेइज्ज़ती झेलने के अलावा और कोई चारा न था।

गामा भाई, शकीला की चाल में ही सामने वाले एक कमरे में रहते थे। उनका कमरा दूसरों से काफी बड़ा था। नया फ्रिज, नया फर्नीचर और कमरे की साजसज्जा उनके विशेष स्थान का संकेत दे रहे थे। पूरी चाल में शायद अकेला कमरा था, जिसमें टॉयलैट अपनी थी। वर्ना सबको सार्वजनिक शौचालय के सामने लाइन लगानी पड़ती थी। कस्टमरों को भी।

सोनम, अब्दुल के पीछे, गामा भाई के दरवाज़े पर जाकर खड़ी हुई तो चन्दर भी बगल में खड़ा था।

अब्दुल से सलाम किया और बोला–

''जानकी बाई की चाल में कमरा नम्बर उन्तीस वाली सोनम है गामा भाई।

किसी कस्टमर को घर पे बुला के बतिया रही थी। मैं बुलाने गया तो इसकी मम्मी बोली–तबियत ख़राब है।''

''क्यों री सोनम, फ़ारस रोड से दिल भर गया क्या?''
पान चबाते हुए गामा भाई ने पूछा–''जानती है, टैम पे न जाने या देर से जाने का जुर्माना, पाँच हज़ार तक है और दूसरी छुट्टी करके टैम लगाना पड़ेगा सो अलग।''

''लेकिन गामा भाई''–सोनम ने चुन्नी से सर ढकते हुए धीरे से जवाब दिया–''तबीयत मेरी सचमुच ख़राब चल रही है, लेकिन अब्दुल पहुँचा तो मैं निकल ही रही थी टैम पर जाने के लिए।''

''तो मेरा लौन्डा क्या झूठ बोल रहा है कि घर में कस्टमर बुला के बैठी बतिया रही थी। ऐसी दोस्ती का नतीजा लिए तो पहले ही घूम रही है''–गामा भाई को खबर थी कि सोनम माँ बनने वाली थी–''अभी कुछ महीने तो ज़रा चैन से बैठ। बच्चा पैदा करके आना तो...''

चन्दर को लगा कि अब वह सोनम की बेइज्ज़ती करने लगा था। उससे बर्दाश्त न हुआ और वह आगे बढ़ गया।

''अस्सलामालेकुम गामा भाई, गुस्ताखी की माफ़ी चाहता हूँ, बीच में बोल रहा हूँ।... मेरा नाम चन्दर है...मैं सिर्फ सोनम का ही नहीं, इसकी सहेलियों का, उस्तादों का और इसकी फैमिली का दोस्त हूँ। मेरी वजह से आज सोनम को देर हो गई, लेकिन ये जहाँ शकीला के कमरे पर टैम लगाने आती है वहाँ बारह बजे से पहले कोई नहीं आता।...और उसमें भी 'सन्डे' को तो अक्सर मैं ही सबसे पहले आता हूँ और आजकल कभी-कभी आख़िर तक अकेला मैं ही बैठा रहता हूँ''–चन्दर ने कहा और बात ज़्यादा भारी न हो जाए इसलिए बोला कि–''और आप भरोसा रखिए

आज अगर कोई न भी आया तो लड़कियों को और आपके उस्तादों को इनाम में कोई कमी नहीं रहेगी। बाकी रही सोनम को डांटने की बात, आप बड़े हैं—कह सकते हैं।''

ऐसा रोज़ नहीं होता था कि गामा भाई किसी लड़की को डाँटने फटकारने के लिए बुलाए और उसका कोई कस्टमर उसके पीछे-पीछे गामा भाई के दरवाज़े पर आ खड़ा हो। वे चन्दर को देखते रहे और उसकी बात ख़त्म होने पर उँगली उसकी ओर उठाते हुए सवाल किया—''...वो मियाँ, क्या नाम बताया तुमने अपना?''

''जी...चन्दर।''

''तुम शकीला के यहाँ मुजरा सुनने आते हो?''

''जी''

''नए हो?'' मियाँ बड़ी जल्दी दोस्ती कर ली हमारी बिरादरी की लौन्डियों से।... मुसलमान हो?''

''जी नहीं।''

''हिंदू हो?''

चन्दर झिझका लेकिन जवाब निकल गया—''जी नहीं।''

''ईसाई हो?''

''जी नहीं।''

''अरे मियाँ''—पान का बीड़ा चबाते हुए गामा भाई ने कहा—''कोई तो होगे...फिर क्या हो?''

''जी बस, इंसान हूँ।'' चन्दर ने कहा और प्रतिक्रिया की प्रतीक्षा करने लगा।

''अरे मियाँ, इंसान क्या होता है, ये जानते हो या बस जो मुँह में आया बक दिया।...इंसान हो तब तो चिड़ियाघर से निकल कर आए होंगे।'' गामा भाई ने कटाक्ष किया और मुस्कराए तो अब्दुल हँस दिया।

''अबे ओ उल्लू के''—गामा भाई के लिए ऐसी भाषा का प्रयोग कोई नई बात नहीं थी। उन्होंने अब्दुल को डांटा...''क्या दाँत दिखा रहा है। कोलगेट वालों से पैसे लिए हैं क्या? जा, दो चाय बोल के आ।''

'बैठो'' गामा भाई ने चन्दर को अपने पास सोफ़े पर बैठने का इशारा किया। चन्दर सकुचाया भी और आश्चर्य भी था उसे। हल्के से आगे बढ़ा और बैठ गया।

'तू जा री' उन्होंने सोनम से कहा—''वे तेरी सहेलियाँ हैं न...शंकर की साली शकीला और सायरा, देख...आ गई हों तो बुला के ला।...और वो शंकर, कहीं तबला बजा रहा हो तो मत छेड़ना, लेकिन कहीं बैठा लौन्डियों को अपनी राडो और गले की चेन दिखा रहा हो तो उसे भी ले आना...साले ने हमारी बिरादरी की लड़की से निकाह कर लिया और दो बच्चे भी पैदा कर दिए लेकिन लौन्डियों में बैठा खी-खी करता रहता है।''

गामा भाई की बात करने की स्टाइल पर और हावभाव पर चन्दर को हँसी तो आ रही थी लेकिन उसने खुद पर काबू रखा था।

"हूँ ऽऽऽ इंसान हो" गामा भाई फिर चन्दर की ओर मुड़े—"और हमारी बिरादरी की लौन्डियों से दोस्ती करने का इरादा है"—इतने में चाय आ गई थी। "लो चाय पियो" उन्होंने कहा और पास में रखे थूकदान में पान उगल कर खुद भी चाय की चुस्की लेने लगे।

"हाँ, तो मियाँ तुम कह रहे थे कि इंसान हो"—गामा भाई फिर चन्दर की ओर मुड़े और कहने लगे—"बड़ी खुशी हुई तुमसे मिलके कि इंसानियत का दावा करने वाला कोई मिला तो सही। वर्ना आज के ज़माने में कितने लोग इंसान होने का दावा कर सकते हैं। जनाब, अगर इंसान होते तो फ़ारस रोड न होता। इंसान जहाँ से निकला वहीं घुसने के लिए बीस-पचास के नोट जेब में डाल के फ़ारस रोड में नहीं घूमता। कोई बाप अपनी शराब और जुए के पैसे जुटाने के लिए अपनी बेटी को कोठे वालियों के दलालों को न बेचता...कोई मौसी या सहेली किसी भोली भाली मज़बूर लड़की को मुंबई की खुशहाली के सब्ज़बाग दिखा कर या नौकरी के बहाने से यहाँ लाकर चकले में धन्धे पर न बैठाती...चंद चाँदी के सिक्के बटोरने के लिए अपनी बेटियों को अरबी बुड्ढों के साथ बकरी की तरह बेचा न जाता ...और अगर इंसान होते तो फ़ारस रोड और फ़ारस रोड जैसे दूसरे इलाक़ों में रहने वाली हज़ारों वेश्याएं, इंसानियत की गंदगी धो-धोकर भरी गई बदबूदार नालियों के घेरे में अपनी ज़िंदगी गुजारने के लिए मजबूर न होती।...इंसान की बात करते हो..." चन्दर बीच में न बोलता तो शायद गामा भाई का लैक्चर अभी चालू रहता लेकिन उसने गामा भाई को टोका और रोका भी।

"जी हाँ,...इंसान की बात तो करनी पड़ेगी"...
चन्दर बोला—"इंसान है इसीलिए फ़ारस रोड है, उसकी कमज़ोरी का आसारा बन कर। भूख सिर्फ़-रोटी की नहीं।...ज़रूरत सिर्फ़ चाँदी के सिक्कों से पूरी नहीं होती...खुशी के टुकड़े सिर्फ़ बीवी-बच्चे बना लेने या घर की चार दीवारी खड़ी करने से नहीं मिलते—शांति की खोज भटकाती है...मंज़िल की ओर जाने वाली राहें ऐसी टेढ़ी-मेढ़ी भी हो सकती हैं, जहाँ राही भटक जाता है और मंज़िल तक पहुँचना नामुमकिन हो जाता है। इंसान है तभी तो कमज़ोरियाँ पुतले बन कर सामने आती हैं और ताक़त को खुश होने का मौक़ा मिलता है।...वर्ना आप और हम यहाँ बैठे, फ़रिश्तों की बातें करते, इंसान के होने न होने की नहीं।"

चन्दर ने भी गामा भाई की बात के जवाब में पूरा लैक्चर झाड़ दिया था। तभी सोनम, शकीला, सायरा और शंकर वहाँ आ पहुँचे। लड़कियों ने अपने सिर ढके और वहीं पड़ी दरी पर बैठ गई। शंकर कोने में पड़ी हुई एक कुर्सी पर।

"ये लो, तुम्हारे दोस्त आ गए"–गामा भाई ने अपनी बात कह दी और चन्दर की सुन ली लेकिन बहस को और आगे बढ़ने से रोकते हुए बातचीत को नया मोड़ दिया–"...ये आया है इंसान"–

चन्दर की ओर इशारा था–"कहता है, तुम लोगों का दोस्त है क्यों रे सायरा?"

"जी?"

"जी क्या,...ये दोस्त हैं क्या?"

"जी"

"फिर वही...सोनम तो कहती है कि ये उसका दोस्त है। घर में बैठाकर चाय पिला रही थी। इसकी वजह से "टैम" पर लेट आई। क्यों री शकीला, तू बोल।"

"जी गामा भाई,"–शकीला ने हिम्मत की–"ये कुछ ही दिनों में हम लोगों के अच्छे दोस्त बन गए हैं।...दूसरे कस्टमरों जैसे नहीं हैं।"

"हाँ...ये बात पते की कही"–गामा भाई ने शकीला के शब्द दुहराते हुए कहा–"दूसरे कस्टमरों जैसे नहीं हैं। ...तो बरखुरदार...इंसान...भई ये तो हम भी मानते हैं कि तुम दूसरों जैसे नहीं हो। तभी तो हमने तुम्हें अपने साथ सोफ़े पर बैठाकर चाय पिलाई।...लेकिन हम भी ज़रा और परख रहे थे...वो क्या नाम बताया?...चन्दर...

हाँ तो मियाँ, उस रात...तुम्हें डर नहीं लगा। सायरा के साथ पुलिसवाले तुम्हें भी हथकड़ी लगा देते तो?"

गामा भाई ने चन्दर के सामने ये सवाल रखा तो उसके आश्चर्य का ठिकाना न रहा। वह सोचने लगा कि इतनी देर से इसे मेरे बारे में पता है फिर भी ये आदमी...गामा भाई, मुझे बहस में उलझाए हुए था। शंकर कोने में पड़ी कुर्सी पर बैठा मुस्करा रहा था ज़रूर उसने ही कुछ बताया होगा। चन्दर ने अंदाज़ा लगाया।

"वो ऐसा है इंसान मियाँ, कि जब तुमने पहली बार अपना नाम बताया था तभी हमारा माथा ठनका था। लेकिन हमने कहा ज़रा नाटक हो जाए–मियाँ, अब मौका कहाँ मिलता है। अपनी ऐक्टिंग दिखाने का।...आए हाये, हमारी जवानी के भी क्या दिन थे।...स्टेज पर आते थे तो गले में बंधे रेशमी रूमाल को देखते ही छोकरियाँ सीटी मारती थीं।...खैर, काम की बात ये है बरखुरदार, कि उस रात का सारा किस्सा हमको मालूम है...और उसकी बिना पर हम तुम्हारी बात मान लेते हैं कि तुम इनके दोस्त हो।"

"लेकिन गामा भाई–अगर आपको मालूम था तो"–

"मियाँ, कहा न ज़रा मज़े ले रहे थे हम।...अच्छा भई तुम्हारी हिम्मत की दाद देते हैं और तारीफ़ करते हैं इस बात की कि तुमने हमारी बिरादरी की लड़की के लिए पुलिसवालों के सामने जोखिम उठाया।"

"लेकिन आपको मालूम कैसे पड़ा?" चन्दर के मन में अब भी यही सवाल था।

"अमां आम खाओ...गुठलियाँ गिन के क्या करोगे।

—अगर हमें बिरादरी ने अपना मुखिया चुना है तो कुछ देखकर ही चुना होगा...हमारे छोकरे कभी-कभी अच्छा काम भी कर देते हैं। कुछ लोग इनको हमारा जासूस कहते हैं लेकिन हम कहते हैं कि ये हमारी आँखें हैं।...क्यों रे शंकर...इसको देखो, साला हिंदू कहीं का। यहाँ हमारी बिरादरी का दिल जीत के बैठ गया और शकीला की बहन से शादी कर ली।...अब हमने भी इसको समझाया कि जा, कहीं और चला जा। मीरा रोड में दो-तीन लाख का घर खरीद के बहू को वहाँ रख और कुछ काम धंधा कर। पर सुनता ही नहीं। कहता है अगर फिर कभी मुंबई में हिंदु-मुस्लिम दंगा हो गया तो मुसलमान इसको मारेंगे और हिंदु इसकी बीवी को। यहाँ तो इसे मालूम है कि जब तक गामा भाई बैठा है, इनके ऊपर आँच नहीं आने देगा। मैं क्या जानता नहीं कि अगर हमारी बिरादरी वालों को अपनी हिफ़ाज़त की फ़िक्र न हो तो होटलों के ज़माने में, आधा फ़ारस रोड ख़ाली हो जाए। एक बार खूनखराबा देखा तो सब मेरा कानून मानने लगें हैं...प्यार से नहीं, ख़ौफ़ से। यहीं मोरी में पैदा हुआ था और यहीं से जनाजा निकलेगा इसका। ये नहीं बताया इसने आज तक कि साले को मरने के बाद आग लगाएं कि ज़मीन में गाड़ें।"

शंकर मुस्कराते हुए खड़ा हुआ और बोला—

"अब जाने दो न गामा भाई", ... चल शकीला, शायद कोई कस्टमर आया हो। ...गामा भाई, आज सोनम पर जुर्माना मत करो। ... वैसे भी बेचारी कुछ दिन में तो मुलुक चली जाएगी।"

"क्यों री, मुलुक में भी 'इंसान' को बुला के चाय पिलाएगी क्या?...जा, आज तुझे माफ़ किया। किसी की सिफ़ारिश करने, पहली बार इंसानियत का कोई दावेदार आया है। ... और मियाँ तुम ... इंसान ... आना फिर कभी हमारे पास फुर्सत में। ... शतरंज आती है तुम्हें?"

"जी, वादा रहा ... खुदा हाफ़िज" चन्दर ने कहा और सब गामा भाई के दरबार में हाज़िरी देकर बाहर निकल गए।

गलियारे में चलते हुए चन्दर सबसे पीछे था। सोनम जानकर धीरे चल रही थी ताकि उससे कह सके—

"आज दूसरी बार तुमने मुझे मुसीबत से बचाया। कितने अहसान चढ़ाओगे मुझ पर, और कैसे चुकाऊँगी तुम्हारे इन अहसानों का बदला।"

चन्दर ने हलका-फुलका जवाब दिया—"देखो सोनम, ऐसा करो कि एक डायरी बना लो। उसमें सब हिसाब लिखती रहो। जब वक़्त आए, ब्याज जोड़ के लौटा देना।"

सोनम ने एक बार चन्दर की आँखों में आँखें डालकर देखा और मुस्करा दी। कमरे में दूसरी दो चार लड़कियाँ, इन सबका बड़ी बेसब्री से इंतजार कर रही थीं उन्हें पता था कि गामा भाई ने इन सबको बुलाया था। लेकिन ये सब जब मुस्कराते हुए वापस लौटे तो साफ़ हो गया था कि किसी को सज़ा नहीं मिली थी।

"आज फिर चन्दर ने हमें बचा लिया।" शकीला ने उनकी अनुपस्थिति में ज़रा देर के लिए बाहर निकल कर बैठी अपनी बड़ी बहन से कहा। वर्ना वह पहले ही चन्दर को बता चुकी थी कि शादी के बाद उसको मुजरे पर बैठना मना था। कस्टमरों के रहते वह कमरे में झाँकती भी नहीं थी। बच्चों को लिए अंदर एक ही खाट पर पड़ी रहती थी।

उस रात मुजरे पर काफी कस्टमर आए। छोटे से कमरे में सात-आठ। उस पर सात-आठ लड़कियाँ और उस्ताद। लड़कियाँ एक दूसरे से सट कर बैठीं और कस्टमरों के घुटने एक दूसरे से लगे रहे। गाना सुनते-सुनते कच्छ वाले ने सोनम से घुंघरू बाँधने को कहा। थोड़ी बहुत ना-नुकुर करने के बाद उसने अपने पावों में घुँघरू बाँधे और नाची भी। चन्दर को पता लग चुका था कि सोनम को दिए गए हर सौ रुपए में से सिर्फ़ तीस ही उसको मिलते। उसने नोट फेंकने की इच्छा पर नियंत्रण रखा। सफेद कमीज़ पहने बैठे व्यापारी ने सौ-सौ के कई नोट न्यौछावर किए। चन्दर ने उन नोटों का जवाब नोटों से न देकर कोई कॉम्पिटीशन पैदा नहीं किया। सोनम पर अब और रौब डालने के लिए या उसे अपनी ओर खींचने के लिए चन्दर का नोट फेंकना ज़रूरी नहीं रह गया। उसने यह स्टेज पार कर ली थी।

सोनम के लिए ज़रूरी था कि वह जिसके कहने पर घुँघरू बाँध कर नाच रही थी और जो उस पर नोट लुटा रहा था, उसे अपनी मुस्कानें देती। हर व्यापार का अपना तौर तरीका है, मुजरे का भी था। यहाँ भी आँखों की अहम् भूमिका थी। देखना, रिझाना, हो जाना, बना लेना, उलाहने, वादे सब कुछ आँखों में भर कर रखना पड़ता था। ऐसे ही मौके के लिए। पिछले दस साल से सोनम भी यही सब करती रही थी...और लड़कियाँ भी। अक्सर इन नज़रों में सच्चाई दाल में छौंक के बराबर होती होगी लेकिन सतह पर तैरते हुए चम्मच-दो चम्मच घी को अपनी कर्छी में भरने का सपना लोगों को इनके दरवाज़े खींचकर ले आता रहा था।

सफ़ेद बालों वाले को भी अपनी थाली में छौंक वाला घी दिखाई देने लगा। ठेठ कच्छी में,...और दांत भींचते हुए, अपने साथी से उसने कहा "इसे तो आज मैं लेकर ही जाऊँगा" सोनम नाचने के बाद बैठ रही थी। उसने सुना लेकिन समझी नहीं।

"जे क्या कह रहे थे" उसने शकीला से पूछा।

"कच्छी में कहा, जो भी कहा",—शकीला ने भी नहीं समझा था—

"मुझे भी समझ नहीं आया।"

उन कस्टमरों का ग्रुप अपनी कामयाबी पर हंस रहा था। ये सब छगन भाई के साथ आए थे जो पिछले छः-सात साल से शकीला के दरवाज़े आता था। उसे मालूम था। उसने कच्छी में ही धीरे से उन्हें बता दिया–

''पेट में किसी का पाप लेकर घूम रही है।'' अक़्सर मीठा-मीठा बोलने वाले छगन ने कहा तो सफ़ेद बालों वाले ने तुरंत जवाब दिया–

''कोई बात नहीं, हम साफ़-सफ़ाई करा लेंगे। बड़े-बड़े डॉक्टर अपने दोस्त हैं। इस बात पर शराब में धुत उसके सभी साथियों ने उसके साथ मिलके ठहाका लगाया।

चन्दर गुजराती समझता था और बोलता भी था। उसे ये बातें साफ़-साफ़ समझ आ गई थीं। उसका सिर झुका हुआ था लेकिन दिल में आग सी लगी थी। बस चलता तो उठा कर उनके सिर पर जूते मारता और कहता कि अपनी बेटियों के पेट साफ कराएं।

लेकिन उसने अपनी भावनाओं पर क़ाबू रखा। सोनम अपनी मासूमियत में अब भी उनके साथ मीठी थी। बातों में भी और व्यवहार में भी। उसे नहीं मालूम था कि ये ग्राहक सिर्फ़ मिठाइयों की सजावट देखने वालों में से नहीं थे। नाश्ते के लिए जलेबी-गांठिया तलाश रहे थे। नमकीन भी और मीठा भी। नाश्ता सामने था...सोनम। मीठी भी और...नमकीन भी।...लाजबाब। फिर उनका क्या दोष। उन्होंने घुंघरू बाँध कर गोल-गोल नाचती जलेबी...सोनम को देखा तो मुँह में पानी आ गया। उनका अंदाज़ा था कि दुकान पर रखी जलेबी बिकाऊ तो होगी ही। जलेबी ने भी अपनी खुशबू को क़ैद में न रखकर, हवा में घुलमिलकर उड़ने दिया था। सफ़ेद बालों वाले की आग को और हवा मिल गई थी।

आग चन्दर के मन में भी थी...तेज़। सफ़ेद बालों वाले की आग, सिर्फ़ वासना की थी। शराब में नहाई हुई। चन्दर की आग उसके प्रति गुस्से की। चन्दर को डर लगा...कहीं और तेज़ हो गई तो? उसे और झंझट नहीं चाहिए। ...पहले पुलिस...फिर गामा भाई ... और अब ये। लेकिन फ़र्क़ ये था कि इसको खुद सोनम हवा दे रही थी।...अगर आग फैली तो खुद सम्हालेगी। इतना तो उसने पिछले सात-आठ साल में सीखा ही होगा। आग को बुझाना या बच के निकल जाना। बस उसमें जले नहीं। चन्दर को, अब सोनम की इतनी फिक्र तो रहने लगी थी। क्यों? ... प्रश्न अनुत्तरित था।

चन्दर बिना कुछ कहे अचानक उठ खड़ा हुआ।

''कहाँ चले'' शकीला को कुछ भनक लग गई थी कि वह जो हो रहा था, उससे खुश नहीं था।

''कहीं नहीं'' चन्दर ने रूखा सा जवाब दिया और दरवाज़े के पास रखे जूते पहनने लगा।

"तुम्हें मेरी कसम, बताओं कहाँ जा रहे हो?"

चन्दर झुंझलाया—"तुम्हें कह चुका हूँ कि मुझे बात-बात पर कसम पसंद नहीं।...पान ख़ाने जा रहा हूँ"

सोनम कुछ अनमनी सी, चकराई सी चन्दर को देखती रही लेकिन कुछ बोली नहीं। उसने सच माना था कि वह पान खाने जा रहा था।

...और चन्दर ने भी सच ही कहा था कि वह पान खाने जा रहा है।

उसने नीचे उतर कर दुकान से पान ज़रूर लिया लेकिन वापस सीढ़ियाँ चढ़कर सोनम के पास पहुँचने की बजाए टैक्सी में बैठा और घर चला गया। सोचा, सपनों में बुलाऊँगा...हम दोनों के अलावा कोई और न होगा। भीड़ में सवाल-जवाब कैसे होते।

सवाल, जिनका अधिकार चन्दर को था या नहीं, कौन जाने।

...और जवाब, अगर मिलते भी, तो सच होते या झूठ, ये भी क़ौन जाने। अब तो चन्दर को, नज़रों की ज़बान पढ़ने-समझने की अपनी क़ाबलियत पर भी शक़ होने लगा था।

चन्दर को मालूम था कि सोनम अब मुंबई में कुछ ही दिन की मेहमान थी। फिर उससे नज़दीकियाँ बढ़ाने का क्या फ़ायदा था।...अच्छे तो बहुत से लोग लग सकते हैं...मन को भा सकते हैं।...जो मन को भाए, वो मिले भी, ये ज़रूरी नहीं।

और फिर, कहीं ध्येय प्राप्ति तक सीमित रहता है। कहीं प्राप्ति के बाद ध्येय के बारे में सोचना पड़ता है। जो प्राप्त किया उसका उपयोग क्या...और क्या और कैसे का अर्थ साधन और मार्ग।

मार्ग का मतलब फिर वही यात्रा...फिर गन्तव्य...एक चक्र...गोल...दुनिया जैसा...।

चन्दर को इस चक्र के चक्कर में पड़ने से डर भी लगता था। खुजली से भी डर लगता है...होने पर खुजाना अच्छा भी लगता है। वह सोचेगा। कम से कम दो दिन और। यही सब। न होटल जाएगा, न शबनम के घर। भले सोनम बुलाए...ना कर देगा।...उसका सिर ना में हिल गया...शेखचिल्ली।...टैक्सी वाला याद आ गया ... हंस रहा था ... चन्दर भी।

फ़ोन की घंटी बजी। उसने फिर सोचा। सोनम का फ़ोन होगा या शकीला का ... "मैं क्यों ये सोचता हूँ"... लेकिन दूसरे छोर से आने वाली आवाज़ न सोनम की थी, न शकीला की।

"हैलो" फ़ैज़ल ने कहा था..."मेरा अरबी भी आ गया" वाला।

"अरे फ़ैज़ल, तुम?...मेरा नम्बर ... "

बात काट कर फ़ैज़ल ने जवाब दिया—"शकीला से लिया...दो दिन से तुमको फ़ोन करने का कोशिश किया... तुम मिलता नहीं हम होटल भी गया...तुमको

मिलने…तुम आता नहीं…हम तुमको मिलना माँगता है…कुछ दिन में घर जाएगा…दुबई। हमको तुमसे काम है…हम डिनर खाएगा, साथ में…चाइनीज़।''

…और उसी शाम चन्दर और फैजल बान्द्रा के एक चाइनीज़ रेस्टोरेन्ट में मिले।

फ़ैजल को अपने बिजिनेस के सिलसिले में लंदन जाना था। कपड़ों का अच्छा ख़ासा व्यापार था उसका।

''हमको बहोत खुशी हुआ… तुम आया'' डिनर टेबल पर बैठते हुए फ़ैज़ल ने कहा।

''मुझको भी'' चन्दर ने औपचारिकता निभाई।

वेटर ने दोनों के सामने मैन्यू लाकर रखे तो फ़ैज़ल बोला–

''सूअर छोड़ के सब चलता है… तुम आर्डर दो…हम बीयर पियेगा…वेटर, दो बीयर लाओ…और स्टार्टर के लिए स्प्रिंग रोल और ''सी वीड''… सेहत के लिए अच्छा है।''

बातों का सिलसिला शुरू हुआ और साथ-साथ खाने-पीने का भी। फ़ैज़ल पहली बार लंदन जाने वाला था इसलिए चन्दर से जानकारी हासिल करना चाहता था। लेकिन चन्दर ने उसे आमंत्रण दे दिया कि वह जब लंदन आए, उसी के घर पर ठहरे।

चन्दर सोचने लगा कि यूँ तो मेरे घर बहुत से मेहमान आए-गए लेकिन यह पहला अरब मेहमान होगा। तभी उसे चाँदनी वाले अरब की याद आ गई। पल भर के लिए वह झिझका लेकिन मौक़ा चूकना नहीं चाहता था, सो कह दिया–

''फ़ैज़ल, मेरा भी एक काम है… काम क्या, दरअसल मैं एक उलझन में फंस गया हूँ। पता नहीं तुम कुछ मदद कर सकते हो या नहीं।''

''हमारा करने का होएगा तो हम ज़रूर करेगा…तुमको बोलना माँगता है।'' मुंबई आते-जाते रहने के कारण, फ़ैज़ल की हिंदी भी मुंबइया क़िस्म की ही थी। … और चन्दर ने बीयर पीते-पीते चाँदनी वाला सारा क़िस्सा सुना दिया।

''अलहमदुलिल्लाह''–फ़ैज़ल ने हाथ में पकड़ा हुआ किंग प्रॉन, वापस प्लेट में रखते हुए कहा–''माँ बीमार और घर पर अकेला छोकरा…दलाल लोग छोकरी को बेचता है…तुम हमको सिर्फ़ एक दिन का वक्त देना…हम रास्ता निकालेगा–तुम्हारे लिए पूरा कोशिश करेगा।'' उस रात, डिनर के बाद फ़ैज़ल अपने होटल चला गया था और चन्दर अपने घर लेकिन अगले दिन फ़ैज़ल ने चन्दर को अपने होटल पर डिनर के लिए बुलाया था। चन्दर ने खुशी से हाँ की थी…उसकी अपनी दिलचस्पी थी।…चाँदनी वाली।

घर जाते हुए चन्दर को फ़ैज़ल की आख़िरी बात याद आ रही थी। उसने कहा था–''हम दो बार मुजरे पर गया था। सोनम, शकीला के साथ तुम्हारा बात करता था…पूछता था तुम क्यों नहीं आया…गुस्सा है क्या?''

फ़ैज़ल से यह बात सुननी उसे भाई थी।

अगले दिन, जब चन्दर मैरीन ड्राइव पर फ़ैज़ल के होटल पहुँचा तो रिसेप्शनिस्ट से पूछने पर पता चला कि फ़ैज़ल का फ़ोन आया था। उसे कहीं देर हो गई है, लेकिन वह आठ बजे से पहले वहाँ पहुँच जाएगा।

''ठीक है, मैं तब तक लाउन्ज में बैठता हूँ।'' कहकर चन्दर एक सोफ़े पर जा बैठा। दस-बारह मिनट तक वहाँ रखे अख़बारों के पन्न पलटे कि तभी फ़ैजल दिखाई दिया जो रिसेप्शनिस्ट से शायद उसी के बारे में पूछ रहा था। रिसेप्शनिस्ट ने फ़ैज़ल को चन्दर की ओर इशारा किया।'' चन्दर उठकर आगे बढ़ा, फ़ैज़ल से हाथ मिलाया और उत्सुकतापूर्वक फ़ैज़ल के साथ आए व्यक्ति और साथ में खड़ी, बुरके की जाली में से झाँकती हुई लड़की की ओर सवाली निगाहों से देखने लगा।

फ़ैज़ल के चेहरे पर हलकी सी मुस्कान थी। वह चन्दर की उत्सुकता को समझ गया था लेकिन उसने चन्दर को लिफ्ट की ओर बढ़ने का इशारा करते हुए सिर्फ़ इतना ही कहा–''ये मेरा दोस्त है...चलो, कमरे में चलेगा, ज़रा हम हाथ-मुँह धो ले...तुम लोग चाय पीना...फिर डिनर को बाहर चलेगा...और हाँ, देरी के लिए माफ़ी चाहता हूँ लेकिन तुम्हारा ही काम करना था।''

''शुक्रिया...कोई बात नहीं, मैं भी अभी थोड़ी देर पहले ही पहुँचा हूँ।... कुछ कामयाबी मिली?''

लिफ्ट सातवीं मंजिल पर रुकी। बाहर निकलकर कमरे का दरवाज़ा खोलते हुए फ़ैज़ल ने कहा–

''हिम्मते मर्दां, मददे खुदा।...हम क़ामयाब हुआ के नई, अभी मालूम होएँगा। ... पहले चाय मंगाएगा... तुम लोग इधर बैठो।'' कह कर फ़ैज़ल ने खिड़की के पर्दे हटाए तो सामने हिलोरें मारता समुद्र नज़र आ रहा था। फ़ैज़ल ने बेल बजा कर चाय का आर्डर दिया। चन्दर, खिड़की खोल कर मैरीन ड्राइव से चौपाटी तक समुद्र के किनारे-किनारे लगी लाइटों, उनकी रौशनी में किनारे से टकराती लहरों और सड़क पर आने-जाने वाली कारों को देखने लगा। साथ में आए फ़ैज़ल के ''दोस्त'' वहीं पड़े सोफ़े पर बैठ गए।...कुछ फुसफुसा रहे थे।

''चन्दर, आओ''–   फ़ैज़ल ने मुँह पर छोटा सा तौलिया रगड़ते हुए बुलाया–''हम इन लोगों से तुमको मिलाता है।...ये हमारा दोस्त हमीद है–हमारा हम वतन है... हमारा इसका पहचान आज ही हो गया...और इसका साथ में जो औरत है...वो...वो...'' फ़ैज़ल बीच में रुक कर उस लड़की से बोला–''तुम अपने आप चन्दर को बताओ कि तुम कौन है।''

लड़की झिझकी...कुछ नहीं बोली।

''दोस्त को दोस्त से शरम कैसा–तुम बताओ न कि तुम कौन है।''

इस बार भी लड़की ने कुछ कहा नहीं लेकिन चन्दर की छटपटाहट ख़त्म करने

के लिए उसने धीरे से अपना बुरका, चेहरे से ऊपर उठा दिया। उसकी नज़रें चन्दर की नज़रों से मिलीं तो चन्दर अपनी ज़िन्दगी की सबसे बड़ी पहेली बूझने की कोशिश में लगा था।

चाँदनी उसके सामने बैठी थी।

चन्दर कुछ पल उसकी ओर टकटकी लगाए देखता रह गया। ये सोचता हुआ कि यह वही चाँदनी थी जो अपनी नई चादर पर मुझे औंधा लिटा कर अपने घुटने मेरी कमर के दोनों ओर टेक, मेरे ऊपर सवार हो गई थी और हलकी-हलकी मसाज करके मुझे नींद की गोद में सुला दिया था। यह वही चाँदनी थी जिसके बदन की गर्मी से वो घबराहट पैदा हुई थी कि चन्दर साथ की दीवार से सटकर ठंडक बटोरने लगा था। जिसका सपना था कि अपनी माँ के इलाज, भाई की पढ़ाई और सर छिपाने के लिए एक कमरा ख़रीदने भर के पैसे जमा करने के बाद वह अपनी किस्मत की लक़ीरें बनाने वाले से ज़िंदगी की सबसे बड़ी लड़ाई लड़ेगी। वर्ना एक बार कोठे पर बैठने के बाद कितनी लड़कियों ने बेड़ियाँ तोड़कर निकलने की हिम्मत की होगी। आज वह चन्दर के सामने जाल में फंसी उस खूबसूरत मछली की तरह पड़ी थी, जो फ़डफ़ड़ा रही हो, मगर दम न तोड़ा हो।

'फ़ैज़ल'—चन्दर का दिमाग़ चकराया हुआ था—"ये सब क्या है।"

"हम तुमको बोला न कि ये हमारा दोस्त लोग है।"

"लेकिन ये सब कैसे ... चाँदनी तुम्हें कैसे मिली?—तुम इसे यहाँ क्यों लाए हो?"

"चन्दर, हम तुमको अपना दोस्त बोला। तुम हमको एक काम दिया। ये मुंबई बहुत बड़ा है...छोकरी खो जाए तो मिलना मुश्किल है—लेकिन ये बताकर तुम हमारा मदद कर दिया कि तुम जिस छोकरी को खोजता है उसको अरबी लेकर गया है। तुम हमको ये भी बता दिया था कि ये छोकरी...चाँदनी...कोलाबा के होटल में गया था। हम कल रात को बान्द्रा से सीधा गेटवे ऑफ़ इंडिया आया था। उधर दर रोज़ रात को हमारा बहुत सा दोस्त लोग, खाना खा के टहलने को जाता है और दरिया के किनारे दीवार पर बैठकर गपशप मारता है। हम अपना दोस्त लोग से बात किया और चाँदनी का पता लगाने का काम उन लोगों को सौंप दिया। बस, आज सुबेरे दो लड़का हमारा होटल में आकर हमको पूरा ख़बर दे दिया कि तुम्हारा छोकरी, मेरा मतलब है चाँदनी, किधर है और किसके साथ है।"

सिर्फ़ चाँदनी का पता लगा लेना ही समस्या का समाधान नहीं था। यह तो सिर्फ़ शुरूआत थी। चन्दर ने जानना चाहा कि फ़ैज़ल ने चाँदनी को, हमीद के हाथों से और कोठेवाली दीदी और सेठ से छुटकारा दिलाने के लिए क्या सोचा या किया है।

उसने सिर्फ़ इतना ही पूछा "अब आगे क्या होगा।"

"आगे क्या होगा, हमको मालूम नहीं है, लेकिन हमने हमीद को चाँदनी का सारा बात बताया। इसको कुछ मालूम नहीं था। कोठे वाली का दलाल ने इसको बोला था कि चाँदनी जाने को राज़ी है और उसकी माँ ने भी हाँ बोला है। मगर हम इसको सब सच-सच बताया। हमीद को हिंदुस्तानी कम आता है, चाँदनी को अरबी नहीं आता है। दोनों एक दूसरा का बात भी समझने को नहीं सकता। फ़िर हम दोनों का साथ बैठ के एक दूसरा का बात दोनों को समझाया। हमने हमीद को बोला कि चाँदनी को छोड़ दो और चाँदनी का सारा कहानी सुनके और उसका आँसू देखकर हमीद ने हमारा बात मान लिया।"

"लेकिन हमीद ने चाँदनी के लिए दलाल को पैसा तो नहीं दिया था?" चन्दर ने पूछा तो फ़ैज़ल ने बताया–"पंद्रह हज़ार तो कोठेवाली दीदी को दिए थे, एक हफ़्ते की कंपनी के लिए। चाँदनी का जाली पासपोर्ट बनवाने का भी दस हज़ार एडवान्स में ले लिया और इसका पच्चीस हज़ार कीमत में से भी अभी पाँच हज़ार लिया है और बोला है कि बीस हज़ार का बेलेन्स और दस पाँच हज़ार, बक्षीस का, माल की डिलीवरी के टाइम में लेगा।

ये तो अच्छा था कि फ़ैज़ल और चन्दर की बातों के इस चरण के बीच में ही चाँदनी उठकर लेडीज़ टॉयलेट की ओर चली गई थी। वर्ना फ़ैज़ल उसके सामने रहते ये सारा बही खाता खोलता तो चन्दर को इन्सानियत के नाम पर गरदन झुकानी पड़ जाती। चन्दर ने हमीद के अब तक हुए नुकसान का टोटल लगाने की कोशिश की–

'सो, दस हज़ार पासपोर्ट का और पाँच हज़ार एडवान्स का...यानि...

"हाँ, अभी पन्द्रह हज़ार गया है, दलाल को", –फ़ैज़ल ने चन्दर को बीच में ही रोकते हुए कहा–

"–लेकिन तुम इसका फ़िकर मत करो। हम हमीद को पंद्रह हज़ार रुपया, दुबई जाकर दे देगा...वो हमारा दुकान जानता है...हमारा नाम भी सुना है...मान गया है...हमीद अच्छा आदमी है...समझ में नहीं आता कैसा ये चक्कर में फंस गया।...तुम्हारा हिंदुस्तान का छोकरी लोग, हमारा अरब लोग को बहुत अच्छा लगता है...हमीद भी चाँदनी का आँख पर मर गया।"

फ़ैज़ल की बात सुनकर चन्दर मुस्कराया लेकिन हमीद ने शरम से गरदन झुका ली थी।

"जैसे तुम सोनम की आँखों पर मर मिटे।" चन्दर ने परखना चाहा तो फ़ैज़ल ने मुस्करा कर जवाब दिया–"वो तुम्हारा माल है।"

दोनों एक दूसरे को देखकर मुस्कराए और हाथ मिला लिया।

"चन्दर, हमको हमीद से कुछ बात करना है" –फ़ैज़ल ने चन्दर ने कहा। उसी समय चाँदनी लौट कर वहाँ बैठी। "हम हमीद के साथ ज़रा नीचे जाता है।

अभी वापस आएगा। रिसेप्शनिस्ट को बोल देगा और पचास रुपया का नोट भी दे देगा। तुमको कुछ माँगता है तो बेल बजा के वेटर को बुलाना। हम इसीच होटल में हमेशा ठहराता है। सब लोग हमको जानता है। तुम फ़िकर करने का नहीं।''

फ़ैज़ल ने कहा तो चन्दर और चाँदनी कुछ समझ नहीं पा रहे थे कि वह ऐसा क्यों कर रहा था। न तो चन्दर के मन में चाँदनी के साथ अकेला रहने की कोई भावना थी और न ही उन्हें इससे कोई फ़र्क पड़ता।...जब कुछ करना ही न हो। फिर भी फ़ैज़ल और हमीद के चले जाने से उन्हें कुछ बातें करने का मौक़ा और मिला।

''कैसी है तू?'' चन्दर ने बात शुरू की।

''...'' चाँदनी चुप रही।

''तेरे आने के बाद मैं वहाँ गया था?''

''किसके साथ बैठे?'' चाँदनी ने हिम्मत करके आँख मिलाते हुए सवाल किया।

''रेहाणा से बात हुई थी...''

बीच में ही बात काटते हुए चाँदनी ने सवाल रख दिया–

''शॉट टाइम...घंटा...या सारी रात?''

चाँदनी की वही कोठों वाली भाषा, शैली और विषयवस्तु सुनकर चन्दर के चेहरे पर कुछ अनमनी सी मुस्कान बिखर गई। बोला–

''सुन चाँदनी, मैं तुझे वहाँ के माहौल से हटा कर मुक्ति दिलाने की कोशिश कर रहा हूँ और तेरे दिमाग़ में वही शॉट टाइम...घंटा...रात भर...बैठे हुए हैं।

हाँ...मैं गया था...तुझे मिलने...तुझे वहाँ से बाहर निकालने के बारे में तुझसे बात करने...रेहाणा के साथ न जाता तो मुझे कैसे मालूम पड़ता...बैठा उसके साथ...सिर्फ़ बैठा...तेरे ही पलंग पर...तेरी नई चादर पर...जिस पर तूने मुझे औंधा लिटा कर सुला दिया था।...तू ताने दे रही है...

''पागल हूँ न''...चाँदनी ने मुस्कराते हुए कहा–''लेकिन मस्ती कर रही थी...बुरा मान गए।''

''चल, मस्ती छोड़...बता अभी आगे क्या करना है?''

''करना क्या है...ये अरबी सात दिन के लिए लाया था। कल शाम को वापस जाना है।''

''नहीं'',–चन्दर जैसे चाँदनी पर ही मुस्कराने लगा–''अब तू वहाँ नहीं जाएगी।''

''नहीं जाऊँगी तो सेठ के आदमी मुझे खोजने निकलेंगे।''

''इसकी ज़रूरत नहीं पड़ेगी।...मैं कोई न कोई रास्ता निकालूँगा।''

''तुम किस-किस के लिए रास्ता निकालोगे।''–कहते-कहते चाँदनी भावुक हो गई–''मेरे जैसी हज़ारों लड़कियाँ इन्हीं कोठों की चारदीवारी में, एक-एक सांस मर

रही हैं। धीरे-धीरे उन्हें आदत हो गई है। मुझे भी अब आदत होने लगी है।

जानते हो, एक दिन ऐसा आ जाता है...हम मशीन बन जाते. हैं...बटन दबाओ और शुरू ... फिर दबाओ और बत्ती गुल। बस अंधेरे में मुँह छिपाकर सो लेते हैं...अगले दिन फिर चलने के लिए मशीन की तरह।...सोच लूँगी, जिंदगी के साल दो साल नरक भोगने के लिए लिखे थे।...माँ और भाई के नाम पर ये भी मंज़ूर है। अफ़सोस सिर्फ़ ये कि मैली हो गई...कोई साफ़ नहीं कर सकेगा...तुम भी...लेकिन खुशी भी है कि...मेरी आत्मा मैली नहीं हुई...माफ़ करना, क्या बकबक कर रही हूँ..." और चाँदनी की आँखों में आँसू आ गए।

'चाँदनी',–चन्दर ने चाँदनी के पास बैठते हुए उसके कन्धों पर अपनी बाँह फैला दी...एक ओर से दूसरी ओर तक। और बोला–"मैं इतना बड़ा नहीं कि सबको इस नरक से निकालने का दावा करूँ।...कोई ये नहीं कर सकता...लेकिन जिस समाज में यह हो रहा है, उसी का एक हिस्सा मैं भी हूँ–एक इकाई–मुझे नहीं पता कि तू मेरी बात कितनी समझेगी...लेकिन नर्सिंग की ट्रेनिंग कर रही थी... पढ़ी-लिखी है...इसलिए कह रहा हूँ कि मैं भी इस समाज का एक छोटा सा हिस्सा हूँ। ...एक इकाई...अगर मैं तेरे लिए कुछ कर सका तो समझूँगा कि मैंने इस बारे में अपना एक छोटा सा फ़र्ज निभा दिया।... जब तक तुझसे और सोनम से नहीं मिला था तब तक मुझे इस दुनिया के...तुम लोगों की दुनिया के बारे में कुछ पता नहीं था।" अपने साथ अचानक सोनम का नाम सुनकर चाँदनी चौंकी और आँसू पोंछते हुए पूछ लिया–

"ये सोनम कौन है?"

चन्दर के चेहरे पर हलकी सी मुस्कान आई और उसने जवाब देकर भी अपनी बात का सिलसिला जारी रखा–

"है कोई, बाद में बताऊँगा–

सोनम से और तुझसे मिलकर जो नई दुनिया देखी, उससे लगाव हो गया। लेकिन सिर्फ इसलिए कि उसमें सोनम है...तू है...और कई सोनमें होंगी...चांदनियाँ भी होंगी...पर मुझे किसी से नहीं मिलना...सिर्फ़ दो से मिलकर दिल टुकड़े-टुकड़े हो रहा है...गुस्सा आता है अपनी कमज़ोरी पर...क्यों इतनी ताक़त नहीं मेरे पास कि मैं तुम्हारी दुनिया बदल दूँ...कोई बात नहीं...मुझे इस दुनिया के...होटलों, मुजरों और कोठों की दुनिया के...और लोगों से नहीं मिलना। मैं बर्दाश्त नहीं कर पाऊँगा...टूट जाऊँगा...मेरी बेबसी मुझे तोड़ देगी–मैं अपनी नज़रों में बहुत कमज़ोर हो जाऊँगा।... फिर तुम्हारे लिए भी कुछ नहीं कर पाऊँगा।

"पहले बताओ ये सोनम कौन है?" चाँदनी ने दुबारा वही सवाल किया तो चन्दर सोचने लगा–

"बात पक्की हो गई। चाँदनी भी इंसान है।–सोनम के नाम पर जल गई।...दो

सौ रुपए में बदन बेचने वाली भी जलती है... इंसान होने का प्रमाण है...मेरी बातें शायद ज़्यादा भारी थीं...चाँदनी के सिर के ऊपर से गुज़र गईं...बस, सोनम वाली बात याद रह गई।" चन्दर ने सोचा और जवाब दिया–

"सोनम, अंजु और रीमा की बड़ी बहन है।

बीना की मम्मी कमला बाई की बेटी।"

"तुम सारी फैमिली को जानते हो?"

"गलती हो गई...सिर्फ सोनम को जानता था...

और जानने की चाह बढ़ी...घर चला गया...वह तो नहीं बुला रही थी...मैंने ज़िद की थी.. चला गया... सोनम की माँ ओर रीमा को मिला...

उनकी नज़रों में प्यार देखा तो बिखर गया...सोनम की मम्मी बोलती है तो मेरी माँ का चेहरा मेरे सामने आ जाता है। अंजु को तो अभी तक नहीं देखा। सिर्फ़ फोटु देखा है। जब मिलेगी तो बाँहों में भर कर उसका माथा चूम लूँगा–वैसे ही जैसे अपनी बहनों का चूमता हूँ। रीमा सामने आती है तो मन व्याकुल हो जाता है...एक बेटी पाने के लिए–जो सीधे सोलह साल की हो जाए, एक दिन में। फिर मैं उसकी नाक को अपने दाँतों के बीच भर लूँ...वो वाले..."जे" का कर रहे हो...और मेरी आँखें खुशी के आँसुओं से डबडबाने लगे।

तभी डोर बेल हुई। चन्दर ने उठकर दरवाज़ा खोला। चाँदनी सम्हल कर बैठ गई। चेहरे को भावशून्य बनाने की कोशिश करती हुई। फ़ैज़ल और हमीद लौट आए थे। दोनों के चेहरे से लग रहा था कि वे किसी निर्णय पर पहुँच गए हैं...सफलता का विश्वास उनकी मुस्कान में था।

फ़ैज़ल और हमीद ने मैरीन ड्राइव पर टहलते हुए चाँदनी को मुंबई के कोठे से छुटकारा दिलाने की योजना तैयार कर ली थी। सिर्फ़ चन्दर और चाँदनी को राज़ी करना था। फ़ैज़ल ने कमरे में घुसते ही चन्दर से कहा–

"चन्दर, हमको तुमसे बहोत बात करके चाँदनी का बारे में फ़ैसला करना है। इसलिए हम सोचता है कि खाना खाने बाहर नहीं जाएगा। हम रूम सर्विस वाले को बुलाता है। इधर ड्रिंक भी आएगा और खाना भी। हम लोग का बात भी हो जाएगा।"

"चाँदनी का क्या फैसला करना है। इसको तो कल वापस जाना पड़ेगा।" फ़ैज़ल और हमीद दोनों बैठ गए थे।

"चाँदनी कल वापस जाएगा और हमीद साथ में जाएगा।"

इस बीच हमीद ने अरबी भाषा में फ़ैज़ल से कुछ कहा। फ़ैज़ल ने उसका जवाब अरबी में ही दिया और फिर चन्दर को बताया–

"हमीद बोलता है हमको साथ आने को। हम बोलता है कि सारा पैसा हमीद के हाथ से दिलाएगा।"

''मैं मतलब नहीं समझा'' चन्दर चकराया हुआ था।

''हाँ चन्दर''–फ़ैज़ल ने सारी बात बता दी–''हमीद दिल का बहुत अच्छा निकला। तुम्हारा हमारा बात सुन के और चाँदनी का पूरा कहानी जान के इसका दिल को भी बहोत तकलीफ़ हुआ। बोलता है कि हम चाँदनी को ख़रीदने का जो पैसा कोठे वाली मालकिन को देने वाला था वो चाँदनी को घर वापस भेजने के लिए दे देगा। हम बोला कि तुमको सारा ख़र्चा करने का ज़रूरत नहीं, हम भी पैसा देगा मगर अपने दोस्त का छोकरी को उधर से बाहर निकालेगा।''

''चाँदनी मेरी छोकरी नहीं है।'' चन्दर ने फ़ैज़ल को टोका तो उसने मुस्कराकर माफ़ी माँगी और अपनी बात जारी रखी।

''कल हम लोग तीनों चाँदनी के सेठ के पास जाएगा। उसके साथ सारा बातचीत करेगा और सारा हिसाब लगा के उसका पूरा पैसा चुका देगा। चाँदनी का पासपोर्ट का भी और दलाल की बक्षीस का भी।

तो फिर चाँदनी को हम उधर नहीं छोड़ेगा। इसका सारा सामान ले के हमारा होटल पर आएगा। तुम हमारा इंतज़ार इधरीच करना।...इधर से चाँदनी को ले जाना।''

''मैं ले जाऊँ?'' चन्दर का दिमाग़ इतनी खुशी झेलने के लिए तैयार नहीं था।...''ये तो तुम लोगों का चाँदनी पर और मुझ पर सारी ज़िंदगी अहसान रहेगा। लेकिन अगर सचमुच कल तुम लोग इसे कोठे से ले आए तो ये कहाँ रहेगी।''...

''इसकी आप लोग चिंता मत कीजिए''–चाँदनी भी खुशी से बल्लियों उछलने लगी थी–''मैं सीधी कोलकता की टिकट निकाल लूँगी। रिज़र्वेशन नहीं मिला तो बिना रिज़र्वेशन वाले डब्बे में घुस जाऊँगी–कैसे भी।...लेकिन तुम लोग मेरे लिए ये सब क्यों कर रहे हो।''

एक बार फिर हमीद ने फ़ैज़ल से अरबी में कुछ कहा लेकिन फ़ैज़ल ने उसे अरबी में ही कुछ कह कर डांट सा दिया। चन्दर के मन में उत्सुकता जगी और उसने पूछ लिया–

''हमीद, क्या कहना चाह रहा था?''

''बेवकूफ़ है।''

हमीद इतना तो समझ गया। तुरंत जवाब आया–

''बेवकूफ़...नो। ...फ्रैन्ड...'' हमीद ने मुस्कराते हुए चाँदनी की ओर इशारा करके समझाने की कोशिश की...'' ''ऐड्रेस.. कोलकता...से ख़त लिखना और अपना ऐड्रेस भेजना।''

चाँदनी ने हाँ में सिर हिलाकर माथा झुका लिया।

न चन्दर को विश्वास था और न ही चाँदनी को कि एक दिन के अंदर उनकी सारी योजना बिना किसी बाधा के क्रियान्वित हो जाएगी।

कोठे वाले सेठ को पासपोर्ट के और दलाल की बक्षीस के सारे पैसे चुकाने

के बाद फ़ैज़ल और हमीद ने मिलकर चाँदनी को चालीस हज़ार रुपए कैश दिए और वी.टी. स्टेशन पर जाकर तीनों ने चाँदनी को कोलकता वाली गाड़ी में बैठा दिया। टी.सी. को चन्दर ने दो सौ रुपए देकर एक बर्थ भी ले दी थी। चाँदनी तीनों के पते लिखकर ले गई थी। उस ग़रीब, टूटी-लुटी बेसहारा लड़की ने इससे पहले अपने आपको इतना अमीर कभी महसूस नहीं किया था और चन्दर को अपनी ज़िंदगी में ऐसी खुशी पहले कभी नहीं मिली थी।

टैक्सी में बैठकर वापस लौटते हुए चन्दर ने कहा था—

"फ़ैज़ल, माफ़ करना, मैंने तुम दोनों की जेब में बहुत बड़ा छेद कर दिया।"

"नहीं चन्दर", —फ़ैज़ल की आँखों में एक अजीब सी रौशनी थी—"तुम हमको ज़िंदगी में एक अच्छा काम करने का मौका दिया। अल्लाह ने हमको बहोत दिया है। उसके नाम पर हमने चाँदनी का मदद किया, लेकिन हम तुमको एक बात बोलेगा। तुम आगे से कभी कोठे पर नहीं जाना वर्ना हमको मालूम नहीं, छोकरी लोग का कीधर-कीधर का टिकट बनवाना पड़ेगा। चन्दर हँसता रहा और चाँदनी की माँ और उसके भाई के बारे में सोचता रहा।...गाड़ी चलते समय खिड़की से सिर बाहर निकाल कर मुस्कराती, आँसू पोंछती चाँदनी के बारे में भी।

अचानक चन्दर के ख़यालों के तार तब हिले जब उसके रेडियो पेजर पर पीं. पीं.पीं. की आवाज़ हुई। मैसेज था—सोनम को फ़ोन करो-3456789 पर। यह सोनम की पड़ोसन का नम्बर था, शकीला का नहीं। कई दिन के बाद खुद सोनम ने ही फ़ोन किया था, चन्दर को घर बुलाकर उसकी बेरुखी की वजह जानने के लिए...और शायद दिल की बात मान कर अपने "दोस्त से भी ज़्यादा" के साथ बतियाने का सुख लेने के लिए।

फ़ैज़ल और हमीद को होटल छोड़ एक बार फिर उनका शुक्रिया अदा कर और फिर मिलने का वादा करने के बाद चन्दर सीधा सोनम के घर चला गया। सभी घर पर थे, अंजु के सिवाय। एक सदस्य नया था—सोनम की बेटी सबीना। चन्दर जाकर दरवाज़े पर खड़ा हुआ तो सबीना सोनम की गोद में बैठी उसके बाल खींच रही थी। "चलो न मम्मी-चलो न" की रट लगा रखी थी। चन्दर को अचानक अपने दरवाज़े खड़ा देखकर सभी खड़े हो गए। सोनम की माँ पहले की तरह कपड़े सम्हालने लगीं। रीमा इधर-उधर पड़े बरतन। सोनम, सबीना को गोद में लेकर खड़ी हुई और चन्दर को अंदर आने का इशारा किया...वहीं दीवार के सहारे लगे गद्दे पर बैठने का।

"मैंने तो फ़ोन करने का मैसेज छोड़ा था" सोनम सबीना को गोद में ही लिए हुए बैठ गई थी।

"और फ़ोन की जगह मैं खुद चला आया...बोलो तो वापस चला जाऊँ और बाहर जाकर फ़ोन करूँ। इज़ाज़त दोगी तो आ जाऊँगा।" चन्दर ने कहा तो जवाब

सोनम की मम्मी ने दिया–"तुमको हमारे यहाँ आने के लिए इज़ाज़त लेने की ज़रूरत नहीं है।"

"शुक्रिया, लेकिन आपकी लाड़ली बेटी के क़ानून ज़रा ज़्यादा कड़े हैं। देखिए न, चाय-पानी पूछने की जगह..."

"चाय तो मैं बना रही हूँ न" –रीमा ने चन्दर को बीच में ही टोकते हुए कहा–"जे देखो, पानी चढ़ा दिया। तुमको चाय पिलाकर फिर होटल जाऊँगी।"

"अंजु आज फिर..." चन्दर की अब तक अंजु से मुलाकात नहीं हुई थी।

फिर रीमा ने बीच में बात काट कर जवाब दे दिया–

"अंजु बाजी न, आज जल्दी चली गई।"

"और सोनम तुम?... आज होटल नहीं जाओगी?"

चन्दर ने वहीं गद्दे पर बैठते हुए जानना चाहा।

"आज फिर मेरी तबीयत ठीक नहीं है। सवेरे मेरी मौसी के साथ सबीना आ गई तो आज सारे दिन सोने नहीं दिया। सिर दुख रहा है।...अभी गोली खाई है, ठीक हो जाएगा। लेकिन मैंने होटल फ़ोन कर दिया कि नहीं आऊँगी।...जे कब से मेरा सिर खा रही है कि बाज़ार चलो, चॉकलेट दिलाओ।"

"तो ले जाओ न, और दिला दो बेचारी को चॉकलेट। कौन सा रोज़-रोज़ परेशान करती है।"

"जब मेरे पास होती है तो रोज़ ही इसके ऐसे नखरे रहते हैं। लेकिन मैं कभी अकेली बाहर नहीं जाती।"

"क्यों, बाहर कोई खा जाएगा तुम्हें कि अकेले जाने में डर लगता है?"

"नहीं, जे बात नहीं" सोनम और रीमा के मुँह से जे सुनना चन्दर को बहुत अच्छा लगता था। चन्दर ने मुस्कराते हुए नकल की और सवाल भी–

"जे बात नहीं तो क्या बात है?"

सोनम शरमा गई।

चन्दर ने मन में कोई ऐसी योजना नहीं बनाई थी लेकिन बोल गया–" देखो सोनम, अगर तुम्हें मंज़ूर हो तो चलो मैं चलता हूँ सबीना को लेकर।..."आप भी चलिए न" चन्दर ने सोनम की मम्मी से कहा।

"नहीं मेरी खुद सुबह से गरदन दुख रही है और फिर मेरी बहन आज ही आई है, मैं उसके साथ घर पर रहूँगी।...जा सोनम"–मम्मी ने इज़ाज़त ही नहीं दी बल्कि चन्दर के साथ बाहर जाने के लिए सोनम को बढ़ावा सा दिया–"तू सबीना को लेकर इनके साथ चली जा। थोड़ा घुमा फिरा कर और चॉकलेट दिलाकर वापस लौट आना। ...खाना घर आकर खाना...चन्दर भी यहीं खा लेंगे।"

जो निमंत्रण सोनम से नहीं मिला था, वो उसकी माँ से मिल गया था। लेकिन चन्दर के साथ बाहर जाने वाली बात पर सोनम अभी तक राज़ी नहीं हुई थी।

बोली–"तुमने तो कह दिया कि सबीना को लेकर इनके साथ चली जाऊँ लेकिन मालूम है न गामा भाई के छोकरे हम लोगों पर कितनी कड़ी निगाह रखते हैं। फ़टाफट ख़बर पहुँचा देंगे।"

सोनम का जवाब सुनकर उसकी मम्मी मुस्कराई और बोलीं–

..."फिकर क्यों करती है। तू ही तो कह रही थी कि उस दिन गामा भाई चन्दर पे लट्टू थे और इन्हें शतरंज खेलने की दावत दी है।...क्या अभी तक उन्हें समझाना बाकी है कि चन्दर हमारे घर के जैसे हैं।"

"जे तो ठीक है"–इस बार सोनम ने चन्दर की ओर देखते हुए जान बूझकर "जे" पर ज़्यादा ज़ोर दिया और बोली–"तुम दो मिनट बाहर बैठो मैं जल्दी से कपड़े बदलती .हूँ और सबीना को भी तैयार कर लेती हूँ।"

"दो नहीं मैं तीन मिनट बाहर बैठता हूँ"–चन्दर ने उठते हुए कहा और ये स्पष्ट कर दिया कि सोनम को साथ लेकर पहली बार मुंबई की सड़कों पर निकलने के लिए उसका मन कितना उतावला हो रहा था।

"देखिए, वैसे तो हम जल्दी आ जाएँगे लेकिन थोड़ी बहुत देर हो जाए तो आप फ़िक्र मत करना।...आज पहली बार आपकी बेटी को और धेवती को लेकर बाहर निकल रहा हूँ ...और फिर अगले हफ़्ते तो दोनों "मुलुक" चली जाएंगी। न जाने फिर कब सबीना को बाज़ार ले जाकर चॉकलेट दिलाने का मौक़ा मिलेगा।" चन्दर सोनम की माँ से यह सब कुछ कह रहा था कि तभी सोनम बीच में कुछ कहने के लिए उतावली हो रही थी। चन्दर की बात पूरी होते ही उसने कहा–

"देखो मम्मी, सबीना को चॉकलेट दिलाने की बात तो जे बार-बार कर रहे हैं। इनसे पूछो मुझे क्या दिलाएँगे। क्या मैं नहीं जा रही इनके साथ"–अपनी माँ से कह कर सोनम चन्दर की ओर मुड़ी–

"जाओ, सबीना को ले जाओ, अकेली को। मैं नहीं जाती।...बड़ा प्यार आ रहा है न छोरी पे.. घंटा-आधा घंटा साथ रखोगे तो पता लग जाएगा।"

चन्दर जानता था कि पहली मुलाक़ात में सबीना अकेली उसके साथ जाने से घबराएगी। तो फिर कहने में क्या नुकसान था। वह बोला–"चल सबीना, तेरी मम्मी नहीं जा रही। हम दोनों जाएँगे।"

"नहीं, मैं अकेला नहीं जाऊँगा", –सबीना को लड़कों की तरह बोलने की आदत थी। वह सोनम को नहीं, बल्कि सोनम की मौसी को मम्मी कहती थी। बोली –"सोनम बाजी, तुम भी चलो न पापा के साथ।"

सबीना ने अपने भोलेपन में चन्दर को पापा कहा तो सोनम की नज़रें फ़र्श में गड़ गईं। उसकी मम्मी और रीमा हंस पड़े। मम्मी ने बात सम्हालते हुए स्पष्टीकरण दिया–

"बहुत देर हो गई, पापा को देखा नहीं है। मुंबई आकर तुम्हें घर पर देखा

और तुम इतना प्यार जता रहे हो इसीलिए तुमको पापा कहने लगी।''

''सॉरी''...सोनम ने चन्दर से आँखें मिलाने की हिम्मत करते हुए कहा–''बड़ी पागल है।''

''सोनम बाजी, मैं पागल नहीं हूँ। मम्मी (सोनम की मौसी) ने कहा था कि मुंबई में मेरे पापा आएँगे।'' सबीना ने अपनी बात के पक्ष में तर्क रखा तो चन्दर के मन में कई सवाल खड़े हो गए। तभी एक बार फिर सबीना ने सोनम की ठोड़ी को हाथ लगाकर उसका ध्यान अपनी ओर खींचते हुए एक और सवाल कर दिया–

''जे पापा नहीं हैं तो कौन हैं'' चन्दर ने पहली बार सबीना के मुँह से जे सुना था। वह हँसने लगा लेकिन सोनम ने खीझ कर अपनी बेटी को जवाब दिया, या उसे जवाब नहीं सूझा–''मुझे नहीं मालूम कि जे कौन हैं। पूछ इन्हीं से...चलो यहाँ से, नहीं तो इसी की बातों में उलझे रह जाओगे।'' सोनम ने चन्दर से कहा, सबीना की उँगली पकड़ी और दरवाज़े से बाहर निकल गई। चन्दर उसके पीछे-पीछे।

आज पहली बार चन्दर को सोनम के साथ खुली हवा में सांस लेने का मौका मिल रहा था। वह चाहता था कि फ़ारस रोड या ग्रांट रोड के माहौल से निकल कर कहीं और सोनम के साथ दो पल बिताए। लेकिन सबीना को और उसके बहाने सोनम को भी, मुंबई की रौशनी भी दिखानी थी। यूँ तो सोनम पिछले नौ साल से मुंबई में रह रही थी। चाहती तो हफ़्ते-दो हफ़्ते में मुंबई का चप्पा-चप्पा छान लिया होता लेकिन उसकी ज़िंदगी सन लाइट और शकीला के घर होने वाले मुजरे तक सिमट कर रह गई थी। थकी-मांदी घर पहुँचती तो सारा दिन सोने में निकल जाता। शॉपिंग के लिए जाती भी तो ग्रांट रोड के आसपास या ज़्यादा से ज़्यादा क्रॉफर्ड मार्केट।

चन्दर ने टैक्सी वाले से कह दिया था कि घूमते फिरते बान्द्रा तक जाना था। सबसे पहले कोलाबा जाकर वहाँ से सबीना के लिए चॉकलेट ली और सोनम के लिए आइसक्रीम। गेटवे ऑफ़ इंडिया पर थोड़ी चहलक़दमी की। मैरीन ड्राइव पर रुक कर तीनों ने नारियल पानी पिया। चौपाटी पर सबीना को गुब्बारा ख़रीद कर दिया और पैडर रोड, हाजी अली, वर्ली व शिवाजी पार्क होते हुए बान्द्रा लिंकिंग रोड पर टैक्सी वाले को छोड़ दिया। सोनम ने उस इलाके में पहली बार पाँव रखे थे। बीना भी वहाँ की चहलपहल देखकर काफ़ी ''ऐक्साइटेड'' थी। चन्दर दिल से चाहता था कि वह सोनम और सबीना के लिए अच्छी-अच्छी चीज़ें खरीदे। लेकिन जिस चीज़ के लिए पूछता, सोनम ना कर देती थी। फिर भी चन्दर ने ज़िद करके बीना के लिए दो ड्रैसें, कुछ खिलौने और ज्यूलर की दुकान से सोने का एक छोटा सा ब्रेसलैट ख़रीद दिया।

''क्यों फ़ालतू ख़र्चा करने पर तुले हो'' सोनम ने चन्दर पर नियंत्रण लगाना चाहा।

''मुझे मालूम है, तुम बाकी होटलवालियों जैसी नहीं कि कस्टमर की जेब जब

तक पूरी ख़ाली न हो जाए तब तक चैन न लें। तुम्हारी इसी ना ना पर तो अपना दिल लट्टू हो गया। ... और हो गया तो फिर लट्टू होने के रीतिरिवाज भी निभाने पड़ेंगे। ...चलो सबीना के लिए तो आज काफ़ी है... उसकी मम्मी के लिए क्या लूँ!''

''कुछ नहीं, सब कुछ है मेरे पास।''

''ऊपर वाले की ऐसी ही मेहरबानी बनी रहे तुम पर लेकिन मेरा दिल कर रहा है कि तुम्हारे लिए कुछ लूँ।''

''तो फिर जो तुम्हारी मर्ज़ी।''

तभी सामने वाली दुकान में नज़र पड़ी तो एक से एक रेशमी नाइटियाँ ''ड्रैसिंग विन्डो'' में लगीं थीं। चन्दर ने दुकान के बाहर ही खड़े होकर गुलाबी रंग की एक नाईटी पर नज़र डाली और इशारे से ही सोनम ने पूछा कि वह नाइटी उसे पसंद थी या नहीं।

''नहीं, बिल्कुल नहीं...''

''पसंद नहीं।''

''पसंद तो है लेकिन नाईटी नहीं ल़ेनी।''

''क्यों ...''

सोनम ने चन्दर को आगे बोलने ही नहीं दिया। बीच में ही बोल पड़ी–''क्यों मुझे और बेचैन करना चाहते हो?''

सोनम का जवाब चन्दर के ऊपर से निकल गया। या शायद वह सोनम से इस जवाब की अपेक्षा नहीं कर रहा था।

उसने मतलब पूछा तो सोनम ने जवाब दिया–

''वैसे तो बड़े होशियार बनते हो लेकिन मेरी एक छोटी सी बात का मतलब नहीं समझ सकते। सब समझते हो, अब जानबूझकर नादान मत बनो।...बुद्धू तो मैं हूँ।''

चन्दर की समझ में कुछ-कुछ आने लगा था लेकिन वह पूरी तरह स्पष्ट कर लेना चाहता था। पूछा–

''तुमने कहा, –''क्यों मुझे और बेचैन करना चाहते हो। इसका मतलब हुआ कि तुम बेचैन पहले ही हो?''

''बड़ा सुख मिलेगा न ये जान के...तो लो सुन लो...हाँ मैं बेचैन हो जाती हूँ...और नाइटी ख़रीदोगे तो ...तो उसमें लिपटे तनबदन में बेचैनी और नहीं बढ़ेगी क्या? ...सब समझते हो तुम... जानबूझकर नाइटी पर नज़र टिकाई है...और कुछ नहीं है क्या यहाँ।''

''सॉरी, ये तो सच है कि जब नाइटी पर निगाह पड़ी तो सोचा क्यों न ऐसी चीज़ दूँ जिसमें तुम्हारा पूरा बदन सिमटे और मैं याद आऊँ तो तुम शरमा जाओ।

लेकिन मेरा ये इरादा कभी नहीं था कि तुम बेचैन हो या तुम्हें कोई तकलीफ़ हो।''

''फिर वही बात। बुद्धू मैं हूँ...और बातें बुद्धुओं जैसी तुम कर रहे हो...चलो यहाँ से ...'' ...सोनम ने अचानक चन्दर का हाथ पकड़ कर खींचा और आगे बढ़ती हुई बोली–''जब तुम ये सोचते हो कि मुझे याद आओ तो फिर साथ में ये नहीं सोचते कि याद आओगे तो मुझे बेचैन भी करोगे?''

चन्दर को सोनम के सोचने के तरीके पर आश्चर्य भी था और खुशी भी। वह फिर एक ज्यूलर की दुकान पर रुक गया–

''तो होती रहना बेचैन...चलो नाइटी नहीं कुछ और ले देता हूँ...लेकिन अपनी मौसी को मत दे देना...ये सिर्फ़ तुम्हारे लिए है।''

सोनम सबीना का हाथ पकड़े चन्दर के पीछे-पीछे दुकान में चली गई। कुछ ही देर बाद, चन्दर की पसंद की एक सोने की अँगूठी पहने बाहर निकली तो चन्दर ने मुड़कर पीछे देखा था। वह अपना अँगूठी वाला हाथ अपने गाल से सटाए चल रही थी।

चन्दर ने ऑटोरिक्शा रोक लिया था–जुहू बीच के लिए। सी-प्रिन्सैस होटल के सामने चन्दर ने ऑटोरिक्शा रोका, बिल चुकाया और सबीना व सोनम के साथ रिसेप्शन से गुज़रा तो लाउन्ज में एक सोफ़े पर अमीर और करिश्मा बैठे थे। वही परदेसी-परदेसी वाले। कोई दिन ऐसा न जाता होगा जिस दिन हर होटल में यह गाना दो-तीन बार न बजता हो। सोनम तो सोनम, टीवी पर देख-देख कर सबीना भी दोनों को पहचानने लगी थी। सबसे पहले उसी को निगाह करिश्मा पर पड़ीं सबीना ने मम्मी का ध्यान उस ओर मोड़ा और बोली–

''सोनम बाजी...वो देखो परदेसी।''

चन्दर और सोनम ने अमीर और करिश्मा की ओर देखा तो वे एक छोटी सी बच्ची की बात सुनकर मुस्करा रहे थे। अमीर ने चन्दर को पहचान लिया। हालाँकि चन्दर उससे किसी सिलसिले में सिर्फ़ एक बार मिला था लेकिन कुछ मुलाकातें, व्यस्त जीवन बिताने वालों को भी याद रह जाती हैं। चन्दर ने आगे बढ़कर अमीर से हाथ मिलाया और करिश्मा को दोनों हाथ जोड़कर नमस्ते की।

''ये मेरी दोस्त हैं, सोनम...और ये इसकी बेटी सबीना इसी ने आपको पहले देखा।''

करिश्मा ने सबीना के गाल को हाथ लगा कर प्यार दिया तो चन्दर को मौका मिल गया पूछने का–

''अगर आप माइन्ड न करें तो आपके साथ इनका एक फोटो ले लूँ।''

दोनों के बीच सबीना और अमीर के दाहिनी ओर सोनम खड़ी शरमा रही थी ... खुश भी थी। चन्दर ने फटाफट दो फोटो निकाले और शुक्रिया कह कर सोनम और सबीना के साथ लाउन्ज के बाहर निकल गया। स्विमिंग पूल के किनारे

होता हुआ आगे लॉन में पहुँचा तो मुश्ताक और पालव वहीं बीयर पी रहे थे। एक हिंदू सेना का स्थानीय अध्यक्ष था तो दूसरा मुस्लिम पार्टी का कार्यकर्ता। पार्टी-पॉलिटिक्स की गतिविधियों में दोनों एक दूसरे को कस कर गाली निकाला करते थे लेकिन जुहू बीच पर म्युनिसिपल कार्पोरेशन के लाइसेन्स पर, दोनों भागीदारी में कार पार्क चलाते थे। रात में बैठकर शराब भी साथ पीते थे। दोनों चन्दर के साथ एक औरत व बच्ची को देख कर ज़रा चौंके। लेकिन चन्दर ने सहज भाव से उनका परिचय कराया और आगे निकल गया। एकाध परिवार और थे...उनके बच्चे भी। दौड़ भाग चल रही थी.... सबीना भी उनमें शामिल हो गई। जगह सुरक्षित थी, ये जानकर सोनम निश्चिन्त थी...समुन्दर के किनारे वाली मुन्डेर पर बैठ कर चन्दर और सोनम ने समुन्दर की रेती की ओर अपने पैर लटका लिए थे। सामने से समुन्दर में आ रहे ज्वार की लहरें उनकी ओर बढ़ने की कोशिश कर रही थीं। ऊपर नारियल के पेड़ हवा में झूल रहे थे। होटल के किसी हॉल से संगीत की धुन कानों में रस घोल रही थी। चन्दर और सोनम, सागर के उस पार से ऊपर उठते हुए चाँद पर निगाहें टिकाए बैठे थे। चुप्पी साधे।

"ऐसे क्यों देख रही हो मुझे?" चन्दर ने चाँद की ओर टकटकी लगाए ही सोनम से कहा।

"तुम्हें?...मैं तो चाँद को देख रही हूँ।"

अब चन्दर सोनम की ओर मुड़ा और आँखों की गहराई में पैंठने की कोशिश करता हुआ बोला—"यही तो नहीं समझती...तुमने चाँद को देखा...तुम्हारी नज़रें चाँद से टकरा कर लौटीं तो मेरी आँखों में आ पड़ीं।"

सोनम मुस्करा रही थी लेकिन उसकी आँखें बंद थीं।

"अरे, मैं तुमसे बात कर रहा हूँ और तुम आँखें बंद कर के बैठ गई।"

"यही तो नहीं समझते"—सोनम ने चन्दर की नकल की और आँखें बंद किए किए बोली—"तुम चाँद को देख रहे थे...मैंने सोचा कहीं ऐसा न हो कि तुम्हारी नज़रें चाँद से टकरा कर लौटें और मेरी आँखों में समा जाएं।"

सोनम ने...मुश्किल से हिंदी की साफ़-साफ़ लिखी चिट्ठी भर पढ़ने की क्षमता वाली सोनम ने...चन्दर को निरुत्तर कर दिया था। वह सोनम को देखता जा रहा था, उसे समझने की कोशिश में...भावनाओं की दृष्टि से और नज़दीक आने की कोशिश में।

सोनम ने बात का रुख मोड़ा—

"मुझे एक बात समझ नहीं आती कि तुम हो तो परदेसी...सात समुन्दर पार, लंदन में रहते हो लेकिन यहाँ मुंबई में तरह-तरह के लोगों से तुम्हारी जान पहचान है। पुलिस कमिश्नर...एम.एल.ए...अमीर...करिश्मा... और से मुंबई के दादा जैसे दिखने वाले लोग ... हिंदु भी ... मुसलमान भी। कभी-कभी सोचती हूँ, कि आख़िर

तुम हो कौन! ऐसा क्या काम करते हो कि तरह-तरह के लोग तुमको जानते हैं?''

''ऊपर वाले की मेहरबानी है''—चन्दर ने आसमान की ओर हाथ जोड़ते हुए कहा—''कोई एक बार मिल जाता है तो अक्सर दोस्त बन ही जाता है... अब खुद को देखो न, गिने चुने डेढ़ रोज़ की तो जान पहचान है अपनी। लेकिन तुमने मुझे दोस्त से ज़्यादा वाली जगह देने की मेहरबानी कर दी।...और तो और, वो तुम्हारा अरबी... आज उसने मेरे लिए तकरीबन एक लाख रुपए खर्च कर दिए।''

''एक लाख ख़र्च कर दिए...अरबी ने?...तुम्हारे लिए?''

''हाँ-ये भी एक दिलचस्प कहानी है''—चन्दर ने आह भरी और धीरे-धीरे चाँदनी की पूरी कहानी सुना दी। सबीना दौड़-दौड़ कर थक गई थी। आई और सोनम की जांघों पर अपना सिर रख कर सुस्ताने लगी...खड़ी-खड़ी।

''वापस चलें'',—सोनम ने चाँदनी में चमकती समुन्दर की लहरों पर नज़रें टिकाए चन्दर से कहा—''सबीना भी थक गई है और मम्मी तुम्हारे लिए खाना बनाकर इंतज़ार कर रही होंगी।''

''अगर हमारे जैसे ही सारे कस्टमर आने लगे इस होटल में'',—

—उठकर सोनम को खड़ा होने के लिए अपना हाथ देते हुए चन्दर बोला—''तो बेचारे को ताला लगाना पड़ जाएगा। आए...चहलक़दमी की, लॉन में बैठकर बातें कीं और खाना खाने घर चले गए।...चलो इन सीढ़ियों से नीचे उतर चलते हैं—थोड़ी दूर रेती पर टहलेंगे और आगे से मेन रोड पर निकल कर टैक्सी ले लेंगे।'' होटल की सीढ़ियों से उतर कर बीच पर जाने के लिए चाँदनी से नहाया हलका अंधेरा था लेकिन आगे चलकर जुहू बीच पर लगी सैकड़ों स्टालों की बत्तियाँ अपनी रौशनी बिखरा रही थीं। चन्दर ने सबीना को गोद में उठा लिया था लेकिन आगे चल कर भेलपुरी, पान, आइसक्रीम और पावभाजी वालों की स्टॉलों पर लोगों की भीड़ लगी हुई थी। कई परिवार वहीं रेती पर बिछी हुई चटाइयों या दरियों पर आराम से बैठे पावभाजी खा रहे थे तो कई आइसक्रीम या कोका-कोला के लिए लाइन लगाए खड़े थे। बीच पर, घोड़ा गाड़ियों, ऊँटों, भविष्य बताने वाली मशीनों और साबुन के पानी के बुलबुले बनाने के डिब्बे बेचने वालों की भीड़ थी। सारी रौनक देखकर सबीना की नींद उड़ गई थी।

''मम्मी, मैं भी पैदल चलूँगा।''—सबीना ने चन्दर की गोद में मचलते हुए कहा। अपनी उम्र के हिसाब से वह काफ़ी बातें कर लेती थी। चन्दर ने उसे गोद से उतारा तो वह दौड़ कर गुब्बारे बेचने वाले के पास जा खड़ी हुई। चन्दर ने पैसे देकर उसे हीलियम गैस से भरा गुब्बारा ले दिया। उसमें एक लंबा धागा बंधा था। सोनम ने धागे का सिरा सबीना के हाथ में लपेट दिया और समझा दिया कि वह धागे को पकड़ कर रखे वर्ना गुब्बारा उड़ जाएगा।

सबीना गुब्बारे को उड़ाती हुई चन्दर और सोनम के साथ-साथ आगे बढ़ती

रही। स्टालें पीछे छूटने लगीं तो चन्दर और सोनम एक दूसरे के करीब चलने लगे। सबीना कभी आगे, कभी बाजू में और कभी पीछे।—गुब्बारा हवा में उड़ाती हुई।

हाइ टाइड आकर चली गई थी। समुन्दर के किनारे की रेती गीली थी। सोनम ने अपनी चप्पलें उतार कर हाथ में ले लीं। दिन की गर्मी के बाद, समुन्दर के किनारे चाँदनी में ठंडी रेत से ज़्यादा सुख उसके पैरों को और कहाँ से मिलता। रोज़मर्रा की ज़िंदगी में तो होटल का डान्स फ्लोर ही मिलता था सोनम को, जहाँ सूरज ढलने से लेकर सूरज निकलने तक नाचते-नाचते पाँवों में कभी-कभी सूजन भी आ जाया करती थी।...और फिर मम्मी का इलाज...गरम पानी में पैर रख कर बैठने का।

चन्दर और सोनम एक साथ आगे बढ़ते जा रहे थे। सबीना पर दोनों की निगाहें थीं। भीड़ छंट गई थी। चहल-पहल कम हो गई थी। स्टालें और उनकी रौशनी पीछे छूटती जा रही थी। सोनम, चन्दर के और क़रीब आती जा रही थी। चलते-चलते सोनम का बदन कई बार चन्दर के बदन से छू गया था। चन्दर ने पूरी सावधानी बरती थी कि उससे वैसा न हो। लेकिन जब तीसरी बार भी वैसा हुआ ... सोनम का कंधा चन्दर के कंधे से लगा...तो चन्दर ने सोनम की ओर भरी नज़रों से देखते हुए अपना हाथ सोनम की ओर बढ़ा दिया। वह मुस्कराई और शैतानी सूझी तो उसने चप्पलों वाला हाथ चन्दर के सामने कर दिया। चन्दर ने चप्पलों सहित उसका हाथ अपने हाथों में थाम लिया। सोनम को संकोच हुआ ...बोली...

"छोड़ो एक मिनट ज़रा।"

चन्दर ने सोनम का हाथ और कस कर थाम लिया। सबीना दस बारह कदम पीछे रह गई थी। सोनम ने उसे आवाज़ देकर आगे बुलाया और झटक कर अपना हाथ छुड़ा लिया।

"मेरी चप्पलें पकड़ चल रहे हो अच्छा लगता है?" सोनम ने चप्पलें नीचे रखीं और पाँवों में डालकर अपनी चुन्नी से हाथ साफ़ कर लिया। सोनम का वापस चप्पलें पहन लेना और फिर जल्दी से अपनी चुन्नी से ही हाथ साफ़ कर लेना, चन्दर के लिए फिर से हाथ में हाथ लेने का आमंत्रण था...चन्दर ने यही पढ़ा।

पहले चन्दर की उँगलियाँ सोनम के हाथ की उँगलियों से धीमा सा खेलीं, फिर हथेलियाँ मिली और धीरे-धीरे सोनम का हाथ चन्दर के हाथ में जकड़ा गया। थोड़ी दूरी पर एक गली मेन रोड पर निकलती थी। कोने में बिजली के खम्भे पर एक बत्ती टिमटिमा रही थी। चन्दर ने दूसरा हाथ उठाया और उसी ओर इशारा करके कहा—

"बस वहाँ तक और, उस गली से निकल कर टैक्सी ले लेंगे।"

"मैं थक गई हूँ"—सोनम ने समुन्दर के किनारे बने होटलों की दीवार के पास रेती पर बैठते हुए चन्दर से अपना हाथ छुड़ा लिया।

आगे किसी सवाल जवाब की ज़रूरत नहीं थी। चन्दर को खुशी थी, कि सोनम

अभी वहाँ कुछ घड़ियाँ और गुज़ारना चाहती थी। समुन्दर की रेत से ठंडक बटोरने के लिए और चन्दर के हाथों के ज़रिए उसका दिल छूकर अपनेपन की गरमी पाने के लिए। सबीना पास में ही गुब्बारा उड़ा रही थी। चन्दर ने धीरे से सोनम का दाहिना हाथ अपने दाहिने हाथ से पकड़कर बाएँ हाथ की हथेली पर रखा। दाहिने हाथ की उंगलियों से सोनम की उंगलियाँ गिनते हुए चन्दर ने धीरे से कहा –

''सोनम''

''हूँ''

चन्द घड़ियाँ शायद ये सोचने में गुज़र गई कि आगे क्या कहे, पर चन्दर के मन की बात ज़बान पर आ गई–

''तुम बहुत क़रीब आती जा रही हो।''

''तो रोक दो।''

''नहीं''–चन्दर ने गला साफ़ किया–'' मुझे अच्छा लग रहा है लेकिन...''

''लेकिन क्या? क्यों अच्छा लग रहा था...नहीं लगना चाहिए।'' सोनम ने अपना हाथ वापस खींच लिया।

''क्या होना चाहिए, क्या नहीं, मैं नहीं जानता।''

''लेकिन ये तो जानते हो कि...कि मुझे कितनी तकलीफ़ होगी।

''मेरे नज़दीक आने से?''

''नहीं''–सोनम झिझकी लेकिन बिना कहे भी कैसे रहती–''नज़दीक आकर दूर चले जाने से।''

''समझता हूँ–ये एक ऐसा बोझ है जो मुझसे झेला नहीं जा सकता।''

''मैं तो आदी हूँ...पहले भी झेला है, फिर झेल लूँगी।''

सोनम ने एक लंबी आह भरी और वही रेती पर लेट गई। आज चन्दर के बिना पूछे ही वह अपनी ज़िंदगी की दास्तान सुनाने के लिए तैयार थी–''सबीना के पापा मिले थे तो लगा था कि ज़िंदगी बदल जाएगी। मुजरों और होटलों की दुनिया से दूर कहीं एक छोटा सा घर होगा, घरवाला होगा और घर में खुशियाँ भरने वाले बच्चे। लेकिन ...लेकिन सपना, सिर्फ़ सपना होता है–असलियत नहीं।...फिर घूम फिर कर मेरी ज़िंदगी वही मुजरे और होटल तक सिमट कर रह गई है। अब तो बाहर की हवा में साँस लेने के ख़्याल तक से घबराहट होने लगती है।'' सोनम गंभीर हो गई थी और गला भर आया था।

चन्दर जानता था कि सोनम सिर्फ़ आठवीं तक पढ़ी थी, लेकिन इतनी अनाड़ी नहीं थी कि वह अपने भावों को अभिव्यक्ति न दे सके। ...और फिर भावना हो तो शब्द स्वतः अनुसरण करने लगते हैं। आज सोनम के साथ भी यही घट रहा था। सागर में ज्वार आकर वापस चला जाता था। लहरें किनारे की दूरी नाप कर वापस लौट गईं थीं लेकिन सोनम का, दूरियाँ-नजदीकियाँ नापना अभी बाक़ी था।

दूरियाँ वो, जो चन्दर 'परदेसी'' की थीं...नज़दीकियाँ वो, जो सागर की लहरों से भीगी हुई रेती पर बनीं थीं। लेकिन डर था कि वो कहीं रेती के महल जैसी भरभरा कर खत्म न हो जाएँ।

सोनम ने करवट बदली और चन्दर की ओर पीठ करके लेट गई, सबीना पर निगाहें गड़ाए हुए। चन्दर सोनम की ओर मुड़ा और उसकी मरमरी-सी बाँह पर अपने हाथ रखकर बैठ गया। सबीना को देखते हुए।

सोनम के नज़दीक आने के लिए बहुत तड़पा था चन्दर का मन। शून्य में सोनम की कल्पना करके बहुत कुछ कहा था उसने...कई बार। आड़ी-तिरछी, भटक-भटक कर चन्दर के ही पास लौट आने वाली, नज़रों को चूमा था चन्दर ने...सपनों में। सोनम के जीवन की उथड़ी हुई डाल पर बसंती कोंपलों के रंग भरे थे चन्दर ने, अपने ख़्यालों की कूची से। अभावों में तपी सोनम के जीवन की धरती पर, पहाड़ों से झरने ले आने की भावना भी थी...चन्दर की। लेकिन उन ''उपलब्ध'' क्षणों में, वह किन्हीं आश्वासनों के थोथे चने, सोनम की झोली में डालना नहीं चाहता था।

''एक बात पूछूँ?'' चन्दर ने सोनम की बाँह पर हाथों का शिकंजा ज़रा-सा कस दिया।

''पूछो...सवाल करना तुम्हारी मर्ज़ी, जवाब देना न देना मेरी।'' सोनम ने कहा और वापस करवट बदलकर चन्दर की ओर मुँह कर लिया।

''सबीना के पापा...'' चन्दर पहले भी ये सवाल एक बार कर चुका था और सोनम टालमटोल वाला जवाब भी दे चुकी थी। लेकिन अब चन्दर दिल के नज़दीक था, दिल की बात कही जा सकती थी।

''मैंने झूठ नहीं कहा था''—सोनम ने बैठते हुए कहा—''दुबई में रहते हैं।''

''तुम उनसे प्यार करती हो?''

''करती थी।''

''अब?''

''नहीं''

''वो? वो तुमसे प्यार करते हैं?''

''मैं समझती थी कि करते थे—छः साल लगे थे समझने में कि ज़िंदगी मुझे धोखा दे रही थी और मैं बुद्धू बनी खुशियाँ बीन-बीन कर झोली भरने की कोशिश कर रही थी।'' सोनम चुप होकर सामने रेती पर लक़ीरें बनाने लग गई थी। चन्दर ने उसकी ठोड़ी को हाथ लगाया तो आँखों में आँखें पड़ गईं। चन्दर की निगाहों ने शायद और जानना चाहा था। ...और जाना भी सोनम की ज़बानी।

छः साल पहले शाहिद की सोनम से पहली मुलाकात सन लाइट में ही हुई थी। एक कस्टमर भर था वो। सोनम पर दिल फेंकता था...और नोट भी। दुबई

में उसका बड़ा कारोबार था...उसने कहा था। जब तक सोनम उसके साथ एक बार डिनर पर जाने के लिए राज़ी नहीं हुई तब तक उसने चैन नहीं लिया। सोने के गहने आने लगे—अँगूठियाँ, कड़े, हार, ईयररिंग।

मुंबई के पाँच सितारा होटल में, डिनर वाली रात सगाई की अँगूठी पहना दी थी उसने...महँगा हीरा जड़ा था...शाहिद ने कहा था। ...सोनम को लगा, घर बस गया...मुक्ति मिल गई होटल और मुजरे से। ...और वह उस रात पाँच सितारा होटल में पड़ी पड़ी "पाँच सितारा" ज़िंदगी के सपनों में खोई रही।

सबीना आ गई। शाहिद भी आया...गया...फिर आया...फिर चला गया। अब शाहिद नहीं...सिर्फ़ पैसे आते थे...सबीना के लिए खिलौने भी। ...शाहिद के वादे आते थे...चिट्ठियों में...वो खुद नहीं...छः महीने पहले फिर लौटा था वो...झूठी माफ़ियों के साथ...झूठे वादों के साथ...सोनम की उम्मीदें फिर उन वादों पर झूल गई थीं। ...सपनों के महल का विकल्प कोई दूसरा महल ही हो सकता था...जो था नहीं। फिर पाँच सितारा होटलों में, पाँच सितारा ज़िंदगी के सपने परोसे गए थे सोनम की थाली में। ...किस्मत की थाली खाली रही...कोख़ फिर भर गई। शाहिद को वह मिल गया था, जो उसे चाहिए था। बस, अब और सोनम नहीं चाहिए...सबीना को माँगा था...सोनम काँप गई थी...। सोनम की माँ को शक़ हुआ था...सच निकला...सोना...सिर्फ़ पॉलिश थी...हीरा नकली था..."बड़ा कारोबार" नकली था...बदनाम वादों में से एक दो सोनम को मिले थे...प्रेमी खोखला था...सोनम की आत्मा को खोखला करने वाला...झूठ से कोख़ भरने वाला। चिड़िया खेत चुग गई थीं।

सोनम के खेत में दो पौधे बचे थे। एक सबीना...दूसरा "अंकुर"। इनकी रखवाली उसके जीवन का लक्ष्य था। भले ही डरावनी रातें अकेली मचान पर बैठे क्यों न काटनी पड़ें। चन्दर और सोनम ज़रा सी देर के लिए एक-दूसरे में खो गए थे। वापस सबीना की ओर सोनम की नज़र उठी तो कुछ गज की दूरी पर दो आदमी सागर किनारे जॉगिंग कर रहे थे। उन्होंने गहरे रंग के जॉगिंग सूट पहन रखे थे। ...वो सबीना के बराबर में आए...फिर उसकी ओर...और फिर एकदम नज़दीक।

"सबीना" सोनम ने आवाज़ दी तो नन्हीं-सी बच्ची गुब्बारा उड़ाती अपनी माँ की ओर दौड़ी...गिर पड़ी। एक आदमी ने बढ़ कर उसे उठाया। सोनम उठ खड़ी हुई। चन्दर ने सोचा—बच्ची गिर पड़ी है, कोई भी भला इंसान उसे प्यार से उठा सकता है। वह बैठा रहा। तभी वह आदमी सबीना को लेकर गली की ओर दौड़ने लगा।

"छोड़ दो मुझे" सबीना चिल्लाई।

"सबीना" सोनम ने पुकारा और पीछे दौड़ने लगी। अब चन्दर की भी आँखें खुल चुकी थीं। दौड़ा उनके पीछे। गली के कोने पर उसने देखा—आदमी ने सबीना को तमाचा मारा।

''साली दाँत काटती है'' उसके मुँह से निकल गया था। चन्दर ने उसके साथी को कहते हुए सुना ''छोकरी को हाथ मत लगाना वर्ना टिल्लू तेरे हाथ काट डालेगा।''

सबीना के दाँत काटने की वजह से पल भर के लिए उस आदमी के भागने की रफ़्तार धीमी हो गई थी। चन्दर उसके नज़दीक पहुँच चुका था। लपक कर पकड़ भी लेता लेकिन दूसरे आदमी ने जेब से रिवॉल्वर निकाली और चन्दर को धमकी दी।

''हमारे पीछे आया तो भेजा उड़ा दूँगा।'' सोनम चन्दर के पीछे-पीछे दौड़ी थी। रुक गई और ज़ोर से चिल्लाई–

''चन्दर...तुम्हें मेरी कसम आगे मत बढ़ना।'' कहते-कहते सोनम लड़खड़ाने लगी थी। चन्दर दुविधा में था। सबीना को लेकर भागने वाले बदमाशों का पीछा करे या सोनम को सँभाले। उसने तेज़ी से पीछे की ओर दौड़कर सोनम को थाम लिया। दोनों बदमाश सबीना को लेकर गली के दूसरे छोर पर पहुँच चुके थे। एक वेन में भागने की तैयारी थी...इधर सोनम बेहोश होकर गिर रही थी, पर चन्दर की बाहों ने उसे सँभाल रखा था। यह सारा नाटक, बीच पर नारियल का ठेला लगाने वाले एक आदमी ने कुछ दूरी से देखा था। वह नारियल छीलने वाला चाकू लेकर चन्दर के नज़दीक पहुँचा। बदमाश दूर जा चुके थे। सोनम बेहोश थी। चन्दर की प्राथमिकता थी–उसे सँभालना। नारियल वाले का चाकू अब किसी काम का नहीं था। उसे पानी चाहिए था, सोनम के चेहरे पर डालने के लिए। पानी नहीं था, नारियल पानी था। उसी के छींटे लगाए तो सोनम ने आँखें खोली।

''सबीना'' सोनम चिल्लाई। चन्दर ने सँभाला, ''धीरज से काम लो सोनम...तुम अपने आपको सँभाले रखतीं तो मैं उन बदमाशों का जहन्नुम तक पीछा करता। तुम्हारी ये हालत देखी तो मेरे पाँव बँध गए।''

''और वो रिवॉल्वर''...सोनम काँपने लगी थी। चन्दर ने उसे पहली बार अपनी बाँहों में भर लिया। वह भी काँप रहा था। दोनों के कारण अलग-अलग थे। किसी सुखद परिस्थिति में सोनम का चन्दर की बाहों में आ जाना कुछ और मायने रखता।

''सुनो...'' चन्दर को याद आया–''उसने सबीना को तमाचा मारा तो दूसरे ने क्या कहा था–तुम्हें याद है?''

''हाँ, कुछ कहा तो था...कोई हाथ काट देगा'' सोनम को आधी बात याद आई तो चन्दर ने पूरा वाक्य जैसे का तैसा दोहराया–''छोकरी को ऽऽऽ हाथ मत लगाना वर्ना ऽऽऽ– टिल्लू तेरे हाथ काट देगा। हाँ उसने टिल्लू ही कहा था। ...चलो उठो'' चन्दर ने सोनम को हाथ दिया–''मुझे एक फ़ोन करना है और पुलिस स्टेशन जाना है।''

सोनम उठ खड़ी हुई। गली से बाहर निकल कर चन्दर ने एक दुकान से अमर को फ़ोन किया।

"वो घर पर नहीं हैं–मुन्ना की फ़ैक्टरी पर बैठे हैं।" अमर की बेटी गुड्डी ने जवाब दिया तो चन्दर ने आगे कोई बात किए बिना तुरंत फ़ोन बंद कर दिया। मुन्ना का नंबर घुमाने के लिए। मुन्ना की फ़ैक्टरी अमर के घर की अपेक्षा नज़दीक थी। चन्दर से एक बच्ची के अपहरण की ख़बर सुनते ही मुन्ना ने खुद अपनी कार निकाली, अमर को साथ लिया और सांताक्रुज पुलिस स्टेशन के लिए चल पड़े। चन्दर ने उन्हें वहीं बुलाया था। सोनम की माँ को भी फ़ोन किया था और कह दिया था कि वे काफी देर से घर लौटेंगे। खुद सोनम ने अपने आपको सँभाल कर उनसे बात की थी। ताकि माँ को किसी और तरह का शक़ न हो। चन्दर अब भी उनके लिए पूरी तरह जाना-परखा नहीं था।

माँ को चिंता तो हुई होगी लेकिन खुद सोनम ने बात कर ली थी इसलिए तसल्ली रही होगी। शायद ये भी सोचा हो कि एक ही शाम के साथ ने चन्दर और सोनम को ज़रूरत से ज़्यादा नज़दीक कर दिया होगा। पर सोनम की माँ को सोनम पर भरोसा करने की आदत पड़ गई थी। वैसे भी दूसरा चारा क्या था। अब तो अंजु और रीमा भी घर में पैसे लाने लगी थीं, लेकिन पिछले कई साल से सोनम की कमाई ने ही घर सँभाला था। मुलुक में नानी को भी...मौसी को भी...माँ, बहिनों और भाइयों को भी। मुलुक में सबीना का ख़र्चा भी सोनम की कमाई से ही जाता था। मामा की कमाई मुश्किल से उनके ही परिवार के लिए पूरी पड़ती थी। ...यानि "मुलुक" वाले घर का सुधार-मरम्मत भी सोनम की ज़िम्मेदारी थी। ...बस, इतना था कि फ़ारस रोड वाले कमरे का किराया अंजु और रीमा निकालने लगी थीं। लेकिन उनकी पगार का बड़ा हिस्सा उनके कपड़ों, गहनों और टैक्सियों में चला जाता था। सो, सोनम जो कहे, सुना-माना जाता था। लेकिन वह ज़्यादा कहती नहीं थी। बस, पहले शाहिद के लिए कहा करती थी और अब...पहली बार चन्दर के लिए कहा था। बिना स्पष्टीकरण, देर रात तक रुकने के लिए। सोनम की माँ को मंजूर रहा होगा।

चन्दर और सोनम ऑटो में पुलिस स्टेशन पहुँचे तो सामने से मुन्ना की कार आकर रुकी। तीनों की तगड़ी दोस्ती थी लेकिन सोनम, अमर और मुन्ना के लिए नयी थी। उनकी उत्सुकता समझ कर चन्दर ने कहा–"लंबी कहानी है, बाद में सुनाऊँगा। इस समय इतना समझ लो...ये सोनम है...मेरी "दोस्त से ज़्यादा"...दो बदमाश इसकी बेटी सबीना को उठाकर ले गए हैं...मुझे रिवॉल्वर दिखाई..."कहते-कहते चन्दर पुलिस स्टेशन के अंदर पहुँच चुका था। उसने सोनम के कंधे पर बाँह रख ली थी...सोनम की घबराहट को क़ाबू में रखने के लिए।

अमर आगे बढ़ा। काउंटर पर बेल बजाई तो एक सिपाही आया।

"ड्यूटी पर स्टेशन इंचार्ज कौन है" अमर ने पूछा तो सिपाही ने उबासी लेते हुए जवाब दिया–

"चीफ़ इंस्पेक्टर गोखले...क्या काम है।"

"बोलो अमर को उनसे मिलना है।" अमर की उस इलाके के लगभग सभी सीनियर अफ़सरों से पहचान थी। किसी को पुलिस स्टेशन में काम होता तो वह अमर को साथ ले जाता था। ये तो चन्दर का काम था...उसकी "दोस्त से ज़्यादा" सोनम का।

"हैलो, अमर साहब! कैसे तशरीफ़ लाए इस वक़्त?" चीफ़ इंस्पेक्टर गोखले ने अमर से हाथ मिलाते हुए पूछा।

"ये मुन्ना...चन्दर...सोनम" तेजी से अमर ने अपने दोस्तों का परिचय कराया—"गोखले साहब, सोनम की बेटी सबीना जुहू बीच पर खेल रही थी..." अमर ने कहानी का सार बता दिया। चन्दर ने सारी कहानी।

चीफ़ इंस्पेक्टर गोखले ये जानते थे कि एक-एक मिनट बहुत कीमती था इसलिए उन्होंने औपचारिक तौर पर पूरी रिपोर्ट लिखने से पहले ही पुलिस की वायरलैसवाली गाड़ियों को सूचना देकर सतर्क कर दिया। सांताक्रुज पुलिस स्टेशन के अहाते में खड़ी दो गाड़ियाँ भी सायरन बजाती सड़क पर निकल पड़ीं। गोखले ने ड्यूटी पर तैनात सी.आई.डी. वालों को बुलाकर उनका काम शुरू करवा दिया और बाद में अपने ऑफिस में सबको ले गए।

"चाय चलेगी"—अमर से पूछा—"आप बिल्कुल चिंता मत कीजिए"—सोनम से बोले—"हम आपकी बेटी को सही सलामत खोज निकालने में कोई क़सर नहीं उठा रखेंगे...चाय आती है...पीजिए तो बेहतर महसूस करेंगी...मुझे कुछ और जानकारी चाहिए।" आज तक सोनम ने पुलिसवालों से बेइज्जती तो झेली थी लेकिन इतनी इज्ज़त के साथ किया गया बर्ताव नहीं। उसे कुछ राहत महसूस हुई।

"आप लोग हमारे साथ संपर्क बनाए रखिए"—गोखले ने रिपोर्ट पूरी करते हुए सोनम और चन्दर से कहा—"हम सबका यही ख़्याल है कि इस मामले में टिल्लू नाम के किसी आदमी का हाथ है। लेकिन मुंबई बहुत बड़ी है अमर साहब...आप भी अपनी जान-पहचान वालों को ज़रा फ़ोन करें...टिल्लू किसी गिरोह का गुंडा हो सकता है...तो गंगू...बन्ता...येन्कू...सब इस इलाक़े के छँटे हुए हैं। शायद कहीं टिल्लू इनसे या इनके किसी आदमी से टकराया हो। सभी एक खेत के चट्टे-बट्टे हैं, कोई न कोई तार जुड़ा होगा।"

मुन्ना का घर पास में ही था इसलिए सभी ने वहीं डेरा जमाकर सबसे संपर्क करने का फ़ैसला किया। अमर ने जिसे भी बुलाया, वहाँ पहुँच गया था। सबने इधर-उधर फ़ोन खड़काने शुरू कर दिए थे। घर से भी और फ़ैक्टरी से भी। सोनम की तबीयत ख़राब हो रही थी। मुन्ना की बीवी...सरोज ने डॉक्टर को भी बुला लिया था। सोनम को अंदर के कमरे में लेटा दिया गया था। मुन्ना ने सरोज से कहा था कि वह चन्दर के दोस्त की बीवी है...वर्ना चन्दर को सरोज के कई अवांछित प्रश्नों का उत्तर देना पड़ता। जल्दबाज़ी में ग़लतफ़हमी और बढ़ सकती थी। और फिर, ये सवाल जवाब

का समय नहीं था। इस समय सिर्फ़ एक काम था—सबीना को सुरक्षित वापस लाने का। चन्दर को याद आया—फ़ैज़ल ने...सोनम वाले "मेरा अरबी" ने कहा था—"हिम्मते मर्दां, मददे खुदा।"

भगवान कृष्ण ने भी कहा था—'कर्मण्येवाधिकारस्ते।' चन्दर और उसके दोस्त सबीना का पता लगाने में हिम्मत करने के लिए भी तैयार थे और कर्म करने के लिए भी।

चन्दर ने शंकर और गामा भाई को भी फ़ोन कर दिया था। ...टिल्लू कहीं मुजरे पर जाता होगा...नहीं तो किसी होटल में...गामा भाई के "लौंडे" फ़ारस रोड की हर लड़की तक पहुँच सकते थे। लेकिन कहीं सोनम की मम्मी को पता लगा तो उनकी हालत ख़राब होगी। कौन सँभालेगा उन्हें। अंजु रीमा अपने-अपने होटल में थी। सुबह लौटेंगी। ये काम शकीला को सौंपा जा सकता था। लेकिन वह भी होटल गई होगी। बस, सोनम की मौसी थी...मुंबई के लिए नयी...क्या करती।

शंकर ने शकीला को होटल में ही फ़ोन करके सारा क़िस्सा बताया तो वह तुरंत अपना पैक-अप कराए बिना घर दौड़ी। सायरा को पता लगा तो वह भी साथ हो ली। "वर्मा बुड्ढे" ने सोनम की बेटी के अपहरण की ख़बर सुनी तो शकीला और सायरा को घर जाने की इजाज़त तुरंत दे दी। इतना ही नहीं, ये भी कहा कि अगर कोई काम हो तो फ़ोन कर दें। शकीला ने चलते-चलते "वर्मा बुड्ढे" को भी काम दे दिया।

"अपने होटल के सभी वेटरों से और लड़कियों से बस इतना पता करो कि टिल्लू नाम के किसी आदमी को जानते हैं क्या? सोनम की बेटी का क़िस्सा सबको मत बताना।" शकीला ने मैनेजर से कहा और सायरा के साथ टैक्सी में घर निकल गई। शंकर गामा भाई के कमरे पर बैठा था। चार-पाँच लौंडे खड़े थे। दूसरे भाग-दौड़ में लगे थे। गामा भाई का कोई लौंडा सोनम की चाल में पहुँच कर सबीना की ख़बर दे, उससे पहले शकीला और सायरा का, सोनम की माँ के पास पहुँचना ज़रूरी था।

टिल्लू नाम वाले आदमी के बारे में पता लगाने का काम तेज़ी से शुरू हो गया था। सन लाइट का मेनेजर दूसरे "होटलों" के मेनेजरों से संपर्क साध रहा था। गामा भाई के लौंडे फ़ारस रोड पर सुराग़ खोज रहे थे। गंगू ने शराब की भट्ठियाँ चलाने वालों से बात की। बन्ता ने अपने छोकरों को "लड़कियों के अड्डों" पर दौड़ा दिया था। येन्कू ने ताश खेलने वाले क्लबों में टिल्लू की खोज शुरू करवा दी थी। और पुलिस अपने तरीके से काम कर रही थी, जिसमें उन बदमाशों को पकड़कर पुलिस स्टेशन लाना शामिल था जिन्होंने पहले बच्चों को अपहरण किया था—या करने की कोशिश की थी—या लड़कियों को बेचने की दलाली में पकड़े गए थे।

सोनम पर डॉक्टर की दी हुई दवाई का असर हुआ तो वह आकर चन्दर के पास बैठ गई।

"कुछ पता लगा...पुलिस को वापस फ़ोन करो" सोनम ने चन्दर पर दबाव डाला तो अमर ने गोखले का डायरेक्ट नंबर घुमा दिया।

"हम पूरी कोशिश में लगे हैं" गोखले ने आश्वासन देते हुए कहा—"वैसे तो बच्चों के...ख़ासकर छोटी-मोटी लड़कियों के अपहरण हमेशा होते रहे हैं लेकिन पिछले दो-चार साल से मुंबई में इस तरह की घटनाएँ बहुत बढ़ गई है। तन-बदन का धंधा करने वाली बहुत-सी लड़कियाँ कोठे छोड़कर होटलों में जाने लगीं तो कोठों के मालिकों को चिंता होने लगी अपनी कमाई की। बदमाश छोटी बच्चियों को उठा ले जाते हैं और कोठों पर बेच देते हैं। यही बच्चियाँ बड़ी होकर वेश्यावृत्ति में लग जाती हैं...उन्हें ज़बर्दस्ती लगा दिया जाता है और..."

चन्दर यह कल्पना भी बर्दाश्त नहीं कर सकता था कि नाच-गाने के ख़ानदानी पेशेवाली जिस सोनम को वह एक नयी दुनिया दिखाने के सपने संजोए था, उसकी बेटी, उसकी ही आँखों के सामने दो क़दम पीछे हट कर ऐसे गड्ढे में गिरे जहाँ से निकल पाना असंभव हो जाए...न वह सोनम और सबीना को अपने साथ जुहू पर लाता न ऐसा होता...वह स्वयं को अपराधी मान रहा था...सबीना के अपहरण के लिए ज़िम्मेदार।

"ओ गॉड...नो ऽऽऽ" अचानक चन्दर के हाथ ऊपर की ओर उठे और शून्य में कुछ खोजती हुई नज़रें भी। चन्दर के दिमाग़ ने तेज़ी से तार जोड़े...गॉड...भगवान...ऊपर मंदिर...ऊपरवाला मंदिर...पंडित धनीराम...और वर्धा सेठ।

"मुन्ना गाड़ी निकाल"...झटके से चन्दर उठ खड़ा हुआ..."चल अमर...सरोज! ...हम अभी आते हैं...मुन्ना मोबाइल फ़ोन ले लेना...सरोज कोई फ़ोन आए तो नंबर लेकर हमें मोबाइल पर फ़ोन कर देना...सोनम तुम भी चलो।" चन्दर ने सब कुछ तेज़ी से कहा और मुन्ना व अमर के साथ निकल पड़ा...सोनम का हाथ पकड़े हुए।

धनीराम भी चन्दर का पुराना दोस्त था। सायन कोलीवाड़ा की पहाड़ी पर बने मंदिर की गद्दी सँभाल रखी थी। हर तरह के लोग वहाँ आते थे। गांजा भर कर चिलम पीने वाले भंगेड़ी...मज़दूरी से थकागांदा ग़रीब...दो दिन के बिजनेस ट्रिप पर लंदन घूमकर वापस आने वाले सेठ...शराब की फैक्टरियों के मालिक और पूरी की पूरी कॉलोनी बसाने वाले बिल्डर...और मुंबई के एक बड़े गिरोह के सरगना वर्धा सेठ। वह भी धनीराम के खास भक्तों में से थे। धनीराम ने चढ़ावे और दक्षिणा की कमाई से पैसे बचाकर जो टैम्पो ख़रीदा था वह भी वर्धा सेठ के पास किराए पर रख दिया था। रोज़ के पाँच सौ रुपये मिल जाते थे।

मंदिर पहाड़ी के ऊपर बना हुआ था। लगभग दो सौ सीढ़ियाँ चढ़कर जाना पड़ता था। चन्दर ने सोनम के सामने प्रस्ताव रखा था कि वह चाहे तो कार में बैठी रहे। लेकिन सोनम हर गतिविधि का हिस्सा बनी रहना चाहती थी। डॉक्टर की सलाह के ख़िलाफ़ सबसे आगे बढ़कर सीढ़ियाँ चढ़ने लगी। तेज़ी से। चन्दर ने रोका और

हाथ पकड़ कर धीरे-धीरे आगे बढ़ा। अमर व मुन्ना भी।

धनीराम ने इतनी रात गए पहले कभी वर्धा सेठ को फ़ोन नहीं किया था। लेकिन सारी कहानी सुनने के बाद तुरंत कोई क़दम उठाना ज़रूरी था। एक बहाना बनाया...दो घंटे के लिए टैम्पो चाहिए।

"वर्धा सेठ! माफ़ कीजिएगा, आपको इतनी रात गए तकलीफ़ दे रहा हूँ"—धनीराम ने फ़ोन पर कहा तो वर्धा सेठ हँसने लगे।

"पंडित जी, रात में तो हमारा दिन होता है...हाँ दिन के टाइम ज़रा प्रॉब्लम हो जाती है...वो क्या है कि हम लोग नाइट शिफ्ट करके सोते हैं न"—वर्धा सेठ को ये जानने की उत्सुकता थी कि मंदिर के पुजारी को इस वक़्त ऐसा क्या काम आ पड़ा कि वर्धा सेठ के घर पर फ़ोन किया—

"ख़ैर बताइए क्या सेवा करूँ पंडित जी?"

"सुबह-सुबह मंदिर का कुछ सामान लाना है...थोड़ा मार्बल है... कुछ मूर्तियाँ हैं...कल मंदिर में कड़ियों को बुलाया है...अगर टैम्पो खाली हो तो अभी आकर ले जाऊँ।"

"आपका ही है पंडित जी...आइए, मैं इंतज़ार कर रहा हूँ। कहिए तो ड्राईवर के साथ वहीं पहुँचवा दूँ?"

"जी...वो..." धनीराम असली बात बताते हुए झिझक रहे थे—

"वो ऐसा है कि...आपसे एक छोटा सा काम और है...मैं ही आपके पास आ जाता हूँ।"

"आइए, आइए...स्वागतम्।"

"मेरे साथ एक बचपन के दोस्त हैं...और उनके साथ..."

"जो भी हैं, सबको लाइए...कॉफ़ी चलेगी न...दारू तो आप पीते नहीं..." वर्धा सेठ हँसे और फ़ोन रख दिया।

पंडित धनीराम ने वर्धा सेठ का दरवाज़ा खटखटाया तो उन्होंने खुद दरवाज़ा खोला और अपना वही वाक्य वापस दोहराया—

"आइए ऽऽऽ...आइए ऽऽऽ...स्वागतम्"

"ये लीजिए टैम्पो की चाभी"—वर्धा सेठ ने धनीराम की ओर चाभी बढ़ाई—"आप कह रहे थे, कुछ और काम है..."

"जी ये मेरे बचपन के दोस्त हैं चन्दर और ये सोनम, इनकी दोस्त हैं। आज जुहू से कोई सोनम की बेटी को उठा कर ले गया। पुलिस में रिपोर्ट लिखा दी है, जहाँ समझ में आया—खोज शुरू करवा दी है लेकिन दो घंटे से ज़्यादा हो गया अभी तक कोई ख़बर नहीं मिली है।" धनीराम ने एक साँस में सब कुछ बताने की कोशिश की।

सोनम रोने लगी थी। चन्दर ने उसके कंधे पर हाथ रखकर दिलासा दिया। वर्धा सेठ ने कॉफी मँगवाई और एक पाँव ऊपर खींचकर सोफे पर सधकर बैठ गए।

“कोई सुराग...गाड़ी का नम्बर...आदमी का नाक-नक्श?” वर्धा सेठ के इस सवाल का जवाब चन्दर ने दिया।

“सुराग़ सिर्फ़ ये कि जो आदमी बच्चे को लेकर भाग रहा था, उसने बच्ची को तमाचा मारा तो दूसरे आदमी ने कहा था–

“छोकरी को हाथ मत लगाना वर्ना टिल्लू तेरे हाथ काट डालेगा।”

वर्धा सेठ ने सुना–भावशून्य चेहरे के साथ–बिना हिले-डुले।

“अरे फर्नांडिस, ज़रा यहाँ आ रे” वर्धा सेठ ने आवाज़ लगाई तो बाजू वाले कमरे का दरवाज़ा खोलकर एक तीस-बत्तीस साल का आदमी सैल्यूट करता हुआ हाज़िर हो गया। वर्धा सेठ के दो चार ख़ास आदमी चौबीस घंटे उनके आसपास रहते थे।

“टाइगर कहाँ है? ...वापस आया कि नहीं?” वर्धा सेठ ने पूछा।

“जॉब पर गया था सर...अभी फ़ोन आया था...गोडाउन से”...

“माल लाया?”

“जी सर”

“डिस्पेच कब करना है?”

“सुबह छः बजे की फ्लाइट है सर”

“डॉक्यूमैंट तैयार है?”

“जी मैंने तैयार करके उनके पास रखे हैं।”

“रुको...तुम जाओ अंदर...टाइगर को फ़ोन करो...बोलो माल लेकर यहाँ आ जाए...वो डॉक्यूमेंट लाना ज़रा...।” फर्नांडिस ने अपनी जैकेट की अंदर वाली जेब से एक पैकेट निकाला और वर्धा सेठ को पकड़ा दिया। उन्होंने वह पैकेट बग़ैर खोले, सोफ़े के सामने पड़ी टेबल पर रखा और लंबी साँस लेते हुए पाँव फ़र्श पर सीधे किए।

“हाँ...तो पंडित जी, ...क्या करना है...” वर्धा सेठ ने निश्चिंत भाव से बेतुका-सा प्रश्न किया।

“वो सोनम की बेटी...” पंडित जी की बात पूरी नहीं हुई थी कि वर्धा सेठ ने कहना शुरू किया–

“पंडित जी, आप और आपके ये दोस्त...क्या नाम है इनका?”

“चन्दर।”

“हाँ आप और चन्दर बुरा न मानें तो एक बात कहूँ...आप लोग कहाँ फँस गए होटल में नाचने वाली इस छोकरी के चक्कर में।” सबको ये जानकर आश्चर्य हुआ कि वर्धा सेठ सोनम को पहचानता था। कैसे? न किसी की पूछने की हिम्मत हुई न उसने बताया।

"वर्धा सेठ, ये मेरे दोस्त की दोस्त है।" पंडित जी ने टोका।

"अरे पंडित जी, ये किसी की दोस्त नहीं होतीं...जो इनके मुँह पर माल फेंकता है, ये उसी की दोस्त हैं"

सोनम रोती हुई उठ खड़ी हुई।

"चलो चन्दर"–उसने कहा–"हम इनके पास मदद माँगने आए थे और ये हमारी बेइज़्ज़ती कर रहे हैं, घर बुलाकर।"

"बैठो" वर्धा सेठ ने सीधे सोनम से कहा। आवाज़ में आदेश का स्वर था–"मदद चाहिए तो हमारी बात भी सुननी पड़ेगी...होटल में साले दो-दो कौड़ी के आदमी दस रुपये का नोट देकर हाथ फिराते हैं तब इज़्ज़त ख़राब नहीं होती तुम लोगों की।"

"चलिए धनीराम जी" अब सोनम की बेइज़्ज़ती चन्दर से भी बर्दाश्त नहीं हो रही थी। उसने खड़े होते हुए वर्धा सेठ से कहा–"अगर आप हमारी मदद नहीं कर सकते..."

"कौन किसी की मदद करता है इस दुनिया में। मदद करने वाला तो वो है।" वर्धा सेठ ने हाथ ऊपर उठाया–"और ये छोरी बड़ी किस्मतवाली है कि उसने इसकी मदद कर दी है।"

चन्दर को कुछ संदेह होने लगा था। वह चुपचाप वापस बैठ गया और वर्धा सेठ का भाषण फिर शुरू हो गया।

"हाँ तो पंडित जी मैं कह रहा था–ये नाचनेवालियाँ...एक लड़की ने मेरे एक आदमी को अपनी नज़रों से घायल किया...बेचारा जाल में फँस गया। किसी और ने बड़े नोट फेंके तो वो लड़की...साली हलकट...उसको लाइन देने लगी। मेरे आदमी से...माइकल नाम है उसका...बर्दाश्त नहीं हुआ तो नशे में गोली चला दी...वहीं बार में ही...मार डाला साले को, मोटे-मोटे नोट देने वाले को...वो लौंडिया भागकर संडास में छिप गई वर्ना नोटों की जगह गोलियाँ भर देता उसके मुँह में भी। ...बच गई साली...लेकिन बेचारा माइकल बीस साल के लिए तड़ीपार हो गया...क्या बताऊँ पंडित जी...मैं भी उसकी कोई मदद नहीं कर सका। उस इलाक़े के थाने का इंचार्ज, पहले से ही मेरी जान का दुश्मन था।"

डोर बेल हुई। एक आदमी ने दरवाज़ा खोला। एक आदमी अंदर आया।

उसने सैल्यूट किया। वर्धा सेठ उठकर उसकी ओर बढ़े। वो टाइगर था। टाइगर के मुँह पर एक तमाचा लगाते हुए वर्धा सेठ ने कहा–

"साला हरामी, कितनी बार कहा कि मुझे टिल्लू कहकर मत बुलाया करो।"

चन्दर, सोनम, अमर, मुन्ना और पंडित धनीराम...सब स्तब्ध रह गए। वर्धा सेठ ही टिल्लू था। उसके आदमी आपस में बात करते हुए उसे टिल्लू कह दिया करते थे। वर्धा सेठ को कड़की वाले दिनों के अपने इस नाम से...टिल्लू से...बहुत चिढ़ थी।

"सर, माफ़ कर दीजिए सर" टाइगर ने गाल पर हाथ मलते हुए और सिर झुकाए हुए कहा।

"करूँगा...माफ करूँगा"–वर्धा सेठ ने कहा और दूसरे गाल पर एक झापड़ और रसीद करते हुए बोले–

"एक तो साला टिल्लू बोलता है और ऊपर से एक झटके में एक पेटी (एक लाख रुपये) पर पानी फेर दिया। जा अपनी बहन को बैठा कोठे पे...फिर देख, सारी ज़िंदगी लगा के एक लाख कमाती है क्या?"...टाइगर दोनों गालों पर हाथ मलता हुआ सिर झुकाए खड़ा रहा। पालतू कुत्ते की तरह पूँछ हिलाता हुआ।

"छोरी कहाँ है" वर्धा सेठ ने जानना चाहा।

"गाड़ी में...सो रही है...नशा सुँघाया था" टाइगर ने जवाब दिया। "जा के ले आ अपनी माँ को...यहाँ खड़ा-खड़ा मुँह क्या देख रहा है।" सोनम की आँखों से खुशी के आँसू बहने लगे। वह इतनी भावुक हो गई कि उसने दौड़कर वर्धा सेठ की तोंद से टक्कर लेते हुए उन्हें अपनी बाँहों में भर लिया।

"मैं आपका ये अहसान ज़िंदगी भर नहीं भूलूँगी।" वर्धा सेठ ने उसके हाथ अलग करते हुए, टाइगर के हाथों में सोती हुई बेहोश...सबीना को पहले अपने हाथों में लिया और एक बार उसके चेहरे को भरी निगाहों से देखने के बाद सोनम को सौंपते हुए बोले–

"ये ले सँभाल अपनी छोरी...मेरा अहसान चुकाना है तो इसे पढ़ा-लिखा कर किसी अच्छे लड़के से ब्याह करवा देना इसका। कहीं ऐसा न हो कि बुढ़ापे की लाठी के लालच में इसे भी नचनिया बना दे। ...फिर दस रुपये का नोट देकर सारी जनता इस पर भी हाथ फिरायेगी। ...अरे तुझे अगर बुढ़ापे में रोटी के लाले पड़ें तो पंडित जी के मंदिर में पड़े रहना। रोटी मिल जाया करेगी...वैसे भी न जाने कितने मुसटंडे इनके यहाँ पड़े-पड़े रोटियाँ तोड़ते रहते हैं। माता के चरणों में पड़ी पड़ी अपने कुकर्मों का प्रायश्चित भी करती रहना। ...मैं तो खुद यही करने वाला हूँ...बड़े कुकर्म किए हैं मैंने भी।" और वह फिर सोफ़े पर बैठ गया गंभीर होकर।

सोनम की आँखों से आँसू बह निकले थे। वह सबीना को चूमती जा रही थी। सबीना माँ की गोद में थी–ठीक थी–हलकी-सी बेहोशी थी, जिसके हटने के लक्षण दिखाई देने लगे थे।

"पंडित जी, अगर मैं नहीं बताऊँगा तो आप ये पहेली बूझ नहीं पाएँगे।"

वर्धा सेठ ने पूरी बात बता दी–

"छोरी का बाप शाहिद, मसूद के गिरोह का आदमी था। कभी दुबई, कभी मुंबई। मसूद के दुबई भाग जाने के बाद उसके कई काम किए थे, शाहिद ने...मुंबई में। हफ़्ता वसूली...मारपीट...। एक दो क़त्ल के मामलों में भी पुलिस को उसकी तलाश है। चार-पाँच महीने पहले आ गया था तो गिरफ्तार होते-होते बचा। एयरपोर्ट

वाले अफ़सरों को महँगा चाय पानी देना पड़ा था—उसे निकालने के लिए। एक पेटी दे गया था मुझे...यहीं घर आकर...और फोटु, अपनी छोरी के। मैंने अपने आदमी लगा दिए थे। मुझे छोरी के मुंबई आने की ख़बर कल ज्यों ही मिली...मेरे आदमियों ने नज़र रखनी शुरू कर दी। ज़्यादा इंतजार नहीं करना पड़ा...लेकिन अब उसके एक लाख वापस करने पड़ेंगे। बस तीन बजे एक औरत के साथ इस बच्ची को एयरपोर्ट भेजना था। उसके पासपोर्ट पर छोरी का नाम चढ़वा दिया था। छः बजे की फ्लाइट थी।...

लेकिन पंडित जी के लिए एक लाख भी छोड़ दिए। फिर कमा लूँगा। शाहिद को कह दूँगा कि मैं काम नहीं कर सकता। ये भी कह दूँगा कि किसी और से कह कर भी कोशिश न करे। ...तू...सोनम...अपनी छोरी को मुंबई में मत रखना, लेकिन फिर भी कोई प्रॉब्लम हो तो पंडित जी को बोल देना। ये कहें तो अपनी जान भी हाज़िर है।''

वर्धा सेठ के यहाँ से निकलकर चन्दर ने मुन्ना अमर और पंडित जी को वहीं अलविदा कहकर फ़ारस रोड की टैक्सी ले ली थी। सोनम और सबीना को घर पहुँचाने के लिए...और सोनम की माँ के हाथ का बना खाना खाने के लिए।

सोनम और सबीना के घर में घुसते ही सोनम की मम्मी ने लपक कर सबीना को छीन लिया...चूमा और रोने लगी। चन्दर वहीं गद्दे पर बैठ गया। शकीला ने सोनम को अपनी बाँहों में भर लिया था और सायरा भी उसका हाथ पकड़ कर बैठ गई थी। सबीना अब पूरी तरह होश में थी—सारी स्थिति को समझने की कोशिश कर रही थी...चुपचाप, आँखें फाड़कर सबको देखती हुई। सोनम ने सबको पूरी कहानी सुनानी शुरू कर दी थी, और चन्दर वहीं गद्दे पर पाँव फैलाकर लेट गया था, आँखों पर हाथ रखकर। कब सबकी बातें ख़त्म हुईं, कब सोनम की मम्मी ने खाना गरम किया, कब सबने खाया—या नहीं खाया, और कब गामा भाई ने खुद वहाँ आकर सबीना का हाल पूछा, चन्दर को कुछ पता नहीं चला। वह थका था—शरीर से भी और मन से भी। सोता रहा, सारी रात। वहीं सोनम के घर। फ़र्श पर पड़े हुए गद्दे पर।

सोनम के "मुलुक" जाने में कुछ ही दिन बाकी थे। उसने "होटल" और "टैम" पर जाना बंद कर दिया था। सारे दिन सबीना को अपने साथ चिपकाए घर पर ही रहती। शकीला या सायरा से भी मिलने जाती तो सबीना को साथ लेकर। चन्दर से दिन में एकाध बार बात कर लेती। अपने कामकाज करता हुआ वह कहीं-न-कहीं से सोनम की पड़ोसिन के यहाँ फ़ोन करके सोनम को बुलवा लेता और हर शाम सोनम के घर जाने का समय पक्का कर लेता। जब वह सोनम के घर पहुँचता। अंजु और रीमा होटल पर जा चुकी होती थीं।

आज की शाम, मुंबई में सोनम के लिए आख़िरी शाम थी। अगले दिन सुबह

की गाड़ी से वह अपनी मौसी और सबीना के साथ बीना जाने वाली थी। कम से कम पाँच महीने के लिए। बड़ी मुश्किल से वह उस शाम चन्दर के साथ बाहर डिनर पर जाने के लिए राज़ी हुई थी। सबीना को लेकर भी बाहर नहीं जाना था और छोड़कर भी। लेकिन चन्दर का मन भी रखना था और शायद अपना भी।

मैरीन ड्राइव पर था वह रेस्टोरेंट। समुंदर की ओर खुलता हुआ। वही विंडो के पास बैठे थे दोनों। चन्दर और सोनम। बिछुड़ने से पहले का साथ था। चंद घड़ियों का। मुलुक जाकर सोनम फिर से माँ बनेगी। चन्दर को शकीला के यहाँ मुजरे पर आए कच्छी याद आ गए। सफ़ेद बालों वाले ने कहा था—''साफ़ सफ़ाई करा लेंगे।'' चन्दर से बर्दाश्त नहीं हुआ था, उठकर चला गया था। लेकिन न जाने क्यों चन्दर के मन में आया कि शाहिद जैसे बाप का बच्चा पाल रही है। अपने पेट में, सोनम। साफ़ सफ़ाई करा लेती तो क्या बुरा था। एक बेटी थी—काफ़ी थी।

''एक बात पूछूँ'' चन्दर ने बातों का सिलसिला शुरू किया।

''सवाल पूछना तुम्हारी मर्ज़ी, जवाब देना—न देना मेरी मर्ज़ी।''

सोनम ने पुराना जवाब दुहराया और हँस पड़ी।

''खैर, जवाब दो-न-दो, मुझे तो पूछना ही है। ये बताओ कि शाहिद ने कभी तुमसे शादी करने का वादा किया था?''

''हाँ...कई बार किया था।''

''और तुमने उसका विश्वास कर लिया?''

''वो जितनी बार अपना वादा दुहराता उतनी बार मेरे विश्वास का थोड़ा सा हिस्सा कम होता जाता था।''

''फिर तुमने उसकी संतान क्यों पाली अपनी कोख में? मुझे गलत मत समझना, सबीना बहुत प्यारी है। मेरा भी उससे कुछ ही दिनों में इतना लगाव हो गया है, लेकिन ये सवाल रह-रह कर मेरे दिमाग़ में उठता रहता है। खासकर जबसे शाहिद की असलियत के बारे में जाना है तबसे।''

''असलियत तो मैं भी नहीं जानती थी लेकिन...'' और सोनम रुककर खिड़की से बाहर समुंदर की ओर देखने लगी।

''बोलो न, रुक क्यों गई?'' चन्दर ने सोनम का हाथ पकड़ लिया था।

''रहने दो''—सोनम की आँखें भर आईं थीं लेकिन वह बाँध टूटने नहीं दे रही थी, ''मैं कहूँगी तो तुम नहीं समझोगे।''

''ऐसी क्या बात हो सकती है, जो समझ में न आए।''

''मेरा ये मतलब नहीं''—सोनम ने भावुक होते हुए कहा—

बुद्धू तो मैं हूँ। मैं तुम्हारी समझ पर सवाली उँगली नहीं उठा रही हूँ। लेकिन...चन्दर, मैं जिस दुनिया में रहती हूँ—वहाँ सुख-दुःख, खुशी-ग़म का मतलब अलग होता है। तुम जिस दुनिया में रहते हो वहाँ के रीति-रिवाज हमसे अलग हैं।''

"तुम्हें याद है सोनम", चन्दर ने लंबी साँस लेकर कुर्सी पर पीछे की ओर अपनी पीठ टिकाते हुए कहा—"तुम जब पहली बार मेरे दिल में उतर गई थीं, क्या कह कर उतरी थीं? ...तुमने कहा था "हम भी इंसान हैं, हमारे सीने में भी दिल है।" सोनम ने "हाँ" में सिर हिलाकर नज़रें नीचे झुका लीं थीं। चन्दर ने बात आगे बढ़ाई—"फिर कैसे कह सकती हो कि हमारी और तुम्हारी दुनिया के रीति-रिवाज अलग हैं?"

"मैंने तो पहले ही कहा था कि तुम नहीं समझोगे"—सोनम हारी हुई-सी लेकिन अपनी बात समझाने के लिए छटपटाती हुई सी लगी—"अच्छा...एक बात का जवाब दो।"

"..." चन्दर ने सिर्फ़ सोनम की ओर देखा और सवाल सुनने के लिए तैयार हो गया।

"किसी औरत की, ज़िंदगी में क्या तमन्ना होती है?"

"यही कि...उसकी शादी हो, एक छोटा-सा घर हो और..."

"और क्या?"

"और वह माँ बने।" चन्दर ने जवाब दे दिया था।

"बस"—सोनम बोली—"मैं यही सुनना चाहती थी तुमसे। ...तो शादी तो हम लोगों से कौन करता है। ...हज़ारों में एकाध क़िस्मत वाली होगी कोई। मुझे पता था कि मैं वो नहीं थी। ...तो जब किसी ने धोखे से ही सही, मेरी दूसरी तमन्ना पूरी करने के लिए क़दम आगे बढ़ाया तो मैं अपने पाँव पीछे न हटा सकी। जाहिद के वादों में झूठ और धोखे के रंग थे लेकिन मैंने अपनी आँखों पर पर्दे डाल दिए थे। कुछ दिन उम्मीद के सहारे जीना अच्छा लगा था—तब। उम्मीद से दिल को कैसा अहसास होता है, ये तो जाना। ...लेकिन अब सब कुछ ख़त्म हो गया। अब सबीना है, कोख में पल रहा बच्चा है—ज़िंदगी का सहारा तो है न।"

चन्दर ने फिर से सोनम के हाथ अपने हाथों में लिए और सोनम के चेहरे पर फिर से मुस्कान देखने की कोशिश में बोला—

"और मैं भी तो हूँ अब..."दोस्त से ज़्यादा।"

सोनम सचमुच मुस्करा दी। "मैं तो मानती हूँ। तुम कितना मानते हो ये तुम जानो।"

"एक्सक्यूज़ मी सर।" वेटर ने टेबल पर "हॉट प्लेट" रखी और खाना रखने लगा—"पीने के लिए कुछ और लाऊँ?"

"दो गिलास कोक" चन्दर ने सोनम की प्लेट में खाना परोसते हुए कहा—"और एक जग में पानी"।

वेटर कोक और पानी लेने गया तो चन्दर ने बात वहीं से उठाई जहाँ सोनम ने छोड़ी थी—"मैं कितना मानता हूँ क्या बताऊँ। समय बताएगा। एक बात ज़रूर

कहना चाहता हूँ। तुमसे मिल कर ऐसा महसूस हुआ था कि दिल किसी को मान बैठा है, लेकिन यहाँ बात सिर्फ एक की नहीं–पूरे परिवार की है। तुम्हारी मम्मी, जिसको देखा भी नहीं, वो अंजु, रीमा और अब सबीना और चार-पाँच महीने में एक गिनती और बढ़ जाएगी। ...सोचता हूँ, कल तुम चली जाओगी तो मेरे लिए मुंबई सूनी हो जाएगी।"

"क्यों सूनी हो जाएगी–मम्मी, अंजु और रीमा तो हैं, आकर उनसे मिल लिया करना।"

"तुम्हारे जाने के बाद होटल और टैम पर जाना बंद। कितने काम बाकी पड़े हैं, एक-एक करके सब निपटाने हैं।"

"दिन में काम करना और शाम को घर आ जाया करना।" और होटल पर जाना या मत जाना पर कभी-कभी शकीला के घर "टैम" पर ज़रूर आ जाना वर्ना वो समझेगी कि मैंने मना कर दिया होगा।"

चन्दर ने हाँ में सिर हिलाया और विषय बदलने की कोशिश की–"अगर कभी सबीना को चॉकलेट देने का दिल करे तो?"

"मम्मी को दे देना...भिजवा देंगी। आए दिन कोई न कोई यहाँ से मुलुक आता रहता है।"

"और तुमसे बात करनी हो तो?"

"चिट्ठी लिख कर मम्मी को दे देना।"

"फ़ोन करना हो तो?"

"हमारे यहाँ फ़ोन नहीं है" चन्दर ने ये जवाब पहले भी सुन रखा था।

"और बीना का पता?"

"वो तो मैं नहीं दे सकती"

"क्यों?"

"क्योंकि वहाँ सब लोग रहते हैं–चिट्ठी किसी के भी हाथ पड़ सकती है।"

"यानि अगले पाँच महीने तक न तुम्हें लिख सकता हूँ, न फ़ोन कर सकता हूँ?"

"क्या करूँ मजबूरी है" सोनम ने कहा और सिर झुका लिया–"तुम भी तो वापस लंदन चले जाओगे।"

"तो क्या वहाँ से तुम्हें नहीं लिख सकता या फ़ोन नहीं कर सकता?"

"अपनी फैमिली के पास वापस जाओगे तो सबको भूल जाओगे। ...मुझे भी।"

सोनम ने अपने घर का पता और टेलीफ़ोन नंबर देने से इंकार कर दिया तो चन्दर उन घड़ियों की कल्पना करने लगा जब उसे सोनम बहुत याद आएगी...मन तड़प जाएगा उससे बातें करने के लिए, लेकिन वो हज़ारों मील दूर बैठी हुई अपने नये मेहमान की प्रतीक्षा में दिन बिता रही होगी।

''जैसा तुम ठीक समझो''—चन्दर ने उदास होते हुए निराशा जताई—''लेकिन...लेकिन...मान लो किसी वजह से तुम्हें मेरी ज़रूरत महसूस हुई...''

सोनम ने बात काट दी...''मुझे कुछ ज़रूरत नहीं। अगर होगी तो मम्मी है न।''

''ये मेरा पता और टेलीफ़ोन नंबर...लंदन का...किसी तरह की ज़रूरत हो तो संपर्क करने में संकोच न करना।'' चन्दर लिख रहा था।

सोनम ने खाना खाते-खाते टिशू से हाथ पोंछा और वह कागज़ लेकर अपने पर्स में रख लिया।

चन्दर को एक बार के लिए कुछ शक भी हुआ था। कहीं ऐसा तो नहीं कि सोनम उसे अपनी ज़िंदगी में और ज़्यादा दख़ल देने से रोकने की कोशिश कर रही हो। पता देने से इनकार करना...टेलीफ़ोन न होने का बहाना...वह फ़ैसला नहीं कर पा रहा था।

''...अच्छा, एक काम है तुम्हारे लिए''...जैसे अचानक सोनम को कुछ याद आया...''मेरी मम्मी की गर्दन बहुत दुखती रहती है। मैंने कई बार कहा कि किसी अच्छे डॉक्टर को दिखा ले लेकिन... ।''

चन्दर को एक अवसर मिला। वह खोना नहीं चाहता था। सोनम की बात पूरी भी नहीं हो पाई थी कि वादा कर बैठा—

''बस तुमने कह दिया अब मुझ पर छोड़ दो...लेकिन मम्मी से कह देना कि डॉक्टर के पास जाने के लिए ना न करें।''

''अकेली नहीं जाएँगी रीमा या अंजु को साथ ले जाना।''

''याद आया...'' चन्दर ने कहा—''इतनी बार तुम्हारे घर आ चुका हूँ। अंजु को आज तक देखा ही नहीं।''

''उसके होटल पे चले जाना...लो दूसरा काम, दोनों बहनों का ध्यान रखना...अभी छोटी हैं।''

बीना का पता और टेलीफ़ोन नंबर न देकर सोनम ने चन्दर के मन में जो शक़ पैदा किया था वह मम्मी को डॉक्टर के पास ले जाने और छोटी बहनों का ध्यान रखने के दो काम सौंप कर दूर कर दिया।

खाने के बाद चन्दर ने सोनम को भी कॉफी पीने के लिए राज़ी कर लिया था। टेबल पर जलती हुई मोमबत्ती की मद्धिम सी रौशनी में कॉफ़ी के घूँट भरते हुए चन्दर सोच रहा था। नज़रों की पहली टक्कर के बारे में। सोनम ने कहा था...हमारे सीने में भी दिल है। छोटा सा वाक्य...साधारण सा...लेकिन जिस तरह देखा था उसने, ऐसा लगा था कि जिस दिल की बात वह कर रही थी, उसमें बहुत कुछ भरा हुआ था। एक पूरा इतिहास...एक पूरी संस्कृति...समाज की एक पूरी इकाई और नारीत्व के एक रूप का प्रतिनिधित्व करने वाली सोनम की इच्छाएँ, सपने, निराशा, धोखा, चाह, मजबूरी और शायद प्यार की ललक भी।

"चलें...घर..." सोनम ने कहा तो चन्दर को लगा जैसे वह कहीं खो गया था।

"हाँ..." चन्दर ने जवाब दिया लेकिन वहाँ से उठने की बजाय वह सोनम की निगाहों में निगाहें डाले उसकी ओर झुका–

"आगे आओ।"

सोनम ने एक मीठी सी घबराहट पर क़ाबू रखते हुए, अपनी निगाहें, चन्दर के चेहरे से नहीं हटने दीं। वह भी आगे झुक गई। मोमबत्ती जलकर छोटी हो गई थी। चन्दर ने अपने दोनों हाथ सोनम के गालों पर टिका दिए। उसके हल्के से सहारे से चेहरा और आगे आया और चन्दर ने सोनम का माथा चूम लिया। बीच में रखी हुई उस मोमबत्ती को पल भर के लिए, चाहत की गर्मी से पिघलते दो दिलों का पर्दा मिल गया था।

"खुश रहना" चन्दर ने भरे हुए गले से कहा था।

"शुक्रिया।...तुम भी।" सोनम की आँखों में एक बिजली कौंधी थी...फिर नज़रें झुक गईं थीं।

उस रात सोनम का घर छोड़ने के बाद, टैक्सी में लौटते हुए चन्दर ने तनहाई महसूस करनी शुरू कर दी थी। अचानक उसका नाम ज़बान पर आया और फिर नाम से जुड़े कुछ ख़्याल। घर पहुँच कर बाकी बची रात उन्हीं ख़्यालों को सोनम के नाम के साथ जोड़कर, कागज़ पर उतारता रहा–

सोचता हूँ तुम न होंगे बस तुम्हारी याद होगी,
नम हुईं आँखें तो फिर दीदार की फरियाद होगी।
महकती इन वादियों में भी उदासी छाएगी,
सो गया हो चाँद तो हर रौशनी बरबाद होगी।
नज़र तो टिकने लगी है एक चेहरे पर मगर,
मयक़दे में क्या किसी की ज़िंदगी आबाद होगी।
सोलहों सिंगार बेगानी हैं जिनके सामने,
नक़्शे-क़दमों पर उन्हीं के, इश्क़ की बुनियाद होगी।
मशवरा कोई तो दे फ़ौरन बग़ावत का उन्हें,
सोन मछली जाल में फँसकर कहाँ आज़ाद होगी।

कहीं दूर से गाड़ी की सीटी की आवाज़ सुनाई दी थी। चन्दर ने पर्दे हटा कर खिड़की खोली तो सामने चमकते सूरज की रौशनी से आँखें चुंधिया गईं। सामने रेल की पटरी पर गाड़ी नागिन की तरह रेंग रही थी। बिना सोचे-समझे चन्दर ने हाथ हिलाकर सोनम को 'बाई बाई' कर दिया। ऐसी ही किसी गाड़ी में बैठी, सोनम, बीना के लिए रवाना हो रही होगी और वह सोनम के लिए लिखी पंक्तियाँ गुनगुनाने लगा। सोचता हूँ, तुम न होंगे... ।...याद होगी...थी। सोनम की याद। सोन मछली

की याद।...खिड़की बंद कर दी। पर्दा खींच दिया। गाड़ी आगे सरक गई थी। सोनम को लेकर। चादर सरक कर चन्दर के चेहरे पर आ गई थी...वापस। आँखें बंद करके सोचने के लिए...उसने लिखा था...सोचता हूँ।...और वह सपने में भी सोचने लगा...

"सोनम! जाल में फँसी हुई सोन मछली।

...या सोनम...छली।...कपटी। नहीं, सोन मछली।

कैसी बग़ावत चाहता हूँ मैं सोनम से। कहीं उसने मशवरा मान भी लिया...आज़ाद हो भी गई तो वही समुंदर। भूखे मगरमच्छों वाला। किनारे आकर, सूखी रेत पर दम टूट जाएगा...नहीं, किसी खूबसूरत 'ऐक्वेरियम' में सजाकर रख लूँगा...किसी आलीशान बंगले में...पर वह सिर्फ़ सजावट का सामान होगा...घर का हिस्सा नहीं...अरे, सागर में गहरे पैंठ गया...साँस रुकने लगी है...दम घुटने लगा है...सोन मछली आँखों से ओझल होने लगी है...सोऽऽनऽऽमऽऽ चीख निकली...सपना टूट गया। खाट पर चन्दर के तनमन की छटपटाहट भी थी और समुंदर से सुरक्षित बच निकलने की सान्त्वना भी।

चन्दर ने दिन भर की छटपटाहट झेली थी...पर शाम को घाटकोपर के द्वारका होटल में जाकर अंजु के साथ मस्ती करने के ख़्याल से मन को सान्त्वना मिली थी।

वैसे तो अंजु की तसवीर देखी थी 'होटल' के कपड़ों और मेक-अप में चेहरा पहचान में न आया। वेट्रैस को बीस का नोट पकड़ा कर पूछ लिया था...स्टेज पर डांस कर रही लगभग बीस लड़कियों में अंजु पीछे वाली क़तार में खड़ी थी। खिली-अधखिली कलियों के बीच। दूर-दूर से उड़कर कलियों का पराग बटोरने आए भौंरों के बीच...नज़रों और मुस्कानों से ख़ुशबू बिखराती हुई। बीयर की बोतल और दस-दस के नोटों की गड्डी मँगाकर, चन्दर अपनी कुर्सी पर जम गया था। पहली बार दस का नोट निकाल कर अंजु की ओर देखा तो वह अपने आसपास की लड़कियों की ओर ताकने लगी। चन्दर उसका कस्टमर नहीं था। दरअसल, नया चेहरा था। चन्दर को हाथ का पक्का इशारा करके उसे पहली बार बुलाना पड़ा था। अंजु आई—दस का नोट लिया—चली गई। स्टेज पर पहुँचते ही चन्दर ने दूसरा नोट दिखाया—अंजु आई...चली गई। फिर वही...आई...गई। दूसरी लड़कियों को जलन रही होगी। अंजु का कोई नया कस्टमर आ गया था। स्टेज पर वापस पहुँचते ही फिर नोट निकाल लेता था। लगभग बीस बार अंजु आई...नोट थामा...गई...फिर आई...फिर गई।...इस बार आई तो—

"एक बात पूँछू" चन्दर उसकी आवाज़ सुनने के लिए तरस रहा था। उसने पहली बार अपनी नज़रों में ढेर सारा स्नेह भरके चेहरे पर निगाहें गड़ाई तो अंजु ने पूछा—

"आपका नाम क्या है।"

"तुम्हें नाम से क्या मतलब। मैं अजनबियों को अपना नाम नहीं बताता।"

"सॉरी" अंजु के चेहरे पर हलकी सी घबराइट थी।

दस-दस के नोटों की गड्डी ख़त्म हो गई थी। चन्दर ने सौ-सौ के हार मँगा लिए थे। नया गाना शुरू होने के साथ अंजु के गले में एक-एक करके पहनाने के लिए।

"बताइए ना, आपका नाम क्या है?" अंजु के चेहरे से चन्दर का नाम जानने की तिलमिलाहट आसानी से पढ़ी जा सकती थी।

"नाम कुछ भी हो...तुम्हें क्या मतलब। तुम अपना इनाम लेती जाओ और डांस करती जाओ।"

"मुझे कुछ 'डाउट' हो रहा है" अंजु ने कहा और नाम न जान पाने की निराशा लिए स्टेज पर चली गई। पल भर के लिए भी उसकी निगाहें चन्दर का पीछा नहीं छोड़ रही थीं। और चन्दर की निगाहें उसका।

एक दिन के लिए इतना काफ़ी था। चन्दर ने बाक़ी बचे चार-पाँच हार एक साथ अंजु के गले में डालने के बाद खड़े होते हुए कहा–

"मुझे जाना है"–अंजु को एक झटका सा लगा। वह वापस जाती-जाती रुक गई। चन्दर ने अपनी बात पूरी की–

"अब चलता हूँ...चम्पक में...। तुम्हारी जीजी ने कहा था मेरी दोनों छोटी बहनों का ध्यान रखना।"

"चन्दर" अंजु खुशी के मारे चीख पड़ी तो दो वेटर दौड़कर वहाँ आ गए।

"कुछ नहीं..." अंजु ने उन्हें वापस भेजते हुए कहा–

"ये मेरी सोनम बाजी के 'वो' हैं।" चन्दर के चेहरे पर एक फ़ीकी सी मुस्कान बिखर गई और अंजु की आँखों में अपनत्व भरी रौशनी चमकने लगी।

"अब चलता हूँ...रीमा के पास...चम्पक में"...चन्दर ने अंजु के सिर पर हलका सा हाथ रखा तो अंजु हाथ पकड़ कर बोली–

"सोनम बाजी गई, तो घर आना मत छोड़ देना। मम्मी कितना याद कर रही थीं आपको, आज सारे दिन।...कल मेरी छुट्टी है, शाम को जल्दी घर आ जाना। सोनम बाजी को फ़ोन करेंगे।"

"लेकिन सोनम ने तो कहा था कि घर पर फ़ोन नहीं है।" चन्दर को अंजु के प्रस्ताव पर आश्चर्य था।

"मैं कराऊँगी जीजी से आपकी बात।...कल शाम को ज़रूर आना।"

चन्दर ने अपने हाथों में अंजु का हाथ थामकर हलके से दबाते हुए बिना कुछ कहे, अगली शाम उसके घर पहुँचने का वादा कर दिया था।

रीमा का होटल चम्पक...कुर्ला की एक तंग गली में था। चन्दर ने दरवाज़ा

खोला अंदर पाँव रखे तो एक अजीब सी गंध ने उसकी साँसों को परेशान कर दिया। पर रीमा का होटल था। उसे देखना था। देखा। कुछ बीस बाई दस का कमरा रहा होगा। एक ओर कोने में बनी छोटी सी स्टेज पर चार पाँच लड़कियाँ डांस कर रही थीं। एक मोटी, भद्दी सी—तीस-बत्तीस साल की। बाकी चार में से सोलह बरस से बड़ी कोई नहीं थी। उनमें रीमा नहीं थी। चन्दर ने बीयर मँगाई और कोने के टेबल पर बैठ गया। तभी गाना ख़त्म हुआ। दो लड़कियों के रेग्युलर कस्टमर वहाँ होंगे। वो रुक गईं। बाकी तीनों ऊपर वाले कमरे में चली गईं। तभी तीन दूसरी लड़कियाँ अंदर आईं। उनमें रीमा भी थी। उसने स्टेज से चन्दर को देखा तो दौड़ी चली आई।

"नमस्ते"—रीमा ने शरमाते हुए कहा—"कैसे हो।"

"तेरी दीदी की याद आई तो तुम लोगों के पास चला आया।"...चन्दर ने जवाब दिया—अंजु के यहाँ होकर आ रहा हूँ।"

रीमा चन्दर के पास खड़ी थी कि तभी दरवाज़ा खुला। तीन आदमी अंदर घुसे। उनमें से दो एक ख़ाली टेबल देख कर वहाँ जा बैठे पर तीसरे ने दरवाज़े के पास खड़े-खड़े सारे कमरे में निगाहें दौड़ाई और रीमा को चन्दर से बात करते देखा तो आकर रीमा के कंधे पर हाथ रख कर बोला—

"बातें बंद कर और स्टेज पर जाके नाच ज़रा। उधर देख, मेरे दो दोस्त आए हैं तेरा नाच देखने के लिए।"

"ऐ हाथ मत लगाना"—रीमा ने उसका हाथ पकड़कर एक ओर झटक दिया—"चल जाकर बैठ उनके साथ। अभी आती हूँ।"

"आए हाए..."—लगभग चालीस साल की उम्र के उस आदमी ने अपनी मूँछ मरोड़ते हुए कहा—"तेरी इसी अदा पर तो अपुन फ़िदा हैं।" वह अपने दोस्तों के साथ जा बैठा।

लड़कियाँ डांस करती रहीं। उनमें से कुछ ऊपर वाले कमरे में चली जातीं तो ऊपर वाली वहाँ आ जातीं। रीमा और दूसरी दो लड़कियाँ वहीं रहीं। उनके कस्टमर उसी कमरे में थे।

एक बार दो कस्टमरों में इस बात को लेकर बहस हो गई थी कि किसकी पसंद का गाना पहले लगे। दूसरी बार रीमा को लेकर।

एक दूसरे टेबल पर दो लड़के बैठे थे। चौबीस-पच्चीस के रहे होंगे। रीमा को नोट देने लगे। मूँछों वाला और उसके दोस्त भी रीमा को पैसे दे रहे थे। एक बार दोनों ने रीमा को एक साथ नोट दिखाए। वह लड़कों की ओर चल दी। मूँछों वाला खड़ा हो गया—"हमारे नोट भी असली हैं। पहले इधर आ।"

लड़के भी खड़े हो गए।—"हमने पहले पचास का पत्ता निकाला था।" एक ने कहा—"ले पकड़, बाद में जिधर मर्ज़ी जाना।"

रीमा स्टेज से नीचे उतर चुकी थी। उसके पाँव वहीं रुक गए और वह वापस स्टेज पर लौट गई।

दोनों कस्टमरों में हाथापाई शुरू हो गई। एक ने बीयर का गिलास उठाकर फर्श पर दे मारा तो दूसरे ने बीयर की बोतल उसके सिर पर मारने के लिए उठाई। दो वेटरों और मैनेजर ने बीच में पड़कर झगड़ा बंद कराने की कोशिश की थी। मूँछों वाला उठ कर खड़ा हो गया था "उठा के ले जाऊँगा साली को।"—गुस्से से लालपीला था "—हज़ारों रुपए लुटाए हैं। जिसकी हिम्मत हो रोक लेना।—चलो रे"—वह दरवाज़े की ओर बढ़ते हुए अपने साथियों से बोला—"देख लूँगा इन लौंडों को। नीचे से ऐसा चक्कू मारूँगा कि सालों का पाखाना छन-छन के निकलेगा।" जाते-जाते उसने टेबल से दूसरी बीयर की बोतल उठाई और डांस फ्लोर के पीछे लगे शीशे पर दे मारी। शीशा चकनाचूर हो गया, लेकिन दीवार में चिपका रहा। बड़ी-बड़ी दरारें पड़ गईं थीं।

क्लीनर ने मिनटों में सारा फ़र्श साफ़ कर दिया था। नाच गाना ऐसे चलता रहा जैसे कुछ हुआ ही नहीं था। चन्दर डर गया था, अपने लिए नहीं, रीमा के लिए। मूँछों वाले ने कहा था—"उठाकर ले जाऊँगा साली को"। वहाँ एक-एक पल भारी लगने लगा था चन्दर को। लेकिन रीमा को छोड़ कर जाने का दिल नहीं कर रहा था।...छुटकी को...अधखिली कली को...। फ़ारस रोड पर टैक्सी छीन कर ले गई थी और हाथ दिखाया था— "जे देखा है"...।

चन्दर को फ़ारस रोड पर टैक्सी में बैठकर, मुड़-मुड़ कर देखती हुई रीमा की तसवीर याद आ रही थी। उस दिन उसने सोचा था—फ़ारस रोड घूरा था। रीमा...चाँद का टुकड़ा...घूरे में पड़ा था। आज वह सोच रहा था...चम्पक बदतर था। सड़ान्द मारता घूरा। इस घूरे को तापने वाले लोगों के दिमाग़ भी सड़ांद से भर गए थे। मूँछों वाले ने धमकी दी थी..."उठाकर ले जाऊँगा।" इसके बाप का माल है...ज़रा हाथ तो लगा के देखता...तो...तो क्या? मैं क्या कर लेता?...मैं भी बोतलें तोड़ता...चक्कू मारता?...पाखाना छन-छन के निकालने वाला।"...चन्दर के चेहरे पर मुस्कान आ गई इन शब्दों को याद करके—

"नहीं"...उसने फ़ैसला किया..."रीमा इस सड़ांद में नहीं रह सकती। चाँद-सी छुटकी। किसी सड़े दिमाग़ की बदबू बर्दाश्त करने की उसे कोई ज़रूरत नहीं। वह सोनम की छुटकी थी।...और सोनम मेरी दोस्त से ज़्यादा।"

चन्दर चाहता था कि जाने से पहले रीमा को भी अंजु की तरह सौ-सौ के चार-पाँच हार पहनाता जाए। लेकिन वो दोनों लौंडे अभी बैठे थे। अगर अड़ लिए तो?...झगड़ा हो जाएगा। झगड़ा करके कोई मामला निपटाना चन्दर के तरीकों में नहीं था। दस रुपए का नोट दिखाया। रीमा आई।

"सुन रीमा"...चन्दर ने नोट देते हुए कहा..."मैं चलता हूँ। कल घर पर

आऊँगा। अंजु ने कहा है, सोनम को फ़ोन करेंगे।...और मम्मी के लिए डॉक्टर का अपॉइन्टमेंट मिला तो कल ही ले जाऊँगा।"

"कल घर ज़रूर आना...मैं चाय बनाऊँगी।"

"तू ठीक है न? कोई प्रॉबलेम तो नहीं?"

रीमा मुस्कराई और बोली–"यहाँ तो सब दादा लोग आते हैं। लड़ाई-झगड़े रोज़ होते रहते हैं। तुम फ़िकर मत करो...जाओ...कल ज़रूर आना।"

अगले दिन चन्दर असिस्टेंट पुलिस कमिश्नर विजय भोगले से मिलने गया था। सायरा को छुड़ाकर लाने वाली रात भोगले साहब ने कहा था कि उन्हें चन्दर से कुछ काम था...लंदन का। वो कहीं ऐसा न समझें कि अपना काम निकल जाने के बाद चन्दर उनका काम भूल गया था। चन्दर ने फ़ोन करके उनके आफ़िस में ही मिलने का अपॉइन्टमेंट ले लिया था।

काम छोटा सा था। भोगले साहब का लड़का डिग्री कर रहा था उनका इरादा था, उसे एकाध साल के लिए लंदन भेजने का। एकाध साल में कोई 'एडिशनल क्वालिफ़िकेशन' लंदन की मिल जाए तो फ़ाइल में एक विलायती सर्टिफिकेट भी जुड़ जाएगा। नौकरियों के कॉम्पिटिशन में विदेशी सर्टिफिकेट का पट्टा लगा हो तो आवारा कुत्ते और गले में नाम का पट्टा लगे मेमसाहब के कुत्ते जितना फ़र्क पड़ता था। फिर एक नौकरी के टुकड़े पर दस-बीस आवारा कुत्ते भले झपटते रहें, मेमसाहब के कुत्ते को गोद में बैठे-बैठे भी खाना मिल जाता था।

"भोगले साहब, आप निश्चिंत रहें"...चन्दर ने भोगले साहब की मेज़बानी में कॉफ़ी पीते हुए कहा..."मैं लंदन जाते ही कुछ यूनिवर्सिटियों के प्रॉस्पेक्टस मँगाकर आपको भेज दूँगा। कोर्स आप सेलेक्ट करें, लेकिन बाकी किसी बात की चिंता मत करें। अगर ज़रूरत हो तो आपका बेटा...क्या नाम है उसका...?

सुकांत मेरे घर पर रह सकता है।"

"थैंक यू"...भोगले साहब खुश नज़र आ रहे थे..."लेकिन ये तकलीफ़ उठाने की तुमको कोई ज़रूरत नहीं पड़ेगी।...और हाँ, वो कभी हम लोगों से अलग नहीं रहा। वीक-ऐंड पर घर बुला कर कभी-कभी आलू के पराठे खिला देना...खुश रहेगा।" भोगले साहब हँस पड़े।

"जी, सिर्फ़ खिलाऊँगा नहीं बल्कि बनाना सिखा दूँगा। मुझे खाना बनाने का बहुत शौक़ है।"

"...और बोलो,"...भोगले साहब ने मेज़ पर रखी फाइल पर हाथ रखते हुए कहा..."मेरे लायक कोई काम?"

"जी नहीं...जी हाँ..."...चन्दर को कुछ याद आया लेकिन वह झिझक गया।

"अरे भाई,"...भोगले साहब ने फ़ाइल को एक किनारे रख दिया..."झिझकते क्यों हो। नो फॉर्मेलिटी...। बोलो-बोलो, क्या कहने लगे थे?"...और चन्दर ने पिछली

रात चम्पक में घटा सब कुछ बता दिया। थोड़ी ही देर में 'एक्शन-प्लान' तैयार हो गया था, लेकिन यह चन्दर और भोगले का 'सीक्रेट' था।...भोगले साहब को चन्दर का ये बताना भी कि सोनम उसके लिए "दोस्त से ज़्यादा" थी और रीमा सोनम की छुटकी...एक बेटी सी, जिसका न होना चन्दर के जीवन का एक ख़ाली कोना था।

"जी अब मैं चलूँ?"

"ठीक है"...भोगले साहब ने चन्दर के साथ खड़े होते हुए कहा–

"लेकिन लंदन जाने से पहले एक दिन घर आ जाना।

श्रीमती जी से भी मुलाक़ात हो जाएगी और सुकांत से भी।"

"वादा रहा"–चन्दर ने कहा और खुश होकर ग्रांट रोड के लिए रवाना हो गया।

रोड के पास ही अर्थोपिडिक सर्जन मिस्टर सुन्दरम् का कंसल्टेंसी रूम था। वो कई सरकारी और प्राइवेट अस्पतालों में आपरेशन करने के लिए जाते थे लेकिन शाम पाँच से सात तक अपने इसी रूम पर मरीजों से मिलते थे।

सोनम की मम्मी के लिए उसी दिन का समय मिल गया था इसलिए उसने वहीं से अंजु को फ़ोन करके कह दिया कि वह टैक्सी में अपनी मम्मी को लेकर ग्रांट रोड आ जाए। मिस्टर सुंदरम् ने जाँच करने के बाद कुछ ऐक्सरे कराने को कहा, दवाइयाँ दीं और गरम पानी से सेकना फ़ायदेमंद बताया था।

"कल क्लिनिक में जाना पड़ेगा, ऐक्सरे के लिए।"

टैक्सी में वापस लौटते हुए चन्दर ने कहा तो अंजु बोली–

"आज रात मुझे होटल तो जाना नहीं, मैं 'टैम' से आकर जल्दी सो जाऊँगी। तुम आ जाना, हम चले चलेंगे।...तुम आओगे मेरे टैम पर?"

"तुम गाना गाओगी" चन्दर ने पूछा तो मम्मी ने जवाब दिया–"इसकी आवाज़ बहुत अच्छी है...सब कहते हैं।"

"मैं अकेली नहीं गाती लेकिन तुम आओगे तो गाऊँगी।"

"मैं भी सबके लिए 'टैम' पर नहीं जाता लेकिन तुम गाओगी तो आऊँगा" चन्दर ने उसी लहज़े में जवाब दे दिया।

"नहीं आओगे तो मैं सोनम बाजी से तुम्हारी बात नहीं कराऊँगी" अंजु की आँखों में शरारत थी और उसकी मम्मी के चेहरे पर मुस्कान।

"अरे बाबा, कहा न, आऊँगा...फिर ब्लैकमेल क्यों करती है?" टैक्सी वाले ने फ़ारस रोड पर जानकी बाई की चाल के सामने लाकर टैक्सी रोक दी थी। चन्दर मीटर के पैसे चुकाने लगा तो अंजु ने मम्मी से कहा–

"तुम ऊपर चलो, मैं सोनम बाजी से इनकी बात कराके आती हूँ।" फ़ोन, सचमुच सोनम के घर पर नहीं था। रिश्ते की मौसी ने अपना नंबर दे रखा था,

सिर्फ़ घर वालों के लिए। अंजु घर की ही थी, कर सकती थी। चन्दर सिर्फ़ "घर के जैसा" था, "घर का" नहीं। सोनम के आने पर अंजु ने फ़ोन चन्दर के हाथ में दे दिया था।

"हैलो" सोनम ने मुंबई से चन्दर की आवाज़ सुनी तो खुद उसकी आवाज़ रुक गई।

"सोनम"—चन्दर सोनम की आवाज़ सुनने के लिए उत्सुक था—"अंजु ने फ़ोन कराया है।"

"कैसे हो?"

"अगर कहूँ कि खुश नहीं तो तुम क्या करोगी।"

"दुआ करूँगी।"

"तो करना"—अंजु चन्दर को टेलीफ़ोन बूथ में अकेला छोड़ने के लिए बाहर जाने लगी तो अचानक चन्दर ने उसका हाथ पकड़कर रोक लिया।

"एक बात कहूँ...सोनम, सिर्फ़ एक दिन में बड़ी याद आई तुम्हारी।"

"..." दूसरी ओर चुप्पी थी।

"कुछ भी नहीं बोलोगी? गुस्सा आ रहा है कि मैंने क्यों फ़ोन किया।"

चन्दर के मन में कई सम्भावनाएँ कौंध गईं थीं—"मुझे मालूम है कि तुमने कुछ सोच समझ कर ही टेलीफ़ोन नंबर देने से इनकार किया होगा। लेकिन ये तुम्हारी बहन है न, अंजु, इसे शायद मेरे मन की बात मालूम हो गई। इसी ने ज़िद करके फ़ोन कराया है। अगर तुम ना करोगी तो वापस तुम्हें परेशानी में नहीं डालूँगा।"

"नहीं, नहीं"...सोनम की चुप्पी टूटी—"मैं घर से सोच कर आई थी कि अगर अंजु का फ़ोन होगा तो उससे कहूँगी कि तुम्हें नंबर दे दे...और अंजु से मेरे घर का पता भी ले लेना।"

"क्यों अचानक इतनी मेहरबान हो गईं मुझ पर"

"मेहरबानी की बात नहीं, मैं कल गाड़ी में सोचती आई थी, फिर मन नहीं माना तो फ़ैसला कर लिया कि..."

"शुक्रिया"...चन्दर के लिए इतना बहुत था "लो अंजु से बात करो। उतावली हो रही है।"

चन्दर ने अंजु को रिसीवर थमाया तो उसने छूटते ही कहा—

"सोनम बाजी, उतावले तो ये हो रहे थे आपसे बात करने के लिए...ठीक ठाक पहुँच गईं थीं।...हाँ सबीना कैसी है?...मम्मी? मम्मी ठीक है, अभी हम लोग डॉक्टर के यहाँ से लौटे हैं...हाँ, चन्दर के साथ...कल एक्सरे कराने जाना है...अपना ध्यान रखना...चन्दर को?...हाँ यहीं हैं, लो बात करो" और अंजु ने एक साँस में सारी बातें करके वापस फ़ोन का रिसीवर चन्दर को थमा दिया।

"हाँ बोलो" चन्दर ने कहा तो जवाब आया—

"शुक्रिया"...

"किस बात का?"

"वही तो मैं सोचती हूँ कि किस-किस बात का शुक्रिया अदा करूँ। फिलहाल ये समझ लो कि मम्मी को डॉक्टर के पास लेकर जाने का।...वर्ना जाने के बाद कौन करता है कुछ।"

"मैं वो 'कौन' नहीं हूँ। तुम्हारे जाने के बाद तुम्हारे नज़दीक आने का एक ही तरीका है, तुम्हारी मम्मी और अंजु रीमा के नज़दीक रहना। इनके पास आकर लगता है, तुम कहीं आसपास ही हो।"

"बस, अब और ज़्यादा आसमान पर मत चढ़ाओ मुझे"—सोनम की आवाज़ कुछ भरी-भरी सी लगने लगी थी—"रखूँ?"

"ठीक है...ख़त लिखूँगा। फ़ोन भी करूँगा। बाई।"

फ़ोन करके कमरे पर लौटे तो रीमा अभी तक सोई पड़ी थी।

चन्दर ने उठाया—"ऐ चाय बनाने वाली!...कल तो कह रही थी कि "घर ज़रूर आना...मैं चाय बनाकर पिलाऊँगी। घोड़े बेचकर सो रही है?" रीमा ने करवट बदली। घड़ी सामने थी। एक झटके से उठकर खड़ी हो गई।

"मम्मी, साढ़े छः बज गए...साथ की लड़कियाँ तैयार होकर आती होंगी।"...तौलिया उठाकर गुसलखाने में जाती हुई अंजु से बोली—

"अंजु बाजी, आज तुम चाय पिला दो न इन्हें, मैं कल बना दूँगी।"

"खाना भी खिलाना पड़ेगा" चन्दर ने ब्याज समेत चाय वसूल करने की बात की।

"हाँ, हाँ, खिला दूँगी" कहते हुए बाहर निकली और कपड़े बदलने के लिए माले की सीढ़ियाँ चढ़ गई।"

"कल रीमा के हाथ खाना"—अंजु ने याद दिलाया—अभी तो मेरे 'टैम' पर आकर गाना सुनना है। वैसे भी घर जाकर उदास होने का क्या मतलब। बैठो...टी. वी. पर फ़िल्म आने वाली है। मैं खाना बनाती हूँ...और तुमसे बातें करती हूँ...या सोनम बाजी नहीं हैं तो हमारे पास बैठना अच्छा नहीं लगता?"

"नहीं, नहीं"—चन्दर ने उदासी छिपाने की कोशिश की—"ऐसी बात नहीं। बल्कि अब तुम लोगों के पास बैठना ज़्यादा अच्छा लग रहा है। चलो, बनाओ खाना। अब तो खाना भी तुम्हारा और आज गाना भी तुम्हारा।" चन्दर वहीं गद्दे पर लेट गया। रीमा निकलने लगी तो चन्दर और अंजु चाय पी रहे थे।

"अंजु बाजी, मेरी चाय नहीं बनाई" अपने लिए चाय का कप रखा न देखकर रीमा ने सवाल किया।

"मैं तो समझी थी कि तू बहुत जल्दी में है"

"सो तो हूँ लेकिन दो घूँट चाय मिल जाती तो ज़रा आँखों की नींद उड़ जाती।

ज़रा सी पी लूँ, तुम्हारे कप में से?'' रीमा का सवाल चन्दर से था, अंजु से नहीं।

''तो क्या ये तेरी जूठी चाय पिएँगे?'' मम्मी ने उसे रोकना चाहा।

''क्यों नहीं पी सकते''—भोला सा, लेकिन गहरा जवाब था रीमा का—

''मुझे गोद लेने की बात करते हैं तो क्या मेरी जूठी चाय नहीं पी सकते?'' चन्दर कोई जवाब देता उससे पहले ही रीमा ने चन्दर के सामने रखा कप उठाया, जल्दी-जल्दी दो तीन घूँट पिए और 'होटल' के लिए रवाना होने लगी।

''टैक्सी न मिले तो फिर किसी की हथिया लेना'' चन्दर ने बैठते हुए कहा तो वह खिलखिलाती हुई सीढ़ियाँ उतर रही थी।

टी. वी. पर फ़िल्म आ रही थी। अंजु खाना बनाने में लग गई थी और उसकी मम्मी बाहर बैठकर पड़ोसिन से बातें करने में। चन्दर गद्दे पर लेटा हुआ था। आँखें टी. वी. के पर्दे पर ज़रूर थीं लेकिन दिमाग़ कभी बीना वाले अनदेखे सोनम के घर की कल्पना में लग जाता, कभी चम्पक में पहुँच जाता तो कभी किसी सवाल का जवाब पाने की कोशिश में उलझ जाता।

''ये सब क्यों?...क्या हासिल करना चाहता हूँ मैं...सोनम...दुनिया की निगाहों में बस एक पेशेवर नाचने वाली...दो बच्चों की माँ हो जाएगी कुछ महीनों में...गाना? आता नहीं।...नाचना? वो भी नहीं आता...यूँ तो जवानी की दहलीज़ पर पाँव रखती कोई भी लड़की कमर मटकाए, अच्छी लगती है।...बहनें अनपढ़...होटल और मुजरे के सिवाय और क्या जानती हैं ये?...आँखों का जादू कहाँ से पाया है इन सब ने? कहीं मैं भी इसी जादू का शिकार हो कर तो नहीं लुट रहा।'' इस तरह के सवाल पहले भी आए थे चन्दर के मन में। लेकिन उनमें उलझ कर फिर निकल आया था वह। वह तो अनपढ़ नहीं था। साक्षर था और अनुभवों की कई किताबें भी पढ़ रखीं थीं। उसने।

धोखेबाज़ नज़रें उसे घायल नहीं कर सकती थीं। वह अपनेपन की मार से घायल था। सोनम की आँखों में जो अपनापन देखा था उसने। अंजु और रीमा जो खींच लेती थीं उसे, भोलेपन में डूबे लगाव की डोर से बाँधकर। क्या माँगती थीं वो चन्दर से। होटल या मुजरे में पैसे? चन्दर ने जो दिया वह ले लिया—वो भी सिर झुकाकर। कोई उपहार? ना, अंजु ने कहा था—''इतना प्यार देते हो वही काफ़ी है।'' फिर भी इन्हें चन्दर से कुछ-कुछ चाहिए था। शायद एक व्यक्तित्व, जैसा चन्दर का था। बाहें, सिर्फ़ ये महसूस करने के लिए कि थामनी हों तो थीं, कहीं आसपास। उँगली, जो रीमा या सबीना ने कभी पकड़ी होंगी पर उन्हें याद नहीं। कोई, जो नज़रें मिलाए तो उनकी आँखों में स्नेह की नमी भर दे, वासना की चिनगारी नहीं। जो उनके होंठों की लाली देखकर अपने होंठों पर जीभ न फिराए। जिसकी नज़रों का प्यार माथे पर जाकर टिक जाया करे।...''और भी होगा कोई मुझसा।'' उसने सोचा—''ज़रूर होगा। उन्हें नहीं मिला। मेरे हिस्से में थे ये सब।—हमारा आपस का

कुछ लेना-देना बाकी होगा। पर मुझे इनसे कुछ नहीं लेना...सिर्फ देना है।...झूठ...किसी को कुछ देकर जो सन्तोष मिलता है, वह लेना है। बड़ी चीज़ है। शायद सबकी समझ से बाहर हो। शुक्रिया...सोनम कहती रहती है, मुझसे। शुक्रिया, मुझे कहना चाहिए ऊपर वाले से। थोड़ी सी क्षमता दी है मुझे, कुछ दे सकने की। मैं दूँगा, ज़रूर दूँगा। देकर जो मिलेगा, सन्तोष, लूँगा—ज़रूर लूँगा।''

उस रात अंजु के हाथ का खाना खाने के बाद, उसका गाना सुनने के लिए, सड़क पार कर बच्चू भाई की बाड़ी में जाना था। चलने से पहले अंजु ने अपनी मम्मी से पचास रुपए माँगे थे।...और मम्मी ने कबड़ खोलकर बक्से में से पचास का नोट दिया था। लेकिन सुनाकर—

''आज तक टैम से कभी पैसे लेकर नहीं आई। कभी कोई बीस पचास दे भी गया तो रूमवाली के और उस्तादों के काट के चाय पानी में ही पूरे हो जाते हैं।''—

''आज मैं साथ हूँ''—चन्दर बोला—''आप इसके चाय पानी की चिंता मत कीजिएगा।''

आज पहली बार अंजु अपने साथ एक कस्टमर को लेकर 'टैम' पर आई थी। सलमा का रूम था वो। मुजरे की पुरानी परम्परा वाला। सलमा, कोई चालीस साल की रही होगी।...आवाज़ ठीक ठाक थी, मगर बाक़ायदे ट्रेनिंग से मंजी हुई। दो तीन लड़कियाँ और थीं। चन्दर को देखकर सबकी आँखों में चमक भरने लगी थी। सलमा के कमरे पर 'टैम' वाला कस्टमर। अपरिचित जंतु, भटका हुआ।

दुआ सलाम की औपचारिकता के बाद अंजु ने कोका-कोला मँगवाया था। उसे चन्दर की पसंद मालूम थी। शायद सोनम ने बता दी थी।

''क्या सुनेंगे आप?'' सलमा ने पूछा था।

''जो आप लोग सुनाना चाहें।'' चन्दर को हर तरह के गाने पसंद थे।

''तो पहले आपको ''अब तक शिकायतें'' सुनाते हैं।''

''मैंने ऐसी क्या ख़ता की कि आप शिकायत करने लगीं। चन्दर मुस्कराया।

''मेरा मतलब था''—सलमा ने स्पष्ट किया—''शकील की ग़ज़ल है—

''अब तक शिकायतें हैं दिले बेनसीब से, इक दिन किसी को देख लिया था करीब से।''

''ये शिकायत तो मुझे भी है''—चन्दर को अपना रौब ज़माने का मौका मिल गया था—''उनके बग़ैर भी वही है ज़िंदगी का दौर, हालाते ज़िंदगी हैं मगर कुछ अज़ीब से।''...ये भी उसी ग़जल का शेर है न।'' सलमा पर ही नहीं, बाकी लड़कियों पर भी चन्दर का सिक्का जमा। सलमा बोली—

''बहुत खूब, चन्दर बाबू...''

''जी बाबू नहीं, सिर्फ़ चन्दर'' बात बीच में काटकर चन्दर ने बाबू की 'बदबूदार'

परिभाषा की तो सभी हँस पड़े थे।

''अच्छा, चन्दर। आपको तो शेरो शायरी का भी शौक़ है।''

''जी थोड़ा बहुत...लेकिन फ़िलहाल तो आप 'शिकायतें' सुनाइए।''

इस बीच उस्ताद आ बैठे थे। सलमा ने गाना शुरू किया तो सभी लड़कियाँ उसका साथ देने लगीं। बीच-बीच में चन्दर भी इस ग़ज़ल के शेर, उनकी आवाज़ के साथ मिलकर गुनगुनाता जा रहा था। गाने और भी हुए। चन्दर ने सबको पैसे दिए। उसे मालूम था कि अंजु को हर सौ रुपए में से सिर्फ़ तीस रुपए ही मिलने वाले थे लेकिन 'रूमवाली' सलमा पर और दूसरी लड़कियों पर अंजु का भी तो रौब जमाना था कि दिलदार कस्टमर साथ लेकर आई है। आठ-दस गाने हो जाने के बाद एक बार फिर सलमा ने शिष्टाचार निभाया—''अब आप अपनी पसंद बताइये।''

''आज अंजु ने वादा किया था''—चन्दर बोला—''कि वह मुझे अकेले भी गाने गाकर सुनाएगी।''

''अब आजकल की लड़कियाँ तो बस होटलों वाले गाने गाती हैं।—सलमा ने नई लड़कियों के बदलते हुए रुख़ पर टीका करते हुए कहा—''हमारे ज़माने में हर मुजरे वाली को बाक़ायदा उस्तादों से नाच गाना सीखना पड़ता था।...बातचीत का, और लोगों से व्यवहार का तौर तरीका भी।''

''सलमा बहन'',—अंजु ने बीच में रोका—''मैं गाऊँगी।''

''चल तो फिर आगे आकर बैठ'' सलमा ने कहा तो अंजु सरक कर आगे हो गई और सलमा को इज्ज़त देते हुए बोली—''कहीं बीच में भूल जाऊँ तो आप याद दिला दीजिएगा।''

''काँटों से खींच के ये आँचल''...और ''बोल रे पपीहरा''—

ये दो गाने गाए थे अंजु ने। उसकी आवाज़ की मिठास और गाने के तरीक़े से चन्दर को बेहद खुशी हुई थी। खुद सलमा ने उसके सिर पर हाथ रख कर शाबासी दी थी।

''अगर ये लड़की अच्छी तरह सीखे तो कमाल कर सकती है। भई वाह! क्या गला पाया है।'' सलमा तारीफ़ किए बग़ैर न रह सकी।

''आपने तो उस्तादों से बाक़ायदे गाना सीखा है''—चन्दर ने काम की बात की—''तो आप ही इसे सिखाइए न।''

''अगर ये मेहनत करने के लिए तैयार हो तो मैं इसे सिर्फ़ गाना ही नहीं नाचना भी सिखा सकती हूँ''—सलमा ने अपनी नृत्य प्रवीणता बताई—''छोटी उम्र से ही मुझे कत्थक और भरतनाट्यम सिखाया गया था। पहले मैंने क्लासें भी चलाई हैं। लेकिन इन्हें होटल में जाकर आँखें मटकाने और उलटा सीधा उछलने कूदने से ही झोली भर जाती है तो मेहनत करने की ज़रूरत भी क्या है।''

''लेकिन ये मेहनत करेगी...क्यों अंजु!'' चन्दर ने कहा तो अंजु ने सिर हिलाकर

हाँ कर दी थी।

"और सलमा जी"—चन्दर बोला—"शागिर्द आपकी एक नहीं, दो होंगी। इसकी छोटी बहन रीमा भी आएगी इसके साथ। वो डांस बहुत अच्छा करती है लेकिन उसको कभी गाते नहीं सुना है। उसकी मम्मी कहती है कि आवाज़ उसकी भी अच्छी है।

"ये तो बहुत अच्छा है"—सलमा ने मतलब की बात की—

"दो शागिर्द होंगे तो दक्षिणा भी दुगनी मिलेगी।"

"दुगनी से भी ज़्यादा"—चन्दर ने आश्वासन दिया—"आप उसकी बिलकुल चिंता मत कीजिए। मैं अगले महीने एक वैरायटी प्रोग्राम कर रहा हूँ, चाहूँगा कि आपकी दोनों शागिर्दों का स्टेज पर पहला इंट्रोडक्शन करवा दूँ। आपको भी चलना पड़ेगा।"

"बड़ी खुशी से"—सलमा ने उत्सुकता दिखाई—"कोई फिल्म स्टार भी आएँगे उसमें।"

"कोशिश जारी है...देखिए...अच्छे और काम के लोग होंगे।" चन्दर कोई ऐसा आश्वासन देना नहीं चाहता था जो पूरा न हो। गानों का दूसरा दौर शुरू होने वाला था । उस्ताद नीचे वाली दुकान से पान खाकर लौट आए थे। तभी एक लड़का दरवाज़े पर आकर खड़ा हुआ। हाँफता हुआ। लग रहा था कि दौड़ कर आया है। उसकी निगाहें कमरे के अंदर बैठी लड़कियों में से अंजु को खोज रही थीं। अंजु ने उसे देख लिया था।

"अरे रामू! क्या बात है" अंजु ने आश्चर्य से पूछा तो वह हाँफता हुआ बोला—"जल्दी चलिए, आपकी मम्मी ने बुलाया है।"

"क्या हुआ मम्मी को?"—अंजु घबरा कर उठ खड़ी हुई थी।

"मम्मी को कुछ नहीं हुआ...रीमा की कोई बात है...पुलिस आई थी। चन्दर भी उठा। बोला—"चलो, मैं भी चलता हूँ।"

अंजु घबराकर तेज़ी से सीढ़ियाँ उतरने लगी थी। चन्दर ने उसका हाथ पकड़ते हुए कहा—"आराम से...वर्ना गिरेगी तो पुलिस के साथ ऐम्बुलेंस भी आएगी।"

चन्दर को अंदाज़ा था। उसने असिस्टेंट पुलिस कमिश्नर भोगले के साथ मिलकर रीमा के लिए एक्शन प्लान जो तैयार किया था। रात दस ग्यारह बजे रीमा के चम्पक होटल पर पुलिस की रेड पड़ी थी। कुर्ला की पुलिस ने रीमा को गिरफ़्तार करके ग्रांट रोड की पुलिस के हवाले कर दिया था। वह नाबालिग़ थी।...और भी नाबालिग़ लड़कियाँ थीं चम्पक में। लेकिन लोकल पुलिस इन्हीं सब बातों का तो हफ़्ता लेती थी।...दूसरी लड़कियाँ भी गिरफ़्तार हुईं थीं। रीमा के साथ वाली कोई नाबालिग़ लड़की चम्पक में नहीं जाती थी। भोगले ने वैसा इंतजाम कर लिया था जैसा चन्दर का उद्देश्य पूरा करने के लिए चाहिए था। चम्पक को बंद करवाने का, नाबालिग़ लड़कियों

को गिरफ्तार करने का और रीमा को ग्रांट रोड पुलिस के हवाले करके सारा मामला रफ़ा-दफ़ा कर देने का। उधर हफ़्ता वसूली की वफ़ादारी निभाने का और...इधर चन्दर के ग्रांट रोड स्टेशन पहुँचने पर रीमा को वार्निंग देकर छोड़ देने का।

टैक्सी में घर वापस लौटते हुए रीमा ने सिर्फ़ हाँ-ना करके बातचीत में हिस्सा लिया था। घर पहुँच कर रोती हुई ऊपर माले पर चली गई। उसकी मम्मी पीछे-पीछे। अंजु चन्दर के पास थी।

"चाय पियोगे?...बनाऊँ?" अंजु ने ऑफर दिया।

"ना" चन्दर का अनमना सा जवाब था। रीमा के बारे में सोच रहा था।

"क्यों, मेरे हाथ की चाय अच्छी नहीं लगी थी?"

"तुम्हारा गाना चाय से ज़्यादा मीठा था।"

"तो एक चम्मच चीनी ज़्यादा डालूँगी इस बार" अंजु ने शरमाते हुए कहा और चाय का पानी चढ़ाने लगी।

उस रात चन्दर ने अंजु से बातें करते करते मसनद का सहारा लिया तो कब आँखें झपक गईं, पता ही नहीं लगा। पिछली बार घड़ी देखी थी तो दो बजे थे।...और अब झटके से नींद खुली तो रीमा सीढ़ियाँ उतर कर माले से नीचे आ रही थी, मम्मी चाय बना रही थी और अंजु वहीं, उसी गद्दे पर चन्दर की ओर पीठ किए दीवार से चिपक कर सो रही थी।

"नमस्ते" रीमा ने उनींदी आँखें लिए कहा और आकर दोनों घुटनों के बीच अपना सर गड़ाकर बैठ गई।

"उठ अंजु"...मम्मी ने आवाज़ दी—"चल हाथ मुँह धो ले। चाय तैयार है।...और तुम्हें तो ऐसी गहरी नींद आई"—वो चन्दर से कह रही थी—"हमने सोचा अब सो गए तो सोने दो।"

"सॉरी" चन्दर शर्मिंदा था—"आप लोगों को तकलीफ़..."

"नहीं, इसमें तकलीफ़ क्या है। हमारे तो मुलुक से इतने मेहमान आते हैं, सबका बिस्तर लग जाता है इसी कमरे में। मैं भी पहले यहीं लेटी थी लेकिन रीमा को बुख़ार था इसलिए ऊपर माले पर चली गई थी। रात को चाय के साथ गोली दी तो उतरा।"

चन्दर के सामने सारी स्थिति स्पष्ट थी। लेकिन ये स्पष्ट नहीं था कि वो जो हुआ वह सपना था या सच। रात, सरक कर अंजु चन्दर से आ चिपकी थी, ठीक वैसे ही जैसे अभी दीवार से चिपकी सो रही थी। रात चन्दर का हाथ उसकी गर्दन को घेरता हुआ उसके बालों में चला गया था। रात, उसने अंजु के माथे पर, एक बार, हलके से, अपने होंठ टिका दिए थे। रात, अंजु की साँसों ने चन्दर के कानों में गुद्गुदी सी कर दी थी। रात, दोनों की आँखें एक साथ खुलकर टकराई थीं और दोनों ने करवट बदल कर एक दूसरे की ओर पीठ कर ली थी। सपना था या सच,

स्पष्ट नहीं हो पा रहा था। बस इतना स्पष्ट था, कि चन्दर के मन पर, मन भर का बोझ था।

उसे लगा, अंजु अभी करवट बदलेगी, आँखें खोलेगी और उसकी नज़रें वो कह देंगी जो सुनने या जानने के लिए चन्दर तैयार नहीं था। चाय भी नहीं पी उसने। सरक कर रीमा के पास बैठा। उसके सिर पर हाथ रखा और बोला–

''लंदन ले जाऊँगा तुझे अपने साथ। राजकुमारी बनाकर रखूँगा। मत सोच सड़ियल चम्पक की बात। मैं हूँ न, तू क्यों उदास होती है। रीमा के चेहरे पर एक फीकी सी मुस्कान बिखर गई। कुछ कहना चाहती होगी, कह न सकी।

चन्दर ने उसकी मम्मी से घर जाने की इज़ाज़त लेनी चाही। अंजु ने फिर भी करवट नहीं बदली तो चन्दर को एक अजीब सा डर भी लगा, लेकिन उसे जाना था। घर भी, और कुछ लोगों से मिलने भी।

''अच्छा मैं चलता हूँ''–चन्दर उठ खड़ा हुआ–''दोपहर कितने बजे आऊँ?...क्लिनिक में जाना है, एक्सरे के लिए।''

''तुम अपना काम करो, मैं अंजु को लेकर चली जाऊँगी...कहाँ है ये एक्सरे वाला क्लिनिक?''

''वहीं, डॉक्टर सुंदरम् के ऊपर वाले माले पर''–

चन्दर ने समझाया–''आपको कोई दिक्कत तो नहीं होगी।''

''पास ही तो है, हम चले जाएँगे...तुम शाम को आ जाना...मैं खाना बना के रखूँगी।''

''जी, छः-सात तक लौटूँगा...शायद डॉक्टर के यहाँ भी जाना पड़े। मैं दिन में फ़ोन कर लूँगा।'' चन्दर ने कहा और निकल गया।

उस दिन चन्दर को देवेन-हेमेन के साथ मिलकर अपने वैरायटी प्रोग्राम के बारे में फाइनल करना था। अपने फ्लैट पर ही बुला लिया था उन्हें। दूसरे एक-दो म्यूज़ीशियन भी थे–उसके प्रोग्राम में हिस्सा लेने वाले। देवेन और हेमेन के लिए चन्दर की कोशिश से ही इस प्रोग्रोम की प्लानिंग हुई थी, इसलिए चन्दर की कोई बात टालने का सवाल ही पैदा नहीं होता था। चन्दर ने आर्टिस्टों की लिस्ट में अंजु और रीमा के नाम शामिल किए तो उन्होंने सिर्फ़ ये जानना चाहा था कि वो रिहर्सल के लिए आ पाएँगी या नहीं।

''कोशिश करूँगा''–चन्दर ने आश्वासन दिया, लेकिन तुम चिंता मत करो। वो अपने आइटम की पूरी प्रेक्टिस कर रही हैं। फाइनल रिहर्सल पर उन्हें ज़रूर बुलाएँगे।'' फ़ैसला हो गया था–अंजु दो गाने गाएगी और एक गाने पर डांस करेगी। रीमा एक गाना गाएगी और दो गानों पर डांस करेगी। दोनों को शामिल करने के लिए एक लड़की को हटाना पड़ेगा, लेकिन देवेन और हेमेन वैसे ही उसके नखरों से परेशान हो चुके थे।

चन्दर ने न जाने किस आत्मविश्वास के साथ, अंजु और रीमा या उनकी माँ से पूछे बगैर यह फ़ैसला कर लिया था। न जाने क्यों उसे भरोसा था कि वो चन्दर की बात नहीं टालेंगी।...

अगर अंजु और रीमा को लोगों ने सराहा तो उनकी रिकार्डिंग होगी–आडियो-वीडियो दोनों की। अगर उनकी एलबम हिट हो गई तो फिर दोनों को 'होटल' या 'टैम' पर जाने की मजबूरी नहीं होगी। शेख़चिल्ली?...ना। किस्मत में कुछ लिखकर लाई होंगी कि उन्हें ब्रेक मिल रहा था, वर्ना मुंबई में ऐसी यात्रा की शुरुआत बाद में होती है, पाँवों में छाले पहले पड़ते हैं।...और फिर, उनकी क़िस्मत। लेकिन फ़ैज़ल ने कहा था–"हिम्मतेमर्दां-मद्‌दे खुदा।"

एक बड़ी जिम्मेदारी ले बैठा था वह। अपनी खुशी से। सोनम के पूरे परिवार का इतिहास बदलने की, उन्हें फ़ारस रोड के घूरे से दूर हटाने की। जैसे चाँदनी को हटाया था। वहाँ आसानी से सब कुछ निबट गया था। यहाँ नई राहें बनाना टेढ़ी खीर था। पर, हिम्मतेमर्दां-मद्‌दे खुदा"–फ़ैज़ल ने कहा था। वह भी घर वापस लौटने वाला होगा। उससे भी मिलना था। लेकिन आज नहीं। आज तो सोनम की मम्मी को डॉक्टर के पास ले जाना था। अंजु और रीमा से प्रोग्राम की बात पक्की करनी थी उनकी ट्रेनिंग शुरू करवानी थी, सलमा के साथ। उसकी दक्षिणा देनी थी, बाक़ायदे, पत्रम् पुष्पम् में लिपटे हुए नोटों के साथ।

सब कुछ किया। दिन पूरा होने से पहले। एक्सरे की रिपोर्ट लेकर डॉक्टर सुंदरम् के यहाँ भी जा आए थे तीनों। चन्दर, अंजु और उसकी मम्मी। गर्दन की हड्डी के दो टुकड़े कुछ घिस गए थे। पट्टा लगाना था, दवाइयाँ खानी थीं, पंद्रह दिन तक अस्पताल में रोज़ जाकर बिजली का सेक करवना था गर्दन को रोज़ आधे घंटे के लिए 'ट्रेक्शन' पर रखना था, रोज़ घर पर डॉक्टर की बताई हुई एक्सरसाइज़ करनी थी और हाथों और कंधों पर किसी तरह के दवाब वाला काम बिल्कुल नहीं करना था। डॉक्टर की सारी बातें मानने से साल-छः महीने में पूरा आराम मिलने की उम्मीद थी वर्ना उम्र भर का दर्द झेलने की बात लगभग तय थी।

डॉक्टर के पास से लौटने के बाद घर बैठे चाय पीते हुए चन्दर ने शिकायत की "आज अंजु मुझसे बिल्कुल बात नहीं कर रही।"

"मुझे लगा कि तुम खुद मुझसे कुछ कतरा रहे हो।"

अंजु ने अपनी चुप्पी की ज़िम्मेदारी चन्दर पर लाद दी।

"इसको आज सवेरे जल्दी उठा दिया न"–मम्मी ने बीच बचाव किया–"बस सारे दिन अधजगी सी रही है।"

"लेकिन अब जागना पड़ेगा, दोनों को सलमा के पास जाना है।" चन्दर ने कहा तो उनकी मम्मी बोलीं–

"आज तो इनकी 'टैम' लगाने की बारी नहीं है।"

''टैम नहीं, इन्हें नाच और गाना सिखाने की बात पक्की करनी है। कल उसने हामी भर दी थी।

''मैं तो कब से इन्हें कहती हूँ कि कुछ सीख लो, लेकिन इनके दिमाग़ में मेरी बात तो घुसती नहीं। कुछ सीख लेंगी तो ज़िंदगी में काम आएगा वर्ना मेरी तरह गँवार रह जाएँगी और सारी ज़िंदगी होटल और मुजरे में निकल जाएगी।'' आज पहली बार सोनम की माँ अपने दिल की बात चन्दर के सामने रख रही थी–''मैंने तो सोनम से भी कह दिया है कि होटल और मुजरे की ज़िंदगी सबीना को नहीं दूँगी।...ये लड़कियाँ भी कुछ और सीख लेतीं–लिख पढ़ लेतीं तो मजबूरी में इन्हें होटल और मुजरे में तो नहीं जाना पड़ता।''

''आप सचमुच चाहती हैं कि आपके बच्चे, इस लाइन से बाहर निकलें?'' चन्दर को बात आगे बढ़ाने का प्रोत्साहन मिल गया था।

''ख़ास कर सबीना को तो मैं किसी कीमत पर इस लाइन में नहीं पड़ने दूँगी। उसे अंग्रेज़ी स्कूल में दाखिल कराऊँगी। ग्वालियर में अच्छा स्कूल है। लेकिन...''

''लेकिन?''...चन्दर ने पूरी बात जाननी चाही।

''बस ये परेशानी है कि बच्ची को किसी अच्छे पढ़े-लिखे इज्ज़तवाले आदमी का...बाप का नाम चाहिए।'' सोनम की माँ की आँखों से निराशा झलकी–वो कहाँ से लाऊँ।''

गंभीरता का वातावरण देखकर चन्दर ने हलके फुलके तरीके से कह दिया–''आप फ़िक्र मत करें और हाँ...सोनम को भी कह दें कि सबीना के लिए, चन्दर एक इज्ज़तदार बाप ख़रीद कर ले आएगा। ''

''ऐसे ख़रीद के बाप मिल जाते तो दो चार हम भी ख़रीद लाते''–अंजु ने कहा और दोनों, अंजु रीमा, खिलखिला कर हँस पड़ीं।

''क़ीमत चुकाने के लिए है?'' चन्दर ने सवाल किया।

''कितने पैसे लगेंगे?–हम जमा कर लेंगे।''

''पैसे नहीं, क़ीमत चुकाने के लिए प्यार लगेगा।''

''वो तो बहुत है अपने पास'' रीमा ने कहा और चन्दर की ओर देखते हुए गर्दन ऊपर उठा रखी।

''बातें बड़ी आती हैं इसे''–मम्मी ने कम बोलने का इशारा किया–''अब जा, सलमा से अच्छी तरह नाचना गाना सीख कर दिखा।''

''मुझे तो बहुत शौक़ है''–रीमा ने अब तक न सीखने का कारण बताया–''पहले भी मम्मी ने एक उस्ताद जी के पास हम लोगों को भेजा था। वो ग़लती पर डंडा मारते थे और एक बार जलती हुई सिगरेट मेरे हाथ पर लगा दी थी...बस, मैं भाग आई।''

''और अंजु।'' चन्दर ने जानना चाहा तो अंजु ने गर्दन नीचे झुका कर कोई

जवाब नहीं दिया। रीमा ही बोली—"वो न...उस्ताद जी...अंजु बाजी से बदतमीज़ी करते थे।"

अब और ज़्यादा बोलने की ज़रूरत नहीं थी। चन्दर सब कुछ समझ गया था। वह सोच रहा था। "बदतमीज़ी। सिर्फ़ अंजु को नहीं, उसके जैसे हालात में घिरी हज़ारों अंजुओं को झेलनी पड़ती है। उनकी क्या ग़लती है, अगर वो समाज के ऐसे दायरे में बंद हैं जहाँ आधुनिकता के नए मोड़ लेती हुई रौशनी की एक किरन भी नहीं जाती। क्या करें वो, अगर उनकी बेड़ियाँ काट कर स्वतन्त्र करने की किसी की हिम्मत नहीं। उनका क्या दोष, अगर इंसानियत के जुलूस निकालने वाले, उन्हीं को अपने रथ में जोत कर बेशर्म सवारी करने लगें। किससे शिकायत करें कि बीज बोकर, माली, ज़मीन को कंटीली झाड़ियों से मुक्त कराना भूल गया। कहाँ खोजें ऐसा मसीहा, जो चमचमाते ख़ज़ानों भरी मंज़िल की ओर, स्वार्थ की सवारी करने वालों की भीड़ से हटकर उन्हें भी सिर्फ़ राह का एक किनारा दिखा दे। कहाँ तलाश करें ऐसा दिल, जो उन्हें भी इंसानियत का टुकड़ा मानकर क़बूल करे। चन्दर सोच रहा था।...ये भी कि "इंसानियत को दिया जा रहा ऐसा कोई उलाहना, कहीं मेरी ओर न रुख़ कर ले। रात वाली बात के लिए। नहीं-नहीं, वह सपना रहा होगा। अंजु सोनम की बहन है। बस उतना ही लगाव है मुझे...या स्नेह...या प्यार...नाम कुछ भी हो, इस भावना का।...बस अच्छा लगता है। लेकिन वो समझेगी? कितनी किताबें पढ़ी हैं उसने?...किताबें। किताबें पढ़ने से प्यार नहीं आता। किताबों से मधुर संबंधों का अहसास नहीं मिलता। मुझे जो हुआ, या मिला, वो किताबों से नहीं। उसे भी हुआ होगा, किताबों के बग़ैर।...बस, व्यक्त हो गया होगा। किस ओर से?...शायद दोनों छोर से। वह झिझकेगी, शरमाएगी, घबराकर...मैं खुली आँखों से पुष्टि कर दूँ...रात के "सपने या सच' की कशमकश में नहीं, मम्मी और रीमा की उपस्थिति के उजाले में।...कल्पना में सोनम को साक्षी बना कर।"

अगर, रात, अंजु सरक कर चन्दर से आ चिपकी थी तो अब चन्दर सरक कर अंजु से जा चिपका। अगर, रात,...तो फिर बिल्कुल वैसे ही अंजु की गर्दन के सामने से होता हुआ चन्दर का हाथ अंजु के बालों में था।

"बदतमीज़ी उस्ताद ने की थी, तुम क्यों सिर नीचा किए बैठी हो?" कहते हुए चन्दर ने माथे पर अपने होंठ टिका दिए...अगर रात। अंजु कुछ नहीं बोली। चन्दर ने न सुन पाने का झूठा बहाना किया।

"सुना नहीं मैंने"—चन्दर ने कहा और अपने कान अंजु के मुँह के पास ले गया। और बस...अगर रात...तो फिर अंजु की साँसों ने चन्दर के कानों में गुदगुदी सी कर दी थी।

अगर रात...तो फिर दोनों की आँखें ऊपर उठकर टकराईं थीं लेकिन किसी को करवट बदल कर एक दूसरे की ओर पीठ करने की ज़रूरत नहीं थी। ये अँधेरा

नहीं, उजाला था—काला नहीं, सफ़ेद। अपनी बेटी के लिए उमड़े चन्दर के स्नेह में माँ बह गई। रीमा उस धार में बहने के लिए अपनी बारी का इंतजार कर रही थी।

"ऐ छुटकी!" चन्दर ने रीमा की ओर अपना हाथ बढ़ाया—

"यहाँ आकर बैठ मेरे पास।"

"मैं छुटकी नहीं हूँ"—रीमा ने चन्दर के पास बैठते हुए भौंहें मटकाईं—"सोलह बरस की हो गई दो महीने पहले। मम्मी मेरी उमर की थीं तो सोनम बाजी इनकी गोद में आ गईं थीं।"

"चिंता मत कर तेरी गोद में भी..."

और बीच में ही रीमा ने चन्दर के पाँव पर एक हाथ जड़ दिया।

"बोली—'बेशरम।"

"ऐ बदतमीज़"—अंजु ने रीमा को डाँटा।"

"अच्छा, बहस बंद और मेरी बात सुनो" चन्दर ने कहा, और—फिर कह डाली सलमा से ट्रेनिंग वाली बात...

देवेन-हेमेन के ग्रुप में स्टेज पर गाने वाली बात...और ऑडियो-वीडियो बनाने वाली बात।

"चलो अच्छा है, कुछ सीखेंगी तो सही। इन्हीं के काम आएगा।"

अंजु की मम्मी चन्दर के प्रस्ताव और प्रबन्ध से खुश थी लेकिन चिंता थी। बोलीं—अब तो रीमा का होटल जाना भी बंद हो गया। उधर सोनम बीना में बैठी है। अकेली अंजु की कमाई से घर का खर्चा कैसे चलेगा।"

"आप चिंता मत कीजिए"—चन्दर ने दिलासा दिया—"इस महीने का नुकसान तो प्रोग्राम से पूरा हो जाएगा।"

"क्या वो लोग पैसे देंगे प्रोग्राम के?" अंजु की मम्मी ने जानना चाहा।

"सबको तो इतने नहीं देंगे"—चन्दर ने फ़ैसला कर लिया था—"लेकिन इन दोनों को उस प्रोग्राम के दस-दस हज़ार दिला दूँगा।"

चन्दर अच्छी तरह जानता था कि प्रोग्राम का सारा नफ़ा-घाटा खुद उसका ही था लेकिन पूरे बजट में अंजु और रीमा के बीस हज़ार जोड़ना उसे खुशी-खुशी मंज़ूर था।

"तब तो हर महीने ऐसा एक प्रोग्राम कर लेंगे और होटल जाने की ज़रूरत नहीं पड़ेगी।" रीमा इस ख़्याल से खुश थी। "लेकिन स्टेज पर सिर्फ़ आँखें मटकाने से काम नहीं चलेगा"—चन्दर ने चेतावनी दी—"मेहनत करनी पड़ेगी वर्ना पब्लिक सड़े अंडे और टमाटर मारेगी...चलो अब बातें बहुत हो गईं।" सलमा के पास छोड़ कर, चन्दर, शकीला के घर चला गया। आज उसकी भी छुट्टी थी।

"दो दिन से तुम्हें फ़ोन करने का सोच रही थी"—शकीला उतावली थी कोई ख़बर देने के लिए—"बस ऐसे ही टाइम निकल गया...कैसे हो?"

"बिल्कुल ठीक...तुम सुनाओ" चन्दर जूते उतार कर गद्दे पर बैठ गया था।

"तुमसे कहा था न" शकीला ने याद दिलाया—"सिम्मी की छोटी बहन से मेरे छोटे भाई की शादी की बात चल रहीं थी। वो लोग अगले महीने की तारीख़ माँग रहे हैं...तुम लौट आओगे न लंदन से?

"मैंने अपना लंदन का प्रोग्राम आगे कर दिया है...अब अगले तीन महीने तक यहीं हूँ...कौन सी तारीख़ सोची है?"

"अभी पक्की नहीं की है लेकिन बीस पच्चीस नवम्बर का सोच रहे हैं।"

"पंद्रह के बाद कभी रख लेना...ज़रूर चलूँगा। पंद्रह को मुंबई में एक प्रोग्राम कर रहा हूँ—...और हाँ, उसमें तुम्हें भी आना पड़ेगा।"

"कोई ख़ास बात?"

"हाँ, एक तो ये मेरा प्रोग्राम है। दूसरे, अंजु और रीमा भी इस प्रोग्राम में आइटम पेश करेंगी।"

"हमें शादी से एक हफ़्ते पहले जाना पड़ेगा। शंकर जीजा जी कह रहे थे कि चन्दर को साथ ही ले चलेंगे।"

"पंद्रह के बाद कभी भी..." चन्दर के मन में एक ख़ास सवाल था—"और कौन-कौन आएगा शादी में—और कहाँ से कर रहे हैं?"

"ग्वालियर से। हमारे और सिम्मी आपा के ज़्यादातर रिश्तेदार वहीं हैं—हमारा तो घर भी वहीं है न।...रही आने की बात, यहाँ से तो चालीस पचास लोग जाएँगे सायरा...रज्जो...सब। अपनी रिश्तेदारी है। बाकी लोग और जगहों से भी आएँगे।...और फ़िकर मत करो, हम सोनम को भी उठवा के मँगा लेंगे, अगर नखरे किए तो...बात हुई तुम्हारी?"

"हाँ कल फ़ोन किया था।"—चन्दर खुश था कि सोनम से मिलने के लिए पाँच महीने इंतज़ार नहीं करना पड़ेगा—"तारीख़ पक्की करके बता देना...पंद्रह के बाद की"—फिर चन्दर को कुछ याद आया...मस्ती सूझी—"और ये बताओ, कितने दोगी। पल भर लगा उसको, समझने में। फिर भी पक्का करना चाहती थी।

"किस बात के?"

"शादी में चलने के।" चन्दर हँस दिया।

"बेशरम"

"ग़लत" चन्दर उस दिन वाले सवाल की सफ़ाई चाहता था—"जब उस दिन की याद आती है, शर्म से मेरा सिर झुक जाता है...पता नहीं किस मूड़ में बोल गया था।"

शकीला ने उसकी झेंप मिटानी चाही—"शराब और शबाब के माहौल में अच्छे अच्छों का दिमाग़ जवाब दे जाता है।" चन्दर के मन में शकीला के लिए कुछ और सद्भावना बढ़ गई थी। दिल की अच्छी लगी थी वो...साफ़...एक दोस्त सी।

चन्दर के प्रोग्राम में तीन हफ़्ते बाकी रह गए थे। देवेन-हेमेन सभी आर्टिस्टों के साथ लगभग रोज़ रिहर्सल करने लगे थे। अंजु और रीमा भी दो तीन बार चन्दर के साथ रिहर्सल में हो आईं थीं। एक दिन देवेन ने अंजु को कड़ाई से कुछ कह दिया था। वह रोने लगी थी। चन्दर ने बात सम्हाली और समझा कर प्रोग्राम न छोड़ने के लिए मना लिया था। क्या करती बेचारी। छोटी सी जान। सारे घर का बोझ। सोनम बाजी अपनी कोख में नन्हीं सी जान पाल रही थी, बीना में बैठी। माँ का अस्पताल, टैक्सी और दवाइयों का रोज़ का ख़र्चा शुरू हो गया था। रीमा का होटल जाना बंद हो गया था। अंजु के दिमाग़ पर सब कुछ बोझ बनकर मंडराने लगा था।... बदन का बोझ अलग। रात भर नाचना, छुट्टी के दिन टैम लगाना और रोज़ माँ को लेकर डॉक्टर के यहाँ जाना चन्दर के ख़्याल में यह कड़ी परीक्षा थी, लेकिन वह चाहता था कि अंजु, बिना नक़ल किए अपने पर्चे करे। सो, जरूरत से ज़्यादा मदद करके, अंजु को पर-निर्भर नहीं होने देना चाहता था चन्दर। सोने की भट्टी में तपते देखना चाहता था वह।...हर मैला कण अलग होने तक...सुनार की हथौड़ी से पिटने तक...कसौटी पर खरा उतरने तक।

पर अंजु का बोझ कम भी करना था। कर दिया। प्रोग्राम के एडवांस दिलवा दिए। देवेन-हेमेन ने अंजु और रीमा के पाँच-पाँच हज़ार दिए थे। चन्दर ने पर्दे के पीछे देवेन को दस हज़ार की गड्डी पकड़ाई थी।

शकीला ने सोनम को शादी का निमंत्रण भेजा और दस हज़ार का चैक भी। उधार, बेरोज़गारी में। कमाने पर वापस ले लेगी। चन्दर ने शकीला को कैश दिए थे। बात छिपा कर रखने की रिश्वत भी...दोस्ती। अस्पताल वालों ने सोनम की मम्मी से कहा था...रोज़-रोज़ हिसाब का झंझट नहीं रखना। आख़ीर में बिल भेज देंगे...या दे देंगे। बिल चन्दर के पते पर भेजा जाना था—मम्मी को पता नहीं था। सब चन्दर का इंतज़ाम था। उसके स्वाभिमान के टुकड़े किए बिना सहारा देने का।

प्रोग्राम की फ़ाइनल रिहर्सल के दिन देवेन ने अंजु और रीमा की तारीफ़ की।...देवेन ने अंजु को सॉरी भी कहा...कड़ाई से बोलने वाली बात के लिए। चन्दर का रवैया कुछ और था बोला—"ये भी तुम्हारे उस्ताद हैं। तैयार किया है तुम्हें स्टेज पर जाकर लोगों का सामना करने के लिए। इन्होंने जलती सिगरेट तुम्हारे हाथ पर नहीं लगाई।"

अंजु समझदार थी। प्रोग्राम में मौक़ा देने के लिए देवेन और हेमेन का शुक्रिया अदा करते हुए कह दिया—

"...सॉरी, अगर हमसे कोई बदतमीज़ी हुई हो। आप दोनों की मदद के बग़ैर हमारी हिम्मत नहीं होती स्टेज पर जाने की।"

"हम तो चाहेंगे कि तुम दोनों हमारे सभी प्रोग्रामों में आओ"— देवेन फ़ैसला करने में शायद जल्दबाजी कर रहा था। चन्दर नहीं चाहता था कि अभी से अंजु

और रीमा का दिमाग़ बड़ा हो। तारीफ़ बहुत हो चुकी थी—आलोचना बिलकुल नहीं। सो कह दिया—"मेरी एक छोटी सी सलाह है, इन दोनों को"—देवेन-हेमेन भी सुनने लगे—"तुम दोनों गाती हो तो लगता है, तुम्हारे दिमाग़ में यह सवाल गाने के साथ साथ चलता है कि साज़ साथ चले रहे हैं या नहीं। तुम्हारी यह चिंता तुम्हारी आवाज़ से झलक जाती है। कल जब स्टेज पर जाओ तो साजिंदों को भूल जाना। समझ लेना जो गा रही हो, दिल की गहराई से आ रहा है। साज तुम्हारे पीछे चलेंगे। और, तुम्हारे डांस से भी ऐसा लग रहा है कि तुम साज के पीछे-पीछे चलने की कोशिश कर रही हो। कल स्टेज पर खुल जाना। साज के आगे दौड़ना, साज तुम्हारे पीछे हो लेंगे।"

अंजु और रीमा ने चन्दर की बात सिर झुका कर सुनी। देवेन-हेमेन मतलब समझ गए थे। निखार कभी 'ज़्यादा' नहीं होता...अभ्यास कभी पूरा नहीं होता। संतोष को देख कर प्रगति अपने द्वार बंद कर लेती है। उस दिन रिहर्सल के बाद घर वापस जाने से पहले देवेन ने चन्दर को एक तरफ बुलाकर बताया था कि छः सौ के हॉल में लगभग दो सौ सीटें अभी ख़ाली थीं। सौ टिकट चन्दर ने लिए और कहा—

"कुछ शो के टाइम पर बॉक्स ऑफ़िस के लिए ज़रूर रखना। कल सुबह अख़बारों में विज्ञापन निकलेंगे...कुछ लोग ज़रूर आएँगे।"

सलमा को पास देना था। शकीला और शंकर को भी। अंजु और रीमा को घर छोड़कर और खाना खाने के लिए लौटने का वादा करके चन्दर उनसे मिलने चला गया। शकीला के घर से लौटते हुए गामा भाई के कमरे पर भी।

"आंऽऽऽहांऽऽऽ"...गामा भाई ने नज़रें उठाकर अपने दरवाज़े पर खड़े चन्दर को देखा—"आओ मियाँ इंसान, हमारे राजा-रानी तुम्हारे इंतज़ार में कुँआरे बैठे रह गए...मियाँ हमारी बिरादरी की लौंडिया के घर के तो रोज़ चक्कर काटते हो...हमारे लौंडे सारी ख़बर देते रहते हैं...और हमारे साथ शतरंज की बाज़ी लगाने का वादा करके तुम्हें आज फुर्सत मिली है।"

"माफ़ कीजिएगा गामा भाई"—चन्दर गामा भाई का इशारा पाकर वहीं कुर्सी पर बैठ गया था—"बस, कामकाज में लगा रहा। और...आपकी "बिरादरी की लौंडिया के घर के रोज़ चक्कर लगाने" का भी एक ख़ास मक़सद था। उसी सिलसिले में आपसे मिलने आया हूँ।" पहले आना चाहिए था...देरी के लिए अफ़सोस है।"

"देर आए दुरुस्त आए"—गामा भाई बोले—"बोलो, ये नाचीज़ तुम्हारी क्या ख़िदमत कर सकता है।"

"सोनम की छोटी बहनें—अंजु और रीमा, कल मेरे एक प्रोग्राम में स्टेज पर गाएँगी और डांस करेंगी"—चन्दर ने कहते-कहते गामा भाई को प्रोग्राम का इन्विटेशन कार्ड दिया—"आप कल उस प्रोग्राम में ज़रूर तशरीफ़ लाएँ।"

गामा भाई कार्ड पढ़ते हुए कहने लगे—"बड़े-बड़े नाम छाप रखे हैं...मिनिस्टर

के...फिल्मी हस्तियों के...इनके बीच में हमें कहाँ बैठाओगे। अरे भाई इंसान, हम तो गाने बजाने वालों और वालियों की बिरादरी के मुखिया हैं। फ़ारस रोड के अलावा हमें कौन जानता है।''

''यही तो मैं चाहता हूँ''—चन्दर ने कहा—''आपकी बिरादरी फ़ारस रोड के बाहर की दुनिया भी देखे। इसीलिए अंजु और रीमा को बड़ी मुश्किल से इस प्रोग्राम में शामिल होने के लिए राज़ी किया है।...मैं चाहता हूँ कि आप आएँ और साथ में... ।''

''मियाँ हम तो आ जाएँगे, लेकिन मेरी बात सुनो—''और गामा भाई ने अपने मन का भय व्यक्त कर दिया—

''पहले मुंबई में, और दूसरे शहरों में, सिर्फ़ मुजरा हुआ करता था क्या बाइयाँ थीं। लखनऊ वालियों का नाम मुंबई के लोगों को मालूम था और बनारसवालियाँ, भोपाल और दिल्ली तक मशहूर थीं।...जब से ये होटलों का जाल बिछा और दस-दस रुपए के लिए छोकरियाँ ग्राहकों से हाथ फिरवाने लगीं, तब से मुजरे बंद होने लगे और हमारी बिरादरी की लड़कियां होटलों की ओर खिंची चली गईं।...अब तुम हमारी लड़कियों को स्टेज के प्रोग्रामों का चस्का लगा रहे हो और हमसे ही कहते हो कि हम बिरादरी वालों को लेकर आएँ। मियाँ ये तो बड़ी नाइंसाफ़ी है तुम्हारी।''

''गामा भाई, गुस्ताखाी माफ़। अगर इजाज़त हो तो मैं भी अपने मन की बात कहूँ?...आप कभी होटल में गए हैं?...नहीं, आप भला क्यों जाने लगे, अपने दुश्मनों के जश्न में शामिल होने।...लेकिन मैं गया हूँ। आपकी बिरादरी की दो हज़ार से ज़्यादा लड़कियाँ होटलों में डांस करती हैं। हिंदुस्तान के कोने-कोने से आकर, रोज़ी-रोटी कमाने के लिए यहाँ फ़ारस रोड पर पड़ी हैं। लेकिन इनमें से ज़्यादातर लड़कियों को आँखें मटकाने और कमर के लटके-झटके दिखाने के अलावा और कुछ नहीं आता। अब आपने उन पर एक दिन 'टैम' पर आने की पाबंदी लगा दी है। वो आकर बैठती हैं और आपके क़ानून को मनमन में गाली देकर सवेरे सीटी बजने का इंतजार करती हैं।...आप कभी जाकर बैठते हैं टैम पर...जाएँ तो पता लगेगा कि कस्टमर मुजरा सुनने क्यों नहीं आते। किसी को ढंग से गाना नहीं आता...घुंघरू बाँध कर नाचना नहीं आता।...क्यों? क्योंकि किसी ने कभी सिखाया नहीं...अगर इन्हें नाच-गाना आता हो तो आज भी सुनने वाले बहुत जमा हो जाएँगे।

स्टेज पर जाने के लिए सीखना पड़ता है वर्ना पब्लिक सड़े टमाटर और अंडे साथ लेकर आती है।...और स्टेज के नाम पर अगर आपकी लड़कियों को ट्रेनिंग मिल गई तो वो टैम पर भी काम आएगी।...वो पाबंदी...एक दिन टैम पर आने वाली, आप बनाए रखिए न। हाँ होटलों से लड़कियों की भीड़ छंट सकती है क्योंकि कमाई का दूसरा भी ज़रिया बन जाएगा।

''मियाँ बात तो तुम पते की कह रहे हो''—गामा भाई ने चन्दर का तर्क स्वीकार

करते हुए कहा—"मगर बात बात होती है और काम काम होता है। ख़ैर, हम कल तुम्हारे प्रोग्राम में आकर देखेंगे कि दोनों छोकरियों को तुमने क्या ट्रेनिंग दिलवाई है।"

"गामा भाई, वो ट्रेनिंग देने वाली भी आपकी ही बिरादरी की हैं।"

गामा भाई को आश्चर्य था—"अच्छा। कौन है?"

"सलमा। बाड़ी वाली।"

सलमा के नाम पर गामा भाई की आँखों में एक रौशनी चमक गई। बोले—"बहुत खूब। उस्ताद तो अच्छा चुना है।...क्या नाचती थी अपनी जवानी में।...भई हम ज़रूर आएँगे।...टिकट बिक गए सारे?"

"जी, दो सौ बाक़ी हैं।"

"कुछ हमें दे जाओ...साथ लाए हो"

"कितने दूँ" चन्दर ने जेब से टिकट निकाले।

"कितने हैं तुम्हारे पास?"

"सौ लाया था...सौ कल बॉक्स आफ़िस के लिए हॉल पर रख दिए हैं।"

"तो सौ आज दे जाओ"—गामा भाई ने बड़ी सहजता से हाथ बढ़ा कर सारे टिकट लेते हुए कहा—"कल फ़ोन करके बता दूँगा कि और कितने चाहिए।...लौंडों को भेजकर सब चालों में टिकट पहुँचा देता हूँ।"

जिन लड़कियों की कल 'टैम' लगाने की बारी है, वो सब आएँगी और उस्ताद लोग भी।...कल, टैम पर लेट आने का जुर्माना नहीं लगेगा।"

चन्दर ने इतनी बड़ी सफलता की आशा नहीं रखी थी। वह बेहद खुश था। सिर्फ़ इस बात से नहीं कि उसके सौ टिकट बिक गए थे बल्कि उसे पूरा विश्वास था कि अंजु और रीमा को स्टेज पर देखकर फ़ारस रोड की दूसरी लड़कियों में भी उस राह चलने की उत्सुकता जागेगी।...उसके बाद की योजनाएँ, चन्दर की आँखों में घूमने लगीं थीं। शेख़चिल्ली?...ना। उसकी कल्पनाओं को आकार मिल सकता था तो विकास के क्रम में अगर "कुछ नहीं" से 'कुछ' और फिर बंदर से इंसान बन सकता था तो उनके विकास की धारा सौ, दो सौ या तीन सौ साल पहले किसी चट्टान से माथा टकराकर रुकी होगी पर जब पानी अपना रास्ता बना लेता है तो फिर सोनमों, अंजुओं और रीमाओं को, जीवन के खुले मैदान की हरियालियाँ देखने को क्यों नहीं मिल सकतीं।"

इच्छा शक्ति के जागने और जगाने की देर थी। चन्दर को विश्वास था, अंजु और रीमा खुले मैदान में बहेंगी। दोपहर का सूरज उन्हें सुखा नहीं पाएगा। उसकी रौशनी में ये धाराएँ और चमकेंगी। नए रास्ते बनाएँगी...नई दिशाएँ पकड़ेंगी। और वो, चन्दर, बहती हुई धारा के किनारे, किसी टीले पर बैठा उन्हें अपना सफ़र तय करते देखेगा।

आज उनकी कड़ी परीक्षा थी। स्टेज के मंजे हुए कलाकारों के साथ, होटल

में आँखें मटका कर ज़िंदगी को टुकड़े नसीब कराने वाली अंजु और रीमा, खचाखच भरे हुए हॉल में सराहना बटोरेंगी या आलोचना। चन्दर को इस सवाल का जवाब पाने का बेसब्री से इंतज़ार था।

महान फिल्मी हस्ती—अनिल दत्त—आज के मुख्य अतिथि थे जिन्होंने राखी के दिन फ़ारस रोड जाकर वहाँ की एक-दो नंबर वालियों से राखी बंधवाई थी। अगले दिन कई अख़बारों ने वह फोटो छापे थे। कार्यक्रम के उद्घाटन का काम एकनाथ सावंत को करना था। हाल में मंत्रिमंडल में हुए फेरबदल में उन्हें सांस्कृतिक मामलों का राज्य मंत्री बना दिया गया था।

शाम सात बजे से ही हॉल के बाहर लोग जमा होने लगे थे। साढ़े सात बजे गेट खुलने वाला था। आठ बजे के शो के लिए। गामा भाई भी अपनी बिरादरी के चार पाँच उस्तादों के साथ वहाँ पहुँचे थे। उनकी बिरादरी की कुछ लड़कियाँ भी। दूसरी आ रही थीं। अनिल दत्त भी जल्दी पहुँच गए थे। मंत्री जी के आने से पहले। शायद उन्हें अपनी अगली फ़िल्म का टैक्स माफ़ कराने की बातचीत करनी होगी।

अनिल दत्त को वहाँ देखकर बच्चों ने ओटोग्राफ़ लेने शुरू कर दिए थे। फ़ारस रोड की लड़कियों ने भी। उनमें से एक दो ने राखी वाले दिन अनिल दत्त को राखी भी बाँधी थी। ऑटोग्राफ़ लेते हुए एक ने कह दिया—''आपको याद नहीं होगा लेकिन मैंने आपको राखी बाँधी थी।''

दूसरी ने उसे कंधा मारा। ''अब पगली को ये भी बताना पड़ेगा कि राखी कब और कहाँ बाँधी थी। फ़ारस रोड का नाम लेना पड़ेगा।...नहीं आर. एस. निमकर मार्ग कह देंगे। वो समझेंगे? क्यों नहीं फ़ारस रोड की लड़कियों के कहने से तो ये नामकरण नहीं हुआ था। सरकारी रिकॉर्ड में दर्ज़ है नया नाम। वैसे ही जैसे घोड़बंदर रोड बदल कर स्वामी विवेकानंद रोड हो गया। शुरू में कुछ लोग सोचते होंगे...घोड़े और बंदर का स्वामी जी से क्या मतलब। धीरे-धीरे सब समझने लगे...ज़्यादातर एस. वी. रोड के नाम से। वैसे ही जैसे हिंदुस्तानियों को हर चीज़ को 'ऐंब्रिवियेशन' में बोलने की आदत है। फ़स्ट इयर, एफ. वाई. होता है—सैकंड इयर, एस. वाई. और थर्ड इयर, टी. वाई...यहाँ तक तो ठीक, लेकिन एम. बी. बी. एस., मियाँ-बीवी बच्चों सहित नहीं होता फिर भी कुछ दोस्तों के सर्कल में यही मतलब समझा जाता था। पी. एल. बी. कॉलेज को, दूसरे कॉलेजों के लड़के पक्का लौंडेबाज़ कॉलेज कहते थे। कह-कह कर बना दी थी ये छवि। ऐंब्रिवियेशन का दुरुपयोग करके होता है...कोई क्या करे। जो डर था, वही हुआ। अपने सामने, राखी बाँध चुकी बहना को खड़े और मुस्कराते देखकर अनिल दत्त जी ने वही सवाल किया—

''तुमने मुझे राखी बाँधी थी?'' उनके माथे पर बल थे। वो वाले, जो कुछ सोचते हुए दिमाग़ पर ज़ोर देते वक्त आ जाते हैं।

''किस फ़िल्म में?'' उन्होंने समझा था, लड़की ने बहन का छोटा मोटा रोल

किया होगा।

"फ़िल्म में नहीं"–लड़की ने गर्व से कहा–"आर. एस. निमकर. मार्ग पर"

दूसरी लड़कियाँ भी ऑटोग्राफ लेने के लिए चें-चें कर रही थीं। अनिल दत्त जी ने ठीक से सुना नहीं पर जवाब देना था–अपनी बात कहनी थी, कह दी–"आर. एस. एस. से मेरा कोई नाता नहीं। मैं संघ परिवार वाला नहीं, कांग्रेसी हूँ।"

दूसरी लड़की खिलखिलाई–"फ़ारस रोड...वो तो जानते हैं न? वहाँ आकर हर साल राखी बँधवाते हैं।"

फ़ारस रोड के नाम पर नकली सोशल वर्कर खिसक लेता।...या झटके से बाहर वाली साँस थोड़ी देर वहीं रुकी रहती। पर अनिल दत्त जी किसी अच्छी भावना से प्रेरित रहे होंगे। कांग्रेसी थे तो क्या हुआ। वो 'बोफोर्स' वाले नहीं थे। मेहता जी की पेटी वाले भी नहीं। घोटालों की आंधियों ने भी उन्हें नहीं झकझोरा था। मुस्कान की इस्तरी लगाकर माथे की सलवटें मिटा दीं। आगे बढ़कर बकबक करने वाली दोनों लड़कियों को गले लगाते हुए पूछने लगे–

"शो देखने आई हो?"

"जी हाँ"–एक ने जवाब दिया–"कम से कम सत्तर अस्सी लड़कियाँ आने वाली हैं, फ़ारस रोड की।"

"हमारी बिरादरी की दो लड़कियाँ प्रोग्राम में हिस्सा ले रही हैं। मुखिया ने 'टैम' पर लेट जाने की इजाज़त दे दी है।" दूसरी बताने लगी थी। लेकिन एकनाथ सावंत के आने के कारण अनिल दत्त जी का ध्यान बँट गया। मुड़े और दोनों हाथ मिलाने लगे। तभी हॉल के दरवाज़े खुले और बाहर जमा होती भीड़ अंदर जाने लगी। वालटिंयरों ने दोनों विशिष्ट अतिथियों को अपने घेरे में लेकर पीछे वाले दरवाज़े से वी. आइ. पी. रूम में पहुँचा दिया। पीछे का रास्ता अक्सर सुरक्षित समझा जाता है। एड्स की बीमारी के बाद ज़रा बदनामी हो गई। कोई बात नहीं...नारे तेज़ लगाएँगे। आंदोलन में तेज़ी लाएँगे। दुनिया पागल है...भेदभाव बरतने वाली है...उसे समान अधिकारों का सिद्धांत समझाएँगे।

एकनाथ जी का उद्घाटन भाषण छोटा सा था। माइक पकड़ कर छोड़ने का नाम न लेने वाले लीड़रों जैसा नहीं। स्वागत किया। सांस्कृतिक कार्यक्रम के आयोजन में नए संगीतकारों और नए कलाकारों को बढ़ावा देने की भावना को सराहा। प्रेस वालों ने प्वाइंट नोट कर लिया था। गिफ्ट और प्वाइंट बटोरने आए थे...प्रेस वाले। वर्ना, मुंबई में ऐसे सांस्कृतिक प्रोग्राम एक दिन में आधा दर्जन होते होंगे। सबके बारे में छापें तो अख़बार भर जाएगा। जहाँ खाने-पीने का इंतज़ाम हो और गिफ्ट मिले वहाँ जाना पड़ता है। फिर कुछ लिखना भी पड़ता है। कभी-कभी अंधे के हाथ बटेर लग जाती है...कोई प्वाइंट मिल जाता है। सांस्कृतिक राज्यमंत्री...नई

प्रतिभाएँ...प्रोत्साहन। प्वाइंट थे। और एकाध होंगे। कहानी बन जाएगी।...बन गई।

कार्यक्रम का संचालन...कम्पेयरिंग, चन्दर खुद कर रहा था। सभी कलाकारों को अच्छी तरह पेश किया था। लेकिन अंजु और रीमा को ज़रा और अच्छी तरह। टेढ़ा काम था। प्रोत्साहन ज़रूरी था ताकि पहली बार स्टेज पर जाएँ तो 'बिनधास'। लेकिन ज़्यादा तारीफ़ करने में दर्शकों-श्रोताओं की अपेक्षाएँ बढ़ने का ख़तरा था। सो, चन्दर ने अंजु और रीमा को सधकर पेश किया। एक और बात प्रेस वालों के लिए प्वाइंट बन गई। "अंजु और रीमा के खून में नृत्य और संगीत बहता है।" चन्दर ने क्यों कहा। प्वाइंट तो था पर सवाल के साथ। टी. वी. वाले इकलौते पार्ट टाइम रिपोर्टर कैमरामैन ने इस प्वाइंट पर अंजु रीमा के नाचने गाने के क्लोज़प शॉट ले लिए थे।

कई बार इतनी ख़बरें होती हैं कि सारी शामिल नहीं हो पातीं। कभी-कभी दूरबीन लेकर खोजने पर भी खबरों का परिंदा पर नहीं मारता। रेडियो-टी. वी. का आधा घंटा तो भरना ही पड़ता है। होशियार फ्रीलांस रिपोर्टर को पैसे बनाने का चांस आराम से मिले, बशर्ते कि वह खबरों के अकाल वाले दिन, प्रोड्यूसर को जौ का सत्तू ही थमा दे...या अफ्रीका की उगाली। मकई के आटे को उबाल कर बनाई गई लेई सी। ग़रीब ख़ाते हैं क्योंकि उन्हें षड्रस व्यंजन नसीब नहीं होते। लेकिन, व्यंजनों से ऊब जाते हैं, इसलिए अमीर खाते हैं,...उगाली...या सत्तू...या ऐसा ही कुछ और। सबको, परिवर्तन अच्छा लगता है। जैसे बंगले वालों को नदी किनारे खुले में बैठकर पिकनिक का खाना। लेकिन...खुले आसमान के नीचे दिन-रात काटने वाले को खुली पिकनिक का स्वाद चखाना कितना बेकार होगा। उसे एक दिन के लिए एयरकंडीशंड कमरा मिलना चाहिए। लेकिन आज कल के बहुत से प्रेसवाले 'बीच' के हैं। 'षड्रसव्यंजन' वालों के बीच बैठकर 'उगाली' के गुण गाएँगे। 'उगाली' समाने हो तो 'व्यंजन' वालों की लाइन में खड़े हो जाएँगे।' ये बात और है कि खाना 'पीना' और गिफ्ट शक्तिशाली चुंबक बन जाएँ। सुई क्या करे, अगर पाव भर की चुंबक उसे खींचे। चन्दर ने और देवेन-हेमेन ने चुंबक लगा रखी थी। प्रेस वाले आए थे...उनके लिए प्वाइंट आ रहे थे। अगला प्वाइंट आख़िरी था...महत्त्वपूर्ण...छपने लायक कहानी बनाने वाला।

इंटरवल के दौरान चन्दर स्टेज से उतर कर गामा भाई, उनके उस्तादों और फ़ारस रोड से प्रोग्राम देखने आई बिरादरी से मिला। शकीला भी थी। उसने बता दिया था कि शादी बाईस तारीख़ की पक्की हुई थी। घर वाले अगले ही दिन ग्वालियर जा रहे थे लेकिन शकीला सायरा और रज्जो को उन्नीस का रिज़र्वेशन कराना था। होटल से ज़्यादा छुट्टी नहीं मिली...या ली नहीं। हज़ारों का नुक़सान था।

"तुम्हारा रिज़र्वेशन हम अपने साथ करा लें।" शकीला ने पूछा तो चन्दर ने

जल्दबाजी में जवाब दिया—"हाँ, हाँ करा लो। कल आकर अपने किराए के पैसे दे दूँगा।"

"जी नहीं"—शकीला के चेहरे पर गर्व के भाव थे—

"किराया हमारी तरफ़ से और सूट भी मिलेगा, सिम्मी आपा की तरफ से, क्योंकि घर वालों में तुम्हें भी गिना है।"

"ठीक है।"—चन्दर जल्दी में था—"मैं ज़रा अंदर चलूँ...प्रोग्राम के बाद मिलकर जाना...अंजु की मम्मी और सलमा कहाँ हैं?" शकीला जवाब देती, उससे पहले ही दोनों चन्दर को दिखाई पड़ीं। वह उनकी ओर बढ़ गया।

अंदर वी. आई. पी. रूम में सावंत साहब और दत्त साहब बैठे थे। देवेन-हेमेन उनसे बात कर रहे थे। बाकी आर्टिस्ट भी थे। छुटकी-रीमा अपने हाथ में डायरी और पेन लेकर ऑटोग्राफ का इंतजार कर रही थी। दत्त साहब की निगाह उस पर पड़ चुकी थी। पास बुलाकर डायरी में लिखने से पहले पूछा—"तुम्हारा नाम रीमा है न?"

छुटकी बड़ी खुश हुई। दत्त साहब ने चन्दर के अनाउंसमेंट से उसका नाम याद रखा था। रीमा ने अंजु को आगे खींचा—

"ये मेरी बड़ी बहन है—अंजु और सबसे बड़ी दीदी हैं न, सोनम बाजी...वो मुलुक गईं हैं...बीना...ग्वालियर के पास।"

दत्त साहब ने छुटकी की बात सुनते-सुनते डायरी में लिख दिया, तीनों बहनों का नाम—

रीमा, अंजु और सोनम को,
ढेर सारी शुभकामनाओं के साथ,
अनिल दत्त।

रीमा की मम्मी और सलमा भी चन्दर के साथ वहाँ पहुँच चुकी थीं। चन्दर ने उन्हें दत्त साहब से और सावंत साहब से मिलाया। अंजु और रीमा को नृत्य और संगीत का प्रशिक्षण देने के लिए दत्त साहब ने सलमा की तारीफ़ की तो सलमा मौक़ा चूकने वालों में से नहीं थी।

"थोड़ा टाइम और लगेगा फिर ये दोनों लड़कियाँ आपकी फ़िल्म में डांसवाला रोल माँगने आएँगी।" सलमा की बात पर दत्त साहब कुछ कहते-कहते रुक गए। थोड़ा सा सधे और फिर चन्दर को अपनी जेब से कार्ड निकाल कर देते हुए, प्रोग्राम की बधाई दी और कहा—"मैं बीच में चला जाऊँगा, तुम कम्पेयरिंग में बिज़ी होंगे...एकाध दिन में मुझे फ़ोन कर लेना।"

"जी अच्छा..." शायद चन्दर कुछ और कहना चाहता था लेकिन सलमा फिर बीच में बोली—

"मेरी शागिर्दों का एक-एक डांस का आइटम अभी बाकी है। उसे देखे बग़ैर

आप नहीं जा सकते। हमारी बिरादरी आपको राखी बांधती है तो ये भी आपकी...''

''हाँ, इनके आइटम देखकर ही जाऊँगा'' दत्त साहब ने आश्वासन दे दिया और सलमा खुश हो गई। अंजु रीमा भी, उनकी मम्मी भी...और चन्दर भी।

इंटरवल के बाद रंग और जम गया था। सभी आइटम एक से एक। मिमिक्री वाला भी। क्या हँसी थी पब्लिक, नेता जी की नक़ल पर।

''भाइयो और बहनो!''—मिमिक्री वाले ने नेता जी के जोशीले भाषण की नकल की थी...''हमारे इस छोटे से शहर में गंदगी बहुत है। लोग सड़कों पर टट्टी पेशाब करते हैं। ''मुंसीपाल्टी' में मेरे आने से पहले, इस शहर में पाख़ाने नहीं थे। पता नहीं लोग क्या करते थे। अब हैं लेकिन बहुत छोटे हैं। मैं आपसे वादा करता हूँ कि औरतों की पेशाब वाली जगह चौड़ी करवाऊँगा। मर्दों की टट्टी करने वाली जगह की रोज़ सफ़ाई करवाऊँगा।'' मिमिक्री वाले की इस भाषा पर एक दो साहित्य प्रणेताओं ने नाक भौं सिकोड़ी थी। सामने वाली क़तार में बैठे थे। मिमिक्री वाले ने माफ़ी भी माँग ली लेकिन कहता हुआ गया—

''ऐसे लोग हैं, जिनके लिए काला अक्षर भैंस बराबर है...ऊपर वाली मंज़िल में भूसा भरा है...आँख के अंधे गाँठ के पूरे लेकिन 'मुंसीपाल्टियाँ' उनकी जेब में रहती हैं। क्योंकि पब्लिक से वोटों की गिफ्ट मिल जाती है।''

ये तो अच्छा हुआ कि मिमिक्री वाले आइटम के बाद रीमा का डांस था—

''झुमका गिरा रे...''

और फिर अंजु का। ''मोरनी बागां माँ बोले आधी रात माँ...।''

दोनों...ग़ज़ब।...बस ग़ज़ब। जब आया—''छननछन चूड़ियाँ खलक गईं देख साहिबा... तो फ़ारस रोड की सारी बिरादरी हॉल में बैठी दोनों हाथ टकरा के सचमुच चूड़ियाँ खनकाने लगी थी। अंजु के डांस को एक माहौल मिल गया था—बेहतरीन—उम्दा।...नहीं, ग़ज़ब।

''ग़ज़ब, सारे प्रोग्राम में हुआ था। देवेन-हेमेन की मेहनत और क़ाबलियत को क़ामयाबी मिली थी। चन्दर ने अच्छे कलाकारों को पब्लिक के सामने लाने की वाहवाही लूटी थी। गिनी चुनी सीटें ख़ाली थीं, वो भी टिकट लेकर दस-बीस लोग पहुँच नहीं पाए थे। बाहर तो साढ़े सात बजे से ही हाऊस फुल का बोर्ड लगा था। ये सब कुछ ग़ज़ब की अप्रत्याशित सफलता थी, लेकिन इसमें फ़ारस रोड का बड़ा हाथ था...गामा भाई का भी।

सबसे बड़ा ग़ज़ब तो तब हुआ जब दो दिन साँस लेने और शकीला से मिलकर ग्वालियर का प्रोग्राम करने के बाद, चन्दर ने अनिल दत्त जी को फ़ोन किया था। 'शार्ट नोटिस' पर बुलाने की शिष्टाचारी क्षमा माँगने के साथ अनिल दत्त जी ने चन्दर को अपने ऑफ़िस में बुलाया था।

''चन्दर अगर बुरा न मानो तो''—अनिल दत्त जी ज़रा झिझके लेकिन पूछ

ही लिया—"ये बताओ कि फ़ारस रोड के साथ तुम्हारा क्या नाता है?"

"गुस्ताख़ी माफ़"—चन्दर ने मेज़ की दूसरी तरफ उनके सामने वाली कुर्सी पर बैठे जवाब दिया—"आप सारी मुंबई छोड़कर फ़ारस रोड पर राखी बँधवाने क्यों जाते हैं?"

"हम तो सोशल वर्कर हैं—फ़िल्मवाले हैं तो क्या हुआ फ़ारस रोड और मुंबई की वैसी ही दूसरी बदनाम बस्तियों में रहने वाली हज़ारों लड़कियों-औरतों के हज़ारों दर्द भरे अफ़साने हैं। उन्हें साल के तीन सौ पैंसठ में से एक दिन किसी से ज़रा सा अपनापन मिल जाता है। हमारी एक संस्था है जो इन बस्तियों की ज़रूरतों को ख़्याल में रखकर कुछ प्रोजैक्ट बनाने पर विचार कर रही है। पुलिस...सरकार... कोरपोरेशन...सबसे मदद माँग रहे हैं...तुम्हारा इनसे क्या नाता है?...वो दोनों लड़कियाँ...क्या नाम थे उनके...हाँ, अंजु और रीमा, बहुत टेलेंटेड हैं। उन्हें गाते हुए सुनकर और डांस करते हुए देखकर तबीयत खुश हो गई।"

"दत्त साहब"—चन्दर ने सीधी सादी बात कह डाली "आपकी मुंबई में बोर होकर टाइम पास करने बीयर बार में गया था कि एक नई दुनिया दिखाई दी मुझे। ज़रा और नज़दीक गया तो अंजु और रीमा के घर के दरवाज़े तक पहुँच गया। इनकी बड़ी बहन-सोनम के साथ। उनकी दहलीज़ पर पाँव रखते वक्त मन में जो डर था—हिचकिचाहट थी—परिवार से मिल कर दूर हो गई। देखते-देखते एक अपनापन पैदा हो गया।...दत्त साहब, मैं तो पिछले बीस साल से परदेस में रह रहा हूँ। आपकी तरह सोशल वर्क के प्रोजैक्ट नहीं बना सकता। मेरी इतनी हस्ती भी नहीं, लेकिन मन में ये ज़रूर सोचा है कि अगर एक परिवार को ही, मैं, फ़ारस रोड के घूरे से निकाल कर किसी ऐसी जगह बैठा सकूँ, जहाँ से दुनिया के कुछ और पहलू उन्हें दिखाई दे सकें तो मेरी आत्मा को बड़ा चैन मिलेगा।"

"चन्दर, मुझे खुशी है"—दत्त साहब आश्वस्त लगे—"हमारे ख़्याल एक हैं"

"लेकिन एक फ़र्क़ हैं"—चन्दर ने नम्रता जताई—"आप पूरे समुदाय के बारे में सोचते-करते हैं। ऊपर वाले ने आपको वह क्षमता दी है। मैं सिर्फ़ एक इकाई के लिए सोचने-करने की बात कर रहा हूँ।"

"एक नहीं होगा तो ग्यारह कैसे बनेगा"—दत्त साहब बोले—"मैंने तुम्हें इसलिए बुलाया था कि उस दिन उन दोनों लड़कियों की टीचर ने एक बात कही थी—"ये दोनों लड़कियाँ आपकी फ़िल्म में डांसवाला रोल माँगने आएँगी।" दरअसल, ये बात तभी से मेरे दिमाग़ में घूम रही है। मैं अपनी अगली फ़िल्म के लिए कुछ नए चेहरे तलाश रहा हूँ। अगर तुम समझते हो कि वो ये ज़िम्मेदारी निभा सकती हैं तो मैं चाहूँगा कि वो आकर मेरे डायरेक्टर से मिलें और स्क्रीन टेस्ट दें। वो अभी ऊटी गए हैं, लोकेशन देखने। आठ-दस दिन में लौटेंगे। तुम दो हफ़्ते बाद दोनों को ले आना।"

चन्दर के लिए यह सबसे बड़ा ग़ज़ब था। एक लंबी साँस भर कर पूछा—"दत्त

साहब आपने कभी किसी अच्छी चैरिटी या संस्था को दान दिया है।''

''अपनी हैसियत के मुताबिक़...हाँ।''

''तो फिर ये समझ लीजिए कि अगर आप इन दोनों लड़कियों को अपनी फ़िल्म में अवसर का दान कर सकें तो वो इनके लिए, इनके पूरे परिवार के लिए एक नए जीवन का दान होगा—एक अँधेरी गुफ़ा के लिए रौशनी का।'' चन्दर भावुक हो गया था।

''इनकी बड़ी बहन क्या करती है?'' दत्त साहब को याद था।

''वो—सोनम, बीना में हैं, अपनी नानी के पास। माँ बनने वाली है। चार-पाँच महीने में वापस लौट आएगी''—और चन्दर ने अपने ख़्यालों में सोनम की भूमिका तय कर ली थी—''वो इन दोनों की मैनेजर बन जाएगी।...मिलेगी...ग्वालियर में...एक शादी में जा रहा हूँ।''

दत्त साहब की मुस्कान कह रही थी कि उन्होंने सोनम के लिए चन्दर के दिल में मौजूद 'सोफ्ट कॉर्नर' तक झाँक लिया था।—और चन्दर ने मुस्कराते हुए सर झुकाकर, दो हफ़्ते के लिए विदाई ले ली थी।

चन्दर ग्वालियर जाने से पहले, सोनम की मम्मी अंजु और रीमा से मिलने ज़रूर गया था लेकिन दत्त साहब के साथ हुई बात का ज़िक्र नहीं किया था। सिर्फ़ एक वादा करवा लिया था अंजु और रीमा से, कि वो नृत्य-संगीत सीखना जारी रखेंगी। स्टेज पर अपनी कला दिखाने के बाद जनता द्वारा की गई सराहना का स्वाद उन्हें मिल चुका था। फिर दिलचस्पी खुद ही बढ़ जाती हैं। इसके अलावा, प्रेस वालों ने प्रोग्राम के प्वाइंट जोड़-जोड़ के छापने लायक कहानी भी बना ही दी थी। कई अख़बारों में प्रोग्राम के बारे में छपा था। कुछ अख़बारों ने तो अंजु का गाते हुए और रीमा का डांस करते हुए फोटो भी छापा था। फ़ारस रोड पर तो दोनों की धाक जम गई थी।

चन्दर ने प्रोग्राम को मिली कवरेज की प्रैस कटिंग्स निकाल कर पूरी एक फ़ाइल तैयार कर ली। सोनम को दिखाने के लिए। मुंबई से ट्रेन में रवाना होने के बाद और रात को सोने से पहले के चार-पांच घंटे यही फ़ाइल चर्चा का विषय रही थी। शकीला और सायरा चन्दर के साथ बैठी प्रोग्राम के बारे में बातें करती रहीं और अख़बारों में छपी रिपोर्ट पढ़ती रहीं, फोटो भी देखे और अंजु, रीमा को सराहा भी। चन्दर ने कई बार सोचा कि दत्त साहब से हुई बातचीत के बारे में उन्हें बता दे लेकिन ये सोचकर अपने आप पर क़ाबू रखा कि सबसे पहले सोनम को बताएगा।

टू-टीयर स्लीपर कोच थी। सायरा और रज्जो ने ऊपर वाली दोनों बर्थ सम्भाल लीं थी। शकीला घर से खाना बनाकर लाई थी। रात बारह बजे के आसपास सबने मिलकर खाना खाया और सायरा और रज्जो ने हार मान कर गुड नाइट कह दिया। दोनों ने ऊपर वाली बर्थों पर जाकर चादर तान ली। नवंबर के महीने के सर्द मौसम

में, कहीं दूर आसमान में चढ़ते हुए चाँद की चाँदनी धरती की हरियाली पर ओस में लोट रही थी। चन्दर का मुँह गाड़ी के इंजन की ओर था और शकीला का गार्ड वाले डब्बे की ओर। चन्दर कभी रेलवे लाइन के किनारे खड़े पेड़ों की क़तार को पीछे वाले डब्बे की ओर भागते देखता तो कभी चाँद से अठखेलियाँ करते दूधिया बादलों को।...और शकीला, चन्दर को ये सब देखते हुए देखती और कभी उसके चेहरे की किताब पढ़ने लगती। तभी चन्दर ने शकीला की नज़रों को पकड़ लिया। वह चन्दर के चेहरे की किताब पर लिखे भावों को पढ़ने की कोशिश कर रही थी।

"ऐसे क्या देख रही हो मुझे?" चन्दर ने पूछा।

"तुम कौन हो?" शकीला के इस सवाल में मानों एक गहरी उत्सुकता भरी थी।

"चन्दर...तुम्हारा दोस्त...और सोनम का।"

सीधा सादा जवाब था, लेकिन सवाल का इतना सा जवाब शकीला के लिए अधूरा था। बोली–"मेरे दोस्त हो, मैंने माना लेकिन सोनम के सिर्फ़ दोस्त नहीं, दोस्त से ज़्यादा हो।"

"वो भी यही कहती है।"चन्दर ने कहा और फिर उसकी नज़रें दूर किसी पहाड़ी के पर्दे के पीछे छिप गए चाँद को ढूंढने लगीं।

"तुम सोनम को क्या मानते हो?" शकीला ने जानना चाहा।

चन्दर को अंदाज़ा लग गया था कि शकीला, आज मौक़ा पाकर उससे सोनम के बारे में बात करना चाहती थी। पहले-पहले वह झिझक रहा था लेकिन धीरे-धीरे खुल गया।...वैसे भी सर्दियों की भीगी रात की गोद में खेलती हुई चाँदनी के पास बैठे, सोनम की चर्चा से अच्छा और क्या हो सकता था। बोला...

"सोनम...मेरी क्या है?...कुछ भी नहीं। तुमने ही तो दी है मुझे...न तुम्हारे यहाँ आता, न मिलती।...फिर मैं उसकी ओर खिंचा तो तुमने मेरी डोर ढीली छोड़ दी...मैं जो कह रहा हूँ, मालूम नहीं कितना समझ पाओगी...मैं क्या करूं...तुमने सवाल ही ऐसा किया है...जवाब आसानी से कैसे दूँ?...सोनम को क्या मानता हूँ?... बुद्धू"...शकीला हंस दी। चन्दर भी मुस्कराया, फिर गंभीर हो गया और कहता रहा..."सोचता था कि कोई कवि कैसे कविता लिखता होगा। सोनम मिली तो कविता खुद बन गई। "मशवरा कोई तो दे फ़ौरन बग़ावत का उन्हें–सोन मछली जाल में फँस कर कहाँ आज़ाद होगी।" जिंदगी में कभी ऐसा शेर नहीं सूझा था। सोनम के नाम पर मेरी कल्पना ने मुझे पीछे छोड़ दिया। कभी ख़्याल आता था कि कोई ग़ैर अपना कैसे बन जाता है। सोनम इसका जवाब बन कर आ टकराई। कितने फ़ासले पर है वो मुझसे, लेकिन उसकी परछाइयाँ हर समय क़रीब महसूस होने लगी हैं। ये जानते हुए भी कि मुझे उससे कुछ नहीं मिल सकता...अगर मिले तो मैं ले नहीं सकता, फिर भी एक निराली सी चाह पैदा हो गई है मन में...नज़दीकियाँ बनाने

की। एक रिश्ता सा जुड़ गया है...जिसका कोई नाम नहीं, दिल काँपता है कि कहीं उसकी ख़्वाहिश प्यार की हद न छू ले...क्योंकि उसकी झोली में भर-भर कर प्यार डालने के लिए मुझे चोरी के इल्ज़ाम की भी परवाह नहीं।...पर ग़लत होगा। ग़लत काम से डर लगता है।...इसीलिए अभी तक ये फ़ैसला नहीं कर पाया हूँ कि मैं उसे...सोनम को क्या मानूं...कितना मानूं।...और तुम पूछ रही हो कि मैं उसे क्या मानता हूँ।...अब तुम्हीं बताओ, मैं कहाँ से लाऊँ तुम्हारे सवाल का जवाब।''

चन्दर की बात जैसे-जैसे आगे बढ़ी थी, शकीला की आँखों की चमक भी बढ़ती गई थी। ''तुमने सच कहा''—शकीला मूड बदलते हुए बोली—''तुम्हारी आधी बातें तो मेरे सिर के ऊपर से होकर गुज़र गईं। मेरे दिमाग़ ने अपनी समझ के दरवाज़े ही नहीं खोले उनके लिए।...मैं तो एक बात जानती हूँ...तुम सोनम को जो मानो, जितना मानो, साली बड़ी किस्मतवाली है...बुद्धू'' फिर शकीला ने एक लंबी सांस ली। बोली...''काश! हमें कोई इतना मानता तो हम तो अपने दिलोजान उस पर क़ुर्बान कर देते।''

''बुरा न मानो तो एक बात पूछूं?'' चन्दर ने एक दोस्त की तरह शकीला का हाथ पकड़ कर पूछा तो वह ज़रा सकुचाई लेकिन हाथ छुड़ाए बिना बैठी रही—''क्या?''

''तुम्हारी बेटी...लैला...के पापा...'' शकीला , सवाल पूरा होने से पहले ही बोल गई ''हमारी कहानी प्यार की नहीं, मजबूरियों के साथ समझौते की दास्तान है।''...और शकीला ने अपनी कहानी सुना दी।

''उन दिनों मुंबई में होटलों की शुरूआत ही हुई थी। फ़ारस रोड की ज़्यादातर लड़कियाँ या तो अपना तन बेचकर ज़िंदगी का बोझ ढोती थीं। या मुजरे के सहारे। हमारी माँ बुढ़ापा ढो रही थी।

मुजरे की कमाई से माँ की दवाई आती थी और घर का दाल आटा भी। कभी-कभी ऐसा वक्त भी आ जाया करता था जब दो वक्त का खाना नसीब न हो।...कहीं से ज़रा सा प्यार का इशारा मिला और रोटी का सहारा भी, वहाँ हम दोनों बहनें ढीली हो गईं, भाई अभी छोटा था, उसे पालपोस कर बड़ा करने की ज़िम्मेदारी भी हमें ही सम्हालनी थी। पहले बहन को बेटी आई, फिर मुझको। बिरादरी में, बेटी का आना बुढ़ापे का सहारा माना जाता है।''

शकीला की आँखों में आँसू आ गए थे और वह अपनी चुन्नी से चेहरा पोंछने लगी थी। चन्दर ने अपने हाथों में उसका हाथ दबाते हुए दोस्ती का अहसास दिया। शकीला ने मुस्कराने की कोशिश की।

''तुम्हारी बहन...शंकर...''चन्दर से पूरा वाक्य नहीं बन पड़ा पर शकीला उसका सवाल समझ गई थी। जवाब हाज़िर था।

''शंकर तो बहुत बाद में आया। मेरी बहन की ज़िंदगी में। हमारी चाल में

ही रहता था। वैसे दोनों एक दूसरे को जानते थे...मेरी बहन को पसंद भी था लेकिन सिर्फ़ पसंद होने और चाहने से पेट नहीं भरता।...बाद में शंकर ने उस्तादों से तबला बजाना सीख लिया। अच्छा हाथ था। मुजरे में बजाने लगा और कमाई अच्छी हो गई।

बहन की लड़की ज़ाहिदा चार साल की हो चुकी थी। शंकर कभी-कभी हमारे यहाँ आता और उस के साथ खेलता–उसके लिए चॉकलेट लाता। और बस एक दिन...एक दिन बातों-बातों में शंकर ने मेरी बहन से शादी करने का प्रस्ताव रख दिया। वो हिंदू था...हम मुसलमान। बिरादरी वालों ने आनाकानी की, लेकिन दोनों ने शादी कर ली। अब उन दोनों के भी अपने दो बच्चे हैं लेकिन वो आज भी ज़ाहिदा को प्यार करता है–आज वो सिर्फ़ शंकर नहीं मेरे "जीजा जी" हैं। मैं उनकी इज्ज़त करती हूँ। मुझे खुशी है कि कम से कम मेरी बहन इस लाइन से निकल गई। आज वह मुजरे में कस्टमरों की ओर झांकती भी नहीं। बच्चे स्कूल जाते हैं। शंकर की कमाई से उनकी ज़िंदगी ठीक चल रही है। हमने भागीदारी में कमरा भी ले लिया है–जहाँ लड़कियाँ टैम लगाने आती हैं–बस ज़िंदगी चल रही है।"

चन्दर को लगा जैसे कोई एक लंबी दौड़ में हार कर, थकी हुई आत्मा लिए उसके सामने बैठा था। हिम्मत हार कर। चन्दर राख़ कुरेद कर देखना चाहता था कि कहीं कोई चिनगारी बची है या नहीं।

"तुमने कभी शादी के बारे में नहीं सोचा।" चन्दर ने धीरे से सवाल किया।

"सिर्फ़ सोचने भर से शादियाँ हो जातीं तो फ़ारस रोड की सारी लड़कियाँ अपने घर बसाकर बैठी होतीं।" शकीला ने अपना हाथ छुड़ाते हुए खिड़की से बाहर झांका–"अब तो बस एक ही तमन्ना बाकी है कि लैला पढ़ लिख जाए। कोई अच्छा लड़का देखकर उसकी शादी कर दूं और बस..."

"एक ज़िम्मेदारी तो उतरी कंधे से...भाई की।" चन्दर ने कहा।

"हाँ, सिम्मी की बहन है...उनकी फ़ैमिली में भी सिम्मी के बाद कोई लड़की इस लाइन में नहीं रहेगी। मैंने भी फ़ैसला कर लिया है कि चाहे जो हो लैला को यहाँ से बाहर निकालूँगी। जिस जिसको कोई रास्ता मिलता जा रहा है वो ये लाइन छोड़कर जा रही हैं, कई लड़कियों ने होटल और मुजरे की कमाई से मीरा रोड और भायंदर में फ़्लैट ख़रीद लिए हैं। कुछ रहने चली गई हैं और कुछ तैयारी में हैं।...मैं भी यहाँ एकाध साल और हूँ बाद में कहीं और ठिकाना बनाऊँगी।...घाटकोपर में जगह देख रही हूँ।"

"ऊपर वाले पर भरोसा रखो और अपने आप पर भी।"...चन्दर ने कहा..."समय आने पर सब हो जाएगा...हिम्मतेमर्दां–मद्दे खुदा।"...सोनम के "मेरा अरबी" ने कहा था।

"ऐ शकीला!" ऊपर से आवाज़ आई। ऊपर वाली बर्थ से गरदन झुका कर

सायरा ने कहा—"रात भर बातें करते रहोगे या सोओगे भी। कल सारी रात नाचना-गाना पड़ेगा, ढोल बजा के।" चन्दर और शकीला ने सायरा की सलाह मान ली। सोने लगे।

शादी में अभी दो दिन बाकी थे। शकीला की बड़ी बहन ने हफ़्ते भर पहले पहुँच कर सारा कामकाज सम्हाल लिया था। शकीला एन्ड पार्टी को घर पहुँचते-पहुँचते शाम हो चुकी थी। तिमंज़िला मकान था...शकीला के मामू का। नज़दीक के रिश्तेदारों में बस एक मामा ही थे जिन्हें दोनों बहनें अपना सगा कह सकती थीं। चन्दर को तीसरी मंज़िल पर ठहराया था। एक छोटा कमरा सिर्फ़ उसके लिए। सामने वाले कमरे में शंकर और उसका परिवार ठहरा था। शकीला अपने रिश्तेदारों के साथ दूसरी मंज़िल पर थी और सोनम का कमरा ग्राउंड फ़्लोर पर था।...चार महीने पूरे हो चुके थे। सीढ़ियां चढ़ना उसके लिए अच्छा नहीं था। सायरा और रज्जो सोनम के कमरे में थीं। ग्राउंड फ़्लोर पर ही एक बड़ा सा आंगन था। शादी की सारी गतिविधियों का केंद्र...लेडिज़ संगीत का भी।

रात औरतों ने गाना शुरू किया तो शकीला, उसकी सहेलियां और घर की लड़कियां दिल खोल कर नाचीं। सोनम ने कुछ देर तक ढोलक बजाई लेकिन गाने-बजाने का दौर तेज़ हुआ तो वह भी उठ खड़ी हुई थी। शकीला और सायरा के साथ हलका-हलका नाची थी। चन्दर परिवार के पुरुषों के साथ एक किनारे बैठा था। सोच रहा था कि ढेर सारी बातों की जो उम्मीद लगा रखी थी उसने, वो कब पूरी होगी। वह ऐसी जगह आ गया था जहाँ मर्दों और औरतों का हर काम अलग चल रहा था। एक दूसरे से संपर्क बहुत कम दिखाई दिया था चन्दर को। आने के बाद सोनम से हैलो-हैलो ही हुई थी। इससे ज़्यादा बातें तो फ़ोन पर हो जाती थीं। लेकिन फ़ोन पर सोनम का चेहरा सामने नहीं होता था। सिर्फ़ आवाज़ होती थी...कभी सकुचाई हुई...कभी मुस्कान का संकेत देती हुई...कभी अपनी हंसी से टेलीफ़ोन के तारों को झनझनाती हुई और कभी दूरियों का अहसास दिलाते हुए भर्राई सी...वो आवाज़, जो चन्दर के दिल तक बार-बार अपना रास्ता बना लेती थी।

आज रात चन्दर को सोनम की नज़दीकी हासिल थी लेकिन उसकी आवाज़ से वंचित था। संपर्क जुड़ा हुआ था तो सिर्फ़ निगाहों का। जो दूसरों की पकड़ से बचकर एक दूसरे का आलिंगन कर लौट जाती थीं। चन्दर ने निगाहों की ही ज़बान का सहारा लिया...इशारों में संदेशा भेजा और उठकर अपने कमरे की ओर, पीछे वाली सीढ़ियां चढ़ गया। सोनम ने चन्दर के इशारे का अपनी समझ की भाषा में अनुवाद कर लिया था और मौके की तलाश में थी।

सोनम की निगाहों ने चन्दर का पीछा किया था। पीछे वाली सीढ़ियाँ...जूतों की खट-खट...तीसरी मंज़िल के कमरे के अंधेरे में बिजली की मद्धिम सी रौशनी...। सोनम ने हिम्मत की...पीछे की सीढ़ियाँ, हौले-हौले चढ़ने की।

"अंदर आ जाऊँ?" अधुखुले दरवाज़े पर दस्तक देते हुए सोनम ने धीमी आवाज़ से पूछा।

चन्दर के कान तरस रहे थे उस आवाज़ को सुनने के लिए। पल भर में वह दरवाज़े पर खड़ा था। पल भर में दरवाज़ा खुलकर बंद भी हो गया था और उसी पल भर में सोनम, चन्दर की बाहों के घेरे में आ गई थी–पहली बार...बिना किसी तैयारी के...बिना किसी योजना बनाए हुए...और धीरे से सोनम का सिर, चन्दर के कंधे पर झूल गया था। सब कुछ जहाँ का तहाँ ठहर गया था...वक़्त...दिल की धड़कनें...सांसें...दो बदन...और आगे-पीछे के ख़्याल...और चन्दर की उंगलियाँ लगने पर, सोनम के सूखे-सूखे होंठ भी। सब कुछ मिला तो एक करंट बना और सोनम की काँपती हुई बाहों ने भी चन्दर को शिकंजे में जकड़ लिया।

चन्दर ने धीरे-धीरे सोनम के गालों पर अपनी हथेलियाँ टिकाईं, कंधे से उसका चेहरा हटा और चन्दर के सामने आ गया। "तुम्हें बहुत कुछ देने को दिल करता है...लेकिन मेरे हाथ बंधे हैं सोनम।

चन्दर ने सोनम की आँखों की गहराई में पैंठने की कोशिश करते हुए कहा तो सोनम अपने होंठों को नम करते हुए बोली–"जितना मिला काफ़ी है...और ज़्यादा मिला तो पागल हो जाऊंगी...मुझे सिर्फ़ खोने की आदत है...पाने की नहीं।...अच्छा 'जे' बताओ, अंजु–रीमा के प्रोग्राम की फोटो लाए हो?"

चन्दर ने अपनी बांहों की पकड़ ढीली की और सोनम भी धीरे-धीरे अलग होकर कमरे में पड़ी खाट पर बैठ गई। चन्दर ने अपने बैग से प्रोग्राम की प्रैस कटिंग्स की फ़ाईल निकाली और सोनम के हाथों में रख दी।

"तुम्हें एक खुशी की ख़बर देने के लिए कब से तरस रहा हूँ।" चन्दर ने कहा तो सोनम ने फ़ाइल बंद करते हुए उसकी ओर देखा।

"प्रोग्राम में फ़िल्म एक्टर, प्रोड्यूसर, डायरक्टर अनिल दत्त भी आए थे।"

"फ़ारस रोड पर राखी बंधवाने वाले?" सोनम बोली।

"हाँ...वहीं"–चन्दर ने आगे की बात बताई–"उन्होंने अंजु और रीमा को अपनी फ़िल्म में रोल देने के ख़्याल से अपने डायरेक्टर से मिलवाने के लिए बुलाया है। तुम्हारे बारे में भी पूछ रहे थे।"

"मेरे बारे में?" सोनम चौंकी,

"हाँ, तुम्हारे बारे में। मैंने बताया था कि अंजु...रीमा की एक बड़ी बहन है...सोनम, जो बीना में है...मैंने कहा–जब वो वापस मुंबई आएगी तो अपनी बहनों की मैनेजर बन कर उनका काम सम्हालेगी।"

"शेख़चिल्ली"–सोनम हँस पड़ी। उसने फिर अंजु रीमा की फ़ाइल के पन्ने पलटने शुरू कर दिए थे।

चन्दर सोच रहा था..."अच्छा–अच्छा सोचना, शेख़चिल्ली होना नहीं होता।

प्यारी और बेप्यारी नाम वाली दो बीवियों की कल्पना में क्या बुराई है। प्यारी के बच्चों को गोद में बैठाने और बेप्यारी के बच्चों को मना करने में क्या बुराई है। बस, सिर हिलाने का ज़रा ख़्याल रखा होता तो घी का घड़ा मिट्टी में न मिलता। मैं शेख़चिल्ली की तरह सिर नहीं हिलाऊँगा। कल्पना करूँगा, अच्छी-अच्छी। योजनाएँ बनाऊँगा, बढ़िया-बढ़िया। उनको सफल बनाने की कोशिश करूँगा, तगड़ी-तगड़ी...और सोनम की बहनों को मंज़िल तक पहुंचाऊंगा, धीरे-धीरे...सोनम को भी...लेकिन उसकी मंज़िल क्या है...कहाँ है, इसका फ़ैसला कौन करेगा...सोनम, खुद।''

''सबीना कहाँ है?'' चन्दर पूछना भूल गया था।

''नीचे, बच्चों में खेल रही है...मैं तो उसे साथ लाना नहीं चाहती थी...बड़ी शैतान हो गई है...मुझसे नहीं सम्हाली जाती...खुद को सम्हालूं या उसे...पता लगा तुम आ रहे हो तो कहने लगी...''मुझे भी जाना है चॉकलेट वाले अंकल के पास''...मेरे बस में होता तो इसे कहीं होस्टल में डाल देती...लेकिन हम जैसी लड़कियों के बच्चे...धूल मिट्टी में खेलकर बड़े हो जाएँ वही बहुत है। क्या फ़ायदा है बड़े-बड़े सपने देखने का।''

सोनम की बात पर चन्दर मुस्कराया। सपनों के पक्ष में। कहने लगा...''सपनों का अपना मज़ा है...जो कभी-कभी सच का भी नहीं होता। सच...कभी...कभी होता ही नहीं। सपने...होते हैं, मसलन, जब भी जी करता है...सच में...तुम्हारे लिए...तुम नहीं होतीं। सपने में...तुम्हारी मर्जी नहीं चलती...किसी का बस नहीं चलता...खींच लेता हूँ तुम्हें...अपने पास...पलकों में बंद कर लेता हूँ...तुम मुस्कराती रहती हो...मैं गड़ जाता हूँ, तुम्हारे चेहरे पर...नज़रों के ज़रिये।...और तुम छूट नहीं पातीं, मेरी पकड़ से...तुम होती हो...मैं होता हूँ...आँखें खुलती हैं...फिर बंद होने के लिए।''

चन्दर भावुकता से दूर तक बह गया था। सोनम के हाथों में अब भी प्रोग्राम की फ़ाइल थी लेकिन उसकी नज़रें चन्दर के चेहरे पर उभरे हुए भावों की लक़ीरें नापने की—उनका मतलब लगाने की कोशिश कर रही थीं। तभी दरवाज़े पर दस्तक हुई।

''कौन?'' चन्दर ने पूछा और सोनम सहम कर फ़ाइल के पन्ने पलटने लगी। बाहर से जवाब आया...''हैं तो कबाब में हड्डी...लेकिन ज़रा देर के लिए अंदर आ जाएँ?'' सायरा की आवाज़ थी। चन्दर कोई जवाब देता उससे पहले ही दरवाज़ा खुल चुका था और सायरा और रज्जो अंदर खड़ी मुस्करा रही थीं।

''हड्डी नहीं''...चन्दर ने मज़ाक किया—''हड्डियाँ हैं,'' सोनम की ओर इशारा करके चन्दर बोला—''ये...कबाब...बिलकुल सही सलामत है...मैंने जूठा नहीं किया...खाओगी?''

''जी नहीं''—सायरा ने मसल दिखाते हुए कहा—''ये झटके का है। हम तो हलाल का खाते हैं। चन्दर की ओर बढ़कर अपना दाहिना हाथ बाँई हथेली पर आरी

की तरह चलाती हुई बोली—"करें"? चन्दर अगर पीछे न हो जाता तो उसका चेहरा सायरा के उत्तरी ध्रुव-दक्षिणी ध्रुव में टकरा जाता।

चन्दर को मालूम था कि उस शाम की मुलाक़ात वहीं तक थी। उसने अपने बैग से चॉकलेट का बॉक्स निकाला और सोनम को, सबीना के लिए दे दिया।

"चलो नीचे"—रज्जो ने कहा—"अभी तो जश्न शुरू हुआ है। शादी वाला घर है—सोने नहीं देंगे।"

चन्दर ने सोनम की ओर देखा—"नींद किसे आती है!"

वह बोला, और तीनों के साथ सीढ़ियाँ उतर गया।

कहाँ ग़ायब हो गए थे तुम लोग?" सिम्मी ने उन्हें देखा तो सवाल तैयार था—"...और तू...सोनम...बुद्धू...चल गाना गा...तेरी बारी है।" वैसे तो सिम्मी लड़की वाली थी लेकिन शकीला की सहेली भी थी, सो आज लड़के वालों के जश्न में शामिल होने आई थी।

"मैं?" सोनम इसके लिए तैयार नहीं थी।

"नहीं, तेरा भूत"—सिम्मी की स्टाइल थी, ख़ासकर सोनम के साथ बात करने की। सोनम के कान में कुछ कहा...चन्दर की ओर देखकर पान चबाया और सबसे बोली—

"लो अब बीना वाली गाएगी—मेरी फ़र्माइश पर"। सोनम सधकर बैठी। गला साफ़ किया। सायरा ने ढोलक पकड़ी। शकीला ने खड़तालें और रज्जो ने मंजीरे।

"पानी रे पानी तेरा रंग कैसा" सोनम ने शुरू किया। वही, जो उसने टैम पर चन्दर के लिए गाया था। सोनम के साथ सबके सुर मिले थे लेकिन एक सुर सबसे ऊपर था...सोनम का...सबको लांघ कर नज़रों पर सवारी करते हुए चन्दर की आँखों से होकर दिल तक उतरने के लिए।

रात अभी बाकी थी। किसी आहट पर चन्दर की आँखें खुल गईं थीं। आज उसने घड़ी देखी तो दो नहीं, तीन बजे थे। चन्दर ने करवट बदली, दीवार की ओर। दरवाज़े की ओर पीठ थी। फिर,...वो जो हुआ वो सपना नहीं, सच था। अंजु का सरक कर चन्दर से आ चिपकना सपना भी रहा हो तो अगले दिन रौशनी में चन्दर ने सच की कूची फेर कर मन साफ़ कर लिया था...और कर दिया था, अंजु का। आज, अंजु नहीं, सोनम थी। दरवाज़े में खड़े हुए उसने देखा था चन्दर को करवट बदलते हुए। वह जग रहा था...या आधा सो रहा था। पूरा नहीं। सोनम ने झाँक लिया था। पांव, ज़मीन पर काँपने लगे थे। काश! कोई... चन्दर अधर में उठा लेता...बाहों में। कैसे?...उसका चेहरा दीवार की ओर था। नींद हटाने के लिए आहट काफी नहीं थी...सोनम ने सोचा—"नींद...कितनी मनमौज़ी है। जिसको चाहे आ जाती है जिसको न चाहे, नहीं आती। नींद ने भी चन्दर को चाहा, मुझे नहीं। उसे आई, मुझे नहीं।...शायद उसने बुलाया होगा...नींद को...नींद में सपने को...सपने में

मुझे।...पगली, मैंने सपने के निमंत्रण को 'सच में'' निभा दिया। खिंची चली आई।''

सोनम के पांव और काँपने लगे थे। एक ही रास्ता था, इस कंपकंपी से बचने का। ज़मीन छोड़ देना। छोड़ दी। चन्दर के पैरों की ओर सिर करके धीरे से लेट गई। चन्दर की ओर पीठ करके। घुटने अपनी ही गोद में समेट कर। चन्दर ने सपने के तार सच से जोड़े। उठा। सोनम के हाथ पकड़े। दोनों। दोनों हाथों से। अपनी ओर खींचा, हलके से। वह खिंची चली आई, हलके से। चन्दर ने बिना बोले सिर्फ़ सिर हिला कर कह दिया था...''तुम्हारी जगह पैरों में नहीं।'' एक हाथ छोड़ा। चन्दर का हाथ अपने दिल पर गया। बिना बोले कह दिया—''तुम्हारी जगह मेरे दिल के पास है''। सोनम का छूटा हाथ चन्दर के मुंह पर गया। सोनम ने भी मौन भाषा में ही कहा—''कुछ बोलना मत...मैं तुम्हारी मौन भाषा समझने लगी हूँ।'' और दोनों पड़े रहे...छोटी सी, संकरी सी खाट पर। दो दिलों की धड़कनें सिर्फ़ एक आवाज़ कर रही थीं...ताकि ज़्यादा शोर न हो। खामोशी बनी रहे। समुंदर जैसी। ज्वार चला गया। तेज़ आँधियाँ आईं, चली गईं। दोनों ने कस कर एक दूसरे को थामे रखा...साथ-साथ तूफ़ान झेलने के लिए...बचने के लिए।

मुर्ग़े की बाँग पर...सोनम को शिकायत थी...मुर्ग़े से...उसे भी नींद नहीं आई थी अच्छी तरह।—सोनम को विश्वास था...रोज़ की अपेक्षा जल्दी बाँग लगाई थी...आज...मुर्ग़े ने।...और अभी, अंजु वाली रात की तरह, चन्दर की बांह, सोनम की गरदन को घेरती हुई उसके बालों तक जा पहुंची...उंगलियों की चहल कदमी के साथ। एक फ़र्क़ था। आज सोनम के दिल की हर धड़कन उसकी उभरी हुई छाती को चीर कर, चन्दर के तन-बदन में किसी करंट की लहर दौड़ा रही थी। आज फिर, अंजु वाली रात की तरह, चन्दर के होंठों को ठिकाना मिला था। एक फ़र्क़ था...माथे पर नहीं, गालों पर...बारी...बारी और फिर आँखों पर ...एक-एक करके।...और फिर अंजु वाली रात की तरह, सोनम की साँसों ने चन्दर के कानों में गुदगुदी पैदा कर दी थी। लेकिन इसमें भी एक फ़र्क़ था...सोनम ने अपनी साँसों में तीन शब्द घोल दिए थे... पानी में शक्कर की तरह...''आइ लव यू''। चन्दर के कुछ कहने से पहले ही सोनम ने उसके मुंह पर अपनी उंगलियाँ टिका दी थी। बिना बोले। निगाहों से कह दिया था...''जवाब नहीं चाहिए।'' सोनम ने अपनी चुन्नी सम्हाली और ज़मीन पर पांव रखे तो कंपकंपी नहीं थी। चन्दर ने करवट बदल कर दीवार की ओर मुंह कर लिया था, ठीक उसी तरह, जैसे अंजु वाली रात, अंजु ने। बस, एक फ़र्क था...अंजु वाली रात स्नेह की लहर थी...आज शायद प्यार का तूफ़ान, अब चन्दर झेल रहा था—अकेला। वह सोच रहा था—''जे''...मुस्करा रहा था...''आइ लव यू''।

अगले दिन लगभग सभी देर से उठे थे। शकीला शादी की तैयारी में, लगी थी लेकिन उसने सायरा, सोनम और रज्जो को चन्दर के साथ शॉपिंग के लिए भेज

दिया था। शॉपिंग के साथ-साथ चन्दर की थोड़ी बहुत साइट सीइंग भी हो गई थी। वापस लौटते हुए रास्ते में गर्ल्स स्कूल का गेट आया तो चन्दर ने टैक्सी रुकवा ली। सायरा और रज्जो को शॉपिंग के सामान के साथ घर भेजकर सोनम को अपने साथ उतर जाने के लिए कहा था चन्दर ने।

"पता नहीं फिर ग्वालियर कब आना हो"—चन्दर ने वहाँ उतरने की वजह बताई—

"ये स्कूल रास्ते में देखा तो याद आई। तुम्हारी मम्मी ने कहा था। कि वे सबीना को इसी स्कूल में डालना चाहती हैं।...चलो ज़रा पता करते हैं।"

"फिर एक सपना दिखा रहे हो"—सोनम के पांव रुक रहे थे— "न तो मेरी इतनी हैसियत है कि मैं फिलहाल उसे ग्वालियर के सबसे मंहगे बोर्डिंग स्कूल में रख कर पढ़ाऊँ, और न ही सबीना को देने के लिए उसके बाप का नाम।"

"तुम तो हो न"—चन्दर ने कहा—"क्या जिनकी सिर्फ़ माँ होती है वो बच्चे पढ़ते नहीं।"

"ज़रूर पढ़ते होंगे लेकिन वो माएँ होटलों में नाचने वाली नहीं होतीं...मुजरे वाली बाइयाँ नहीं होतीं।"

चन्दर ने सोनम का हाथ थामा और बोला—"आज सिर्फ़ जानकारी ले लेंगे और बाद में सोचेंगे।"

अनमनी और झिझकती हुई सोनम, चन्दर के पीछे-पीछे चली गई। चन्दर ने स्कूल में ऑफिस से कुछ जानकारी हासिल की, रजिस्ट्रेशन फॉर्म और प्रॉस्पैक्टस लिए वापस टहलते हुए गेट तक आकर रिक्शा पकड़ा और सायरा व रज्जो के घर पहुंचने के आधे घंटे के अंदर ही वो भी पहुंच गए। पिछली रात की तरह फिर गाने बजाने की महफ़िल सजाने की तैयारियाँ हो रही थीं।...खाने पीने की भी। लेकिन सोनम अपने कमरे में जाकर लेट गई।

उस हालत में थोड़ा आराम भी चाहिए था, शकीला ने कहा था।...और फिर पिछली रात...मुर्ग़े की बांग तक आँखें कहाँ लगीं थी।... रतजगा हो गया था। लेकिन शिकायत किससे करती। उसका अपना फ़ैसला था। पानी में शक्कर घोलने का। चन्दर के सीने में एक तूफ़ान जगाने का। चन्दर को ये सोचने पर मजबूर करने का, कि 'जे' और 'आइ लव यू' का क्या मेल है। उस रात चन्दर और सोनम, सभी के साथ गाने-नाचने में शामिल रहे। सोनम के पास पिछली रात की तरह, या उससे ज़्यादा कुछ और कहने को नहीं था। चन्दर को सपनों से ही काम चलाना पड़ा। 'सच' में सोनम नहीं आई थी उस रात।

शादी का दिन कब और कैसे निकला, पता ही नहीं लगा। सिम्मी ने चन्दर का सूट भिजवा दिया था। वही सूट पहन कर बाराती बना था वो। सोनम, शकीला सायरा और रज्जो ने शादी की रात, मरून कलर स्कीम बनाई थी। एक कलर लेकिन

अलग-अलग डिज़ाइन वाली साड़ियों में चारों सहेलियाँ खूब फबी थीं। लेकिन चन्दर की निग़ाहें सोनम पर ही गड़ी रही थी...'जे' और 'आइ लव यू' सोचते हुए। निकाह के बाद चन्दर ने सेहरा पढ़ा था। खुद लिखा था उसने। सबने सराहा था–शकीला और सोनम ने भी। रिवाज की क़द्र करते हुए घर वालों ने चन्दर को पैसे भी दिए थे। शकीला और, सहेली होने के नाते, सोनम ने भी।

विदाई की रस्म अगले दिन सुबह पूरी की गई थी। विदाई पर रोने-धोने का रिवाज चला आया है। दुलहन के रिश्तेदारों ने आँसू बहाऐ थे। सिम्मी ने नहीं। उसने अपनी छोटी बहन को मुजरे और होटलों की दुनिया से बाहर निकालने का जो सपना देखा था, पूरा कर लिया था। और फिर, दुलहन मुंबई में कोने वाली पड़ोसन के पास ही तो रहेगी...शकीला के। डोली के वक्त सोनम की आँखों में भी आँसू आ गए थे। शायद अंजू और रीमा की तस्वीर सामने आ गई होगी।...''कभी उनकी भी डोली उठेगी?...मैं रोने की जगह मुस्कराऊँगी?''...सोनम सोच रही होगी। ''सबीना तो अभी छोटी है...पर लड़कियों को जवान होते देर नहीं लगती...एक दिन मेरी बेटी भी जवान होगी।...कौन ब्याह कर ले जाएगा उसे?...कैसे करूँगी मैं अपनी ज़िम्मेदारियाँ पूरी?...कौन देगा मेरा साथ, बोझ ढोने में?'' डोली के मौके पर बहते सोनम के हर आँसू में ऐसा ही एक सवाल था।

चन्दर ने भीड़ में चोरी से आगे बढ़कर अपना साफ़ सुथरा रेशमी रूमाल सोनम के हाथ में थमाते हुए धीरे से उसका हाथ दबाया था। चन्दर का इशारा...मूक आश्वासन...सोनम समझी या नहीं कौन जाने। डोली चली गई थी। कंहारों वाली नहीं। ऐम्बेस्सेडर कार वाली। असली फूलों के हारों से सजी हुई। वहीं पड़ोस तक। बाद में, उसी रात दूल्हा-दुलहन मुंबई जाने वाले थे। शकीला और उसकी बहन भी। सायरा, रज्जो और बच्चे भी। मुंबई से आए दूसरे बाराती भी। शाम की गाड़ी में पूरा डब्बा बुक था। चन्दर के लिए भी जगह रखी थी।

''तो बस, इस बार की मुलाक़ात इतनी सी?'' चन्दर ने जुदाई वाली लंबी साँस भरी थी।

''हाँ, मैं और सबीना अभी दोपहर वाली ट्रेन से निकल जाएँगे।'' सोनम ने अपना प्रोग्राम बताया।

''कैसा शहर है बीना?'' चन्दर ने जानना चाहा तो अप्रत्याशित जवाब मिला ''चलो, चलकर देख लो।''

चन्दर को अपने कानों पर विश्वास नहीं हो रहा था। ये वही सोनम थी जिसने शुरू में मुंबई वाले घर पर बुलाने में आनाकानी की थी। टेलीफ़ोन नंबर देने में भी।...फिर बुला लिया था। वही सोनम थी, जिसने बीना वाले घर का पता देने में बहाने बनाए थे।...फिर दे दिया था। ये वही सोनम थी जिसने बीना का फ़ोन नंबर भी, वहाँ पहुँच कर यादों से छुटकारा न मिल पाने पर दिया था। चन्दर ने सपने

में भी नहीं सोचा था कि उसे बीना जाने का निमंत्रण इतने आराम से मिल जाएगा। वैसे इसमें आश्चर्य की क्या बात थी? सोनम ने "आइ लव यू" में सभी बातों का जवाब भर दिया था। पिछले बहुत से सवालों का भी, और आगे आने वाले कई सवालों का भी। फिर भी चन्दर पक्का करना चाहता था।

"मज़ाक तो नहीं कर रही?" चन्दर ने पूछा।

"जी नहीं,"—सोनम ने जवाब दिया—"मैं मज़ाक नहीं कर रही लेकिन तुम...वो शकीला...शंकर...उनका साथ छोड़ कर चलोगे तो उन्हें बुरा नहीं लगेगा।"

"उन्हें तो मैं सम्हाल लूँगा। लेकिन तुम्हारे मामा, फूफा, नानी और सब लोग..."

"उनकी फ़िकर मैं कर लूंगी।...नहीं आना तो सीधे-सीधे कह दो, बहाने बनाने की कोई ज़रूरत नहीं।" सोनम की बात से स्पष्ट था कि वह चाहती थी कि चन्दर उसके साथ जाए—"मम्मी की मामा से फ़ोन पर बात होती रहती है। उन्होंने तुम्हारे बारे में बहुत कुछ अच्छा कहा है।...और फिर मैंने भी बीना वाली बात उन्हें बताई थी, सायरा को पुलिस स्टेशन से कैसे छुड़ाया वो भी। दरअसल हमारे घर में एक मेरी मौसी के अलावा तुम्हें किसी ने देखा नहीं है लेकिन तुम्हारा नाम सब जानते हैं।—सबीना भी "चॉकलेट वाले अंकल" की बात करती रहती है।"

चन्दर आश्वस्त था कि सोनम ने बीना से ग्वालियर के लिए रवाना होने से पहले ही उसे वापस साथ ले जाने के बारे में सोच लिया था। पर जैसी आदत थी, सोनम की, वही धीरे-धीरे निमंत्रण देती थी। लेकिन अब "आइ लव यू" के बाद और कौन सा निमंत्रण बाकी रह गया था।

शकीला को, चन्दर और सोनम ने मिल कर समझा लिया था। उसे चन्दर का प्रोग्राम बदलने पर ज़रा भी शिकायत नहीं थी। दरअसल वो खुश थी कि उस हालत में सोनम को अकेले सफ़र नहीं करना पड़ेगा, वो भी सबीना को साथ लेकर। सोनम का ध्यान रखते हुए चन्दर ने एक प्राइवेट टैक्सी किराए पर ले ली थी। सोनम, सबीना और चन्दर ने शकीला और उसके परिवार से विदाई लेकर बीना की ओर सफ़र शुरू कर दिया था।

एंबेसेडर कार थी। तीनों पिछली सीट पर बैठे। सोनम ड्राईवर के पीछे—बीच में सबीना और फिर चन्दर। सबीना थकी थी। ग्वालियर से बाहर निकलते ही सो गई थी। सोनम की गोद में सिर रख कर। लेकिन चन्दर को बातें करने का एक और मौका मिला था। उसने सोनम को जगाए रखा। हर तरह की बातें होती रहीं। सोनम की मम्मी को फिर से डॉक्टर के पास लेकर जाने की...अंजु और रीमा के नृत्य-संगीत सीखने की...मुंबई वाले प्रोग्राम की...अनिल दत्त जी के ऑफर की। डायरेक्टर से मिलने और स्क्रीन टेस्ट देने की, सबीना के बोर्डिंग स्कूल की...शाहिद की, उसकी हरक़तों की, सबीना के अपहरण के प्रयास की और आख़िर में सोनम के फिर से माँ बनने के इंतज़ार की।

सोनम की जिंदगी के कई सारे पन्ने पलटे तो कहानियों की घड़ी पर जहाँ शाहिद का नाम आया, सुई अटक गई।...या चन्दर ने अटका दी।

"एक बात पूछूं?" चन्दर ने सोनम का हाथ थाम लिया था।

"सवाल पूछना तुम्हारी मर्जी...जवाब देना, न देना मेरी" सोनम ने ये जवाब पहले भी दिया था। आज फिर मुस्करा कर वही कह दिया।

"वो...शाहिद...जाने दो...शायद तुम्हें मेरी बात अच्छी न लगे।" चन्दर ने विषय बदलना चाहा।

"मैंने कहा न"—"जवाब देना या न देना मेरी मर्जी। तुम्हारा सवाल अच्छा नहीं लगेगा तो कह दूँगी।...पूछो...मन में रखना अच्छा नहीं।"

चन्दर ने सोनम के पूरे चेहरे को अपनी निग़ाहों के घेरे में लेते हुए फिर बात शुरू की—सोच रहा था...शाहिद के बारे में "कभी न कभी तो तुम उसे चाहती होगी?"

"हाँ...लेकिन चाहना कई तरह का होता है।"

"उसके लिए...तुम्हारा...किस तरह का था?"

"एक बड़े छेद वाली नाव में झील की सैर करने वाला"

"साँसों में घोल कर "आई लव यू" वाला नहीं।"

"उसने कई बार कहा था...मैं कहना चाहती थी लेकिन महसूस किये बिना कह देना झूठ होता...सो, इंतज़ार कर रही थी...करती रह गई।"

"और उस रात...मुझसे...?"

"महसूस हो रहा था...रुक नहीं सकी...बुरा लगा?...माफ़ी माँग लूँ?"

चन्दर इस सवाल का जवाब देने के लिए तैयार नहीं था। वह भी महसूस कर रहा था, लेकिन फ़र्क़ था। ...उसने रोका हुआ था, खुद को। सवालों का सिलसिला जारी रखते हुए चन्दर ने एक और सवाल रख दिया।

"सबीना के बाद...फिर दुबारा...शाहिद...पांच साल बाद।" चन्दर से पूरा सवाल बन नहीं पा रहा था लेकिन सोनम के समझने के लिए टूटा हुआ यह वाक्य काफ़ी था। वह भावुक भी थी और दुखी भी। उसका जवाब भी टूटा-टूटा था, टुकड़े-टुकड़े—

"एक सपना था...लंबा...सबीना तक...आँख खुलती थी...में बंद कर लेती थी... सपना सुहाना था... देखने का दिल था...पाँच साल तक की आँख मिचौली की...सपने के साथ...फिर दुबारा घिर गई... उसका बच्चा...लेकिन सबीना को लेकर भागने वाली घटना के बाद अब सपना सचमुच टूट गया...अब आँख बंद करने का दिल नहीं...नफ़रत होती है—शाहिद से...खुद से...अपनी ज़िंदगी से।" सोनम की आँखों से दो आँसू टपक कर बेकार हो जाते लेकिन चन्दर ने अपनी बाँह के हलके से इशारे से उसका माथा अपने कंधे पर ले लिया था। कपड़े से छन कर, चन्दर के बदन को लगे दो आँसू...गर्मी थी।...और गर्मी, चन्दर ने जानबूझकर सोनम की

हथेली को चित नहीं, पट रखा था, उँगलियों की पोरों में सांत्वना भरा स्नेह–प्यार उंडेलते हुए...चित हथेली से कुछ माँगा जाता है...पट हाथ कुछ देने वाला होता है। चन्दर, सोनम को, अपनी निगाहों में, लेने वाले धरातल तक नहीं गिराना चाहता था।...कुछ दे सकने का दंभ भरना नहीं चाहता था।

"शाहिद की असली तसवीर देखकर भी तुमने उसकी यादें...उसका धोखा...क्यों सहेज कर रखा है अपनी कोख में?" चन्दर को शाहिद से नफ़रत थी और यह जताने का साहस उसने कर लिया था।

"इसका मेरे पास कोई जवाब नहीं लेकिन...लेकिन बच्चों का कोई तार शाहिद से जुड़ा न रहने दूंगी"–सोनम ने आँसू पोंछ कर मज़बूती को समेटा था अपने स्वर में। इस बार चन्दर को रूमाल देने की ज़रूरत नहीं पड़ी। खुद सोनम अपनी चुन्नी के कोने से आँखें रगड़ रही थी। तभी उसने चन्दर को चिल्लाते हुए सुना–

"अरे, अरे–ड्राईवर...बचो...मारेगा...ट्रक वाला..." सोनम ने अपना चेहरा चन्दर के सीने में गड़ा दिया। एक चीख़ निकली–

"चन्द ऽ ऽ ऽ र...सबीना ऽ ऽ ऽ"

और उनकी एंबेसेडर कार दो-तीन पलटे खाकर सड़क के किनारे गड्ढे में उलटी पड़ी थी।...ऐक्सिडेंट। संकरी सडक पर एक दूसरे को क्रॉस करते हुए ट्रक वाले ने संतुलन खो दिया था। चन्दर–सोनम की कार को टक्कर देने के बाद ट्रक भी टेढ़ा-मेढ़ा होकर सड़क के बीचो-बीच आड़ा खड़ा हो गया। ट्रक का ड्राईवर उन्हें छोड़कर भागा नहीं। उसे हलकी सी चोट आई थी। उसने लंगड़ाते हुए सड़क के बीचो-बीच खड़े होकर अपना लाल गमछा हिलाकर वहाँ से गुज़रती हुई एक बस को रोक लिया था। बस के ड्राईवर और कंडक्टर के साथ कुछ यात्री भी उतर कर चन्दर की कार की ओर भागे। कार पानी में थी। लेकिन पानी कम, कीचड़ ज़्यादा था। सबने मिलकर कार को सीधा किया। चन्दर दरवाज़े के शीशे से बाहर निकलने में सफल हो गया। लेकिन सोनम और बीना की कोई आवाज़ सुनाई नहीं दी। चन्दर की सांसे जहाँ की तहां रुक गईं। दरवाज़ा मुश्किल से खुला। चन्दर ने सधे हुए हाथों से सोनम को बाहर निकाल कर घास पर लिटाया तो सोनम कराह रही थी। उस कराह से चन्दर की जान में जान आई। सोनम ज़िंदा तो थी। बस कंडक्टर ने सबीना को गोद में लिया तो सिर से बहते हुए खून से उसके कपड़े रंग गए। वह बिलकुल बेहोश थी। कार और ट्रक के ड्राईवर सुरक्षित थे।

चन्दर ने अपनी शर्ट निकाली और सबीना के सिर पर लपेट दी...खून रोकने की कोशिश में। सोनम ने गरदन घुमा कर अधखुली आँखों से चन्दर और सबीना की ओर देखा। कराहते हुए पुकारा–सबीना ऽ ऽ –और आँखें बंद कर लीं। बेसुध होकर।

सड़क पर ट्रैफ़िक रुक गया था। तमाशाई ज़्यादा थे। किसी काम आने वाले

कम। दोनों ड्राइवरों की तू-तू, मैं-मैं शुरू हो गई थी। पुलिस का इंतज़ार हो रहा था। एक जीप वाला काम आया। अकेला जा रहा था। एक प्राइवेट अस्पताल वहाँ से पंद्रह–सोलह किलोमीटर की दूरी पर था। जीप वाले ने उन्हें अस्पताल पहुंचाया। सामान के साथ चन्दर पीछे की सीट पर सोनम और सबीना को लिटा कर बीच में बैठा रहा। दोनों को सम्हालने की कोशिश करता हुआ।

अस्पताल में सोनम और सबीना, दोनों को सबसे पहले ऑक्सीजन लगाई गई फिर दो अलग-अलग ऑपरेटिंग थियेटरों में ले जाया गया। चन्दर के आग्रह करने पर भी उसे न सोनम के पास रहने दिया गया और न ही सबीना के। लेकिन ये आश्वासन दिया था डॉक्टरों ने, और नर्सों ने, कि वे दोनों की देखरेख में कोई क़सर न उठा रखेंगे।

चन्दर को वेटिंग रूम में बैठाकर चाय का कप दिया गया था।...एक के बाद दूसरा भी।...फिर तीसरा, चन्दर ने खुद माँग कर लिया था। मेट्रन उदार थीं...रिसेप्शनिस्ट भी। आधे घंटे की भाग दौड़ और प्राथमिक उपचार के बाद पहले सबीना का डॉक्टर चन्दर के पास आया था। डॉक्टर ओजोय मुखर्जी।

''बच्ची के सिर में गहरी चोट आई है...बहुत खून निकल गया है...खून देना है...इंतज़ाम कर रहे हैं...घबराइए मत...कोई ख़तरे की बात नहीं दिखाई देती'' डॉक्टर ने कहा तो चन्दर उठ खड़ा हुआ।

''मेरा खून ले लीजिए...जितना चाहिए...मैंने लंदन के ब्लड बैंकों के लिए कई बार खून दिया है। मुझे किसी तरह की कोई बीमारी नहीं...'' चन्दर ने डॉक्टर को आश्वस्त कर लिया था।

''आप लंदन में रहते हैं?''–डॉक्टर ने पूछा–''क्या ब्लड ग्रुप है आपका?''

''ओ पोजिटिव''–चन्दर ने कहा–''कॉमन है।''

''ये तो अच्छी बात है''–डॉक्टर ने कहा–

''बच्ची का ब्लड ग्रुप भी यही है। लेकिन आपको खून देने की शायद ज़रूरत न पड़े। हमने अपने स्टॉक में चैक करने के लिए एक नर्स को भेजा है। नहीं हुआ तो हम शहर के किसी क्लीनिक से लोन पर मंगवा लेंगे।''

''प्लीज़ डॉक्टर...आई इंसिस्ट''–चन्दर ने कहा–''आपको कहीं चैक कराने या लोन में मँगाने की कोई ज़रूरत नहीं। चलिए, देर मत कीजिए। मैं आपके हाथ जोड़ता हूँ।'' चन्दर ने सचमुच हाथ जोड़ लिए थे।

''अगर आप कहते हैं तो ठीक है–ब्लड डोनेशन इज़ आलवेज़ वैलकम।'' डॉक्टर ने कहा और नर्स को आवाज़ लगाई–''इन्हें उस बच्ची वाले आपरेटिंग थियेटर में ले चलो।''

''उसकी मम्मी कैसी है?'' चन्दर को सोनम की भी चिंता थी।

''मेरी कोलीग, डॉक्टर सुशीला वर्मा उनकी देखरेख कर रही हैं। आप घबराइए

नहीं। शी इज़ इन गुड हैंड्स।''

चन्दर ने खून दिया—सबीना को चढ़ाया गया। वह अभी बेहोश थी। इसी बीच डॉक्टर सुशीला वर्मा ने वहाँ आकर सोनम की ख़बर दी—''जान का ख़तरा नहीं लेकिन ''इन्टर्नल ब्लीडिंग'' हुई लगती है। कुछ चैकप और एक्सरे कराए हैं, रिज़ल्ट का इंतजार है। शायद उन्हें भी खून की ज़रूरत पड़े।''

''आइ फील सो गिल्टी डॉक्टर''—चन्दर खुद को दोषी मान रहा था—''ये दोनों ट्रेन में सफ़र करने वाले थे। मैंने सोचा...सोनम...हाँ, सोनम नाम है बच्ची की माँ का...और बच्ची का सबीना...मैं फैमिली...फ्रैंड हूँ—चन्दर ने बातों-बातों में थोड़ा सा परिचय भी दे दिया, दोनों डॉक्टरों को—''मैंने सोचा—सोनम प्रैग्नेंट है, कार में आराम से और जल्दी पहुँच जाएँगे...लेकिन...''।

''डोंट ब्लेम योर सैल्फ़''—डॉक्टर सुशीला वर्मा ने चन्दर के कंधे पर हाथ रखकर दिलासा दिया—

''द सिचुऐशन इज़ अंडर कंट्रोल...लेकिन आपने अभी बच्ची के लिए खून दिया है—अगर माँ को ज़रूरत पड़ी तो हम इंतज़ाम कर लेंगे।''

''आप नहीं समझेंगी''—चन्दर के चेहरे पर एक फीकी सी मुस्कान थी—क्या ब्लडग्रुप है सोनम का? मेरा ओ पॉजिटिव है, अगर मेरा खून इनके काम आ सके तो मेरे दिल को...''

डॉक्टर सुशीला वर्मा ने चन्दर की बात बीच में काट दी, मुस्काराते हुए—''अगर दिल का मामला है तो हम क़द्र करेंगे—उसका भी ओ पॉजिटिव है, लेकिन अभी ज़रूरत नहीं है। दोनों को एक प्राइवेट रूम में ट्रांसफर कर देते हैं। आक्सीजन लगा रहेगा और एक नर्स उनकी देखरेख करेगी। हम लोग लगातार उन पर निगाह रख रहे हैं, बच्ची का ''स्कैन'' कराया है—जस्ट इन केस।''

चन्दर ने बीना फ़ोन कर दिया था। शाम तक सोनम के मामा और मौसी वहाँ पहुँचे गए थे। सबीना को होश आ गया था, पर नींद का इंजेक्शन दिया गया था। ताकि दर्द न झेलना पड़े, उस नन्हीं सी जान को। सोनम ने भी चन्दर की उंगलियों को अपनी हलकी सी पकड़ में लेकर अपने सुरक्षित होने का मूक आश्वासन दे दिया था।

चन्दर और सोनम की मौसी सारी रात उसी कमरे में बैठे रहे। मामा ने अस्पताल की ही कोई बैंच खोज ली थी। बीच-बीच में चक्कर काटते रहे। चन्दर सोनम के सिरहाने की ओर पड़ी कुर्सी पर बैठा उसे पढ़ता रहा। बीच-बीच में सोनम की कराह पर उसका हाथ थाम कर सहारा देता रहा और अपनी उपस्थिति का आभास भी।

सुबह होते ही सोनम को ऑपरेटिंग थियेटर में ले गए थे। एक्सरे और चैकअप से पता लगा था कि सोनम की कोख में अब तक पलती रही आत्मा ने दुनिया में आने से पहले ही सबसे विदा ले ली थी। डॉक्टरों ने वहीं किया जो सोनम की जीवन

रक्षा के लिए ज़रूरी था। चन्दर को याद आए थे...कच्छी...उनकी ज़बान पर आए वो शब्द...साफ़-सफ़ाई।...छी...कैसी नज़र लगा गए थे वो...चन्दर सोच रहा था।

''सीज़ेरियन'' की ज़रूरत नहीं पड़ी थी। ''फ़ीटस'' छोटा था। ''सक्शन'' से ही काम चल गया था। इसलिए सोनम की रिकवरी में भी सिर्फ तीन दिन लगे थे। रिकवरी...फिज़िकल। सोनम का तन-बदन सलामत रहा। मन...दिल...आत्मा कितने घायल थे, सोनम ने ज़ाहिर नहीं होने दिया था। एक दम गुमसुम हो गई थी वो...होश में आने के बाद...ये पता चलने के बाद कि उसकी जान बचाने के लिए, उसकी जान के एक टुकड़े को बलि चढ़ाना पड़ा था। बलि तो वह चढ़ चुका था...नियति की। विधान की। डॉक्टरों ने तो सिर्फ़...''साफ़-सफ़ाई'' की थी...छी...कच्छी...चन्दर सोच रहा था।

सोनम के मामा ने मुंबई फ़ोन करके सारी कहानी माँ को बताई तो वह बीना के लिए रवाना हो गई थी। सोनम के घर पहुंचने पर माँ भी वही थी। अब तक सोनम ने आँसू रोक रखे थे। माँ के आँचल में सिर रखते ही आँसुओं का बाँध टूट पड़ा था। घर पर ही सोनम की देखरेख के लिए बुलाई गई लेडी डॉक्टर ने सोनम का रोना सेहत के लिये अच्छा बताया था, अन्दर-अन्दर घुटना ख़तरनाक। आँसुओं के बहने के साथ ही, सोनम के अपने आप पर नियंत्रण की प्रक्रिया शुरू हो गई थी...रिकवरी प्रौसेस...डॉक्टर ने कहा था। चन्दर...और घर वाले आश्वस्त थे। समय की गति के साथ घाव भर जाते हैं। चन्दर के लिए समय का चक्र तेज़ी से चल रहा था। लंदन लौटने से पहले उसे बहुत कुछ करना था। सो, सिर्फ दो दिन वहाँ रह कर वह मुंबई चला गया। अंजु और रीमा को लेकर अनिल दत्त जी से...उनके डायरेक्टर से मिलना था। दोनों का स्क्रीन टेस्ट करवाना था। कराया। चन्दर के मन में पहले ही कोई शक़ नहीं था। सोनम की दोनों बहनें खूबसूरत तो थीं ही। कैमरा उन्हें कैसे रिजैक्ट कर सकता था। किसी ऐंगल से भी। वो पास हुईं। उनकी सूरत भी—उनकी कला भी...मेहनत भी। जो उन्होंने चन्दर के कहने पर की थी। सलमा की देखरेख में। अनिल दत्त जी ने दोनों बहनों को बधाई दी थी। हीरोइन की छोटी बहनों को। हीरो की सालियों को। कॉलेज के एन्युअल फंक्शन में डान्स करके लड़कों से वाहवाही लूटने की। हीरों के दो दोस्तों के दिलों में बस जाने की।

अंजु और रीमा को अनिल दत्त जी ने उसी दिन अपनी डांस डायरेक्टर से मिलाया था। उन्हें आपस में बातें करते छोड़ थोड़ी देर के लिए वो चन्दर को अपने ऑफिस में ले गए।

''काँग्रेच्युलेशन्स चन्दर...एंड थैंक यू'' अनिल दत्त जी ने अपनी कुर्सी पर बैठते हुए चन्दर को मेज़ की दूसरी ओर पड़ी कुर्सी पर बैठने का इशारा किया। ''मैं एकाध दिन में इन लड़कियों का...अंजु और रीमा का कॉन्ट्रैक्ट तैयार करवा दूँगा...पैसों की बात नहीं की...तुम कुछ सलाह दो।'' उन्होंने यह ज़िम्मेदारी चन्दर को सौंप दी।

''आपने इन दोनों को मौक़ा देकर इनकी ज़िंदगी को एक नई दिशा दे दी है दत्त साहब''—चन्दर ने आभार प्रदर्शित करते हुए कहा—''होटल में डांस करके दस हज़ार रुपया महीना कमा लेती हैं, खर्चा चलता रहता है...आप खुद सोच लें।''

''मेरी फ़िल्म अगले महीने ही शुरू हो रही है'' दत्त साहब ने कहा—''मेरा अनुमान है, थियेटरों तक पहुंचने में इसे डेढ़ साल लगेगा।...ज़्यादा भी लग सकता है। मैं नहीं चाहता कि ये लड़कियाँ होटलों में डांस करें। इन्हें और मेहनत करनी होगी। इसीलिए मैंने अपनी डांस डायरेक्टर से मिलाया है। वो इन पर अलग से भी मेहनत करेगी...पूरी तरह तैयार करेगी...तो मेरा ख्याल है, मैं फिल्म के पर्दे पर पहुंचने तक इन दोनों को दस-दस हज़ार रुपये महीना देता रहूँगा। इनकी सारी ट्रेनिंग का खर्चा मेरी कंपनी देगी...सलमा का भी...हमारी डांस डायरेक्टर से दिलाई जाने वाली ट्रेनिंग का भी...ये खर्चा अलग से दिया जाएगा...क्या ख़्याल है?''

चन्दर इस ऑफर से खुश था। नई लड़कियों को कुछ भी नहीं मिलता कभी-कभी। उनका शोषण होता है, वो अलग। सब्ज़बाग दिखाकर अपने बिस्तर गर्म करते हैं डायरेक्टर...प्रोड्यूसर...और उनके चमचे भी। भूखे भेड़ियों की भरमार रही है फिल्म लाइन में। अंजु और रीमा जैसी किस्मत सबकी नहीं होती। उन्हें तकरीबन बैठे यह सुनहरा अवसर तश्तरी में रखकर परोसा था...अनिल दत्त जी ने। उनकी रेप्युटेशन थी, इंडस्ट्री में। पहले भी कई नये कलाकरों को मौक़ा दिया था उन्होंने। आज वे कलाकर फिल्मी दुनिया में अपनी जगह रखते थे। अनिल दत्त जी का, इज्ज़त से नाम लेते थे। कल अंजु और रीमा भी उनका नाम लेंगी। उसी इज्ज़त से जो अनिल दत्त जी ने इन दोनों को दी थी। सारे फ़ारस रोड को दी थी। दोनों को अपनी फिल्म में अवसर दे कर...और फ़ारस रोड वालियों से हर साल राखी बंधवा कर।

चन्दर को पूरा विश्वास था कि अनिल दत्त जी के दिल में फ़ारस रोड के लिए सॉफ्ट कॉर्नर था। क्या कनैक्शन रहा होगा। उनका...फ़ारस रोड के साथ।

चन्दर सोच रहा था...मुस्करा रहा था...शैतान का दिमाग़। पर दिमाग को शैतान का होने के लिए उसका ख़ाली होना जरूरी है। चन्दर का दिमाग़ खाली कैसे रह सकता था। बहुत सी चीजें थीं। उसके दिमाग़ में। बहुत सी बातें...काम...लोग...समस्याएँ...और उनके समाधान खोजने के विचार। जैसे चाँदनी। उसकी समस्या का समाधान हो गया था। क्या कर रही होगी वो...कोलकता में। रेहाणा...दो सौ रुपए के शॉट टाइम वाले ग्राहक गिन रही होगी। शाहिद...किसी और लड़की को फँसाने के चक्कर में होगा। फैज़ल...कब लंदन आएगा...उसे क्या काम होगा लंदन में। हमीद ने चाँदनी को चिट्ठी लिखी होगी। चाँदनी ने जवाब दिया होगा या नहीं। सोनम ठीक होगी। उसकी माँ पास है... और सबीना...स्कूल—बाप का नाम।...मामा भाई...शकीला कच्छी...छीः।

अनिल दत्त जी से विदा लेने के बाद चन्दर, अंजु रीमा को लेकर लिफ्ट से

उतरने लगा तो दोनों उससे चिपक गई थीं। दोनों को एक साथ अपनी बांहों में भरकर, चन्दर मुस्कराया था...आँसुओं को रोकते हुए। ये खुशी के आँसू थे...अंजु और रीमा के लिए उमड़ते हुए स्नेह के आँसू थे।

अनिल दत्त जी के ऑफिस से निकल कर चन्दर ने जुहू के लिए टैक्सी पकड़ी। अंजु और रीमा को लेकर वहीं पहुँचा जहाँ सोनम के साथ आया था। फ़र्क था तो इतना कि सोनम के साथ, समुद्र के किनारे होटल की मुंडेर पर बैठकर समुद्र की लहरों को गिनने और बतियाने के बाद भीगी रेती में चहलकदमी की थी लेकिन आज उसकी दोनों बहनों के साथ स्विमिंग पूल के पास बैठ कर सेलिब्रेशन के मूड में बीयर मँगाई थी और उनके लिए जूस। अफसोस था तो ये कि सोनम और उसकी माँ इस खुशी में शामिल होने के लिए वहाँ नहीं थीं। इस खुशी में उन्हें शामिल करने का एक ही तरीका था—फ़ोन करना। लेकिन सोनम कैसे मूड में होगी, वह नहीं जानता था। शायद इस ख़बर से उसका मूड बदल जाए, उसने सोचा।...और वहीं रिसेप्शन से नंबर लगवा लिया। सोनम की माँ को फ़ोन पर बुलाने का संदेशा छोड़ दिया। सोचा, सोनम आने की स्थिति में होगी तो चन्दर और अंजु का नाम सुनकर खुद चली आएगी। लेकिन सोनम नहीं आई थी। माँ आई थी। सोनम की तबीयत ठीक थी। दवाइयां चल रही थीं। सोई थी। डॉक्टर ने कुछ दिन और आराम करने के लिए कहा था।

"कैसी हैं आप"—फ़ोन पर, चन्दर ने सोनम की माँ से पूछा।

"मैं तो बिल्कुल ठीक हूँ"—माँ ने कुछ चिंतित स्वर में कहा

"बस यही सोनम की फ़िकर लगी हुई है।"

"डॉक्टर ने क्या कहा?"

"डॉक्टर तो बहुत अच्छी है। आज भी आई थी। कह रही थी कि तन-बदन से ठीक है। थोड़ा डिप्रैशन है। दवाई चल रही है...ठीक हो जाएगी।"

"अंजु और रीमा की ख़बर देंगी तो खुश हो जाएगी।" चन्दर ने पहले ही बता दिया था। फिल्म में काम के बारे में।

"ये सब तुम्हारी मेहनत है...इन लड़कियों की ज़िंदगी बन जाएगी"—सोनम की माँ की खुशी का आभास टेलीफ़ोन पर भी मिल रहा था चन्दर को... "वर्ना मैं तो हिम्मत हार बैठी थी। सोच लिया था कि होटलों और मुजरों में ही ज़िंदगी कट जाएगी। इन लड़कियों की।

"अगले महीने अंजु और रीमा की फिल्म शुरू होने वाली है। दत्त साहब ने मुहूरत पर बुलाया है।"

"देखो, सोनम मुंबई लौटेगी। तभी मैं लौटूँगी।"

"सोनम को कह दीजिएगा, जल्दी ठीक हो। अपनी बहनों की देखरेख उसे ही करनी है। मैं तो परदेसी हूँ...कितने दिन साथ रहूँगा।"

''तुम्हारे जाने के बाद और गुमसुम हो गई है''—सोनम की माँ का स्वर कुछ गंभीर हो गया था—''सबीना को छाती से चिपका कर लेटी रहती है।...पूछ रही थी, तुम क्यों जल्दी चले गए।''

''अगर रोकना था तो रोक लिया होता। मैं और एकाध दिन रुक कर आ सकता था''—चन्दर ने कहा—''लेकिन इतना समझा कर तो आया था कि अंजु और रीमा के लिए मुझे जल्दी वापस लौटना पड़ा।...फ़ोन पर आती तो मैं बात कर लेता लेकिन...''

सोनम की माँ ने बात पूरी नहीं होने दी। वह चाहती थी कि चन्दर सोनम से बात करे...समझाए। बोली—''कल सवेरे दस बजे फ़ोन करना। मैं उसे साथ ले आऊँगी। तुम्हारे फ़ोन का इंतजार करेंगे।...अंजु है?''

''हाँ, लीजिए...दोनों यहीं हैं। बात कीजिए और अपनी बेटियों को आशीर्वाद दे दीजिए।''

चन्दर ने अंजु को फ़ोन दे दिया। वह खुशी के आँसू रोने लगी।...लेकिन कुछ आँसुओं में अपनी सोनम बाजी के लिए चिंता की झलक थी। रीमा की उँगलियाँ अपनी बहन के गालों पर लुढ़कते आँसू समेट रही थीं।

फ़ोन के बाद अपनी ड्रिंक्स ख़त्म करके तीनों उसी रास्ते निकले जिस रास्ते चन्दर सोनम और सबीना को लेकर निकला था। उस रात...सबीना के अपहरण वाली रात, अँधेरा था लेकिन आज उजाला। चन्दर के स्नेह में भीगी अंजू और रीमा ने उसके दाएँ-बाएँ चलते हुए उँगलियाँ पकड़ रखी थीं।

''अभी तो मेरा हाथ पकड़कर जुहू बीच की सैर कर सकती हो तुम दोनों। कोई नहीं रोकेगा। लेकिन एक बार पर्दे पर आने के बाद इस तरह खुले में निकलीं तो पब्लिक सीटियाँ बजा के पीछे हो लेगी।'' चन्दर ने दोनों को छेड़ा।

''जे देखा है सीटी मारने वाले ने''...रीमा ने बिल्कुल वैसे ही हाथ उठाकर कहा जैसे फ़ारस रोड पर चन्दर के साथ हुई पहली मुलाकात के वक़्त, उसे बिना पहचाने कहा था।।

''हाँ बाबा देखा है''...चन्दर ने गरदन दूसरी ओर झुकाकर बचने की ऐक्टिंग करते हुए कहा...''जे तो मैंने भी देखा है तेरा।'' रीमा ने शरमा कर चन्दर का हाथ छोड़ दिया।

''ऐ छुटकी।''...चन्दर ने वापस रीमा का हाथ पकड़ते हुए कहा...''अब तू फ़िल्म स्टार बनने वाली है। ''जे-जे'' नहीं चलेगा। बाक़ायदे बोलना और पढ़ना-लिखना सीखना पड़ेगा।''

''सब सीख लूँगी मैं...तुम ट्यूशन पढ़ा देना।''

'नहीं सीखेगी तो फ़िल्म के डायलॉग कैसे बोलेगी?''

''वैसे ही जैसे इतने लंबे-लंबे गाने याद कर लेती हूँ''

रीमा ने कहा तो अंजु बोली...''वो तो मैंने याद कराए थे। डायलॉग मैं नहीं याद कराऊँगी।''

''अच्छा, बाबा''...चन्दर को लगा कि दोनों बहनों की बहस शुरू होने लगी थी...''झगड़ा बाद में करती रहना। मुझे भूख लगी है। कोई अच्छा सा रेस्टोरैन्ट देखो।'

''एक बात कहूँ? अंजु ने धीमे स्वर में कहा—''आज तुम मेरे हाथ का खाना खाओगे?''

'और मेरे हाथ की चाय पियोगे?'' रीमा ने बात पूरी की।

चन्दर उनका निमंत्रण समझ गया था। उसे सहर्ष स्वीकार था। वैसे भी उसे गामा भाई से कुछ ज़रूरी बातें करनी थीं। समय कम था उसके पास। और शकीला से भी मिलना था। बोला...''तुम दोनों के हाथ का खाने-पीने के लिए तो मैं दो दिन भूखा रह सकता हूँ''

''और सोनम बाजी के हाथ का खाने के लिए?'' अंजु ने पूछा तो चन्दर का जवाब आया''...तुम्हारी दीदी जितने दिन भूखा रखे, उतने दिन।''

''हाय, हमारी दीदी ऐसी नहीं है।''...रीमा ने अपनी दीदी की वकालत की...''बहुत नरम दिल है उनका।''

अंजु और चन्दर हँस दिए थे छुटकी की बात पर। तीनों चलते-चलते सड़क पर आ गए थे। कुछ टैक्सियाँ लाइन में खड़ी थीं। चन्दर ने एक टैक्सी का दरवाज़ा खोलकर झुकते हुए पूछना चाहा था कि टैक्सी वाला पहले ही बोल पड़ा—''फ़ारस रोड?'' ''जी हाँ साहब, वहीं हूँ।'' चन्दर को इस इत्तिफ़ाक़ पर सुखद आश्चर्य हो रहा था...''आइए बैठिए। आपके लिए तो मैं सातवें आसमान पर भी चढ़ा ले जाऊँगा अपनी टैक्सी को।''

टैक्सी में सवार, तीनों फ़ारस रोड की ओर चल पड़े थे। चन्दर भी अंजु और रीमा के साथ ही पीछे की सीट पर बैठ गया था, क्योंकि दोनों को दबी ज़बान से शेख़चिल्ली वाली कहानी जो सुनानी थी। अंजु और रीमा को उनके घर उतार कर चन्दर सीधा शकीला के यहाँ गया था। शादी से लौटने के बाद उसकी तबीयत भी कुछ ठीक नहीं थी इसलिए उसने दो-एक दिन होटल से छुट्टी ले रखी थी। सायरा और रज्जो होटल जाने से पहले शकीला से मिलने आई थीं। उन्होंने भी 'वर्मा बुड्ढे' को फ़ोन कर दिया था कि होटल में लेट पहुँचेंगी। चन्दर का अचानक वहाँ पहुँचना उनके लिए बोनस था। सबके मन में चन्दर की बीना यात्रा के बारे में जानने की उत्सुकता थी। सायरा की स्टाइल वही थी।

''ससुराल वालों ने बड़ी जल्दी भगा दिया?'' हैलो-हैलो के बाद छूटते ही सायरा ने कहा।

''ऐ भिन्डी''...शकीला ने भिन्ड वाली का नया नामकरण करते हुए कहा...''तू कभी सुधरेगी या नहीं।''...और फिर चन्दर से सोनम का हाल पूछा।

चन्दर चुप...आँखें चौड़ी किए छत की ओर निहारता हुआ...निचले होंठ का कोना दाँतों के बीच दबाता हुआ। लेकिन कितनी देर चुप रहता। आख़िर सोनम की ख़बर देना भी तो चन्दर के वहाँ आने का एक मक़सद था। सोनम के ऐक्सीडेंट और मिस कैरियेज की कहानी सुना दी चन्दर ने...पर सुनाते हुए इस बात का पूरा ध्यान रखा था कि सोनम की तीनों सहेलियों की प्रतिक्रिया क्या रहती है। प्रतिक्रिया, कुछ होती तब न। बस, तीनों एक दूसरे को देख लेती थीं, बीच-बीच में। न कोई दुःख का भाव, न खुशी की निशानी...कुछ नहीं था, उनके चेहरे पर। चन्दर को आश्चर्य था...पर कुछ देर की चुप्पी के बाद फिर सायरा ने ही हिम्मत की...

"ऊपर वाला जो करता है, भले के लिए करता है।...ये बताओ सोनम तो ठीक है न?"

"हाँ..." चन्दर ने छोटा-सा जवाब दिया पर उसके मन में सायरा के कथन का कुछ और मतलब जानने की उत्सुकता थी जो शकीला ने अपना मौन तोड़कर हटाई...

"वो...शाहिद...जब से हम लोगों को उसका असली रूप मालूम हुआ है, हम सोचते थे कि उसकी और निशानी लेकर क्या करेगी सोनम।...देखो न, ऊपर वाले को भी ये मंजूर नहीं था। हमें सोनम की फिक्र है।...लेकिन अगर वो ठीक है तो फिर हमें कोई अफ़सोस नहीं।" शकीला के दिल में शाहिद के लिए नफ़रत भरी थी।

"मैं तो पहले ही इन दुबई वालों से चार हाथ बच के निकलती हूँ"...सायरा की बात से चन्दर को कुछ और मालूम हुआ।

"सोनम नई-नई आई थी। दुबई से लौटी लड़कियों के हाथों में सोने के कड़े देखे और गरदन में मोटी-मोटी चेनें, तो खुद भी सुनहरे सपने देखने लगी थी...और फँस गई साले के चक्कर में।...सब भूल गई कि होटलों में प्रोग्राम करने के लिए गई लड़कियों को किस तरह होटल की जेल में रहना पड़ता है। कहीं बाहर निकलने नहीं देते। रात भर नाचो-गाओ और सारे दिन सोते रहो। हमारे यहाँ के बड़े-बड़े दादा इंडिया से फ़रार होकर वहीं बैठे हैं। बड़े-बड़े वहाँ जाकर उनके दरबार में माथा टेकते हैं।...उनका आशीर्वाद लेते हैं।...फ़ारस रोड वालियों की क्या मज़ाल कि उनका दिल न रखें। अपनी ऐय्याशी के लिए भी मँगवाते हैं, लड़कियों के ग्रुप।"

शकीला ने सायरा की बात को आगे बढ़ाया—

"मैं तो बस एक बार गई थी, एक ग्रुप में। शंकर जीजा जी साथ थे इसलिए बची रही। उन्होंने पहले ही मुझे चेता दिया था... "चेहरा-मोहरा ज्यादा सजा के मत रखना"। आयशा और पिंकी को लेकर लड़ाई हो गई थी। दोनों लौटते-लौटते पेट से थीं, कॉन्डोम भी नहीं बरतने दिया था भंगियों ने। हँसते थे साले, कहते थे—"साफ़-सफ़ाई करा लेना। लाखों कमा के जाओगी, दो चार हज़ार किसी क्लीनिक को दे देना।"

रज्जो ने भी बात में बात जोड़ी...''मुझे तो कई बार ऑफर आया लेकिन मैंने मना कर दिया।...अपन को तो सूखी ही भली...ऐसी चुपड़ी नहीं चाहिए जिसमें मजबूर होकर बिकना पड़े। इससे तो कोठे पर जाकर बैठना अच्छा है। किसी की ज़ोर-ज़र्बदस्ती तो नहीं।''

''फ़ारस रोड की लड़कियों की बात छोड़ो।' शकीला बोली...''सुना है, फिल्मों की कुछ हीरोइनों ने भी ''डॉन'' और उसके भाइयों के बिस्तर गरम किए हैं, दुबई जाकर। तभी तो दुनिया भर का दो नंबर का पैसा फिल्मों में लगता है।...हीरोइनें बनाने के लिए और फिर उन्हें 'वापरने' के लिए।''

फिल्मों का नाम आते ही चन्दर का दिमाग़ कुछ निर्माणधीन फ़िल्मों की ओर चला गया। 'इन्डस्ट्री' में ख़बर फैली थी कि बारह-तेरह करोड़ तक ख़र्च हो रहे हैं, एक-एक फ़िल्म पर। एक-एक 'टैरीटरी' एक-डेढ़ करोड़ से ज़्यादा की नहीं बिक सकती थी। 'म्यूज़िक, ऑडियो-वीडियो और ओवरसीज़' मिला के छः टैरीटरी भी रख लें तो ज़्यादा से ज़्यादा नौ करोड़ की कमाई थी। ख़र्चा तीन चार करोड़ ज़्यादा।...'ओवर फ्लो' से कमाने का बहाना कर देते हैं।...डेढ़ करोड़ की 'टैरीटरी' ख़रीद के डिस्ट्रीब्यूटर क्या–'ओवर फ्लो' देगा। 'अन्डरबिलिंग' नहीं करेगा तो क्या करेगा।...लेकिन ऐसे प्रोड्यूसरों को क्या फ़र्क पड़ता है जिनके पीछे काले पैसे की ढेरी लगी हो।...प्रोड्यूसर भी क्या करें। एक करोड़ का हीरो सिर्फ दस लाख पर साइन करता है। नब्बे लाख बाथरूम में, या गैरेज में, या दीवार में। कोई पागल हो तो टैक्सवालों की रेड में पकड़ में आए। वर्ना खर्चे के तरीके बहुत हैं।...घोटालों के दौर में हिंदुस्तान का पैसा अमेरिका पहुँचाने में भी क्या देर लगती है।...'दुबई कनैक्शन' हो तो और भी आसान हो जाता है।...और एक बार परदेस में माल जमा हो गया तो हिंदुस्तानी कहलाना भी ज़रूरी तो नहीं।...कम से कम 'एन.आर.आई.' का बिल्ला तो बन ही जाएगा।...प्रैस वाले भोंकते रहें, पार्टी देकर खुश कर ही लेंगे।

''तुम क्यों उदास हो गए...अभी तक बीना में बैठे हो।''...शकीला ने चन्दर के ख़्यालों को झकझोरा।

''एक टॉपिक पूरा हो तो दूसरा छेड़ूं''...चन्दर ने संकेत किया कि उसके पास कोई दूसरी ख़बर भी थी। अंजु और रीमा वाली। अनिल दत्त जी का कोई ''दुबई कनैक्शन'' नहीं था। चन्दर निश्चिंत था। अंजु रीमा के 'वापरने' जाने का ख़तरा नहीं था।

''बीना बैठा रहता, अगर अंजु रीमा का स्क्रीन टैस्ट न होता'' चन्दर ने तीनों को चौंका दिया।

''हो गया''...शकीला ने पूछा...''रिज़ल्ट क्या रहा?''

''पास''...चन्दर का एक शब्द काफ़ी था।

''बुद्धू'' को बताया?''

“नहीं, फ़ोन किया था...सोई थी। माँ को बता दिया।...अगले महीने से शूटिंग है। मैंने कहा है, मुहूरत पर आ जाए।”

“हमें भी आने देंगे” रज्जो ने पूछा।

“होटल से छुट्टी करनी पड़ेगी” चन्दर ने मुस्करा कर जवाब दिया।

“हमें भी कोई रोल दिला दो तो होटल से हमेशा की छुट्टी कर दें” सायरा बोली।

“हिम्मतेमर्दा-मददे खुदा...सोनम के ‘मेरा अरबी” ने कहा था...याद है”...चन्दर सपने देखने लगा था...“अगर तुम लोग ठान लो तो होटल से छुट्टी करने के रास्ते कई निकल सकते हैं।...मुझे गामा भाई से कुछ बात करनी है...होंगे अपने रूम पर?”

“हाँ, ज़रूर होंगे”...शकीला ने बताया...“शंकर जीजा जी भी वहीं बैठे होंगे...कह कर तो यही गए थे कि गामा भाई के पास जा रहा हूँ।”

“चलो, मैं निकलूँ?...कल फ़ोन करूँगा बुद्धू को” चन्दर उठ खड़ा हुआ था।

“कह देना हम लोग उसी के बारे में सोच रहे हैं।” शकीला ने कहा तो सायरा बोली...“भिंडी भी”

“रज्जो भी” रज़िया क्यों पीछे रहती।

सोनम के एक्सीडेंट की ख़बर सुनकर गामा भाई और शंकर को अफ़सोस हुआ था लेकिन अंजु और रीमा को फिल्म में रोल मिलने वाली ख़बर उनके अफ़सोस पर हावी हो गयी थी। चाय के दौर में फ़िल्म के मुहूरत से बात शुरू हुई और सलमा की ट्रेनिंग पर आकर रुकी तो गामा भाई ने खुद वो बात कह दी जो बात करने का चन्दर का इरादा था।

“ये तो हमारी बिरादरी के लिए बहुत अच्छी खबर है, इन्सान मियाँ”...गामा भाई ने चन्दर का नाम ही रख दिया था...“अब हम सोचते हैं कि सलमा को फुल टाइम नाच-गाने की ट्रेनिंग पर लगा दें...उसकी रोज़ी-रोटी का इंतज़ाम बिरादरी से हो जाएगा।”

“तहलका मच जाएगा गामा भाई”...शंकर ने सद्भावना के साथ ज़रा-सी चमचागीरी की झलक दी...“आपका नाम लेकर लोग कहेंगे...“बिरादरी के लिए नया रास्ता खोल दिया।”

“मियाँ, हमारा क्या है”...गामा भाई ने लंबी सांस ली...“एक पैर कब्र में लटका हुआ है...जो रही सही बाकी है...मेरा मतलब है, उम्र...उसमें कुछ बिरादरी की भलाई हो जाए तो एकाध हूरें...जब ऊपर जाएँगे...हमारी सेवा भी कर दें शायद।” गामा भाई की आँखों में एक निराली सी चमक कौंध गई।

“गामा भाई, एक काम करते हैं”...चन्दर सीधे छलाँग कर काम की बात पर आ गया।...“एक ‘सैन्टर’ खोलिए...नाम...फ़ारस रोड अकादमी...नहीं, जमता नहीं...हाँ निमकर नृत्य-संगीत अकादमी, सलमा को इन्चार्ज बनाइए...बिरादरी की लड़कियों को बाक़ायदे ट्रेन्ड कीजिए।”

''आइडिया तो जमता है'' गामा भाई को एक झिझक थी...''लेकिन पहले की बातें याद आती हैं तो मन नहीं करता। दो-तीन लड़कियाँ गईं थीं फिल्मों में नाचने। मुजरे पर तो हर किस्म के लोग आते हैं न। फ़िल्मवाले भी। फँसा कर ले गए थे...लालच देकर। एक शादी करके बैठ गई...एक असिस्टैन्ट डायरेक्टर के साथ। दूसरी...एक केमरामैन की रखैल बनके रह रही है।...एक खोली में, और तीसरी ऐक्स्ट्रा का काम करती है और जूनियर आर्टिस्टों के बिस्तर गरम करती है। हमारे भी कनैक्शन हैं...सब ख़बर मिलती रहती है।''

''वैसे गामा भाई''...शंकर ने भी बात में हिस्सा लिया..''आजकल तो वो भावसार साहब भी फ़ारस रोड वालियों के लिए सोशल वर्क कर रहे हैं।...पहले 'मुन्सीपाल्टी' में अफ़सर थे...मकान तोड़ते थे।...दुबई वालों की बिल्डिंग भी तोड़ डाली थी।...लेकिन अन्डरवर्ल्ड वालों ने भी ऐसा चक्कर चलाया कि नौकरी से निकाल दिए गए । अब घूम-घूम के लैक्चर देते हैं। शायद नेता बन जाएँगे। उन्होंने कोठों पर छापे पड़वाए हैं।...पुलिस को लेकर। सुना है, कमसिन लड़कियों का उद्धार करने का बीड़ा उठाया है।...अपन उनके सामने भी अपनी प्लान रख सकते हैं। सुना है, 'ऑपोजीशन' वाले उनको काफ़ी बढ़ावा दे रहे हैं। जब भरत पवार चीफ़ मिनिस्टर थे तो हिंदू सेना वाले उनके गुण गाते थे। जब सरोवर जोशी की रिमोट कंट्रोल से चलने वाली सरकार आई तो दूसरी पार्टी उनकी दोस्त बन गई। लेकिन 'पॉलिटिक्स' से अपन को क्या लेना-देना। अपनी बिरादरी का कुछ भला हो सकता हो तो उन्हें साथ लेने में क्या बुराई है।''

''शंकर ठीक कह रहा है गामा भाई''...चन्दर ने उसका साथ दिया...''भावसार साहब से मिलने की ज़रूरत पड़ी तो मैं उन्हें लेकर आपके पास आ जाऊँगा।''

'इन्सान मियाँ'...गामा भाई को चन्दर के आत्मविश्वास पर आश्चर्य था...''ये तुम कहाँ से कनैक्शन फिट कर लेते हो सबके साथ?...पुलिसवाले...मिनिस्टर...दादा लोग...फ़ारस रोड का मुखिया, यानि हम...फिल्म वाले...और अब मुन्सीपाल्टी के इमारत तोड़ दस्ते का भूत...अरे भूत नहीं,वो क्या कहते हैं हिंदी में...भूतपूर्व 'इन्चारज' यानि भावसार।

चन्दर हँसा। ''मैं जानता हूँ आपके मन में ये सवाल होगा। कभी मौका लगा तो बात साफ़ हो जाएगी,लेकिन फिलहाल तो इतना समझ लीजिए कि किसी काम के चक्कर में मैं उनसे मिल चुका हूँ। अगर फ़ोन करूँ या जाऊँ तो वे मुझे ज़रूर पहचान लेंगे।''

''देखा रे शंकरा।''...गामा भाई ने डिब्बी में से पान निकाला और दाहिने गाल में दबा लिया...''मैं न कहता था कि इन्सान मियाँ बड़ी पहुँची हुई चीज़ हैं। जितना ज़मीन के ऊपर हैं उतने ही ज़मीन के अंदर जड़े पहुँची हुई हैं इनकी।''...और फिर गामा भाई चन्दर की ओर मुड़े। बोले—''मियां माफ़ करना, हमें तो सोशल वर्करों

से भी डर लगता है। जब हम जवान थे...हमें याद है...एक सोशल वर्कर साहब हमारी बस्ती में आए थे। उन्होंने एक महिला कल्याण केन्द्र खोला था। पीछे वाली बस्ती में। पुलिस को साथ लेकर छापे पड़वाए थे कोठों पर। कमसिन छोकरियों को निकलवाकर ले गए थे। कुछ और जवान छोकरियाँ भी चली गईं थीं।...वो, जिन्हें ज़र्बदस्ती धन्धे पर लगा रखा था गुन्डों ने। महिला कल्याण केन्द्र का जलसा भी हुआ था। 'लाउडस्पीकर' पर गाने बजे थे...लेक्चर हुए थे...मिठाइयाँ बँटी थीं। लेकिन बाद में अख़बार वालों ने लिखा था।...क्या कल्याण किया था उन लोगों ने लड़कियों का। खुद जलसे किए थे। सप्लाई करते थे साले...गुन्डे लीडरों को...पुलिसवालों को और जो मोटी रक़म थमाए उनको।...मियाँ, भेड़-बकरी को हलाल करो तो भी मिमियाती हैं।...एक लड़की के तो मुँह में कपड़ा ठूँस दिया था कमीनों ने। सन्डास से लाश निकली थी। तब लोगों की आँखें खुलीं। ऊपर से इन्क्वायरी आई और सैन्टर बंद हो गया था।''

''गामा भाई, तब और अब मैं फ़र्क है''...चन्दर ने गामा भाई का खोया हुआ विश्वास जगाया...''तब आपकी बिरादरी बिखरी हुई थी। तब बिरादरी वालों ने आपको मुखिया नहीं चुना था। तब आपकी बिरादरी की अपनी पंचायत नहीं लगती थी...पुलिस के साथ आपकी बिरादरी की मीटिंग नहीं होती थी और तब होटल वालों से आपकी बिरादरी को रोज़ी-रोटी का कोई ख़तरा नहीं था।''

''ठीक है मियाँ''...गामा भाई को चन्दर की बात में दम लगा था—

''अब तुम हमको बुढ़ापे में जोश दिला रहे हो तो कुछ करते हैं।...वो, वो अपनी बिरादरी वाली लौन्डियों का भाई...क्या नाम है उसका ...जिसका छोकरा इम्पोर्टेड बंदूक के चक्कर में अंदर गया था...वो अनिल दत्त...और वो मुन्सीपाल्टी का भूत...भावसार ...दोनों से ज़रा पूछ लेना...अकादमी खुलेगी तो आएँगे क्या?...लेक्चर देने...मिठाई भी बँटवा देंगे उनके हाथ से। अपना मदरसा है न, गली के नुक्कड़ पे...वहीं शुरू कर देंगे। जगह की तो कोई प्राब्लेम नहीं। बस एक बोर्ड लगाना है। ऐ शंकर...लौन्डों को बोल देना...आवें जुम्मे के रोज़। शाम की नमाज़ के बाद। पंचायत बुलानी है।...और सलमा को बोल देना...ज़रा हमसे मिल ले... शरमाती है।...अब क्या, जवानी में देखने वाली थी...अब भी बुरी नहीं। सज संवर के निकले तो मेरी उमर के भी सड़क पे बिछ जाएँ...हा-हा-हा-हा।'' चन्दर और शंकर ने भी गामा भाई की हँसी में अपनी हँसी मिलाई और चन्दर ने विदाई लेते हुए कहा—''जुम्मे के रोज़...शाम की नमाज़ के बाद।''

''पंचायत पक्की'' गामा भाई से आश्वासन लेकर चन्दर सीढ़ियाँ उतर गया।

अंजु खाना बनाकर चन्दर का इंतज़ार कर रही थी।

रीमा भी...चाय पिलाने के लिए...और हेमेन भी। हेमेन की वहाँ उपस्थिति अप्रत्याशित थी।

''नमस्कार चन्दर जी''...चन्दर के पहुँचते ही हेमेन ने खड़े होकर कहा...''मैंने फ़ोन किया था। अंजु ने बताया आप यहाँ आने वाले हैं। मुझे कोई बहुत ज़रूरी बात करनी थी।''

'मुझसे या अंजु से?''

''जी, आप दोनों से...आज टाइगर्स क्लब वाले आए थे।''

उन्होंने हमारा प्रोग्राम देखा था। अगले महीने मुंबई में पाँच प्रोग्राम कर रहे हैं। किसी और ग्रुप के साथ बात की हुई थी। आपस में कुछ झगड़ा हो गया। हमारे प्रोग्राम चाहते हैं। कोई स्पॉन्सर मिला है। एक प्रोग्राम के पचास हज़ार देंगे। दस-बारह का ग्रुप बन जाएगा। हमने कहा है कि प्रोग्रामों में स्टेज आप सम्हालेंगे। मान गए हैं। अंजु और रीमा डान्स करती हैं और गाती भी हैं। इनका, हर प्रोग्राम का दस-दस हज़ार बजट में जोड़ा है...दोनों का।''

'क्यों अंजु'—बिना पूछे चन्दर फ़ैसला नहीं करना चाहता था।

''क्या ख़्याल है? ज्यादा नहीं तो बुरा भी नहीं। एक महीने में...पाँच दिन के पचास हज़ार...नाम बनेगा सो अलग।''

''तुम जैसा ठीक समझो...कल फ़ोन करोगे तो मम्मी से भी पूछ लेना...वो तुम पर ही छोड़ देंगी।''

''पब्लिसिटी मिलेगी?'' चन्दर ने जानना चाहा तो हेमेन ने बताया ''जिस-जिस इलाक़े में प्रोग्राम होंगे वहाँ पोस्टर लगेंगे...आर्टिस्टों के फोटो माँगे हैं...अखबार में भी देंगे...केबल टी.वी पर भी एडवरटाइज़ करेंगे...कह रहे थे कि केबल वालों से 'लाइव टैलीकास्ट' की भी बात चल रही है।''

'क्यों छुटकी'...चन्दर ने रीमा को छेड़ा...''सारी मुंबई में टी.वी. पर छा जाने का इरादा है?''

''जे तुम जानो''...छुटकी ने शरमाकर आँखें फर्श में गड़ाते हुए कहा...''हमसे कहो तो हम डान्स कर देंगे...गा भी देंगे।''

''..और ज़्यादा रिहर्सल की भी ज़रूरत नहीं क्योंकि अलग-अलग इलाकों में प्रोग्राम है इसलिए रिपीट चलेगा।''..हेमेन ने स्थिति स्पष्ट कर दी थी...''तो चन्दर जी, मैं चलूँ। देवेन के यहाँ ग्रुप के कुछ दूसरे लोगों को बुलाया है। आज सब फाइनल करके, कल तक उन्हें जवाब देना है...वो डिपोज़िट भी देने को तैयार हैं।''

'खाना तैयार है।' अंजु ने निमंत्रण दिया।

'आज नहीं'—हेमेन ने खड़े होते हुए कहा...''देवेन की मम्मी ने हम सबका खाना बनाया है। सब इंतज़ार कर रहे होंगे।'' हेमेन, चन्दर को अंजु और रीमा के पास छोड़कर चला गया। जाते-जाते देखा तो उसने रीमा की ओर भी था और चन्दर की तरफ़ भी, लेकिन अंजु की ओर देखने में बात कोई ओर थी। चन्दर पढ़ रहा था, उसकी शर्मीली नज़रों को और अंजु के चेहरे पर आए गुलाबी रंग को।

'ओह नो' चन्दर ने दिल में कहा। 'ओह यस' चन्दर के दिमाग़ ने कहा। होंठ सिर्फ़ मुस्कराए थे।

''बहुत अच्छा लड़का है।'' चन्दर ने अंजु की प्रतिक्रिया जाननी चाही तो अंजु ने बचकर जवाब दिया।

'बड़ी ज़ोर से डाँटा था, रिहर्सल में।''

''बहुत बुरा लगा था?'' चन्दर ने पूछा तो अंजु ने बड़े भोले अन्दाज़ में कह दिया–''कोई अपना समझ के डाँटे तो चलता है।''

''अपना समझ के?'' चन्दर ने अंजु के शब्द दुहराए तो वह शरमा कर खाना परोसने लगी।

उस रात भी खाना खाकर टी.वी. देखते-देखते चन्दर की आँख लग गई थी। और वह गद्दे पर लोट गया था। अंजु और रीमा दरवाज़ा अंदर से बंद करके ऊपर वाले माले पर जा सोई थीं। चन्दर की आँख तब ख़ुली थी जब रात लगभग दो बजे किसी ने दरवाज़ा खटखटाया था। अंजु नाइटी में माले से उतरी तो चन्दर ने देख लिया था। तभी बाहर दो-तीन आवाज़ें सुनाई दीं। चन्दर को लगा जैसे शराबियों का ग्रुप था। उसने मुँह पर उँगली रखके अंजु को चुप रहने और दरवाज़ा न खोलने का इशारा कर दिया। बाहर वाले आदमियों ने एक दो बार दरवाज़ा खटखटाया और आगे बढ़ गए। थोड़ी ही देर में उनके सीढ़ियाँ उतरने की आवाज़ सुनाई पड़ी। उनमें से एक कोई हँसा भी था।

''गुन्डे-बदमाश घूमते रहते हैं। शराब के नशे में किसी के भी दरवाज़े पहुँच जाते हैं।'' अंजु ने कहा और चन्दर के पास आकर बैठ गई।

''जाने दो। ऐसे लोगों के मुँह लगना अच्छा नहीं। इसीलिए मैंने दरवाज़ा खोलने से मना किया था।'' चन्दर ने धीमी आवाज़ में कहा।

''चाय बनाऊँ?'' अंजु ने पूछा तो चन्दर ने उसे पकड़ कर माथा चूमते हुए कहा...''क्यों, सारी रात जगाने का इरादा है क्या?...चलो, जाकर सो जाओ और मुझे भी सोने दो। अब तो सुबह ही घर जाऊँगा।''

सुबह लगभग छः बजे बाहर का शोर सुनकर चन्दर की आँखें खुलीं तो उसने अंजु को आवाज दी। अंजु ने भी चीखने-चिल्लाने की आवाजें सुनी तो रीमा को जगाया और दोनों घबराकर नीचे उतर आईं। दरवाज़ा खोला तो नीचे सैकड़ों की भीड़ जमा थी। उनकी चाल की बालकनी में भी लोग खड़े थे। पुलिस वाले भीड़ को रोकने को कोशिश कर रहे थे। अंजु और रीमा को वहीं रहने का निर्देश देकर चन्दर दूसरे सिरे वाली सीढ़ियों की ओर बढ़ा और रास्ता बनाते हुए नीचे उतर गया।

''सत्यानास हो राक्षसों का''...एक औरत ज़ोर ज़ोर से कह रही थी–

''कितनी बेदर्दी से मारा है हरामज़ादों ने, फूल जैसी बच्ची को।'

चन्दर को समझते देर न लगी। फ़ारस रोड की गली में एक और हादसा हो गया था।

ये हादसा भी, बलात्कार का था...हत्या का था।

अंजु, रीमा की चाल वाली गली में ही दूसरे छोर पर कुछ खोलियाँ थी। आगे जाने का रास्ता नहीं था। आख़िरी खोली में दो लड़कियाँ रहती थीं। दोनों होटल में डान्स करने जाती थीं। बहनें थीं। अभी दो हफ़्ते पहले बीकानेर से आते हुए अपनी छोटी बहन को साथ ले आईं थीं। माँ-बाप नहीं भेज रहे थे लेकिन दोनों कमाऊ-बेटियों की ज़िद्द रखनी पड़ी थी। सोचा था—रोटी पानी का आराम हो जाएगा। सिर्फ़ चौदह साल की थी बेचारी। दोनों बहनें सुबह होटल से लौटीं तो दरवाज़ा खुला था। डरते-डरते कमरे के अंदर पाँव रखा। एक ने अपनी बहन को पुकारा और दूसरी ने बत्ती जलाई। सारा कमरा खून से भरा था। बीचों-बीच फ़र्श पर ही छोटी बहन की लाश पड़ी थी। दोनों ज़ोर-ज़ोर से चीखने लगीं थीं। पड़ोसियों ने आकर सारा दृश्य देखा और पुलिस को बुलाया।

बच्ची के बदन पर कपड़े नहीं थे। पास ही खून में लथपथ, फटे पड़े थे। गरदन में चाकू मारा था। दोनों हाथों की नाड़ियाँ काट दीं थी। पेट में भी कई घाव थे। चेहरा सूजा था। आँखें काली, सूजन के मारे बन्द। एक औरत ने जल्दी से अपनी साड़ी का आधा हिस्सा फाड़ कर लाश पर डाला था। लुटी हुई इज्ज़त वाली लाश की लाज बचाने के लिए।

चन्दर ने देखा था। तन-बदन काँप गया था। रोंगटे खड़े हो गए थे। तभी अंजु और रीमा का ख़्याल आया तो भीड़ को चीरता हुआ दौड़ा उनकी ओर। वे दोनों अब भी बालकनी में खड़ी हुई घटनास्थल की ओर देख रही थीं। चन्दर ने दोनों को खींच कर कमरे में ले लिया। दोनों को एक साथ अपनी बाहों में भर कर रोने लगा। अंजु और रीमा को सारी कहानी मालूम हो चुकी थी। वे स्तब्ध...मौन, चन्दर का स्नेह झेलती रहीं। छुटकी ने अपने नन्हें हाथों से उसके आँसू पोंछने की कोशिश की तो चन्दर ने एक बार फिर बारी-बारी दोनों का माथा चूम लिया। उसे याद आई रात दो बजे वाली, दरवाज़े की खटखट और रोंगटे फिर खड़े हो गए।

"एक कप कड़क चाय बना रीमा।" खुद पर क़ाबू करते हुए चन्दर ने कहा और अंजु का हाथ पकड़ कर गद्दे पर बैठने का इशारा करते हुए खुद भी दीवार से लगकर बैठ गया। रीमा ने गैस कुकर पर चाय का पानी चढ़ा दिया था।

नीचे अभी तक भीड़ लगी हुई थी, लेकिन पुलिस ने घटनास्थल को घेर रखा था। 'फौरेन्सिक एक्सपर्ट' आ गए थे। लाश को एम्बुलेन्स में डालकर पोस्टमार्टम के लिए भेज दिया गया था। कमरे में बिखरी हुई लगभग सभी चीज़ें प्लास्टिक की थैलियों में भरकर जाँच के लिए रवाना की जा रही थीं। अंजु ने चन्दर से हाथ छुड़ाया और खड़ी होते हुए बोली...

"अभी आई"

चन्दर को आश्चर्य तो हुआ लेकिन जब उसने अंजु को कमरे के बाहर रखे

ड्रम में से टॉइलेट वाली बाल्टी भरते देखा तो शान्त बैठा रहा।

चाल के दूसरे छोर पर कोने में लाइन से चार टॉइलेट्स थीं। वहाँ भी नीचे उतरने वाली सीढ़ियों के सामने से होकर जाना पड़ता था। दो सीढ़ी नीचे, मुंडेर पर कोहनी टिकाए, जग्गा खड़ा था। उसके साथ दो लौन्डे सीढ़ी घेरे बैठे सिगरेट पी रहे थे। फ़ारस रोड की हर लड़की जग्गा से चार कोस दूर रहती थी। कहा जाता था कि कई लड़कियों को उठा कर ले गया था। उनकी इज्ज़ज तो लूटी ही थी लेकिन किसी-किसी की ऐसी दुर्गति की थी कि लड़कियाँ काँपती थीं। अभी तीन-चार महीने पहले किसी का खून कर दिया था। हवालात में बन्द था। दो लाख रुपए खिलाए तो पुलिस ने पक्के सबूत न मिलने का बहाना करके केस रफ़ा-दफ़ा कर दिया था। छूट कर आया तो फिर वही आतंक। गामा भाई भी जग्गा को नहीं छेड़ते थे। बिरादरी के चौधरी ज़रूर थे लेकिन फ़ारस रोड के दादा नहीं। सो जग्गा और उसका गिरोह फ़ारस रोड पर शिकंजा कड़ा करते जा रहे थे।

'ऐ अंजु' जग्गा की आवाज थी।

अंजु ने जग्गा को वहाँ खड़े देख लिया था लेकिन वह मुँह फेर कर आगे बढ़ जाना चाहती थी। जब जग्गा ने आवाज़ दी तो अंजु को मुड़कर उसकी ओर देखना पड़ा।

'नमस्ते' अंजु ने टॉयलेट की ओर बढ़ते हुए कहा।

'नमस्ते को हम कुछ नहीं समझते'...जग्गा ने अपने गले में बंधे रूमाल को दोनों ओर, दोनों हाथों से खींचा...

''पहले ये बता कि वो नमूना कौन है?''

''कौन...?''

''ज़्यादा सयानी मत बन। जानती नहीं सयाना कौवा गूह खाता है। एक सयानी तो गई ऊपर।'' जग्गा ने आसमान की ओर इशारा किया।

अंजु जग्गा के साथ बहस में नहीं पड़ना चाहती थी।

''अच्छा वो...वो तो चन्दर है...हमारी सोनम बाजी के दोस्त।''

''दोस्त सोनम बाजी का, और रात उसकी छोटी बहनों के साथ गुजारता है। किस्मत वाला है साला। दो दो कमसिन छोकरियाँ...अंदर से कुंडी...सारी रात...सोनम बाजी का दोस्त।'' जग्गा ने अंजु की नकल करते हुए कहा तो उसके चमचों ने भी उसकी हँसी में हँसी मिलाई।

'ऐ अंजु!' जग्गा ने धीमी आवाज़ में कहा..''मेरा नम्बर कब लगेगा रे।''

अंजु ने नज़रें झुकाईं और आगे बढ़ने की कोशिश करने लगी।

'रुक' जग्गा ने कड़कती हुई आवाज में कहा तो अंजु सहम गई। उसने रुककर जग्गा की ओर देखा पर कुछ बोली नहीं। जग्गा की आवाज़ में नरमी आ गई थी। बोला...''आज रात आऊँगा। छटंकी को ऊपर माले पर सुला देना। कुंडी मत लगाना

वर्ना पड़ोसी जान जाएँगे।...और हाँ कोई होशियारी मत दिखाना वर्ना जानती है न?...'' जग्गा ने फिर अपने गले में पड़े रुमाल का फंदा दोनों हाथों से कसा और सिगरेट का कश भरते हुए सीढ़ियाँ उतरने लगा। पीछे-पीछे उसके चमचे भी।

अंजु अपने कमरे पर वापस लौटी तो रीमा संड़ासी से पतीला पकड़े तीन कपों में चाय भर रही थी। चन्दर मोरी पर मुँह धो रहा था। अंजु ने अपने पीछे दरवाज़ा बंद कर दिया। चन्दर ने अपने रुमाल से चेहरा पोंछते हुए मुड़ कर अंजु की ओर देखा तो चेहरा उतरा हुआ था।

''क्या हुआ?'' चन्दर ने मज़ाक किया। 'पेट में गड़बड़ है?''

अंजु ने तीखी नज़र से चन्दर की ओर देखा और हाथ-मुँह धोने मोरी पर जा बैठी।

रीमा ने बीच में उत्सुकतावश यूँ ही एक बार बाहर झाँककर देखा था। तब अंजु जग्गा से बातें कर रही थी।

''अंजु बाजी।''...रीमा ने पूछा...''वहाँ सीढ़ी के पास किससे बातें कर रहीं थीं?''

अंजु ने कोई जवाब नहीं दिया। तौलिए से मुँह पोंछते हुए चन्दर के पास आ बैठी।

''बोलो न''...रीमा ने फिर पूछा...''कौन था? कुछ बोला क्या आपसे? क्यों चेहरा उतरा हुआ है आपका?'' अंजु की आँखों में आँसू आने लगे थे।

''हे ऽ ऽ ऽ...चन्दर ने अंजु के कंधे पर हाथ रखा...''क्या हुआ?''

अंजु का सिर चन्दर के कंधों पर झूल गया। रीमा भी पास आ बैठी और अपनी अंजु बाजी के आँसू पोंछते हुए बोली–

''मैंने देखा था...सीढ़ी के पास किसी के साथ बातें करते। उसी ने कुछ कहा होगा।''

''जो भी हो''...चन्दर ने अंजु के चेहरे को अपने हाथों में लेते हुए आँखों में आँखें डालकर कहा...

''और उसने जो कुछ भी कहा हो, तुम चिंता मत करो। लेकिन अगर बताओगी नहीं तो कोई कुछ नहीं कर सकता...चलो जाने दो...बाद में बताना...पहले रीमा के हाथ की चाय हो जाए। पी के देखो, चाय में चीनी डाली है या नमक। और अंजु को मुस्काराना पड़ा।

''मज़ा आ गया चाय का''...रीमा ने चाय का आख़िरी घूँट भरते हुए अपनी बनाई चाय की खुद तारीफ़ की...''और अब मैं ज़रा सीढ़ियों तक टहल के आती हूँ।''...और वह छोटी बाल्टी भरने लगी।

रीमा ने बाहर निकलते हुए दरवाज़ा बंद कर दिया था। चन्दर को मौक़ा मिला था, अंजु से एक बार फिर पूछने का।

"कौन था?"

अंजु चुप रही।

"बोलो न, कौन था?" चन्दर ने फिर पूछा। "क्या कह रहा था।"

"कह रहा था"—अंजु की आवाज में खीझ थी..."तुम्हारी सोनम बाजी का दोस्त, तुम दोनों बहनों के साथ रात भर...कुंडी लगा कर..." और अंजु की आँखों में फिर आँसू आ गए।

चन्दर ने आगे बढ़ कर फिर अंजु के कंधे पर अपनी बाँह पसार दी और गंभीर हो गया।

"शायद ठीक ही कहा उसने। मुझे सारी रात यहाँ नहीं रहना चाहिए था। चलो आगे से ध्यान रखेंगे।"

चन्दर ने अंजु के कंधे से अपनी बाँह हटाई तो अंजु ने उसकी हथेली को अपने हाथों में जकड़ लिया। अपने गालों से लगाते हुए। बोली...

"बस, ज़रा सा किसी ने ताना कसा और तुम हमें छोड़ कर भाग जाओगे? चन्दर के पास अंजु की बात का कोई जवाब नहीं बन पड़ा। अंजु ने ही बात आगे बढ़ाई।

"जग्गा था...दादा है फ़ारस रोड का। कई लड़कियों को उठाकर ले गया है...इज्ज़त ख़राब की है...मारा-पीटा है। एकाध के तो हाथ पैर तोड़ के घर वापस भेजा था।"

'पुलिस?'

"उसके पालतू कुत्ते हैं।"

"गामा भाई।"

"जग्गा के नाम पर दुम दबा लेते हैं। वो ख़िलाफ हो जाए तो गामा भाई की चौधराहट भी मिट्टी में मिला दे। सब जानते हैं उसकी करतूतें। कोई कुछ नहीं करता। सोच लेते हैं..बकरियाँ हैं...एक न एक दिन कोई न कोई तो काटेगा ही। जग्गा के कसाई ख़ाने में जिस दिन जिसका नम्बर आ गया, उसकी किस्मत से।"

"जग्गा है या खुदा है"...चन्दर को गुस्सा आ गया था।

"मैंने सारी दुनिया का ठेका नहीं ले रखा लेकिन जिस दिन तुम्हारी या रीमा की ओर आँख उठा कर देखेगा, समझ लेना कि गीदड़ की मौत आ गई।"

"देखा..."अंजु की आँखों में एक चमक थी।

"क्या देखा?" चन्दर ने पहेली बूझने की कोशिश की।

"जग्गा ने...मेरी ओर..."अंजु ने दबी ज़बान कह दिया..."बोला आज रात आएगा।"

"आज रात आएगा?"...कहाँ?"

"यहाँ हमारे घर...मेरे लिए...बोला—रीमा को ऊपर के माले पर सुला देना...कुंडी

मत लगाना...'' कहते-कहते अंजु रोने लगी।

''यानि कि गीदड़ की मौत आ गई?'' चन्दर की आँखों में गुस्सा था...देखो अंजु...मैं हूँ न...तुम फ़िक्र मत करो।''...

''मैं हूँ न''...अंजु ने बीच में ही बात काटते हुए कहा...''क्या क्या करोगे तुम हमारे लिए? किस किससे बचाओगे हमें।...और...और तुम अपने आपको समझते क्या हो?''

चन्दर मुस्करा दिया। क्या जवाब देता वह अंजु की बात का।

बोला...''एक फ़ैसला कर लो।...या तो तुम जो कहो, मैं मानूँ। या मैं जैसा कहूँ, तुम वैसा करो।''

''मुझे कुछ नहीं सूझता।''

''तो मेरी बात मानो। अपने कपड़े बैग में डालो और चलो मेरे साथ।...तुम्हारी मम्मी को फ़ोन भी करना है। मेरे घर से करेंगे।''

'और जग्गा?''

''तसल्ली से सोचेंगे।'' चन्दर ने अंजु के सिर पर हाथ रखा तो अंजु कुछ आश्वस्त हो गई।

चन्दर ने अंजु और रीमा को साथ लिया और अपने फ्लैट पर आ गया। वहीं से फ़ोन लगाया। दूसरे छोर पर सोनम तैयार बैठी थी। फ़ोन उसी ने उठाया था।

'हैलो' सोनम की भर्राई हुई आवाज़ थी।

...और चन्दर ने फ़ोन का रिसीवर चूम लिया...आवाज़ के साथ।

'चन्दर'

'ऊँ हूँ''

'शरारत सूझ रही है?'

'फ़ायदा क्या?..तुम नज़दीक होती हो तब तो कुछ सूझता नहीं।...कैसी हो?''

''ठीक हूँ।'

'मम्मी...सबीना...।''

''सब मज़े में हैं।''

''तुम्हारी मम्मी कह रही थीं कि मेरे जल्दी वापस चले आने से तुम्हें शिकायत थी।...कह देतीं, रुक जाता।''

''सच?..जानकर अच्छा लगा।''

''लेकिन मुझे अच्छा नहीं लग रहा''

''क्यों?...क्यों...''

''तुम्हारे बिना''

''तो इशारा कर दो''

''तो इशारा समझ लो''

“सन्डे आ जाना...स्टेशन पर...शनिवार रात का रिज़र्वेशन कराया है...मम्मी, और मैं”...सोनम ने बताया और चन्दर ने मुस्करा कर पूछा...“वी.टी.?”

“जो अब सी.एस.टी. है...छत्रपति शिवाजी टर्मिनस...अंजु रीमा कैसी हैं।”

“तुम कह कर गईं थीं।...“दोनों बहनों का ध्यान रखना”...रख रहा हूँ। यहीं हैं...मेरे घर...लो बात करो” और चन्दर ने फ़ोन का रिसीवर अंजु के हाथ में देने से पहले कान में कह दिया कि सोनम को जग्गा वाली बात न बताए।

अंजु और रीमा ने सोनम से बात करने के बाद फ़ोन का रिसीवर वापस रखा ही था कि फ़ोन की घंटी बजी। हेमेन का फ़ोन था। चन्दर के लिए हेमेन का फ़ोन आने की इससे अच्छी टाइमिंग और नहीं हो सकती थी। उस शाम, चन्दर ने अंजु को हेमेन के साथ डिनर पर जाने की अनुमति ही नहीं दी थी बल्कि बढ़ावा भी दिया था।...और अपना छोटा वाला टेपरिकॉर्डर भी। हेमेन ने कहा था कि वह अंजु की आवाज़ टेप करना चाहता था।

उस शाम हेमेन और अंजु बान्द्रा बैन्ड स्टैन्ड के नीचे समुन्दर किनारे चट्टानों पर बैठे थे। अंजु के सीधे सादे सवालों पर हेमेन सोचता रहा...“कितनी भोली है अंजु। क्या करती होगी अपनी नज़रों से कि बीयर बार में जाने वाला एक से एक घाघ उसकी अदा पर रीझकर पैसे लुटाता होगा। ‘होटल’ से घर, घर से होटल और छुट्टी वाले दिन मुजरा। कितने छोटे से बन्द घेरे में ज़िंदगी घूम रही थी अंजु की...और रीमा की..और सोनम की...और हज़ारों रीमाओं और सोनमों की। रात की नकली रौशनी में नकली लोगों के सामने नकली अदाएँ लुटाने वाली अंजु आज ‘जनरल नॉलेज’ की पहली सीढ़ियाँ चढ़ी तो सामने हिलोरें मारता अथाह सागर था।

पहला सवाल बन गया। समुन्दर के अंदर कोसों दूर एक पानी का जहाज़ काग़ज़ की नाव-सा दिखाई दिया था।

‘बहुत बड़ा होता होगा न, ये समुन्दर?” दूर निगाहें गड़ाए अंजु ने पूछा।

“हाँ, जितनी धरती है उससे दो गुना समुन्दर है।”

अंजु के सवाल आते रहे। समुन्दर में बाढ़ आती है?...धरती डूबती क्यों नहीं?...समुन्दर और धरती एक दूसरे से चिपके कैसे रहते हैं?...सूरज, समुन्दर में डूबकर कहाँ जाता है?...पानी खारा क्यों होता है?...नमक की खेती कैसे होती है?...मछलियाँ पानी में ज़िन्दा रहती हैं तो आदमी पानी में डूब कर क्यों मर जाता है?”

हेमेन ने बड़े धीरज के साथ अंजु के सवाल झेले और जवाब ऐसे दिए कि अंजु की आँखों में बढ़ी चमक से अन्दाज़ा लग गया कि वह समझी और अपनी समझ में खुश हुई। ‘होटल’ में किससे पूछती ये सब...और भला, कब, क्यों कैसे।

सूरज समुन्दर में ज़रा-सा डूबा था कि हेमेन ने कैमरा निकाल कर अंजु की माँग में सूरज की लाली भर दी। समुन्दर की लहरों से धुलती चट्टान...उस पर बैठी

अंजु...हवा में लहराती लटें...और माँग से सट कर समुन्दर में डूबते सूरज की लाली। सब एक साथ कैमरे में क़ैद कर लिया था हेमेन ने। तभी समुंदर में आ रहे ज्वार ने, कुछ शोख़ मौजों ने, उछल-उछल कर अंजु की चुन्नी गीली कर दीं।

'बदतमीज़' अंजु ने अपनी भीगी चुन्नी पकड़े समुन्दर की लहर से कहा।

हेमेन को अंजु की एक और भोली अदा का नमूना मिला। तभी एक लहर आई और अंजु के पाँव गीले कर गई।

''ये क्या बला है' अंजु ने कहा और डगमगाती हुई उठ खड़ी हुई। हेमेन ने अंजु का हाथ पकड़ कर सम्हाला और मुस्कराते हुए कहा...''ये जो लहर तुम्हारे पाँव गीले कर गई है उसने तुम्हारी चुन्नी गीली करने वाली लहरों की बदतमीज़ी के लिए तुमसे माफ़ी माँगी है।

...और अंजु हँस दी...खिलखिला कर...एक बच्चे की तरह।

'चलें?' हेमेन ने अंजु का हाथ छोड़ते हुए पूछा।

''कहाँ?''

''कुछ खाने?''

''वहाँ चलें?'' अंजु ने बैन्ड स्टैंड पर समुन्दर की ओर झाँकते रेस्टोरेंट की ओर इशारा किया।

कुछ ही देर में रास्ते की चट्टानें लांघ, सीढ़ियाँ चढ़ दोनों रेस्टोरेंट में जा बैठे थे। खिड़की के नीचे, समुन्दर की लहरें दीवार छूने की कोशिश में लगी थीं।...और वेट्रैस उनके खाने-पीने का आर्डर लेने में, और अंजु खिड़की से बाहर झाँकते हुए, नीचे, चट्टानों पर बैठे प्रेमी युगलों को देखने में। हेमेन ने ताड़ लिया था।

''क्या देख रही हो?'' पूछ लिया। जानते हुए भी।

''उनकी बेशर्मी'' अंजु ने जवाब दिया।

''इसमें बेशर्मी की क्या बात है''...हेमेन बोला...''कोई मियाँ-बीबी भी हो सकते हैं और कोई अपनी गर्लफ्रेन्ड के साथ..''

बात आधी थी कि अंजु ने तपाक से सवाल कर दिया...

''ये गर्ल फ्रैंड क्या होती है।''

हेमेन इस सवाल के जवाब के लिए तैयार नहीं था।

''वो...वो..अंग्रेजी में गर्ल का मतलब होता है लड़की...और...''

''और फ्रैंड का मतलब होता है—दोस्त।''

अंजु बोली...''इतना तो मैं जानती हूँ...यानि लड़की दोस्त।...तो ब्याय फ्रैंड का मतलब हुआ लड़का दोस्त...जैसे मैं तुम्हारी और तुम मेरे।...जैसे चन्दर, सोनम बाजी के और सोनम बाजी चन्दर की।

''नहीं...हाँ...''हेमेन को अंजु के तर्क का सामंजस्य बैठा पाना मुश्किल लगा...'इतना आसान नहीं।...मेरा मतलब है थोड़ा-सा फ़र्क है।''

'क्या'

''पहले दोस्त बनते हैं। फिर नज़दीकियाँ बढ़ जाती हैं तो ब्वायफ्रेंड गर्लफ्रेंड बनते हैं और नज़दीक आ जाते हैं तो मियाँ बीबी यानि कि शादी।''

''तुम्हारी शादी हो गई?'' अंजु को नए सवाल की राह मिल गई थी।

'नहीं' हेमेन ने लंबी साँस ली।

'गर्ल फ्रेंड है?''

''नहीं। है नहीं...लेकिन थी।''

''फिर और नज़दीक नहीं आए?''

''बहुत नज़दीक आए थे''

''तो फिर शादी क्यों नहीं हुई?''

''अचानक दूरियाँ पैदा हो गई।''...हेमेन ने अपनी दास्तान सुना दी।...''मैं हिंदू था...वो मुसलमान। हमारी नज़दीकियाँ, हमारे परिवारों से और समाज से झेली नहीं गईं। बस, उसकी शादी कहीं और कर दी।...मुझे तो पता ही बाद में चला।''

कहीं की ईट कहीं का रोड़ा था लेकिन अंजु ने कह दिया था...

''मैं मुसलमान हूँ।''

हेमेन ने भरी नज़रों से अंजु की ओर देखा और अचानक हलके से अंजु की हथेली पर अपना हाथ रख कर कह दिया।...''कुछ खोने की तकलीफ़ एक बार झेल चुका हूँ, मजबूर था। अब ज़िंदगी में कभी किसी को इतनी आसानी से कुछ छीनने नहीं दूँगा।''

''चलें?'' इस बार अंजु ने पूछा। पीत्ज़ा और कोका-कोला ख़त्म होने के बाद।

''कहाँ?''

''ये सोचना पड़ेगा...अपने-अपने घर।''

''चन्दर?''

''वो अपनी गोद ली हुई लाड़ली को लेकर शॉपिंग करने और डिनर खाने गए होंगे। अंजु ने हेमेन की बात काटते हुए कह दिया...

''मैं घर जाकर वापस लौट आऊँगी...टैक्सी से'

''मैं भी तुम्हारे साथ चलता हूँ।''

''नहीं...'' अंजु ने इतनी ज़ोर से कहा मानो चीख रही हो..''तुम नहीं जा सकते।'' तभी उसे ज़ोर से चिल्लाने और हेमेन के घबरा जाने का अहसास हुआ। वह सहम गई। लगा जैसे सारा बदन काँपने लगा हो।

हेमेन ने अंजु के दोनों हाथ अपने हाथों में ले लिए''...''क्या बात है अंजु?'' धीरे से पूछा।

अब तक हेमेन की मीठी दोस्ती भरी बातों में डूबी अंजु कुछ देर के लिए जग्गा का घिनौना आमंत्रण भूल गई थी। लेकिन वह आश्वस्त नहीं थी कि घर छोड़

कर चन्दर के साथ चले आना उसकी समस्या का समाधान था...जग्गा से छुटकारा था। जैसे-जैसे हेमेन के हाथों के जकड़े शिकंजे की ढील पर अंजु की हथेलियाँ खुलीं वैसे ही वैसे जग्गा वाली कहानी के पन्ने भी। अंजु की सहमी ज़बान से...सांसों की तेज़ी के बीच...दिल की धड़कन की बढ़ती रफ़्तार के साथ।

'चलो' हेमेन ने खड़े होते हुए बड़ी दृढ़ता से कहा।

''कहाँ?''

''तुम्हारे घर।''

''तुम क्या करोगे?''

''मैं सिर्फ सा-रे-गा-मा के सुर लगाना ही नहीं जानता। खाली समय में कराटे की प्रैक्टिस करके ब्लैक बैल्ट भी जीती है। बहुत दिन से उसे झाड़ापोंछा नहीं है।''

अंजु की आँखों में खुशी थी। बिजलियाँ कौधने लगीं। जिन पर हेमेन के शब्द जड़े दिखाई दिए थे–

''अब ज़िंदगी में कभी-किसी को आसानी से कुछ छीनने नहीं दूँगा।'' वह मुस्कुराई, बोली..''लगता है हो गया'' और हँस दी।

''धत्''...हेमेन के माथे पर सलवटें आईं लेकिन उसे समझने में देर नहीं लगीं। अंजु की ठोड़ी पर हाथ लगाकर पूछा–किसको?''

''धत्'' अंजु ने जवाब दिया। फिर मुस्करा कर बोली...''दोनों को''।

उस रात काफी देर तक चन्दर और रीमा ने अंजु के लौटने का इंतज़ार किया लेकिन टी.वी. के सामने बैठे-बैठे दोनों को नींद आ गई थी। रीमा कब उठकर रूम में चली गई थी, पता नहीं चला था। डोर बैल हुई तो चन्दर ने उठकर दरवाज़ा खोला। हेमेन और अंजु तेज़ी से अंदर आ गए। चन्दर ने घड़ी देखी तो सुबह के चार बजने वाले थे।

''एक फ़ोन कर दिया होता'' चन्दर ने हेमेन से कहा तो हेमेन सिर नीचा किए सोफ़े पर जा बैठा।

चन्दर ने अंजु की ओर देखा तो उसने नज़रें चुराने की कोशिश की। चन्दर ने रीमा के कमरे का दरवाज़ा बंद कर दिया। अंजु का हाथ पकड़ा और दूसरे सोफ़े पर अपने पास बैठाते हुए पूछा...''घर गई थी?''

अंजु चुप रही।

''क्यों गई मुझे बताए बिना''...चन्दर ऊँचा बोलने लगा था...''कुछ हो जाता तो...हेमेन तुम बोलते क्यों नहीं?...क्या हुआ..वो-वो जग्गा...आया था? तुम साथ थे?..क्या कहा उसने?...बोलते क्यों नहीं तुम दोनों?'' कहते-कहते चन्दर अंजु के कंधे ज़ोर से झकझोरने लगा तो अंजु रो पड़ी। उसका सिर चन्दर के कंधे पर झूल गया। चन्दर सहमा। धीरे-धीरे उसका हाथ अंजु के सिर पर गया बालों को हलके से पकड़ा और चेहरा सामने ला कर धीरे से पूछा–''प्लीज़ अंजु जो भी हुआ मुझे

बताओ सही।''

अंजु ने अपनी चुन्नी से आँसू पोंछे। धीरे से अपना हैंड बैग चन्दर की ओर सरका दिया।

चन्दर को अपने सवाल के जवाब में हैंड बैग मिला तो उसे कुछ बेतुका सा ज़रूर लगा लेकिन काँपते हुए हाथों से उसने अंजु का बैग खोल दिया। सिर्फ दो चीज़ें बाहर आईं। अंजु की नाइटी, खून से लथपथ।...और एक छोटा-सा चाकू।

''मरा कि नहीं साला?'' चन्दर के दिमाग में ढ़ेरों तस्वीरें घूमने लगीं थीं। तभी कई तरह की संभावनाओं से भयभीत, लेकिन अंजु को अपने सामने सही-सलामत पाकर आश्वस्त, चन्दर ने ग़ुस्से से या खुशी से हेमेन के कंधे पर एक घूँसा जमाते हुए कहा...

''डिनर पर जाने की इजाज़त दी थी, किसी को हलाल करने की नहीं।'

हेमेन की ज़बान खुली। सारी कहानी सामने आई। दृश्य रोमांचक थे। चन्दर कल्पना कर रहा था। हेमेन बता रहा था।

रात दो बजे जग्गा आया था। अंजु ने अंदर से कुंडी नहीं लगाई थी। जग्गा ने दरवाज़ा खोला था। पहले सीढ़ियाँ चढ़ कर माले पर झाँका तो सलवार कुर्ते में रीमा फर्श पर औंधी पड़ी दिखाई दी थी। आधा तकिऐ से और आधा हाथों से, सिर ढका था। रीमा नहीं थी। हेमेन था। जग्गा ने शराब के नशे में ज़्यादा करीब जाकर देखने की ज़रूरत नहीं समझी थी।

नीचे नाइटी पहने अंजु गद्दे पर लेटी थी। जग्गा सीढ़ियाँ उतरा तो वह सिमट कर दीवार से लग कर बैठ गई थी। जग्गा ने अंदर से दरवाज़ा बंद कर दिया। अंजु सहमी हुई थी। जग्गा वहीं गद्दे पर लेट गया। अंजु के बाल पकड़े और अपनी ओर खींच लिया। अंजु साथ लेट गई। सहमी हुई।

''एक बात पूछूँ?'' अंजु ने धीरे से कहा।''

जग्गा ने सिर्फ़ अंजु की ओर देखा, कहा कुछ भी नहीं।

''तुझे क्या चाहिए?'' अंजु ने पूछ लिया।

''तू'' जग्गा ने एक शब्द में जवाब दिया।

''ले ले...लेकिन''...

''बोल।''

''रीमा को कुछ मत कहना''..अंजु ने बहाना किया...''उसकी तबीयत बहुत खराब है। डॉक्टर ने कहा है कि पेट का आपरेशन कराना पड़ेगा। इसीलिए उसने होटल जाना भी छोड़ दिया है। अंजु ने झूठ बोला।

ऊपर पड़ा हेमन दोनों की बातें सुन रहा था लेकिन अंजु ने हेमेन का हाथ अपने सिर पर रख कर कसम दे दी थी कि जब तक वो हेमेन को आवाज़ न लगाए तब तक वो चुपचाप रीमा के कपड़े पहने ऊपर ही पड़ा रहे। हेमेन कान लगाए दोनों

की बातें सुनता रहा। तब तक, जबतक सुनाई दीं। फिर दोनों की आवाजें बहुत धीमी हो गई। फिर बत्ती बुझ गई। सिर्फ़ खिड़की से होकर आने वाली बाहर की हलकी सी रौशनी थी। फिर जग्गा अंजु पर एक डाका डालने की तैयारी में था। फिर जग्गा की ची ऽ ऽ ऽ ख...फिर अंजु की आवाज...हेऽ ऽ मे ऽ ऽ ऽ न...फिर हेमेन का कूद कर नीचे आना और पल भर में कराटे वाली हथेली जग्गा की गदरन पर जमा देना। फिर सन्नाटा...

अंजु के दाएँ हाथ में चाकू...बाएँ हाथ में सिमटता हुआ पौरुष। आँखों में चमक।

"छीः" अंजु के मुँह से निकला।

पल भर में जग्गा का कटा हुआ लिंग उसके ही मुँह में ठुँसा हुआ था। दो पल में अंजु की नाइटी और चाकू बैग में थे। पल भर में दोनों ने कपड़े बदल लिए थे और दो पल में दरवाज़ा बाहर से बंद करके दोनों ने सड़क पर आकर टैक्सी रोक ली थी।

सुबह होने लगी थी। हेमेन से सारी कहानी सुनने के बाद चन्दर ने पुलिस कमिश्नर विजय भोगले को फ़ोन किया। कुछ ही देर में पुलिस की गाड़ियाँ और एम्बुलेन्स फ़ारस रोड पर जानकी बाई की चाल के सामने खड़ी थीं। कुछ ही देर में पुलिस वालों ने कमरा नम्बर उन्तीस का ताला तोड़ कर अंदर बेहोश पड़े जग्गा को उठाया और एम्बुलेन्स में डालकर अस्पताल भेज दिया। कुछ ही देर में सारे फ़ारस रोड पर ख़बर फैल गई थी कि रात जग्गा का 'अंजु' कर दिया। मुंबई को एक नया शब्द मिल गया था–लिंग कटना यानी अंजु करना।

फ़ारस रोड की दीवारों पर भी लिखा दिखाई दिया...

जग्गा का अंजु कर दिया।

अंजु और उससे जुड़े लोग, चन्दर भी, समझ नहीं पा रहे थे कि जग्गा के साथ अंजु के नाम का इस तरह जुड़ना शर्म की बात थी या गर्व की। एक बात पक्की थी कि अंजु को बधाइयों और शाबासियों का ताँता लग गया था। सबसे पहले बधाई का फ़ोन करने वालों में गामा भाई भी थे और सलमा भी।

सुबह दस बजे पुलिस की गाड़ी अंजु को लेने आई थी। हेमेन को भी। चन्दर साथ गया था। रीमा भी। विजय भोगले खुद वहाँ मौजूद थे। सारा केस खुद देख रहे थे। अंजु और हेमेन के बयान लिखे गए थे। बाद में चाय-पीते पिलाते भोगले साहब ने चन्दर से कहा था–

"परसों वाले क़त्ल के मामले में फौरेन्सिक रिपोर्ट आ गई है। कई चीज़ों पर जग्गा की ही उँगलियों के निशान मिले हैं। डी. एन. ए. टेस्ट भी हो रहे हैं। पक्के सबूत हैं कि उस लड़की की हत्या और बलात्कार में जग्गा मुख्य आरोपी है। गामा

भाई के साथ आई चार-पाँच लड़कियों ने जग्गा के ख़िलाफ बयान दर्ज़ कराए हैं। बलात्कार के तीन मामले दर्ज़ हो गए हैं। एक लड़की के हाथ तोड़ने का भी। एक को मारने-पीटने और सिगरेट से जलाने का भी। दो लाख देकर हत्या की जो फ़ाइल बंद करवा दी थी, वो भी फिर से खुल रही है। कुछ नए सुराग़ मिले हैं।'' पूरी कहानी बताते हुए आख़िर में भोगले साहब ने कह दिया...

''अगर फाँसी से बच भी गया तो सारी ज़िंदगी जेल में काटेगा।...पक्की बात है। अंजु को तो अपना वकील करने की भी ज़रूरत नहीं। सरकारी वकील अंजु की पैरवी करेगा।...हाँ एक बात है''...भोगले साहब ने सलाह दी...''अगर हो सके तो अभी दो चार दिन तक अपने कमरे में मत रहना। वैसे तो जग्गा के चमचों को भी पकड़ कर सीधा कर रहे हैं। वैसे भी कमरा साफ़ कराना पड़ेगा। बदमाश का खून काला होकर जम गया है।''

''जी, आप निश्चिंत रहें'' चन्दर ने उठते हुए कहा—''अंजु और रीमा अभी मेरे घर पर रहेंगे। अगर ज़रूरत पड़े तो मुझे...फ़ोन कर लीजिएगा।''

''हाँ ज़रूर करूँगा। सुकान्त की छुट्टियाँ हो रही हैं। लंदन की पढ़ाई के बारे में तुम से सलाह करनी है। एक दिन साथ में डिनर खाएँगे।''

चन्दर, हेमेन, अंजु और रीमा ने भोगले साहब के आफ़िस से निकल कर वापस अंधेरी की टैक्सी पकड़ ली थी। हेमेन रास्ते में सांताक्रुज़ उतरने वाला था। देवेन के घर जाने के लिए...स्टेज प्रोग्राम नज़दीक था..जिसमें अंजु भी हिस्सा लेने वाली थी...रीमा भी। हेमेन आश्वस्त था कि 'जग्गा' का 'अंजु' करने वाली लड़की के प्रोग्राम के टिकट बेचना कोई मुश्किल बात नहीं होगी...बशर्ते कि पब्लिसिटी ठीक से हो जाए।...प्रोग्रामों में शामिल होने की।

जग्गा वाली घटना की चर्चा सभी अख़बारों में हुई थी। टेलीविजन पर भी। इसी बीच जग्गा के खिलाफ दूसरे मामले भी अदालत में आ गए थे। अंजु वाला मामला सबसे अधिक चर्चा का विषय बना। चन्दर के घर के बाहर प्रेस वालों की भीड़ रहने लगी थी। लेकिन चन्दर ने अंजु को प्रेसवालों से बचाकर रखा था। वकील ने भी कोई बयान न देने की सलाह दी थी। फिर भी अंजु का फोटो लगभग सभी अख़बारों में छप गया था। टी.वी. कैमरे वालों ने भी अंजु को चन्दर के घर से निकल कर शॉपिंग करने जाते हुए या सलमा की क्लास में आते-जाते पकड़ लिया था। हीरोइन बनने से पहले ही उसकी चर्चा किसी फिल्मी हस्ती से कम नहीं थी। अंजु के साथ रीमा की चर्चा भी हुई थी। देवेन हेमेन के प्रोग्रामों के संदर्भ में। गामा भाई की नृत्य-संगीत अकादमी के संदर्भ में और अनिल दत्त जी की नई फिल्म में मिली भूमिका के संदर्भ में।

सोनम और उसकी माँ शनिवार की रात को बीना से चलकर रविवार की सुबह मुंबई पहुँच गए थे। चन्दर खुद स्टेशन जाकर टैक्सी में उन्हें अपने घर ले आया था। रास्ते में उसने जग्गा वाली घटना का ज़िक्र नहीं किया था। इस बात पर, उन्हें

आश्चर्य ज़रूर था कि चन्दर उन्हें अपने घर क्यों ले जा रहा है, फ़ारस रोड क्यों नहीं। लेकिन उन्होंने घर पहुँचने का इंतज़ार किया था। सारी कहानी घर जाकर खुली थी। उसी शाम गामा भाई की अकादमी का उद्घाटन था।

गामा भाई की इस संगीत-नृत्य अकादमी के उद्घाटन पर अनिल दत्त जी मौजूद थे। इमारत तोड़ू दस्ते के भूतपूर्व अधिकारी भावसार भी। जैसा कि चन्दर ने गामा भाई से वादा किया था। उद्घाटन के मौके पर ही अकादमी में संगीत और नृत्य के प्रशिक्षण के लिए फ़ारस रोड की इतनी लड़कियों के नाम आ गए थे कि आधे से ज़्यादा नाम वेटिंग लिस्ट में डालने पड़े थे।

अनिल दत्त जी ने घोषणा की थी—

"अंजु और रीमा मेरी नई फिल्म में काम कर रही हैं। फिल्म की शूटिंग लंदन में भी होगी। अपनी हर फिल्म में फ़ारस रोड की लड़कियों को काम देने की कोशिश करूँगा। फिल्म आर्टिस्ट ऐसोसिएशन की मेम्बरशिप दिलाने में मदद करूँगा...अपने फिल्मी दोस्तों से कहूँगा कि वे गामा भाई की अकादमी की लड़कियों को अपनी फिल्मों में मौका दें।"

गामा भाई ने कहा था—

"होटलों में डांस करने वाली जो लड़की अकादमी में ट्रेनिंग के लिए आएगी उसे महीने में सिर्फ़ दो बार 'टैम' लगाना पड़ेगा...'टैम' पर आने वाली लड़कियों को 'कस्टमर' से मिले सौ रुपए में से पचास रुपए मिलेंगे...बाक़ी पचास में से आधा कमरे वाली का और आधा उस्तादों का।" गामा भाई की इस घोषणा पर फ़ारस रोड की लड़कियों ने तालियाँ बजाकर आसमान सिर पर उठा लिया था। ये बहुत कम लोगों को मालूम था कि एक दिन गामा भाई के साथ शतरंज की बाज़ी लगाते हुए चन्दर ने ही उन्हें इस बात के लिए राज़ी किया था। उसने गामा भाई को विश्वास दिलाया था कि अगर 'टैम' पर आने वाली लड़की को सौ में से पचास रुपए मिलें तो ज़्यादातर लड़कियाँ दिल से मुजरे पर आएँगी...अपने होटल वाले कस्टमरों को भी मुजरे पर बुलाने में दिलचस्पी लेंगी।...और 'लौंग टर्म' में 'डेरेदारों' और उस्तादों को भी घाटा नहीं रहेगा।

आख़िर में भावसार भी बोले थे—

"...मैं ख़ास कर उन अभागी लड़कियों की ओर से बोल रहा हूँ जिन्हें मजबूरी में पिंजरे में बंद पंछी की ज़िंदगी गुज़ारनी पड़ रही है। ...मैंने मुंबई के सारे कोठे बंद करने का बीड़ा नहीं उठाया लेकिन उन लड़कियों के लिए अपनी जान लगा दूँगा जो कोठे से निकल कर खुली हवा में साँस लेना चाहती हैं। ऐसी बहुत-सी लड़कियों को हमने मुक्त कराया है लेकिन उनके 'पुर्नवास' की—रिहैबिलिटेशन की—वापस उन्हें सभ्य समाज का हिस्सा बनने की बहुत बड़ी जिम्मेदारी हमारे कंधों पर है। इसमें हमें सभी का...तन-मन-धन का सहयोग चाहिए। आज मैंने मन में ठान ली है कि

फ़ारस रोड पर भी ऐसी लड़कियों के लिए एक महिलाश्रम खोला जाएगा। इसमें हमें आप सबका सहयोग चाहिए।''

भावसार साहब के भाषण की समाप्ति पर अनिल दत्त जी अपनी कुर्सी से उठे और माइक पर जाकर उन्होंने फ़ारस रोड के इस प्रस्तावित महिलाश्रम के लिए एक लाख रुपए देने की घोषणा कर दी।

सोनम अपनी माँ के साथ पहली कतार में बैठी थी। उठी और अपनी कलाई का ब्रेसलेट उतार कर स्टेज पर खड़े भावसार साहब की ओर बढ़ा दिया। ये वही सोने का ब्रेसलैट था जो चन्दर ने दिया था। चन्दर ने सोनम की ओर देखा और मुस्कराकर अपनी खुशी और सोनम की सोच पर गर्व ज़ाहिर कर दिया। शुरुआत सोनम ने की थी लेकिन प्रोग्राम में मौजूद सैकड़ों लड़कियों में से कई ने सोनम का अनुसरण किया। फ़ारस रोड की डांसरों के पास अगर किसी चीज़ की बहुतायत का ज़िक्र होता था तो सोने का था। देखते ही देखते लगभग एक किलो सोने के गहने भावसार की झोली में आ गए थे।...हज़ारों रुपए के नोट भी। चन्दर, सलमा को साथ लेकर पूरी लिस्ट तैयार करने में लगा था। भावसार ने कहा था–

''महिलाओं द्वारा इस तरह अपने गहने उतार कर देने का एक उदाहरण तब मिला था जब भारत पर विदेशियों ने हमला किया था।...आज नारीत्व पर होने वाले हमलों से उसकी रक्षा के लिए गहने उतारे गए थे।''

अगले दिन सुबह चन्दर ने किचन में जाकर चाय का पानी चढ़ाया। सोनम की माँ अपनी तीनों बेटियों के साथ एक कमरे में सोई थी और चन्दर दूसरे कमरे में। किचन में बरतनों की आवाज़ पर सोनम अपनी आँखें मलते हुए दबे पाँवों चन्दर के पीछे जा पहुँची। हलके से चन्दर की आँखों पर अपने दोनों हाथ रखे तो चन्दर ने अपनी हथेलियों में सोनम के हाथ भर लिए और धीरे से अपने होठों तक सरका कर उन्हें हलका-सा प्यार दिया।

कुकर जलाते हुए चन्दर ने पूछा–''कैसी हो?''

''अब फ़ुरसत मिली है, पूछने की?'' सोनम ने मुस्कराते हुए उलाहना दिया।

''किसी ने तुम्हें अकेला छोड़ा, पल भर के लिए भी?''–चन्दर ने सफ़ाई दी–''और फिर कल के प्रोग्राम की कुछ ज़िम्मेदारियाँ भी तो निभानी थीं।''

''तो निभाते रहो''–सोनम ने चन्दर से अलग होकर वहीं पड़ी कुर्सी पर बैठते हुए कहा–''तुम भी क्या याद करोगे कि सोनम मिली तो साथ में ज़िम्मेदारियों के ढेर भी।''

''मज़ा आता है।''

''बोझ ढोने में?''

''...और एक-एक करके हलका करने में।''

''तो आज और हलके हो जाओ''–सोनम की बात पर चन्दर ने सवाली निगाहों

से उसकी ओर देखा। सोनम ने अपनी बात स्पष्ट की

"मम्मी कह रहीं थीं कि आज हम लोग अपने घर चले जाएंगे।"

"जानकी बाई की चाल..."

"हाँ,—सोनम ने उलाहने भरी निगाहों का जवाब फीकी मुस्कान से दिया—"कमरा नंबर उन्तीस।"

"...और धब्बे?...वो जग्गा के..."

"वो धो लेंगे"—सोनम ने चन्दर की आँखों में आँखें गड़ा दीं—

"लेकिन ये ज़िंदगी वाले...धब्बे?" सोनम का सवाल था।

"कोशिश है...तुम्हारा साथ चाहिए।" चन्दर ने जवाब दिया। सोनम ने चन्दर की ओर अपने दोनों हाथ बढ़ा दिए।

"साथ"—चन्दर ने जोर देकर स्पष्ट किया—"हाथ नहीं।"

"बिना हाथ, कैसा साथ?" सोनम मुस्करा रही थी।

"कंधों वाला" चन्दर सकुचा रहा था।

सोनम उठी। चन्दर से सटकर खड़ी हो गई। बोली—"लो, मिला दिया...कंधे से कंधा...बाँट लूँगी...बोझ।"

चन्दर सोच रहा था—"आठवीं तक की किस किताब में लिखा था ये सब।"

एक-एक कर सभी उठे, आधे तैयार हुए तो चन्दर और सोनम एक-एक कप चाय पी चुके थे।

"रीमा, मम्मी को बोल, नाश्ता नीचे करेंगे। स्विमिंग पूल के पास।" चन्दर ट्रे में कप प्लेट रखने लगा था—"अंजु, कितनी बार कहा है हाथ से आँखें मत मला करो। इसीलिए लाल रहती हैं। लो चाय की ट्रे लेकर नीचे चलो...अपनी सोनम बाजी को लेकर।...रीमा, मम्मी को बुला...मैं टोस्ट बना लूँ...मक्खन लगाएगी या जाम?"

"दोनों" रीमा ने हँसते हुए जवाब दिया और कमरे की ओर चली गई, मम्मी को बुलाने।

सभी नीचे स्विमिंग पूल के पास पड़े टेबल पर आ बैठे थे। सोनम टोस्ट में बटर लगा रही थी। मम्मी ने कपों में चाय डालते हुए कहा—

"मैं सोच रही थी...हमें आज वापस पहुँचा देते तो..." चन्दर ने बीच में ही बात काटी..."अभी कल ही तो आई हैं।"

"बीना नहीं"—सोनम ने टोका—"इनका मतलब है, फ़ारस रोड।"

चन्दर ने जैसे सुना ही नहीं।

"रीमा, तैरना आता है?"...चन्दर ने विषय बदला..."अंजु?"

"हाँ, थोड़ा-थोड़ा" रीमा ने जवाब दिया—"अंजु बाजी को तो बिल्कुल नहीं आता।"

"फिर स्विमिंग पूल का क्या फ़ायदा?"

''डूबने लगी''—अंजु बोली—''तो तुम बचा लेना।''

''हाँ, इन्होंने ठेका ले रखा है न'' सोनम ने कहा तो अंजु ने चन्दर की ओर भरी निगाहों से देखा और कहा—

''खुद लिया है, हमने थोड़े ही दिया है। नहीं बचाया तो भी कोई बात नहीं, हमें डूबना मंज़ूर है।''

चन्दर नहीं चाहता था कि वातावरण गंभीर हो। बोला—''नाश्ते के बाद स्विमिंग...सेहत के लिए अच्छी होती है। कुछ पहनने के लिए है?''

''हाँ'' रीमा उत्सुक थी— ''चलो अंजु बाजी, ऊपर जाकर कपड़ों में देखते हैं।...अगर स्विमिंग सूट नहीं हुआ तो?''

''कुछ भी चलेगा...'' चन्दर ने जवाब दिया—''साड़ी को छोड़कर।''

दोनों हँसी और ऊपर दौड़ गईं।

''अब ये दोनों पानी में घुसीं तो दो-चार घंटे गए'' सोनम की मम्मी को अंदाज़ा लग गया था कि चन्दर अभी वापस उन्हें अपने घर नहीं जाने देगा—''मुझे आज अपनी बहन के यहां भी जाना है...मुंबई सैंट्रल। बीना से उसका कुछ सामान भी लाई हूँ।...मौसी की लड़की है।''

रीमा और अंजु को सलमा ने बुलाया है...अकादमी में।''—चन्दर ने सुझाव दिया—''साथ ही चली जाइएगा...टैक्सी में।...वापस भी साथ ही आ जाएँगी। और सोनम तुम?''

''मुझे कहीं नहीं जाना...मैं घर पर रहूँगी...खाना बना लूँगी।''

''हम तो वहाँ से खाकर ही लौटेंगे...देर हो जाएगी।''

सोनम की मम्मी ने कहा तो चन्दर बोला—''चाभी ले जाइएगा। मैं सोनम को भेलपूरी खिलाकर और जुहू की सैर करा कर लाऊँगा।...एक जगह और भी जाना है, ज़रा काम है...सोनम, तुम भी साथ चलना...ज़रा तुम्हारी मदद की ज़रूरत पड़ेगी।''

''मैं ज़रा ऊपर चलती हूँ...नहाने धोने'' सोनम की मम्मी उठकर ऊपर चलीं तो चन्दर ने फ्लैट की चाभी पकड़ा दी।

''ये चाभी अपने पास ही रखिएगा।''...

तभी रीमा और अंजु एक जैसी टी शर्ट और शॉर्ट्स पहने आईं और चन्दर की निगाहों से कतराते हुए स्विमिंग पूल में घुस गईं।

सोनम ने सामने से चढ़ते हुए सूरज की ओर अपना चेहरा उठाया और कुर्सी पर पीछे लगकर बैठ गई। आँखें बंद करके।

''क्या सोचने लगीं'' चन्दर ने पूछा।

सोनम ने आँखें बंद किए किए ही जवाब दिया—

''सोच रही हूँ, ये सब कुछ सपना है या सच।''

"क्या?"

"एक छोटे से कमरे की घुटन में कटने वाली हम सबकी जिंदगी आज कितने खुले में आ गई है। तुम नहीं समझोगे।"—सोनम ने आँखें खोलीं, चन्दर की ओर देखा और फिर पूल में तैरती हुई रीमा की ओर। अंजु दूसरी ओर खड़ी हुई पानी में डुबकी लगाकर बाल झाड़ रही थी। सोनम ने सिर हिलाया, मुस्कराई और बोली—

"कभी-कभी दोनों को एक बाल्टी पानी में ही नहाना पड़ता है।"

चन्दर ने बात को दूसरा मोड़ दिया—"तुम्हारी मम्मी मुंबई सेंट्रल जाएंगी और अंजु-रीमा अकादमी में। तुम मेरे साथ एक जगह देखने चलोगी?"

"जगह देखने?"

"हाँ"—चन्दर ने बताया—"मेरे एक दोस्त हैं उमेश चौहान। मीरा रोड में उनकी दो बिल्डिंगे बन रही हैं। मैंने कुछ दिन पहले उनसे बात की थी। कह रहे थे कि अगर मुझे फ्लैट चाहिए तो सिर्फ़ लागत के पैसे देने पड़ेंगे। तीन लाख में दो रूम का फ्लैट मिल जाएगा।

"लेकिन तुम्हें दूसरा फ्लैट लेकर क्या करना है।"

"ये...ये तो छोटे भाई ने लिया था।"—चन्दर ने स्पष्ट किया—"अब वो अपनी फैमिली के साथ कैनेडा जाकर बस गया है। वापस भारत लौटने का कोई इरादा नहीं शायद इसे बेचने का फ़ैसला कर ले। इसलिए सोचता हूँ, एक छोटा-सा फ्लैट खरीद लूँ, अपना, अलग से।"

"लेकिन, तुम्हारी फैमिली भी तो लंदन में है।"

"सो तो है...आधी।"

"आधी?...बाकी कहाँ है?"

सोनम के सवाल पर चन्दर ने अपनी निगाहों में जवाब भर कर सोनम के चेहरे पर आँखें गड़ा दीं। बोला—"यहाँ।" और फिर पूल में तैरती हुई रीमा की ओर देखने लगा।

"बहुत चाहने लगे हो न तुम, —हम लोगों को?"

"चाहने लगा हूँ। कितना?...मालूम नहीं।"

"कितना जानते हो हमें?"

"जानता हूँ। कितना?...मालूम नहीं।"

सोनम गंभीर हो गई थी। कुर्सी पर बैठे-बैठे ही करवट बदली। चेहरा चन्दर की ओर था और गरदन आधी झुकी हुई। नज़रें आड़ी-तिरछी ऊपर उठकर चन्दर की आँखों में गहरे पैंठने की कोशिश करने लगीं और ज़बान पर शब्द आते गए..."...घर में जैसा सुनते आए हैं, पिछले दो सौ साल की भटकी हुई आत्माओं का मेला है हमारा परिवार। हर रिश्ते के नाम पर एक तस्वीर चिपकी है। जो हैं, उनकी भी। जो नहीं रहे, सफर पूरा कर गए, उनकी भी। ये रिश्ते कब जुड़े, कैसे

जोड़े–कोई किसी से नहीं पूछता। मैंने आज तक अपनी माँ से पिता का नाम तक नहीं पूछा। हम आठ भाई-बहने हैं। सगे या आधे, हम नहीं जानते। बस, एक माँ के हैं तो सबको मिलाकर एक जान हैं। हमारी बिरादरी यही है, यही कहानी है हमारी...यही जिंदगी है हमारी।"–सोनम की आँखें डबडबा आईं थीं–"क्यों जोड़ना चाहते हो अपनी साफ़-सुथरी ज़िंदगी को, हमारी बिखरी हुई ज़िंदगी के साथ।...क्या पाओगे?"

...तभी चन्दर ज़ोर-ज़ोर से अपनी दाहिनी आँख मसलने लगा।

"क्या हुआ?"– सोनम ने पूछा।

चन्दर आँख मलता रहा। बोला–"कुछ पड़ गया है।"

सोनम सधकर बैठी। अपनी चुन्नी का कोना हाथ में लेते हुए चन्दर का हाथ उसकी आँख के पास से हटाया। कहने लगी–

"अंजु को कह रहे थे–हाथ से आँख नहीं मलते...और खुद?" सोनम ने अपनी चुन्नी के छोर से चन्दर की आँख को सहलाया। चन्दर ने ज़ोर से रगड़ कर आँख लाल कर ली थी।

"रुको...हाथ मत लगाना..." सोनम ने साधिकार कहा और ज़ोर से अपनी हथेलियाँ एक दूसरे से रगड़ने लगी।...और फिर दाहिनी हथेली चन्दर की लाल हुई आँख पर रख कर पूछा–"सेक लगा?...मेरी नानी का बताया देसी इलाज है। कहती हैं, हथेलियाँ रगड़ने से बदन की गरमी हाथ में आ जाती है।–दुखती आँख पर लगाओ तो सेक से आराम मिलता है।"

अब चन्दर भी सधकर बैठ गया। उसने सोनम का दाहिना हाथ अपने दोनों हाथों में लेते हुए कहा–

"तुम पूछ रही थीं न, ज़िंदगी...जोड़कर...क्या पाओगे। मेरी आँख दुखे...तुम्हारे बदन की गरमी, दवा बन कर तुम्हारी हथेली पर आए...और तुम्हारी हथेली मेरी दुखती हुई आँख पर...तो मेरी आँख को सिर्फ़ वो गर्मी समेटने की चाह होगी, तुम्हारी हथेली पर खिंची किस्मत की लकीरें गिनने की नहीं।"

"तो तुम्हारी आँख में कुछ नहीं पड़ा था?...नाटक कर रहे थे?"

"पड़ा नहीं, पड़ीं...तुम...और निकलने की कोई ज़रूरत नहीं।...पड़ी रहो...अच्छा लगता है।...और अच्छा लगना भी तो पाना है न।"

चन्दर की बात पर सोनम सिर खुजलाने लगी, जैसे उसकी बात समझने की कोशिश कर रही हो। चन्दर मुस्कराते हुए उठा और पूल में अपनी अंजु बाजी को तैरना सिखाती हुई रीमा की ओर जाते हुए कहता गया–

"मतलब समझ आ जाएगा। ...धीरे-धीरे...बुद्धू।" सोनम की आँखों में चमक थी...गालों पर लाली...होंठों पर मुस्कान और उन पर टहलती हुई जीभ।

इतने में चन्दर अंजु रीमा के पास पहुँच चुका था। दोनों किनारे पर कोहनी

टिकाए पानी में खड़ी थीं।

"अब निकलोगी भी..." चन्दर ने कहा तो अंजु और रीमा ने एक दूसरे की ओर देखा और हाथ चन्दर की ओर बढ़ा दिए। चन्दर ने पानी से बाहर आने में सहारा देने के लिए अपने हाथ उनकी ओर। पल भर में चन्दर पानी में ग़ोता खा रहा था। रीमा और अंजु ने उसे पानी में खींच लिया था। खुद बाहर निकल कर पूल की मुंडेर पर आ बैठी थीं। हँस रही थीं। सोनम ने उन्हें प्यार से डांटा। उठी और चन्दर के बढ़े हाथ की ओर सहसा हाथ बढ़ा दिया। पल भर में सोनम पानी में थी। रीमा और अंजु और ज़ोर से हँस रहीं थीं। सोनम की माँ फ्लैट की बालकनी में खड़ी उनकी फोटो खींच रही थी।

दोपहर बाद अंजु, रीमा और उनकी माँ मुंबई सैंट्रल रवाना हुईं तो चन्दर और सोनम मीरा रोड चले गए। उमेश चौहान ने दो फ्लैट दिखाए थे। एक बिल्डिंग में तीन लाख का और दूसरी में साढ़े चार लाख का।

लौटने पर दफ़्तर में चाय पीते हुए उमेश ने कहा था—"ये क़ीमत तुम्हारे लिए लगाई है, वर्ना मार्केट रेट इससे दुगना चल रहा है।"

"सो तो ठीक है"—चन्दर बोला—"लेकिन एक साथ तीन चार लाख रुपए निकालना..."

उमेश ने बात पूरी न होने दी—"तुम ये फैसला करो कि तुम्हें कौन-सा पसंद है। पैसे तुमसे कौन मांग रहा है। जब होंगे दे देना।"

"क्यों सोनम?" चन्दर ने सोनम को बातचीत में शामिल करना चाहा।

"अगर मुझसे पूछोगे तो मैं तो दूसरा वाला ही पसंद करूँगी। थोड़ा महंगा है लेकिन बिल्डिंग का अपना स्विमिंग पूल है—अंधेरी वाले की तरह।...और फिर उमेश जी खुद भी उसी बिल्डिंग में रहते हैं, तुम्हारे मुंबई में न रहने पर देखरेख भी रहेगी।"

"चाहिए तो आज ही चाभी ले जाओ, कागज़ी कार्रवाई बाद में होती रहेगी।" उमेश ने टेबल के ड्रॉवर से एक चाभी निकाली और चन्दर की ओर बढ़ा दी।

चन्दर ने एक बार फिर सोनम की ओर देखा और फिर उमेश की ओर। कुर्सी के पास ही फ़र्श पर रखा अपना ट्रैवेल बैग उठाया, टेबल पर रखा और ज़िप खोलकर पाँच-पाँच सौ के नोटों की गड्डियाँ निकाल उमेश के सामने रखने लगा।

"तुमसे पैसे किसने माँगे हैं" उमेश ने कहा तो मुस्कराते हुए चन्दर बोला—"ये रहे दो लाख। सोचकर आया था कि अगर सोनम को पंसद आ गया तो सौदा करके ही वापस लौटूँगा...बाक़ी चैक से चाहिए या कैश?...लेकिन बाद में मिलेंगे।"

"जैसे मर्ज़ी, जब चाहो दे देना।...कल ही वकील को बुला लेता हूँ...कांट्रैक्ट बनाने के लिए...आ सकोगे?"

"आना ही पड़ेगा"—चन्दर ने उठते हुए कहा—"समय कम है, काम आधे-अधूरे पड़े हैं। जल्दी-जल्दी सब कुछ समेटना है...चलें सोनम!...चाय का शुक्रिया...मुझ पर विश्वास करने का भी।" दोनों ने हाथ मिलाए, सोनम ने दोनों हाथ जोड़कर शर्मीली नज़रें ज़मीन पर टिकाईं, चन्दर ने चाभी सम्हाली और उमेश से विदाई ले ली।

"सॉरी"...लोकल ट्रेन में बैठे हुए सोनम बोली—"मैंने तुम्हारा ज़्यादा खर्चा करवा दिया लेकिन जिसका सौदा किया है उस फ्लैट की बात ही कुछ और है। आज सुबह अगर तुम्हारे यहाँ स्विमिंग पूल के पास बैठ कर धूप न सेंकी होती और स्विमिंग पूल में तैरती हुई रीमा और अंजु की आँखों में बढ़ी हुई रौशनी न देखी होती तो शायद दोनों फ्लैटों में मुझे कोई फ़र्क दिखाई न पड़ता।

"मैंने भी इसी उम्मीद पर सौदा किया कि तुम लोग इस वाले फ्लैट में ज़्यादा खुश रहोगे।"

"हम लोग ज़्यादा खुश रहेंगे।...मतलब?"

"यही कि तुम्हें जगह पसंद आएगी तो कभी-कभी चाय पीने तो आ जाया करोगी न।"

"सबीना को स्विमिंग सिखाओगे?"

"हाँ...और उसकी मम्मी को भी। आज सुबह जब तुम्हें मैंने स्विमिंग पूल में खींचा था, डुबकियाँ लगाने लगीं थीं।"

"लेकिन डरी नहीं थीं।...बचाने वाला जो मौजूद था।"

"तैरना सीख लोगी तो बचाने वाले की ज़रूरत ही नहीं रहेगी।" चन्दर अपनी बात की गहराई पर बहुत खुश था। लेकिन तीखी मुस्कान और तिरछी नजरों के साए में उसे सोनम की गहराई नापनी पड़ रही थी। जवाब आया था—"अगर तैरना सीखने का मतलब बचाने वाले को खो देना हो तो मुझे नहीं सीखना...तैरना।"

चन्दर और सोनम को उस शाम जी भरके बातें करने का मौक़ा मिला था। लोकल ट्रेन के सफर से जुहू बीच की भेलपूरी स्टॉलों तक...और उसके बाद, सागर की लहरों से गीली रेती पर चहलकदमी करने तक। उस शाम एक बार फिर चन्दर और सोनम रेती की चादर पर बैठे थे। लेकिन आज दिन भर मुस्कराती, बातें करती सोनम अचानक गुमसुम हो गई थी। दूर समुंदर से चांद उग रहा था। सोनम की टकटकी उसी ओर लग गई थी।

"क्या हुआ?" चन्दर ने सोनम की चुप्पी को झकझोरा...कंधे पर हलके से हाथ रख के।

सोनम चुप रही।

"ऐ...बोलो न" चन्दर ने हाथ पकड़ लिया था। सोनम फिर भी चुप रही। सिर्फ़ एक बार मुड़कर चन्दर से नज़रें मिलाईं और फिर क्षितिज के माथे पर चमकती

हुई बिंदी जैसे चांद पर आँखें गड़ा दीं।

"मेरी ओर देखो।" इस बार चन्दर ने दूसरा हाथ सोनम के चेहरे पर रख कर अपनी ओर मोड़ने की सफल कोशिश की।

"कब से तो देख रही हूँ...और सोच रही हूँ...कितने पास हो तुम...यहाँ, मेरी बगल में।...और फिर, कितनी दूर हो तुम। वहाँ...आसमान के दूसरे किनारे पर...समुंदर के ऊपर...चाँद...चंदा...चन्दर।"

"लेकिन तुम्हारी निगाहों के घेरे के अंदर...क़ैद।"

"और जब लंदन चले जाओगे, तब?"

"लंदन में तो चाँद पर बादलों का पर्दा रहता है। ...जानती हो क्यों?"

"ऊं हूं ऽ ऽ" सोनम ने "ना" में सिर हिला दिया।

"...इसलिए, ताकि छिपकर वहाँ से निकल आए,...तुम्हारी ज़मीन के ऊपर चमकने के लिए।"

"छिपकर?" सोनम के इस सवाल का कोई जवाब चन्दर को नहीं सूझा। तभी सोनम के हाथ की कंपकपी चन्दर ने महसूस की।

"सोऽऽनऽम...क्या बात है?" चन्दर ने अपने हाथ का शिकंजा कसने की कोशिश की लेकिन सोनम ने अपने दूसरे हाथ से चन्दर का हाथ धीरे से अलग करते हुए कहा—"उस दिन की याद आ गई।"

"किस दिन की?"

"वो...गुंडे...सबीना...यहीं..."

"आयम सॉरी" चन्दर बोला—"मुझे आज तुम्हें यहाँ लेकर नहीं आना चाहिए था।...चलो घर वापस चलते हैं। घर से सबीना को फ़ोन करेंगे।" टैक्सी में घर वापस लौटते हुए चन्दर को पेजर पर मैसेज मिला था,

सोनम की मौसी का, मुंबई सेंट्रल से—"मम्मी, अंजु और रीमा रात मेरे पास रहेंगे।"

"बड़ा भरोसा है तुम्हारी मम्मी को मुझ पर।" फ्लैट का दरवाज़ा खोल, फ़र्श पर अपना बैग पटक किचन की ओर बढ़ते हुए चन्दर ने कहा—"कोका-कोला?"

फ्रिज खोलकर चन्दर ने कोका-कोला का इम्पोर्टेड टिन हाथ में लेकर सोनम को दिखाया।

"विदेशी माल है, चलेगा...प्यास तो बुझाएगा?" सोनम के जवाब से शैतानी झलकी। चन्दर ने बात टाल दी और बीयर की बोतल निकाल कर सोफ़े पर आ बैठा।

"तुमने मेरी बात का जवाब नहीं दिया, बात टाल दी"—चन्दर ने फिर कहा—"बड़ा भरोसा है तुम्हारी मम्मी को मुझ पर?"

"तुमने भी मेरी बात का जवाब नहीं दिया। बात टाल दीं"—सोनम ने चन्दर

के ही शब्द दुहराते हुए कहा–"पूछा था, प्यास तो बुझाएगा न?...ख़ैर...वो मम्मी...मम्मी तो बड़े-बड़े सपने देखती है। ...ज़िंदगी जितने लंबे। ...लेकिन मेरे सपने...बस, दो-चार घड़ी के...प्यास लगे तो कोका-कोला पी लो।" सोनम हँसने लगी। उसे मालूम था कि चन्दर बिखरे धागों जैसी उसकी बातों को समेटने की कोशिश में सिर खुजा रहा था।

"मीठा है न?" चन्दर ने पूछा।

"खुद चख कर देख लो"–आख़िरी घूंट भरते हुए सोनम ने जवाब दिया। "तो खत्म क्यों किया?"

"कोका-कोला पिया...मिठास नहीं" सोनम के होठों पर मिठास भरी नमी थी।

"परमिशन है?"

"ऊँऽ ऽ हुँऽ" सोनम ने 'ना' में सिर हिलाते हुए कहा–"इन्विटेशन है।"...और सोनम के चेहरे पर नटखट मुस्कान बिखर गई।...फिर सोनम के दो चार घड़ी वाले सपने आए...मिठास लेने-देने के...अधरों से।

"बस"–चन्दर ने पीछे हटते हुए कहा–"सोनम, गिरने मत दो मुझे...नज़रों से।"

"मेरी नज़रों से तुम कभी नहीं गिरोगे" सोनम की आँखों में खुशी और आश्वासन की मिली जुली चमक थी।

"डर मुझे तुम्हारी नज़रों से गिरने का नहीं। ...अपनी नज़रों से गिरने का है। अपनी नज़रों से गिरा तो घाव गहरा होगा, कभी भर नहीं पाएगा...ज़िंदगी भर का नासूर।" चन्दर ने कहा और अपनी दोनों हथेलियाँ सोनम के चेहरे के दोनों ओर टिका दीं। फिर, चन्दर के होंठों ने ढलानवाली यात्रा शुरू की...सोनम के माथे से आँखों तक...फिर गालों तक...और फिर, हाथों की उँगलियों की पोरों तक। ...और सोनम को नियंत्रण के बाँध से टकराता चन्दर का वो प्यार झेलना पड़ा।

चन्दर उठा। किचन में जाकर फ्रिज खोला और बीयर की एक और बोतल निकाल लाया।

"तुम्हारे लिए एक चीज़ सम्हाल कर रखी है, बहुत दिन से।" चन्दर ने बोतल सोफ़े के सामने वाले टेबल पर रखी और अपने कमरे की ओर चला गया। पल भर में एक कैरियर बैग लिए लौटा और सोनम के पास बैठने लगा तो सोनम चन्दर का हलका-सा लड़खड़ाना नज़रअंदाज़ नहीं कर सकी थी...चन्दर की आँखों की खुमारी भी।

"अरे ये तो वही नाइटी है"–सोनम को अच्छी तरह याद था–"जो बीना जाने से पहले बांद्रा में लिंकिंग रोड पर देखी थी।"

"गुस्ताख़ी माफ, लेकिन मैं खरीद लाया था।" चन्दर को उस दिन बोले गए सोनम के शब्द याद आ रहे थे। सोनम ने कहा था–

“नाइटी ख़रीदोगे तो उसमें लिपटे तनबदन में बेचैनी और नहीं बढ़ेगी क्या।”

सोनम को याद आ रहे थे चन्दर के शब्द। चन्दर ने जवाब दिया था–

“...क्यों न ऐसी चीज़ दूँ जिसमें तुम्हारा पूरा बदन सिमटे और मैं याद आऊँ तो तुम शरमा जाओ।”

“एक बात पूछूँ”–सोनम ने चन्दर की दी हुई उस गुलाबी रंग की रेशमी नाइटी को अपने चेहरे से लगाते हुए सवाल किया–“तुम क्यों चाहते हो कि मुझे याद आओ...मैं शरमाऊँ...”

“मुझे नहीं मालूम।” चन्दर की ज़बान पर भी नशे का असर होने लगा था।

“मालूम नहीं या स्वीकार करने से घबराते हो?”

“स्वीकार करने से नहीं”–चन्दर की नशीली नज़र सोनम की नज़र से टकराई और झुक गई–“स्वीकार करने के नतीजे से डर लगता है।...पहन कर नहीं दिखाओगी?...उस कमरे में जाकर बदल लो।”

सोनम उठी और कमरे में कपड़े बदलने चली गई। चन्दर ने बीयर के आख़िरी घूंट भरे। और उठकर पास पड़े दीवान पर लेट गया।

“ ‘जे’ देखो, तुम्हारी नाइटी” सोनम चन्दर के सिर की ओर गुलाबी रेशमी नाइटी में लिपटी खड़ी थी। चन्दर से कोई प्रतिक्रिया न मिलने पर उसने झुककर देखा चन्दर की आँखें आधी खुलीं। होंठों पर हल्की सी मुस्कान थी। बहुत दिन बाद सोनम का ‘जे’ सुना था।...फिर आँखें बंद हो गईं। नाइटी का गुलाबी रंग समेटे।

“आई लव यू” बीना वाले शब्द सोनम ने दुहराए। ठीक उसी तरह...चन्दर के कान में घोल के...साथ लेटे हुए।

सोनम के बदन की गर्मी मिली तो चन्दर ने आँखें बंद किए किए ही सोनम का हाथ अपने हाथ में ले लिया था। बुदबुदाया...

“ड-र ल-ग-ता है, न-ती-जे से।”

सोनम ने दूसरी ओर करवट ले ली थी।

“धक्-धक्-धक्”–सोनम का दिल था।

“धक्-धक्-धक्”–चन्दर का दिल था।

कुछ ही देर बाद–

“धक् धक्-धक् धक्-धक् धक्” दोनों के दिलों की मिली जुली धड़कनें थीं।

लेकिन तनहा-तनहा...

उस अंधेरी रात के साए में रात कटती रही। दूरी घटती रही। तूफान आए। गए। दोनों ने झेले। लेकिन, रेखा के इस पार से...उस पार से।

सुबह डोर-बैल हुई तो सोनम किचन में चाय बना रही थी। चन्दर अभी तक दीवान पर पड़ा था, औंधा। सोनम ने दौड़कर दरवाज़ा खोला। माँ, अंजु और रीमा के लौट आने की उम्मीद में। लेकिन सामने एक अजनबी को देखकर वह समझ

नहीं पा रही थी कि क्या कहे, क्या करे।

''जी आप...कौन चाहिए आपको?'' सोनम ने अपना गला साफ़ करते हुए सवाल पूरा किया।

''चन्दर है?...तुम कौन हो?'' अजनबी महिला ने सवाल किए।

''मैं...सोनम...चन्दर की दोस्त...लेकिन आप?''

''मैं सोनिया...चन्दर की बीवी'' कहते-कहते सोनिया ने अपना सूटकेस उठाया और अंदर आकर दरवाज़ा बंद कर दिया।

पिछली रात सोनिया ने अमर को फ़ोन करके बता दिया था कि वह कुछ दिनों की छुट्टी लेकर मुंबई आ रही है। लेकिन चन्दर को नहीं बताया था क्योंकि सरप्राइज़ देना था। रात बारह बजे फ़ोन करने का मैसेज दिया था लेकिन जैसे-तैसे भाग दौड़कर फ्लाइट पकड़ी थी। लंदन एयरपोर्ट से फ़ोन करने का मौक़ा ही नहीं मिल पाया था। अमर से बात ज़रूर हो गई थी और ये पता चल गया था कि चन्दर रात घर पर रह कर सोनिया के फ़ोन का इंतज़ार करने वाला था, यानि सुबह घर पहुँचने पर चन्दर वहीं होगा। बस मुंबई हवाई अड्डे पर पहुँचने के बाद सोनिया ने टैक्सी पकड़ी और चन्दर के फ्लैट पर पहुँच गई थी।

''मैंने चाय का पानी चढ़ा रखा है''—सोनम ने किचन की ओर जाते हुए कहा—''आपके लिए कैसे बनाऊँ?''

''व्हाइट...नो शुगर प्लीज़'' सोनिया ने अपना सूटकेस फ़र्श पर रखकर सोफ़े पर बैठते हुए कहा।

''जी?...'' सोनम समझी नहीं।

''दूध डालना लेकिन चीनी नहीं।'' सोनिया ने हिंदी में दुहराया तो सोनम भरी आँखों से उसकी ओर देखे जा रही थी।

''आपको चीनी की ज़रूरत भी क्या है?'' वैसे ही भरी नज़रों से देखते हुए सोनम बोली।

''सॉरी?''...सोनिया के इस एक शब्द में सोनम की बात का मतलब न समझने का संकेत था।

''वैसे ही बहुत मीठी हैं आप...अल्लाह, किसी की नज़र न लगे।'' कह कर सोनम किचन में चली गई।

सोनिया ने दीवान पर औंधे पड़े चन्दर के कंधे पर हाथ मार कर जगाने की कोशिश की, तो चन्दर ने करवट बदली। अचानक आँखें खुलीं और सोनिया का चेहरा नज़र आया तो झटके से उठा और आँखें मलते हुए मुँह से निकल गया।

''ओह नो''

''क्यों मुझे देखकर खुशी नहीं हुई?''

चन्दर ने अपने दोनों हाथ बढ़ाकर सोनिया की गर्दन अपनी बाँहों में भर ली।

''नहीं, मेरा ये मतलब नहीं'' सोनिया को किस करते हुए चन्दर ने कहा।

सोनम दोनों की नज़रें बचाकर किचन से देख रही थी।

सोनिया ने बिना बोले हाथ के इशारे से पूछा–कौन है ये? चन्दर ने मुँह पर उँगली रख कर न बोलने का इशारा करते हुए हाथ के इशारे से कह दिया–सब बता दूँगा।

चन्दर उठा और हाथ-मुँह धोने बाथरूम में चला गया। सोनम ने चाय की ट्रे लाकर कॉफी टेबल पर रखी। सोनिया के लिए कप में चाय डालने के बाद टोस्ट पर बटर लगाते हुए सोनम ने एक बार फिर सोनिया की तारीफ़ की...''मुझे पता नहीं था कि इतनी खूबसूरत बीवी है इनकी।''

''ज़्यादा बटर मत लगाना''–दुहरे मतलब वाली मुंबईया बोली में सोनिया ने कहा–''मुझे ज्यादा मस्का पसंद नहीं।...कहाँ रहती हो?''

''फ़ारस रोड...मुंबई में वेश्याओं की बड़ी बस्ती है।''

सोनिया ने सहमे हुए दूसरा सवाल किया–''क्या करती हो?''

''नाचती हूँ...होटल में...मुजरा करती हूँ, कोठे पर...मेरी दो छोटी बहनें भी...अंजु...रीमा...मम्मी के साथ गई हैं...आने वाली होंगी...''

''इनको कैसे जानती हो?''

चन्दर ने बाहर आते हुए सोनिया का सवाल सुन लिया था। बोला–''कम ऑन सोनिया, डोंट आस्क हर आल दीज़ क्वेश्चन्स, चाय पियो और लंदन की ख़बर सुनाओ। बच्चे कैसे हैं? तुम?''

''आप लोग बातें कीजिए''–सोनम, चन्दर और सोनिया को अकेले छोड़ देना चाहती थी–''मैं ज़रा मौसी को फ़ोन करके आती हूँ। मम्मी, अंजु, रीमा अभी तक नहीं आए।''

''यहीं से कर लो''–चन्दर बोला–''मौसी को फ़ोन करने के लिए नीचे जाने की क्या ज़रूरत है?''

''ज़रूरत है''–सोनम ने सोनिया की नज़र बचाकर चन्दर की ओर देखते हुए बहाना किया–''सबीना को भी फ़ोन करना है...एस.टी.डी. वाले के यहाँ से।''

सोनम के चले जाने के बाद चन्दर ने सोनिया को सन लाइट बीयर बार में जाने से लेकर जग्गा के 'अंजु' होने तक की सारी कहानी सुना दी। सोनिया की समझ पर चन्दर को भरोसा था। चन्दर पर सोनिया का विश्वास, दोनों के दांपत्य जीवन का आधार था। न सोनिया ने अपनी समझ खोई थी और न ही चन्दर ने सोनिया का विश्वास तोड़ा था। तभी तो सोनिया से नज़रें मिलाते हुए चन्दर की आँखें किसी अपराधबोध के बोझ से लदी नीचे नहीं झुकी थीं। एक पत्नी उसे महसूस कर सकती थी।

कुछ ही देर में सोनम, अंजु और रीमा के साथ वापस लौटी थी। उनकी मम्मी

मुंबई सेंट्रल में ही रुक गई थीं। सोनम ने सबीना और मम्मी को फ़ोन करने के बाद, नीचे स्विमिंग पूल के किनारे पड़ी एक कुर्सी पर बैठ कर अंजु और रीमा का इंतज़ार किया था। मम्मी ने कहा था—अंजु रीमा पहुँचने वाली होंगी। सोनम ने सोनिया के अचानक आ जाने के बारे में अपनी माँ को बता दिया था और सोनम की मम्मी ने अपने बहनोई को साथ लेकर फ़ारस रोड जाने और अपना कमरा ठीक-ठाक करने का प्रोग्राम सोनम को बता दिया था।

अंजु और रीमा अक्सर चन्दर से पूछा करती थीं—"दीदी का फ़ोन आया? ...लंदन में सब कैसे हैं?...दीदी मुंबई आएँगी तो हमें मिलाओगे?...हमारे घर आएँगी वो?..." लेकिन अचानक सोनिया को अपने सामने पाकर उनकी नज़रें ज़मीन में गड़ी जा रही थीं।

"नमस्ते" शर्माते हुए रीमा ने कहा।

"नमस्ते" लजाते हुए अंजु बोली।

"क्या नाम है तुम्हारा?" सोनिया ने चन्दर से उन सबकी पूरी कहानी सुनने के बाद अपनापन भरा व्यवहार करने का फ़ैसला कर लिया था।

"रीमा"

"और तुम?"

"अंजु"

"तो...वो...अंजु करने वाली तुम हो?"

"कमीना था साला" अंजु बोली तब तक सब हँस दिए थे।

"तो रीमा...तुम हो इनकी लाड़ली...यहाँ बैठो।" सोनिया ने रीमा को अपने पास बैठने का इशारा किया। चन्दर और सोनम एक दूसरे को देख रहे थे। रीमा उठकर शरमाती हुई सोनिया के पास जा बैठी।

"जीजा जी ने इसको बहुत सिर चढ़ा रखा है।" अंजु को जलन हो रही थी।

"जीजा जी ने?"सोनिया चौंकी तो सोनम ने स्पष्ट किया—

"आपको दीदी-दीदी बोलती रहती हैं। चन्दर से आपकी फोटो लेकर बड़ी करवाई है, छुटकी ने। ...और अपने पैसों से उसका लैमिनेशन कराके घर में टांगी है। सबको दिखलाती है और कहती है "हमारी दीदी हैं...लंदन वाली।"

पल भर में सोनिया ने सबको अपना लिया था। चन्दर ने राहत की सांस ली थी और उसी शाम सोनम अपनी दोनों बहनों को लेकर फ़ारस रोड चली गई थी। ...और चन्दर, सोनिया को लेकर जयपुर, आगरा और दिल्ली। चन्दर ने सोनिया के साथ ही लंदन वापस लौटने का प्रोग्राम बना लिया था। सोनिया के आग्रह पर। लेकिन अंजु और रीमा की फिल्म के मुहूरत से पहले नहीं।

फ़ारस रोड पर गामा भाई ने अपनी नृत्य संगीत अकादमी का काफ़ी काम

सोनम के कंधों पर डाल दिया था। दस हज़ार रुपए मासिक वेतन के साथ। अंजु और रीमा नियमित रूप से सलमा से ट्रेनिंग ले रही थीं। देवेन-हेमेन के स्टेज प्रोग्रामों की रिहर्सलें भी शुरू हो चुकी थीं। तीनों बहनों ने होटल जाना बंद कर दिया था। सभी सहेलियों से मुलाक़ात भी नहीं हो पाती थी। सिर्फ़ उनसे ही मिलना हो पाता था जो अकादमी में नृत्य-संगीत सीखने आने लगीं थी। लेकिन अनिल दत्त जी ने अपनी फिल्म के मुहूरत पर सबको बुलाने की छूट दी थी। इसलिए उस दिन फिल्म सिटी के मंदिर पर काफ़ी भीड़ थी। फिल्म में भाग ले रहे कलाकारों की भी, मेहमानों की भी। कलाकारों में अंजु रीमा भी थीं और मेहमानों में उनकी मम्मी, सोनम, चन्दर और सोनिया भी। गामा भाई और सलमा भी। शकीला और सायरा...उनकी सहेलियों की पूरी टोली। देवेन-हेमेन...और प्रेस वाले। जग्गा का 'अंजु' करने वाली लड़की अपना फिल्म कैरियर, अनिल दत्त जी की फिल्म से शुरू कर रही थी। ...वो, जो फ़ारस रोड वालियों से हर साल राखी बंधवाते हैं। मसालेदार चटपटी खबर।

मुहूरत के ठीक अगले दिन शाम को चन्दर और सोनिया लंदन के लिए, रवाना होने वाले थे। उससे पहले चन्दर को दो जगह जाना था। एक अनिल दत्त जी के दफ़्तर में। दूसरा, सोनम के घर। सोनिया ने घर पर ही रहने का फ़ैसला किया था ताकि सामान की पैकिंग कर सके।

इधर चन्दर, अनिल दत्त जी के साथ चाय पीते हुए बातें कर रहा था उधर सोनिया अपना और चन्दर का सामान पैक कर रही थी।

"चन्दर, तुमने बड़ी जल्दी लंदन वापस लौटने का फ़ैसला कर लिया।" अनिल दत्त ज़ी ने कहा।

"सोनिया, मेरी बीवी, आई तो सोचा साथ ही वापस लौट जाऊँ।"

चन्दर ने जवाब दिया।

"तुम्हारा काम पूरा हो गया?"

"मेरा काम?"

"इतने दिन से मुंबई में हो"—अनिल दत्त जी ने जानना चाहा—"आख़िर कुछ न कुछ मक़सद तो होगा यहाँ रहने का। ...परिवार से अलग...इतनी दूर बिस्तर जमाने का।"

"जी...पहले तो ऐसा कुछ नहीं सोचा था।"—चन्दर ने पहली बार किसी के सामने यह रहस्य खोला—"कुछ दिन की छुट्टियाँ बिताने और यहाँ के नए माहौल का जायज़ा लेने के ख़्याल से आया था लेकिन मुंबई में पनपी नई संस्कृति यानि बीयर बारों के दरवाज़े तक पहुँचने और फिर सोनम, उसके परिवार और उसकी बिरादरी वालों के संपर्क में आने के बाद दो काम करने का मन बना लिया था..."

"कैसे काम?...पूरे कर लिए?"

"एक तो आपने पूरा कर दिया और दूसरा...खुद मैंने। कुछ कर लिया, कुछ

बाक़ी है।''

''चन्दर, पहेलियाँ मत बुझाओ''—अनिल दत्त जी पूरी बात समझना चाहते थे—''मैंने तुम्हारा कौन सा काम पूरा कर दिया''?

''आपको याद होगा''...चन्दर ने झिझक तोड़ते हुए कहना शुरू किया...''मैंने आपसे कहा था कि सोनम और उसके परिवार के संपर्क में आने के बाद मैंने सोचा था कि उन्हें बीयर बारों और मुजरे की दुनिया से निकालकर किसी खुली जगह बैठाने की कोशिश करूँगा। आपने सोनम की दोनों छोटी बहनों को अपनी फिल्म में काम देकर उन्हें एक नई आशा की किरन दी है।

''एक फिल्म में काम करके तो उनकी ज़िंदगी नहीं बदल सकती।''

''मैं जानता हूँ, लेकिन मेरे दोस्त देवेन-हेमेन के स्टेज प्रोग्रामों में भी उन्हें मौका मिला है। ...और जिस तरह से वे गामा भाई की अकादमी में जाकर सलमा से लगातार नृत्य-संगीत सीख रही हैं, उससे नई आशाएँ जगती हैं।''

''चन्दर, एक बात कहूँ, बुरा न मानो तो?'' अनिल दत्त जी ने बात को एक नया मोड़ दिया—''कल मुहूरत के मौके पर मैंने महसूस किया कि ''हेमेन और अंजु'' अनिल दत्त जी की बात पूरी नहीं हो पाई थी। लेकिन चन्दर समझ गया था। उसने मुस्कराते हुए जवाब दिया—

''आपका अंदाज़ा बिलकुल सही है। लेकिन...हेमेन बहुत अच्छा लड़का है। अगर दोनों एक दूसरे के क़रीब आते हैं तो मुझे खुशी ही होगी।''

''लेकिन उन्हें समझा देना कि अगर फिल्मों में अपनी जगह बनानी है तो शादी-वादी करने की जल्दबाज़ी न करें। शादी के बाद लड़की का फिल्म कैरियर...''

''जी मैं जानता हूँ।...आपको भी पूरा हक़ है, अंजु को इशारा करने का। दोनों बहनें आपकी बहुत इज्ज़त करती हैं।''

''आइ होप् दे डू वैल। मेहनत करेंगी तो ज़रूर सफल होंगी।...ख़ैर, ये तो हुआ एक काम। ...दूसरा?''

चन्दर चुप रहा। झिझक थी।

''कोई ऐसी बात है जो मुझे नहीं बतानी तो रहने दो।''

''नहीं ऐसा कुछ नहीं। ...यहाँ मुंबई में, इस बार, मैंने जो देखा...महसूस किया वह अपने आप में एक दिलचस्प कहानी है। यहाँ की ज़िंदगी की सच्चाइयों पर टिकी हुई। मेरी कलम एक अर्से से सुस्त थी। उठी, तो पन्ने भरते गए। जीवंत पात्रों से, दिलचस्प घटनाओं से। जो घटता रहा, मैं कागज़ पर उतारता रहा। भाव-अभाव, सुख-दुख, स्वच्छन्दता-विवशता, आशा-निराशा, उजाला-अंधेरा, दूरियाँ-नज़दीकियाँ, दोस्ती-दुश्मनी और फिर प्यार के रंग। कहीं साफ, कहीं धुंधले। कहीं प्राकृतिक शोभा की तसवीर से, समझ में आने वाले।...और कहीं, नई चित्रकला की रहस्यभरी लक़ीरों जैसे, दिमाग़ चकराने वाले।'' चन्दर कहता रहा, अनिल दत्त जी सुनते रहे, सोचते

रहे, चन्दर के चेहरे पर आते-जाते भावों को पढ़ते रहे और मन ही मन चन्दर की कहानी का स्क्रीन-पले बनाते रहे।

"पूरी कर ली?...अंत क्या रहा?"

"अभी बाकी है...होते ही बताऊँगा...फ़ोन पर...या लिखकर"

"तो शुरुआत तभी होगी।...अंत के बाद...जल्दी करना।" अनिल दत्त जी की बात, चन्दर के लिए एक पहेली थी।

"मैं समझा नहीं।" चन्दर ने कहा।

"इसमें न समझने की क्या बात है"—अनिल दत्त जी ने चन्दर का मन सुखद आश्चर्य से भर दिया—"जल्दी-जल्दी अपनी कहानी का अंत लिखो तो अपनी अगली फिल्म का काम शुरू किया जाए। ...अंजु रीमा का काम पक्का, एक और फिल्म में।...और हाँ, देवेन-हेमन को म्यूज़िक के लिए ट्राइ करेंगे। ये फिल्म मैं खुद डायरेक्ट करूँगा। तुम्हें भी डायरेक्शन सिखाना है। मेरा एसोसिएट बनना पसंद करोगे?"

"जी मैं?" चन्दर का मन भर आया था और आँखें भी।

"तुमने जो महसूस किया वह अपनी कलम के ज़रिए कहानी में ढाला। अब वही फीलिंग पात्रों के अभिनय में लाने के लिए तुम्हारी ज़रूरत होगी मुझे। जाओ लंदन, ...जाना है तो। जल्दी वापस आओ। तब तक मैं इस फिल्म को पटरी पर डाल देता हूँ। ...जब सोमाडिया साहब नौ-नौ फिल्में एक साथ निपटा सकते हैं तो क्या मेरी दो फिल्में एक साथ फ्लोर पर नहीं हो सकतीं?" अप्रत्याशित खुशियाँ समेटे, चन्दर, अनिल दत्त जी के दफ्तर से निकल कर सीधा फ़ारस रोड गया। जानकीबाई की चाल, कमरा नंबर उन्तीस। अंजु और रीमा गलियारे में खड़ी चन्दर का इंतज़ार कर रही थीं। चन्दर को सीढ़ियाँ चढ़ते देख रीमा लपक कर कमरे में गई।

"सोनम बाजी"—रीमा की आवाज़ चन्दर सुन सकता था..."चन्दर..."

चन्दर ने अंजु के कंधे पर हाथ रखे हुए कमरे में प्रवेश किया।

"आज चाय मैं बनाऊँगी।" कहते हुए रीमा ने चाय का पानी चढ़ा दिया।

"अंजु ने बड़े दिल से तुम्हारे लिए अरबी की सूखी सब्ज़ी बनाई है और मम्मी ने परांठे" सोनम ने कहा।

"और तुमने?" चन्दर ने दीवार से पीठ टिकाकर गद्दे पर बैठते हुए पूछा तो सोनम का जवाब आया—

"मैं...बस, अपने हाथों से खिला दूँगी।"

सोनम और अंजु भी चन्दर के आस-पास बैठ गईं थीं। चन्दर ने चुपके-चुपके सारे कमरे पर निगाह दौड़ाई थी। गद्दा नया था, चादर नई थी, तकिए नए थे और सारा सामान बहुत सम्हाल-संवार कर रखा गया था। जग्गा के 'अंजु' होने की कोई निशानी नहीं थी। अगर थी तो सबकी यादों में, कल्पनाओं में और अंजु के मस्तिष्क में। किसी ने उसकी चर्चा नहीं की। चन्दर भी किसी किताब के पढ़ लिए गए पन्नों

की तरह उन्हें वापस उलट-पलट कर नहीं देखना चाहता था। यह एक ऐसा अध्याय था, जो समाप्त हो चुका था। स्मृतियों को कुरेद कर ग्लानि और आक्रोश की नई चिनगारियों को हवा देने की कोई ज़रूरत नहीं थी। ज़िंदगी की नई सुबुह कि किरनों के स्वागत की तैयारी की ओर रुख करना बेहतर था। सो, चन्दर ने सोनम की माँ को भी अपनी आख़िरी बैठक में शामिल करते हुए, अनिल दत्त जी के साथ कुछ ही देर पहले हुई अपनी बातचीत का ब्यौरा दे दिया।

तभी रीमा ने चाय का कप चन्दर के सामने रखा, अंजु ने शक्कर घोली और सोनम ने अपनी हथेली पर एक परांठा और अरबी की सब्ज़ी रखे अपने हाथ चन्दर के सामने कर लिए।

''क्या कर रही है''—माँ ने सोनम को प्यार से डाँटते हुए कहा—''प्लेट में रखकर दे, तरीक़े से।'' सोनम मुस्कराई और चन्दर की ओर भरी नज़रों से देखते हुए बोली—''देखा, जाते-जाते भी डांट पड़वा दी न। ...लेकिन मम्मी, प्लेट में तो रोज़ खाते होंगें मेरी हथेली की प्लेट लंदन में नहीं मिलेगी।''

''किसी-किसी के हाथ बड़े लंबे होते हैं।'' चन्दर ने सोनम की हथेली से ही खाते हुए कहा—''दूर-दूर तक पहुंच जाते हैं।''

''भरे न होते तो तुम्हारी गरदन तक ज़रूर पहुँच जाते।''

''खाली हों तो मौक़ा नहीं मिलेगा।''

''क्यों?'' सोनम समझी नहीं।

''मुझे प्लेट चाटने की आदत है'' चन्दर ने शैतानी भरा जवाब दिया तो सोनम ने बाक़ी बचा परांठा और सब्ज़ी खुद ही चन्दर के मुँह में भर दिया और हाथ धोने के लिए मोरी की ओर लपक गई। चन्दर ने अंजु और रीमा की ओर नज़रें उठाईं तो उनके होंठों पर मुस्कान थी और आँखों में नमी।

''ऐ!...क्या हुआ?'' चन्दर ने दोनों के कंधों पर एक-एक हाथ रखते हुए पूछा तो अंजु चन्दर के हाथ पर हाथ रखते हुए बोली—''कुछ नहीं...बस, ऐसे ही...''

और रीमा ने नज़रें फ़र्श में गड़ाए हुए पूछा—''वापस कब आओगे?'' बिछोह के वातावरण में चन्दर ने विदाई ली और सोनम को साथ लेकर वहाँ से निकल गया। उन दिनों चर्नी रोड चौपाटी से जुहू तक होवर क्राफ्ट चल रहे थे। चन्दर ने होवर क्राफ्ट की सवारी चुनी। लंदन के लिए रवाना होने से पहले, सोनम के साथ शायद अंतिम यात्रा थी। सवारियाँ कम थीं। चन्दर और सोनम खिड़की के पास की सीटों पर बैठे। बाहर, हिलोरें लेता सागर था। अंदर, दिलों में उठते हुए तूफ़ान। छोटी-छोटी मुलाक़ातों की यादों के। 'आइ लव यू' से चन्दर की कल्पनाओं को झकझोरने वाले। इष्ट-अनिष्ट घटनाओं की लहरों वाले। संयोग-वियोग से रंगे हुए। भविष्य के सवालों की लक़ीरों वाले।

कहीं सागर शांत था। जीवन भी। कहीं लहरों से नाव डोली थी। जीवन की

भी। तभी ऊँची-सी एक लहर की थपेड़ पर सोनम का हाथ चन्दर की हथेली में पहुँच गया। नाव का संतुलन सम्हला...चन्दर की हथेली में सोनम का काँपता हाथ कसा गया था। सागर थमा...सोनम निश्चेष्ट। डूबती हुई नब्ज़ सी।

"आयम सॉरी" मानो सोनम को अकेला छोड़, लंदन वापस जाने की माफ़ी मांग रहा था चन्दर।

एक फीकी-सी मुस्कान और चन्दर की ओर उठी तिरछी नज़र सोनम का जवाब था। शब्दहीन।

"इसीलिए पाँव रोकता था...अपने। ...समझी?"

"ऊँ-हूँ..." सोनम ने 'ना' में सिर हिलाया—"बुद्धू जो ठहरी।"

"मेरे गुनाह की जो भी सज़ा दोगी, मंज़ुर है।"

"तुम्हारा गुनाह ये कि तुमने सबको, माँ-अंजु-रीमा-सबीना सबको, ...इतना अपना क्यों बनाया?"

"और तुम्हें?"

"दोस्त से ज्यादा..."

"तो सज़ा?--

'कड़ी है"—सोनम भावुक हो गई थी—"सोनिया...तुम्हारा परिवार...रेशम की डोरी से बंधे तुम...फिर कच्चे धागों में हमें बांध लिया। ...न तुम्हारे रेशम की डोर टूटे, न हमारे कच्चे धागे चटकें।...कैसे करोगे? कैसे भुगतोगे ये सज़ा?" सोनम के बिखरे हुए शब्द...भाव, चन्दर को जोड़ने पड़ रहे थे।

"बस?"

"मैं डर रही थी कि मैंने ज़्यादा मांग लिया।...दे पाओगे।...नहीं, तो कोई बात नहीं...मैं तुम्हें छुटकारा दे दूँगी।"

"नहीं...वह सज़ा होगी। ...छुटकारा।"

"पागल हो तुम...सिर फिरे।"

"बुद्धू हो तुग...कहती हो 'ज़्यादा मांग लिया'। क्या माँगा है तुमने...आज तक...मुझसे...अपने लिए।"

"बहुत कुछ दे चले हो तुम...सबके लिए। अंजु रीमा को नई राह। माँ को, मन पर लदे चले आए बोझ से छुटकारा। मुझे, जिंदगी पर नया भरोसा और बीना को...सबीना को चॉकलेट के डब्बे। उसने तो तुम्हारा नाम ही रख दिया है—"चॉकलेट वाले अंकल।" सोनम ने भारी भरकम बातों का हलका-फुलका अंत करने कोशिश की थी।

"सच ये है सोनम"—चन्दर ने सोनम की ओर घूम कर उसके दोनों हाथ अपने हाथों में कस लिए थे—"मुझे जो कुछ मिला है...तुमसे...उसकी क़ीमत तुम नहीं समझोगी। ...लंदन में अच्छी-खासी नौकरी थी, ये सच है। परिवार है, ये सच है।

घर है, घर में सुख-सुविधा के सारे सामान हैं, ये भी सच है लेकिन इंसान की ज़िंदगी का सिर्फ़ इतना तो मक़सद नहीं कि सुबुह उठे, दफ़्तर जाकर कुर्सी में धंस जाए, शाम को घर आए और सोफ़े पर पांव पसार कर टी.वी. देखे, खाना खाए और चादर तान ले।...अगले दिन फिर वही...उसके अगले दिन भी...और उसके अगले दिन।

कवि की कविता, लेखक की लेखनी और कलाकार की कला, सब मर जाते हैं...सिमटी हुई मरी-मरी सी ज़िंदगी में। लगता है ज़िंदगी, रोटी के लिए है...रोटी, ज़िंदगी के लिए नहीं। ...कुत्ता। बस, कुछ नए की तलाश में भटका। कुछ अपनी मिट्टी ने खींचा तो यहाँ आ टपका। बोरियत को शराब और शबाब से धोने की पहली ही नाकाम कोशिश में एक नई राह चल पड़ा। कई दिलचस्प और पड़ाव आए...और तुम। ...और तुम्हारी कहानी...मुझसे जुड़ी हुई। सबको समेट कर आगे बढ़ने वाली।

एक लंबे अर्से के बाद मेरी कलम को मक़सद मिला और बोनस में अनिल दत्त जी का प्रस्ताव कि तुम्हारी कहानी को...मेरी भावनाओं, कल्पनाओं और नए अनुभवों में सने हुए शब्दों को, वे फ़िल्म का पर्दा दिखाएँगे। कई बार सोचा था कि मेरे साथ ऐसा कुछ घटे लेकिन नहीं हुआ। तुम मिलीं तो संजोग बनते चले गए।...और तुम कहती हो कि मैंने तुम्हें बहुत कुछ दिया है। ...चलो, जुहू आ गया। टैक्सी लेकर घर चलते हैं। कहीं सोनिया ये न सोचने लगे कि मैं तुम्हारे साथ बीना चला गया।'' चन्दर ने अपने हाथों का शिकंजा ढीला कर दिया। टैक्सी में अंधेरी की ओर जाते हुए सोनम ने भी अपने मन की बात कह डाली—''जो मैं कह रही हूँ, तुम नहीं समझोगे। मैंने अपनी दुआओं में जिसके लिए जो माँगा, मिलता गया है...तुम्हारे ज़रिए।

अपने लिए ऊपर वाले से सिर्फ़ इतना मांगने की हिम्मत हुई थी कि कोई ऐसा इंसान मेरी जिंदगी में आए जो मक़सद भरा जीना सिखा दे...और मैं टूटने से बच जाऊँ। ...और मैं दावे के साथ कह सकती हूँ कि तुम 'हो' तो मैं कभी नहीं बिखरूँगी।''

''दूरियों के बावजूद?''

''दिलो-दिमाग़ की नज़दीकियाँ सारी दूरियाँ पाट लिया करेंगी।''

''और मेरे कानों में कुछ कहना होगा तो?''

''ज़रूरत नहीं होगी। जो कह चुकी, वह गूँजने देना।'' और तभी चन्दर की यादों में सोनम का 'आइ लव यू' गूंजने लगा। इस गूंज का जवाब, चन्दर ने सोनम की आँखों पर बारी-बारी अपने होंठ टिका कर देने की कोशिश की तो उसके होंठ खारे हो गए थे। सोनम के चेहरे पर मुस्कान थी और आँखों पर चुन्नी का कोना।...लेकिन चन्दर का घर आ चुका था, सोनम को सोनिया का मुस्कराते हुए सामना करना था। खुशी-खुशी विदाई देनी थी।...परदेसियों को। लेकिन सोनिया घर पर नहीं थी।

दरवाज़ा खोलते ही चन्दर ने सोनिया को आवाज दी थी।

"यहीं आसपास शॉपिंग करने चली गई होगी" चन्दर ने कहा फिर भी कमरों में झांक आया। बाथरूम और किचन में भी।

"आ जाएगी...तुम बैठो" चन्दर के कहने पर सोनम कुछ सहमी-सी सोफ़े पर बैठ गई। चन्दर भी, पास में।

"मेरा एक काम करोगी?" चन्दर ने जेब में हाथ डालते हुए पूछा।

"मेरे बस में होगा तो" सोनम ने उत्सुकता भरा जवाब दिया।

"ये चाभी है, मीरा रोड वाले फ्लैट की"—सोनम को चाभी पकड़ाते हुए चन्दर बोला—"एक दिन मीरा रोड गया था। मुझे घर में पौधे रखने का शौक़ है। कुछ पौधे रखे हैं। कई दिन से प्यासे होंगे। कभी-कभी उन्हें पानी पिला देना। पुण्य कमाओगी।"

"बेफिक्र रहो। तुम लोटोगे तो पौधे पहचान में नहीं आएँगे। पानी भी पिलाती रहूँगी और खाना भी खिलाती रहूँगी...खाद...फिलहाल तुमको चाय पिलाऊँ?"

"ख़याल अच्छा है" चन्दर ने सोनम का प्रस्ताव स्वीकार कर लिया।

सोनम ने उठकर किचन में चाय का पानी रखा और वापस सोफ़े पर आ बैठी। चन्दर ने अपना ब्रीफकेस उठाया और कुछ खोजने लगा।

"क्या खोज रहे हो?" सोनम ने जानना चाहा।

"एक कागज़...यहीं रखा था...अपने पासपोर्ट और टिकट के साथ। दोनों हैं...कागज़ नहीं है।"

"ये क्या है?" सोनम ने सोफ़े के सामने पड़े कॉफ़ी टेबल पर पड़े, मरोड़ने की सलवटें झेलते कागज़ को सीधा करने की कोशिश की तो चन्दर ने लपक कर उसे सोनम से छीन लिया। रंग वही था। हलका नीला।

"हाँ, यही है"—चन्दर ने टेबल के शीशे पर रखकर अपनी हथेली से उसे सीधा किया—"पहचाना नहीं? तुमने ही तो दिया था, चैक करने के लिए। ...स्कूल का एडमिशन फार्म।...लेकिन ये तो मेरे ब्रीफकेस में था...उसका ताला लगाना भूल गया...ओह नो...सोनिया ने देख लिया...वो चली गई सोनम...अकेली...मुझे छोड़कर..." चन्दर दोनों हाथों से अपना सिर पकड़ कर बैठ गया तो सोनम ने फार्म हाथ में ले लिया। चन्दर को देने से पहले एक कॉलम खाली था।

पिता का नाम : ....

और अब यह कॉलम भरा था।

पिता का नाम : चन्दर वर्मा।

चन्दर ने खाली जगह भर दी थी।

सोनम को याद आई पुरानी बात। उसकी माँ ने चन्दर से कहा था—

"स्कूल में बाप का नाम चाहिए।...किसी इज्ज़तदार आदमी का।"

चन्दर ने एक बार सोनम से कहा था—"बेटी चाहिए"।

चन्दर के माथे पर सलवटें थीं लेकिन सोनम के चेहरे पर मुस्कान। ...उधार न रखने की।

चन्दर ने सोनम की बनाई चाय पी...आधी-अधूरी बातें कीं लेकिन सोनिया की अनुपस्थिति का बोझ भारी था...चन्दर के मन पर। चन्दर को फ़ैसला करना था...अपने अगले क़दम का। किया...एयरपोर्ट जाने का।

"मैं साथ चलूँ?" सोनम ने पूछा–"कहोगे तो सबके सामने पाँव पकड़कर माफ़ी माँग लूँगी।...सब कुछ समझा दूँगी...सोनिया की ग़लतफ़हमी दूर कर दूँगी।"

"नहीं सोनम"–चन्दर ने दृढ़ता की साँस ली–"बीवी मेरी है। अगर उसे कोई ग़लतफ़हमी हुई है तो उसे दूर करने का काम मेरा है। ये हमारी आपस की बात है, तुम अपना दिल भारी मत करो। तुम घर जाओ। मैं एयरपोर्ट जाता हूँ।"

सोनम ने गरदन झुका कर चन्दर की बात मानने का संकेत दे दिया लेकिन अपना पर्स खोलते हुए बोली...

"कुछ माँग रही हूँ, इनकार तो नहीं करोगे?"

जवाब में चन्दर ने हलके से सोनम का हाथ पकड़कर उसकी ओर देखा भर था। सोनम ने हाथ छुड़ाया और पर्स में से एक लिफ़ाफ़ा निकाल कर चन्दर को दिया। बोली–

"सोचा था, अपने हाथ से सोनिया को दूँगी।...अब तुम दे देना। कोई ऐसी बात नहीं लिखी जो सोनिया को बुरी लगे।...भरोसा है मुझ पर?...तुम मत खोलना।"

"हाँ, ...है।...दे दूँगा।" चन्दर ने वह लिफ़ाफ़ा अपने ब्रीफकेस में रख लिया।

"तुम्हें कहाँ छोड़ूँ?" चन्दर ने घड़ी देखते हुए पूछा।

"अंजु को फ़ोन करके इधर बुला लेती हूँ। दोनों मिलकर कहीं भटकेंगे। जुहू...लिंकिंग रोड...शायद मीरा रोड...दिल बहल जाएगा।"

"तो यहीं अंजु का इंतज़ार कर लो। दरवाज़ा बंद करने के लिए चाभी की ज़रूरत नहीं। जाओ तब बंद करके चली जाना।"

वाचमैन चन्दर का सामान लेकर लिफ्ट में रखने लगा था।

"तुम सामान लेकर चलो...टैक्सी में रखो, मैं आता हूँ।" चन्दर ने दरवाज़ा बंद किया। उसके कांपते हुए हाथ आगे बढ़े तो सोनम दौड़कर उसकी बाँहों में सिमट गई। एक बेल किसी पौधे पर छा गई थी। ...कुछ देर के लिए। फिर तो परदेसी को जाना था...परदेस। आसमान में उड़कर। फिर तो, सोनम को पानी देना था...चन्दर के पौधों को। खिड़की खोलकर बाहर झाँकते हुए...आसमान में मंडराने वाला हवाई जहाज...खोजना था।...अंजु से नज़रें बचाकर।...बड़ी बहन के आँसुओं का बोझ अंजु के दिल पर क्यों पड़े?

चन्दर 'चैक-इन' काउंटर पर पहुँचा तो 'फाइनल-कॉल' हो रही थी।

"आइ नीड ए फेवर"–चन्दर ने अपना पासपोर्ट और टिकट देते हुए ग्राउंड

'एयर होस्टेस' से कहा—''मेरी बीवी, सोनिया वर्मा, इसी फ्लाइट में है। मुझे आने में देर हो गई। अगर साथ की सीट ख़ाली हो...''

''लैट मी चैक''—एयर होस्टेस ने चन्दर की बात बीच में काट दी—''यू आर लकी।...ट्वैंटी नाइन बी।''

चन्दर ने राहत की साँस ली। सोनिया उसी फ्लाइट में थी और साथ की सीट चन्दर को मिल गई थी। लेकिन इस संजोग पर चन्दर मुस्करा रहा था। ...सोनम का कमरा नंबर उन्तीस।...सोनिया और चन्दर का सीट नंबर उन्तीस।

सोनिया ने चन्दर को देखा तो खिड़की की ओर मुँह फेर लिया, कुछ नहीं बोली। चन्दर अपनी सीट पर बैठ गया, ब्रीफकेस सामने वाली सीट के नीचे रखकर। ...वह भी कुछ नहीं बोला। दोनों को एक दूसरे से शिकायत थी। प्रकट करने का तरीका एक था।...चुप्पी।...जो तब तक छाई रही जब तक वे ज़मीन पर थे। आसमान में पहुँचने के बाद चन्दर ने ब्रीफकेस से सोनम का लिफ़ाफ़ा निकाला और सोनिया की गोद में रख दिया।...बिना कुछ बोले। सोनिया ने चन्दर की ओर देखा और लिफ़ाफ़ा खोलने लगी...बिना कुछ बोले।

सोनम अंजु को साथ लेकर मीरा रोड वाले फ्लैट पर पहुँच चुकी थी। दो पौधे थे। एक पर खुदा था—सोनम। दूसरे पर भी छाल खुरच कर लिखा गया था—चन्दर। सोनम वाले पौधे पर एक लिफ़ाफ़ा था...बंद। ऊपर लिखा था...सोनम।

आकाश में, सोनिया ने लिफ़ाफ़ा खोला। दो चीज़ें थीं। एक चिट्ठी...एक कुछ।...काला-सा...शीशे के छोटे-छोटे टुकड़े जड़ा...पुराना सा...हार जैसा।

धरती पर, सोनम ने लिफ़ाफ़ा खोला। दो चीज़ें थीं। एक चिट्ठी...एक...चाभी। डुप्लिकेट।

सोनम ने उत्सुकता के साथ चिट्ठी पढ़नी शुरू की।...अपने पौधे के सामने।...फर्श पर बैठकर। अंजु अपनी ठोड़ी सोनम के कंधे पर टिकाकर, साथ-साथ पढ़ने की कोशिश कर रही थी।

आकाश में, चन्दर और सोनिया का विमान बादलों में था। सोनिया ने चिट्ठी पढ़नी शुरू की। चन्दर की तिरछी निगाह भी सोनम की चिट्ठी पर जमी थी।

धरती पर, चन्दर का ख़त था, सोनम के नाम—

''सोनम,

जा रहा हूँ।...जाना ही था। परदेसी जो ठहरा। एक छोटी-सी भेंट ये फ्लैट...एक चाभी तुम्हें दी थी...एक ये है। पौधों को पानी देती रहना। एक सच...तुमसे छिपाता रहा...डरता था...कह दूँ?...वही, जो तुमने मेरे कानों में घोल दिया है...मैं भी...सच...।''

चन्दर फिर बचकर निकल गया था। लेकिन सोनम ने अपनी पलकें बंद कीं। अंदर के अंधियारे शून्य में एक सुनहरा रेखाचित्र बना। मुस्कराते होंठों और भीगी

पलकों वाली सोनम के कान में गूँज रहा था—

सोनम के 'आइ लव यू' का जवाब...चन्दर की ओर से...'आइ लव यू'—बिना कहे।...पर सोनम सुन रही थी।

आकाश में, सोनम का ख़त था—सोनिया के नाम—

''दीदी,

ये रिश्ता जोड़ने की माफ़ी चाहती हूँ पर तुम्हें दीदी कहते कितना अच्छा लग रहा है, तुम नहीं समझोगी। ...खैर।

दो सौ साल के अंधेरे में थी हमारी ज़िंदगी। चन्दर ने...तुम्हारे चन्दर ने, अंधेरे से निकाल लिया है हम सबको। ...फ़रिश्तों की कहानियाँ सुनी थीं...अब खुद देख लिया। एक बात मैंने महसूस की। ...चन्दर को एक कमी अखरती है...बेटी न होने की। जल्दी एक बेटी दे देना उन्हें। तब तक के लिए, अगर तुम्हें मंज़ूर हो तो...सबीना तुम्हारी है। ...वैसे भी, चन्दर ने बताया होगा, एक्सिडेंट के बाद चन्दर के खून से ही सबीना की जान बची थी। ...और मेरे पास तुम्हें देने के लिए है भी क्या। ...हाँ, एक छोटा-सा तोहफ़ा और। मेरी नानी ने आख़िरी वक़्त पर अपनी माँ से मिला ये हार दिया था। ...राजदरबार में गाना सुनाने पर उन्हें इनाम मिला था। ...कहा था, जब सबीना की शादी हो, उसे चढ़ा देना। अब सबीना भी तुम्हारी...हार भी तुम्हारा।''

इधर, चन्दर ने अपने रेशमी रूमाल को होठों की नमी देकर हार में जड़े एक हीरे की घिसाई शुरू कर दी थी।

उधर, सोनम ने चन्दर के नाम वाले पौधे को अपनी बाहों में भर लिया था।

अंजु एक बार फिर अपनी चुन्नी के कोने से अपनी सोनम बाजी की बंद आँखों से ढलती हुई बूंदे समेट रही थी।

तभी चन्दर-सोनिया की सवारी बादलों से ऊपर उठकर खुले आकाश-सागर में तैरने लगी तो सूरज की एक किरन खिड़की से होकर हीरे से आ टकराई थी। ...किरन और हीरे की टकराहट से पैदा हुई रौशनी ने चन्दर की आँखों को टक्कर दी तो उसका रेशमी रूमाल आँखों पर पहुँच गया। बंद पलकों के अंदर एक तसवीर थी और हाथ में, गंदगी की मोटी परतों में सोए हीरों का हार।

सोनिया ने चन्दर का हाथ पकड़कर पूछा—''ऐ! क्या है?''

बंद पलकों और मुस्कराते होठों से चन्दर ने जवाब दिया—''सोन मछली...समुंदर में''।